바그다드 동물원 구하기

바그다드 동물원 구하기

초판 1쇄 펴냄 2009년 3월 20일
       10쇄 펴냄 2016년 7월 27일
개정 1쇄 펴냄 2019년 3월 7일
       3쇄 펴냄 2021년 4월 23일

지은이 로렌스 앤서니, 그레이엄 스펜스
옮긴이 고상숙

펴낸이 고영은 박미숙
펴낸곳 뜨인돌출판(주) | 출판등록 1994.10.11.(제406-251002011000185호)
주소 10881 경기도 파주시 회동길 337-9
홈페이지 www.ddstone.com | 블로그 blog.naver.com/ddstone1994
페이스북 www.facebook.com/ddstone1994
대표전화 02-337-5252 | 팩스 031-947-5868

ISBN 978-89-5807-704-6 03840

이 도서의 국립중앙도서관 출판예정도서목록(CIP)은 서지정보유통지원시스템 홈페이지
(http://seoji.nl.go.kr)와 국가자료종합목록 구축시스템(http://kolis-net.nl.go.kr)에서
이용하실 수 있습니다. (CIP제어번호 : CIP2019003588)

바그다드 동물원 구하기

로렌스 앤서니, 그레이엄 스펜스 지음
고상숙 옮김

뜨인돌

목차

이 책을 내 인생의
여인들에게 바칩니다.

아내 프랑수아즈,
어머니 레지나,
비쥬와 테스,

코끼리 떼의 수장이자
내 영혼의 친구인 나나에게······.

01
이라크로 들어간 최초의 민간인

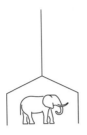

이라크 국경선 동쪽. 전쟁으로 쑥대밭이 된 이라크에서 빠져나오려는 민간 차량들이 꼬리에 꼬리를 물고 뒤엉켜 꼼짝도 못 하고 서 있었다. 반대로 쿠웨이트에서 이라크로 넘어가는 그 옆 차선에는 군용차들이 비엔나소시지처럼 줄줄이 늘어서 있었다. 딱 한 대만 빼고 말이다.

그게 바로 내 차였다. 정확히 말하자면 내가 빌린 흰색 토요타다. 우리는 그 멋진 새 차를 끌고 바그다드, 그러니까 교전지대의 한복판으로 가는 중이었다. 렌터카 업체가 알게 된다면 그야말로 기겁할 일이었다.

국경에서 보초를 서던 병사는 내가 건넨, 아무런 하자도 없는 이라크 입국허가증을 한참이나 구석구석 뜯어보았다. 그 뜨악한 표정이라니! 하긴, 상식적으로 납득이 가지 않는 일이었으니 그럴 만했다.

그 보초병은 갑자기 운전석 창문으로 머리를 들이밀더니 여기저기를 훑었다. 그의 얼굴은 내 얼굴에서 채 30센티미터도 떨어지지 않았다. 지친 기색이 묻어나는 그의 호흡까지 느껴질 정도였다. 그는 우리가 정신병원에서 나온 사람이라도 되는 양 쳐다보았다. 나와 함께 타고 있던 쿠웨이트 동물원 소속 아랍인 두 명은 의식적으로 그의 눈길을 외면하며 정면을 응시하고 있었다.

"정말 바그다드로 들어가려는 게 맞습니까? 혹시, 지금 거긴 전쟁 중이란 걸 모르는 건 아니죠?"

나는 안다는 의미로 고개를 끄덕였다.

"우린 거기 있는 동물들을 구하러 가는 길입니다."

그는 여전히 어안이 벙벙한 표정이었다. 나는 엄지손가락으로 차 뒤쪽을 가리키며 거기에 구급품이 들어 있다고 말했다. 보초병은 믿을 수 없다는 듯 나를 빤히 쳐다보다가 다시 입국허가증을 보며 말했다.

"바그다드에 동물이 있다고요?"

"그저 살아 있기만 바랄 뿐입니다. 한때 중동에서 가장 멋진 동물원으로 꼽히던 곳이 거기 있으니까요."

"맙소사, 지금 제정신입니까? 인간끼리도 서로 못 잡아먹어서 안달인데 이 상황에 동물 타령이라니요! 진짜 전쟁 중이란 말입니다. 내 목숨 하나 챙기기도 바쁜 판국이라고요!"

그는 국경선 반대쪽을 가리키며 말을 덧붙였다.

"저쪽 좀 보십쇼. 모두들 기를 쓰고 빠져나오려는 게 안 보입니까? 그런데 저 난리 통에 제 발로 찾아 들어가겠다고요?"

"가야 해요. 아주 급합니다."

"흠……. 알겠습니다."

보초병은 잠시 생각하는 듯하더니 말을 이었다.

"이건 미친 짓입니다. 이라크로 들어가는 민간인은 당신들이 처음입니다. 기자들을 빼면 말이죠. 기자들이야 민간인으로 치지도 않지만."

나는 억지로 미소를 지었다. '맞아. 이 사람 말대로 미친 짓인지도 몰라. 전쟁터를 찾아가다니.' 슬며시 후회가 밀려왔지만 돌이키기엔 이미 늦었다. 보초병은 길을 열어주었다.

"반드시 큰길로 다니십시오. 지시를 잘 따르시고요. 군 호위대에 바짝 붙어 가세요. 아셨죠? 멀쩡히 달리던 차가 갑자기 눈앞에서 사라지는 상황입니다. 명심하세요."

일리 있는 충고였다. 하지만 두 명의 쿠웨이트인은 보초병의 충고를 귓등으로도 안 들은 것 같았다. 교차로로 접어들자마자 쿠웨이트인들은 나에게 차를 세우라는 신호를 보냈다. 그러더니 곧바로 차에서 내려 쿠웨이트 차량 번호판을 떼어냈다. 깜짝 놀란나는 대체 무슨 짓이냐고 물었다. 하지만 내가 할 수 있는 아랍어라곤 '살람 알레이쿰'(당신에게 신의 평화가 함께하기를 기도한다는 뜻의 이슬람 인사—옮긴이) 정도가 고작이었고, 그들이 구사하는 영어도 지독히 짧아서 제대로 된 의사소통은 거의 불가능했다.

"미국 사람……."

압둘라 라티프라는 쿠웨이트인이 자신에게 총구를 겨누는 시늉을 했다. 나는 그 남자가 무슨 말을 하려는지 짐작할 수 있었다. 그는 미군이 아랍인인 자기들을 표적으로 삼을까봐, 또는 미군 호위대와 붙어 다니는 것을 본 이라크 군인들이 자신들을 미국의 끄나풀로 생각할까봐 두려웠던 것이다.

'좋아. 너희들은 그렇다고 쳐. 그러면 나는?'

난 미군 호위대에 딱 달라붙어 가고 싶었다. 사실 그런 식이 아니라면 이라크에 들어가는 것은 불가능했다. 내가 원하는 것은 묻어가면서 확보할 수 있는 안전, 바로 그것이었다. 시골길을 달리는 서양인은 사담의 잔존 군대와 잔인한 아랍 게릴라들이 노리는 먹잇감이었다. 하얀 피부에 파란 눈, 이보다 더 반(反)아랍적인 냄새를 풍기는 사람이 어디 있겠는가.

나는 나 자신을 향해 방아쇠를 당기는 시늉을 해 보였다.

"이라크 사람들이 나를 쏴 죽일 거야."

쿠웨이트인들은 열심히 침을 튀겨가며 아랍어로 무언가를 설명했다. 그들은 대강 이런 말을 하는 듯했다. 큰길로 가는 건 '날 쏴주쇼' 하며 돌아다니는 것과 같다. 그러니까 뒷길로 가야 한다. 뒷길로 가도 백인인 당신은 안전할 것이다. 왜냐고? 자기들, 즉 아랍인과 같이 가고 있고 만약 무슨 일이 생기면 어떻게 해서든 자기들이 잘 말해줄 것이기 때문이다.

그 상황에서 내가 할 수 있는 일은 아무것도 없었다. 그들은 마음을 바꿀 생각이 전혀 없어 보였다. 다시 큰길로 돌아가자는 말 한마디조차 똑 부러지게 할 수 없는데 뭘 어쩌랴. 나는 그저 몰아치는 모래 먼지가 이 무법천지 속에 뛰어든 서양인을 숨겨주기만 바랄 뿐이었다.

나는 조수석으로 옮겨 앉아 최대한 몸을 웅크리고 있었다. 토요타는 한 덩치 하는 내가 편히 앉아 있을 만큼 넓지는 않았지만, 그런 것을 따질 여유는 없었다. 머릿속에서는 연신 사담을 유일한 신봉 대상으로 믿도록 교육받은 게릴라가 모래 언덕 뒤에 숨어 우리를 납치할 기회를 노리는 모습이 그려졌다. '무장도 하지 않은 백인 남자라니……. 아마도 난 그들의 입맛에 딱 맞는 먹잇감일 거야.' 나는 내가 미국 사람이 아닌 남아공 사람이라 사정을 봐줄 것이라는 헛된 희망 따위는 아예 품지도 않았다. 어차피 사담의 바트당(후세인 시절의 독재 정당으로 단일 아랍사회주의국가 건설을 목표로 삼았다─옮긴이)을 추종하는 광신도 입장에서는 그놈이 그놈일 터였다. 나는 이 섬뜩한 상념을 뿌리치려 애썼다. 그래도 내 옆에는 두 명의 아랍인이 버티고 있지 않은가.

하지만 그 실낱같은 희망마저 아랍 친구들이 손짓 발짓과 다양한 표정을 동원해 풀어낸 얘기에 전부 사라지고 말았다. 그들이 쿠웨이트 번호판을 뗀 이유는 사담 후세인의 악의적인 선전으로 대부분의 이라크인이 잘못된 믿음에 사로잡혀 있기 때문이라는 것이었다. 즉, 이라크인은 미국이 이라크를 침공한 이유가 쿠웨이트 때문이라고 생각한다는 얘기였다. 그 친구들 역시 이라크인이 두 손 들고 환영할 존재는 아니었던 셈이다.

우리는 무장단체가 쫓아올 빌미를 주지 않기 위해 속력을 내서 달렸다. 하지만 느릿느릿 걷는 당나귀나 낙타 같은 장애물 때문에 번번이 속도를 늦춰야만 했다. 그럴 때마다 마을 사람들은 차에 탄 백인을 연신 힐끔거렸다. 다 쓰러져가는 마을에 나타난 최신식 승용차만으로도 사람들의 이목을 끌기에 충분한데, 거기에 백인까지 타고 있으니 얼마나 호기심이 일었겠는가!

심장이 바싹 얼어붙고 뱃가죽이 빳빳해지는 듯했다. 끝없이 펼쳐진 사막 어딘가에 사담을 맹신하는 자들이 족히 수백 명은 숨어 있을 것이었다. 한번은 베두인족이 입는 로브를 걸친 남자가 마치 부조화의 상징처럼 얼굴에는 선글라스를 쓴 것을 본 적이 있다. 무장을 한 것 같지는 않았지만 펄럭대는 그 옷 속에 뭐가 숨겨져 있는지는 아무도 몰랐다. 그는 차가운 눈초리로 우리를 노려보고는 재빨리 되돌아서서 모래 언덕 쪽으로 사라졌다. 혹시 누군가에게 우리 얘기를 하려는 것은 아닐까?

어떤 마을에서는 시든 야자수 아래에 둘러앉아 물담배를 피우는 남자들을 보기도 했다. 졸음에 겨운 듯 권태롭던 그들의 표정은 나를 보자마자 순식간에 경계하는 빛으로 바뀌었다. 기분이 묘했다. 마치 어디에도 숨을 곳 없는 외계인이 된 느낌이었다.

좀 더 큰 마을에 들어설 때면 비좁고 막히는 길을 뚫고 가느라 속도를 늦출 수밖에 없었는데, 그때마다 나는 계기판과 조수석 사이에 몸을 구기듯 처박고 최대한 바닥으로 몸을 숙였다. 순간순간이 살얼음판이었다. 거리를 어슬렁거리던 총잡이가 느닷없이 나타나 내 코빼기에 총구를 들이댈지도 모르는 일이었다. 그들의 눈에 띄는 순간 아마도 내 몸은 벌집이 되고 말리라. 비좁은 공간에서 땀을 뻘뻘 흘리며 웅크리고 있자니 통조림 속의 정어리들이 어떤 기분일지 이해가 갔다. 쿠웨이트 친구들은 숨을 죽이고 한마디도 하지 않았다.

바그다드에 가서 헤어진 가족을 찾고 싶다던 서른다섯 살의 압둘라는 그 건장한 몸을 뻣뻣하게 세우고 근심과 걱정에 휩싸여 있었다. 체구가 작고 볼품없는 데다 영어라고는 한마디도 못 하는 또 다른 친구 역시 뒷자리에 조용히 앉아 있었다. 사실 두 사람은 나와 함께 바그다드로 가고 싶어 안달이 나 있었다. 이미 전쟁은 끝났고 며칠간 직장을 떠나 모험을 즐길 수 있는 기회였기 때문이다. 하지만 모험을 떠나자마자 그들은 온갖 걱정과 불안에 덜컥 발목을 붙잡히고 말았다. 마치 관 뚜껑을 덮을 때와 비슷한 분위기를 연출하는 이라크 땅이 마지막 한 조각의 열정까지도 몽땅 삼켜버렸던 것이다. 나 역시 마찬가지인 상태였다.

기름을 넣기 위해 차를 세웠을 때, 우리의 긴장감은 머리털이 쭈뼛 설 만큼 극에 달했다. 우리는 저격수들이 숨어 있을 가능성이 아주 적은 평평한 사막 가장자리에 차를 세웠다. F1 자동차 경주 때 차량이 피트에 들어가는 속도를 방불케 할 만큼 잽싸게 움직여 25리터짜리 캔을 꺼내 기름을 쏟아부었다. 지글지글 타는 도로 바닥에 기름을 얼마나 흘리든 그것에 대해서는 아무도 신경 쓰지 않았다. 갑자기 쿠웨이트 친구들이 자기들끼리 뭐라고 지껄였다. 목소리에 경계의 빛이 역력했다. 뒤돌아보니 100미터쯤 떨어진 곳에 모여 있던 이라크인들이 우리 쪽으로 다가오고 있었다. 그들이 단순히 호기심을 보이는 것인지 아니면 뭔가 목적이 있는 것인지 파악할 여유조차 없었다. 우리는 마치 자동차 경주에 참가한 선수들처럼 잽싸게 차에 올라타 전속력으로 내달렸다.

바그다드가 가까워졌지만 창밖의 풍경은 성경 속의 그것과는 거리가 멀었다. 불에 탄 탱크, 포탄 구멍, 폭탄으로 파괴된 다리, 쓰레기처럼 나뒹구는 대공 방위기기 등이 도시에 음산함만 더해 줄 뿐이었다. 약 8미터 길이에 두께는 다 자란 떡갈나무 정도 되는 미사일이 일부는 발사대에 탑재되어 있었고 또 일부는 길가에 아무렇게나 뒹굴고 있었다. 아무런 감흥도 일지 않았다. 다만 가까이서 바라본 스커드 미사일(구소련이 개발한 장거리 유도 미사일─옮긴이)의 엄청난 크기가 위협적으로 느껴졌다.

전투의 잔해 중에는 쓰러진 사담 후세인 동상과 총구멍이 숭숭 뚫린 초상화도 있었다. 마치 최전선의 미군들이 남기고 간 명함처럼 느껴졌다. 우리는 나시리야^{Nasiriyah}, 나자프^{Najaf}, 카르발라^{Karbala}를 지나, 지금은 힐라^{Hillah}라고 이름을 바꾼 바빌론^{Babylon}을 스치듯 지나갔는데 곳곳에서 미군이 폭풍처럼 진격한 흔적을 발견할 수 있었다.

그런데 황당하게도 우리는 길을 잃고 말았다. 미군의 진격을 교란하기 위해 이라크 군부대가 이정표를 모두 제거해버렸기 때문이다. 그런 탓에 떠돌이 집시처럼 일일이 물어가며 길을 찾아야 했다. 지나온 곳으로 되돌아가 마을 사람들에게 길을 묻거나 태양에 의지해 방향을 잡아 달리며 간신히 쿠웨이트와 바그다드를 잇는 도로로 생각되는 큰길로 접어들 수 있었다.

우리는 희망에 차서 서로를 바라보았다. 압둘라는 내 등을 두드리며 안심해도 좋다는 표정을 지었다. 이제 살았구나 싶었다.

마침내 바그다드 외곽에 도착했다. 그곳에서 동물원의 위치를 묻자 친절한 이라크인이 앞쪽을 가리키며 똑바로 가라고 알려주었다. 또다시 뱃가죽이 뻣뻣해지는 느낌이었다. 이제 호랑이 굴로 들어가야 한다.

미군의 엄청난 화력은 바그다드 곳곳에 결코 지워지지 않을 듯한 흔적을 남겨놓았다. 전략적 목표물에만 정확히 폭탄을 투하해 주택이나 아파트는 거의 영향을 받지 않았지만 그래도 도시 전체가 난장판으로 변해 있었다.

번화가인 '알 만수르' 구역에 위치했던 '정보부 내국치안 본부' 건물은 속이 움푹 팬 조개껍데기 같은 모습으로 파편 부스러기로만 남아 있었다. 뒤엉킨 철근 조각에 매달린 콘크리트는 마치 바람이 불면 소리를 내는 거대한 윈드차임wind chime(가늘고 긴 금속관을 매단 악기로, 풍경으로도 많이 사용한다―옮긴이)처럼 보였다. 버려진 낡은 이라크 탱크와 트럭은 비교도 안 될 만큼 앞선 미군의 기술적 우위를 대변하고 있었다. 다 쓰고 버린 탄약통도 거리 여기저기에 수없이 널려 있었다. 그것은 마치 퍼레이드 후에 거리에 널린 색종이 조각처럼 보였는데, 사막의 태양에 반사돼 내 눈을 찌르듯 파고들었다.

가끔 자동소총에서 나는 딸깍 소리가 들릴 때마다 길을 가던 사람들은 발걸음을 빨리해 내달렸다. 소름이 쫙 끼쳤다. 그곳은 그야말로 전쟁터가 아닌가. 그들은 아직도 싸우고 있는 중이었다. 어느 순간 총알이 나를 향해 날아올지 알 수 없는 일이다. 우리는 바짝 긴장한 채로 바그다드 중심가에 자리 잡고 있는 '알 자와라' 공원의 바그다드 동물원으로 향했다.

놀랍게도 도로는 꽤 많은 차들로 북적였다. 제대로 작동하는 신호등은 하나도 없었고 도로 표지판마저 어딘가로 사라져버렸다. 그런 상황에서 어느 순간 날아올지 모르는 총알을 피해 이리저리 움직여가며 길을 찾는 일은 결코 쉽지 않았다. 차들은 교차로에서도 무모하게 내달렸다. 마구 끼어들었다가 오도 가도 못하는 상황에 놓이면 그냥 차를 버리고 가기도 했다. 규칙도, 경찰관도 사라져버린 거리에서 나를 지켜주는 최상의 운전 기술은 바로 경적에서 손을 떼지 않는 것이었다. 특히 교차로를 지날 때면 최대한 크게 경적을 울렸다.

티그리스강을 가로지르는 알 잠후리야 다리를 건널 때쯤 되자 갑자기 주변이 조용해졌다. 총소리와 차량 소음이 뒤섞여 쉴 새 없이 들려오던 무법지대를 벗어나자 소름 끼치도록 섬뜩한 적막만이 흘렀다. 들리는 소리라고는 주변 환경과 전혀 어울리지 않게 토요타에서 나오는 나지막한 소음뿐이었다. 우리 외에 그 도로를 달리는 사람은 아무도 없었다. 2차선 도로 옆에는 망가진 이라크 트럭들이 아무렇게나 버려져 있었다. 그 차들은 내 눈길이 닿는 저쪽 끝까지 이어져 있었다. 아직까지 연기가 스멀스멀 올라오는 것도 있었다.

흙탕물로 가득한 강을 건너 얼마쯤 가다 보니 그 정적의 이유를 알 것 같았다. 야파 거리의 맨 끝에 무언가가 위협적인 자세로 떡 버티고 서 있었던 것이다. 검문을 위해 쳐놓은 바리케이드였다. 모래 방호벽과 더불어 철조망이 둘러져 있었고 그 너머로 브래들리 전차(1981년부터 미군이 사용한 전차로 본명은 M2이다. 제2차 세계대전에서 활약한 브래들리 장군의 이름을 따 '브래들리'라는 별명을 붙였다—옮긴이)와 기관총이 앞을 막고 있었다. 바리케이드 위에서 우리를 내려다보는 카키색 헬멧은 절대적인 권위로 주변을 제압하고 있었다.

사막의 태양이 인정사정없이 지글거렸다. 용광로처럼 열기를 내뿜는 태양 아래에 탱크가 알을 품듯 앉아 있었고, 그 위에 대강 만들어둔 듯한 위장용 그물이 쳐져 있었다. 완전무장을 하고 세라믹으로 만든 방탄복을 입은 군인들이 의지할 수 있는 거라고는 바로 그 그물이 만들어주는 엉성한 그늘뿐이었다.

그들 곁으로 차를 더 가까이 몰고 갈 엄두가 나지 않았다. 우리는 바리케이드에서 약 100미터쯤 떨어진 곳에 차를 세우기로 했다. 천천히 차에서 내린 나는 기관총으로 무장한 둥지를 향해 조심조심 걸어갔다. 무장을 하지 않았고 적이 아닌 친구라는 것을 보여주기 위해 팔을 양쪽으로 활짝 벌린 채 말이다.

긴장감으로 숨이 턱 아래까지 차올랐다. 바늘 하나만 던져도 그 긴장감이 펑 터질 듯한 분위기였다. 내가 대체 왜 이 고생을 하고 있는 걸까? 바그다드는 이제 독재자로부터 해방되었다고 하지 않았나? 거대한 사담 후세인의 동상이 금속 도미노처럼 쓰러지는 장면을 텔레비전에서 본 기억이 났다. 사담 후세인의 친위 게릴라들이 도주 중이라는 보도도 들었다. 이라크인들이 거리에 나와 그 기쁨을 만끽하고 있다고 했는데…….

하지만 현실은 믿기 힘들 만큼 끔찍했고 거리에서는 아주 조금의 기쁜 감정도 찾아볼 수 없었다. 당시 내가 감지할 수 있던 것은 뱀처럼 살을 휘감고 스멀스멀 올라오는 섬뜩한 느낌뿐이었다.

나는 두 팔을 들고 천천히 걸어갔다. 우리 차의 동향을 주시하던 병사들이 아예 고성능 망원경으로 내 일거수일투족을 살폈다. 나는 내가 조금도 해를 끼칠 존재가 아니라는 것을 보여주려 애쓰면서 앞으로 나아갔다.

"물러서! 물러서!"

갑자기 병사들이 손사래를 치며 외쳤다. 쭉 내민 주둥이 같은 기관총의 총신이 내 가슴을 겨냥하고 있었다. 나는 그 자리에 우뚝 서버렸다. 미군들이 친절하게 맞아줄 거라고 생각했는데……. 사실 미군들의 호위를 받으며 이라크까지 오지 않았던가?

"동물들을 구하기 위해 찾아왔습니다!"

나는 이렇게 외치며 관련 문서를 흔들었다.

"썩 꺼져! 당장 꺼지라니까!"

'이런, 꽉 막힌 녀석들이군! 분명 내 말을 들었을 텐데. 더구나 아무리 뜯어봐도 내가 사담 페다인Saddam Fedayeen(후세인의 장남 우다이가 이끌었던 특수부대. '사담을 위한 순교자'라는 뜻 – 옮긴이)처럼 보일 리는 없는데…….'

나는 다시 한번 동물들을 구하기 위해, 즉 구호를 목적으로 왔다고 소리쳤다. 이번에는 아무런 응답이 없었다. 그저 무거운 침묵만 흐를 뿐이었다.

'대체 어떻게 된 거지?'

분명한 사실은 내가 오지 말아야 할 곳에 왔다는 것이었다. 당시에는 내가 있는 곳이 바그다드에서 가장 보안이 철저한 무장 지역의 입구, 다시 말해 최고위급에게 통행증을 받은 사람 외에는 아무도 들어갈 수 없는 곳이라는 것을 전혀 짐작하지 못했다. 그곳은 사담 후세인의 궁전에서 한두 블록밖에 떨어지지 않은 곳이었고, 거기에는 예비역 장성 제이 가너(이라크 재건 책임자)의 본부가 차려질 예정이었다. 그 지역에서는 모두 신경쇠약에 걸릴 만큼 보안에 예민했으며, 허가를 받지 않은 채 그곳을 통과하거나 근처에 멈추어 서는 차량은 에이브럼스 탱크(1979년부터 제작된 미 육군의 주력 전차로 M1탱크라고도 한다—옮긴이)의 105밀리 포탄에 날아가버리는 것이 예사였다. 한마디로 그곳에서는 침입자나 그와 유사한 자들은 인정사정없이 쏘아버렸고, 당시 바리케이드에 진을 치고 있는 병사들은 그 일을 하려던 참이었다. 그들은 경호원이 붙지 않은 민간인에게는 오직 한 번만 경고를 했다. 그럼에도 나는 두 번째 경고를 기다리는 중이었다.

미군들은 당연히 초긴장 상태였다. 그처럼 철통같이 보안을 하는 데는 충분한 이유가 있었다. 텔레비전에서는 신속하게 미군의 승리를 보도했지만 사실 바그다드의 많은 지역이 아직 함락되지 않은 상태였다. 사담 후세인에게 충성을 바치며 완강하게 버티는 바트당원과의 싸움이 곳곳에서 계속되고 있었다는 얘기다.

당시에는 몰랐지만 바로 며칠 전 나자프의 바리케이드에서 자살폭탄 사건이 발생해 해병대원 네 명이 사망했다. 카르발라에 주둔하고 있던 미군이 멈추라는 명령을 듣지 않은 차를 벌집으로 만들어 여성과 아이를 포함해 일곱 명이 사망하는 일도 있었다.

쿠웨이트인들은 돌아오라고 미친 듯이 손짓하고 있었다. 알 자와라 공원은 도시 중심부에 직사각형으로 자리 잡고 있었기 때문에 바그다드 동물원으로 들어가는 입구는 또 있을 터였다. 우리는 걸음아 날 살려라 하며 차를 유턴해 그곳에서 빠져나왔다.

그렇게 1, 2킬로미터쯤 가다 보니 또 다른 바리케이드가 눈에 띄었다. 거기에도 역시 중무장한 미군들이 진을 치고 있었다. 사막위장복에 완전무장을 하고 서방기자들을 검문 중이던 미군들의 얼굴은 땀으로 뒤범벅되어 있었다.

이번에야말로 절대 포기하고 싶지 않았다. 병사 하나가 내게 무슨 일이냐고 물었다. 나는 허가증을 보여주면서 바그다드 동물원에 가는 길이라고 말했다. 의약품과 비상용품도 챙겨왔음을 알렸다. 물론 그것이 제 몫을 하려면 동물이 최소한 몇 마리라도 살아 있어야 했지만 말이다. 나는 아직 동물원이 어떤 상태일지 상상할 수 없었다.

그 병사는 나를 뚫어져라 쳐다보았다. 자기들은 목숨을 내놓고 싸우고 있는 판인데, 이 미친놈은 겨우 짐승들을 살리겠다고 전선을 뚫고 여기까지 왔다고? 그는 내게 무슨 일이냐고 다시 한번 물었다. 방금 내가 한 말이 도무지 말 같지 않았던 모양이다. 나는 좀 더 세게 허가증을 흔들며 말했다.

"여기에 연합군 본부에서 받은 허가서도 들어 있습니다."

미군은 종이를 샅샅이 살펴보고는 믿을 수 없다는 듯 고개를 흔들며 빙긋 웃었다.

"남아공이라, 참 멀리서도 오셨네요."

그는 무선으로 상황을 알리며 지시를 요청했고 내게 차를 탱크 옆에 세워놓고 기다리라고 했다. 나는 에이브럼스 탱크 그늘에 주

차하고는 호기심에 가득 차 나를 쳐다보는 병사들에게 알은체를
했다. 탱크는 엄청나게 큰 괴물처럼 보였는데 무척 더러웠고 닳아
있었다. 첫 번째 바리케이드의 극도로 긴장하고 있던 병사들과는
달리 이쪽 젊은이들은 비교적 우호적이었고, 두세 명은 탱크에서
뛰어내려 악수를 청하기까지 했다. 그들에게서는 몇 달간 비누 구
경을 못 해본 듯한 냄새가 진동했다.

"동물들을 구하기 위해 여기까지 왔다고요? 동물원은 바로 이
뒤에 있습니다. 담장을 가로질러 가면 보여요. 그쪽에서 총탄이
날아온 적도 있었죠."

한 병사가 알은 척을 했다.

"일부러 여기까지 왔다고요?"

또 다른 병사가 말했다. 나는 고개를 끄덕였다.

"제정신이 아니시네요. 나라면 당장 뒤돌아서서 애인한테 달려
갈 텐데……. 이곳은 시궁창이에요. 싸워서 뺏을 가치도 없는 곳
이라고요."

그런 말을 들으려고 거기까지 간 건 아니었다. 그때 AK-47(세계
3대 돌격소총이라는 평가를 받는 구소련산 자동소총 — 옮긴이) 소총 소
리가 공기를 갈랐다. 나는 그 병사가 탱크 옆에 차를 세워두라고
했던 이유를 그제야 눈치챘다. 그 거리에서는 탱크만이 유일한 방
어막이었다.

"여기엔 언제 왔습니까?"

이번에는 내가 물었다.

"전쟁이 시작되자마자 달려왔죠."

한 병사가 자랑스럽게 말했다. 그는 거리를 내려다보며 금방이라도 총을 쏠 것 같은 자세로 덧붙였다.

"제일 먼저 왔습니다. 그런 뒤 우리 근처에서 얼씬거리는 것은 죄다 죽여버렸죠. 수도 없이요."

아, 나는 며칠 전 나를 포함해 수백만 명이 텔레비전에서 보았던 탱크들, 도시를 향해 진격하던 그 탱크부대의 병사들과 마주하고 있는 것이었다. 병사들에게서 악취가 진동하는 것도 무리는 아니었다. 그들은 지난 3주간 밀폐된 탱크 안에서 계속 싸워온 터였다. 그들이 전쟁터에서 흘린 땀과 마구 분출된 아드레날린 그리고 코르다이트 무연화약 냄새가 코를 찔렀다. 나는 되도록 숨을 깊게 들이쉬지 않으려고 노력했다.

군대에서 사용하는 기계들 사이에 서 있는 내 차는 그야말로 부조화 그 자체였다. 늑대들 사이에 쪼그리고 앉은 토끼 같다고나 할까? 내 일상과 수백만 킬로미터나 떨어진 그곳에서 나는 완벽한 불청객이었다. 거리에 총탄이 날아다니고 알지 못하는 사람들이 나를 죽이려 하는 그 살벌한 곳에서 말이다. 정말 황당하게도 그 순간에는 내가 침입자가 된 기분이었다.

무전기를 들고 한참이나 낑낑대던 병사가 마침내 상급자와 연락이 닿은 모양이었다. 하지만 연락을 받은 브라이언 시들릭 중위가 오기까지는 또 하릴없이 30분이 흘러갔다. 거리 한쪽에서 몹시 비참한 심정으로 서 있던 나는 초까지 재가며 그를 기다렸다. 그는 도착하자마자 무장한 군용차에서 펄쩍 뛰어내리더니 내 허가증을 점검하고는 고개를 끄덕였다. 이상하게도 그는 등장할 때부터 심상치 않은 존재감을 뿜어냈다. 금발에 각진 턱과 떡 벌어진 어깨를 가진 그는, 전쟁터를 누비는 군 지휘관이라면 누구나 아군으로 만들고 싶은 그런 자였다. 그는 '이 사람과 함께라면 우리가 분명 이길 것이다'라는 생각이 들게 만드는, 전쟁 영화의 주인공 같은 그런 군인이었다.

"좋습니다."

그는 간단히 고개를 끄덕이며 미소를 지었다. 나는 단단한 돌덩이 같던 그의 인상이 눈 깜짝할 사이에 온화하고 부드럽게 바뀌는 것을 놀란 눈으로 쳐다보고 있었다.

"동물들을 도와주실 분이 정말 필요했습니다. 마침 잘 오셨어요. 따라오십시오."

우리는 바그다드에서 가장 유명한 건축물로 꼽히는, 페르시아 칼이 교차하는 모양의 개선문을 지나 연병장을 통과해 알 자와라 공원으로 들어갔다. 뉴욕 센트럴파크 규모의 알 자와라 공원에는 며칠 전 있었던 극렬한 전투의 흔적이 여기저기에 남아 있었다. 한때 이라크군이 무기로 썼을 금속들이 까맣게 탄 채 이리저리 뒹굴고 있었다. 길과 포장도로는 브래들리 전차와 에이브럼스 탱크 밑에 깔려 가루가 돼 있었고, 하수구와 벽에는 총탄 자국이 수천 개씩 뚫려 있었다. 나무와 건물은 마치 사슬톱으로 난도질당한 것 같았다. 바싹 마른 땅에서 일어나는 먼지를 줄이기 위해 설치된 배수로는 납작 눌려 평평해져 있었다.

하지만 나는 곧 바그다드 동물원에 가장 큰 피해를 입힌 것은 전투가 아니라 약탈이라는 것을 알아챘다. 약탈자들은 먹을 수 있는 것은 모두 죽이거나 가져갔고 그 밖에도 뭐든 눈에 띄는 것은 죄다 훔쳐 갔다. 가로등을 쓰러뜨려 전등까지 떼어 가는 바람에 그 안의 구리줄이 몽땅 밖으로 튀어나와 있었다.

우리는 먼지로 뒤덮인 갈색 벽 앞에 멈춰 섰다. 그 벽의 일부는 폭탄으로 무너져 있었고 총구멍이 수없이 나 있었다. 벽 뒤로 언제부터 타고 있었는지 모를 불씨에서 가느다란 연기가 피어올랐다. 시들릭 중위는 멋지게 한 팔을 뻗으며 말했다.

"여기가 바로 바그다드 동물원입니다."

그러고는 미심쩍은 눈빛으로 내 눈을 바라보며 물었다.

"어쩌다가 자진해서 이런 도깨비 소굴로 들어오게 되신 겁니까?"

아주 좋은 질문이었다.

내가 그곳에 가야겠다고 결정한 것이 언제였을까? 아마도 그때였던 것 같다. 보름 전쯤 남아프리카 줄루란드^{Zululand}(남아프리카공화국 나탈 주의 북동쪽에 있는 지역으로, 정부의 감독 아래 원주민의 우두머리가 지도하는 자치주—옮긴이)에 있는, 내가 관리하는 야생동물 보호구역 '툴라툴라'에서였다. 프랑수아즈가 달콤한 목소리로 "일어나세요. 당신의 아이들이 왔어요"라고 속삭였다. 나는 프랑수아즈가 말하는 '당신의 아이들'이 무엇을 의미하는지 정확히 알 수 있었다.

요 며칠간 코끼리들이 곧잘 숙소로 찾아오곤 했는데 사실 그것은 유례가 없는 일이었다. 우리는 곧 그 이유를 알게 되었다. 코끼리 떼의 대장인 나나와 바로 아래 서열인 프랭키(프랑수아즈의 이름을 따서 지었다)가 아기를 낳은 것이다. 코끼리들이 우리에게 아기들을 보여주고 싶어 찾아온 것이었다.

나는 아프리카코끼리를 좋아한다. 5년 전, 우리는 주민들이 골칫거리라며 죽이겠다고 했던 코끼리 떼에게 피난처를 제공했고, 그 코끼리 떼가 툴라툴라에 잘 정착할 수 있도록 가까이에서 돌봐주었다. 그 코끼리들이 한동안 깊은 숲속을 떠돌다 돌아온 것이었다. 나는 너무도 기뻐 새벽 3시에 단잠을 깨운 것도 개의치 않았다.

여느 때와 마찬가지로 대장 나나가 무리를 이끌고 선두에 서 있었다. 나나는 공기를 통해 내 냄새를 확인하고는 천천히 내 쪽으로 걸어오더니 코를 내밀었다. 나나 옆에는 코를 비비며 어미젖을 찾는 작은 코끼리가 있었다.

"나나, 너 정말 똑똑하구나!"

나는 나나와 나나 뒤의 무리를 보며 말했다. 나나 뒤에 서 있는 야생 코끼리들은 지난 4년간 나와 특별한 관계를 맺어왔다. 그 녀석들도 나를 잘 아는 것이 분명했지만 그래도 조심해야 했다.

"아기를 보여주려고 왔구나. 정말 고마워. 그 녀석 정말 예쁘게 생겼네."

아기 코끼리 두세 마리가 집 옆쪽에 서 있었는데 그 녀석들 때문에 지붕 위의 풀이 몽땅 떨어져 내렸다. 날이 새면 한번 손봐야 할 듯싶었다. 하지만 야생 코끼리 떼의 방문을 받는 특권에 비하면 그 정도 수고쯤은 아무것도 아니었다.

동쪽 하늘에서 번개가 치더니 내 앞에 펼쳐진 아름다운 야생의 세계를 환하게 비추었다. 인도양에서 폭풍이 다가오고 있다고 했다. 불현듯 이라크가 떠올랐다. 전날 저녁 텔레비전에서 이라크에 대한 방송을 보았는데, 이라크 소식을 접할 때마다 불안함이 가슴을 짓누르곤 했다.

나는 이라크에 대해 아는 것이 없었고 전쟁의 정치학에 대해서는 더더욱 문외한이었다. 하지만 전쟁 중에는 동물들이 끔찍한 고통을 당할 뿐 아니라 그에 대해 아무도 관심이 없다는 것쯤은 알고 있었다. 전쟁이 일어나면 동물들은 도망치지도 못하고 스스로를 보호할 수도 없다. 무관심 속에서 도매금으로 도살되거나 우리에 갇힌 채 절망에 빠져 굶주림과 갈증 속에서 서서히 고통스럽게 죽어가는 것이다. 심지어 피에 굶주린 병사들이 쏜 차가운 총알에 맞아 죽는 경우도 있다. 이라크가 쿠웨이트를 침공했을 때도 그랬고 코소보와 아프가니스탄에서도 마찬가지였다.

아프가니스탄 전쟁 이후 폐허가 된 카불 동물원의 끔찍한 모습은 여전히 뇌리에 남아 나를 괴롭히고 있었다. 카불이 탈레반의 손에서 벗어났을 때 미군은 더러운 우리 안에 혼자 남아 있던 사자 마르잔을 발견했다. 갈증과 허기로 지친 마르잔의 목과 턱에는 산탄의 파편들이 박혀 있었고 수류탄 공격으로 반쯤 실명한 상태였으며, 온몸에 이와 옴이 들끓고 있었다. 구조하기에는 너무 늦은 상태였다.

한때의 용맹하던 모습을 뒤로한 채 지치고 피폐한 몰골의 마르잔이 카메라를 노려보고 있는 영상은 텔레비전을 통해 전 세계인에게 전해졌다. 그로 인해 마르잔은 인간이 저지른 행위로 고통받는 동물을 상징하는 존재가 되었다. CNN이 이라크와 관련된 소식을 전해줄 때마다 나는 마르잔의 한 맺힌 듯한 표정이 떠올라 마음이 스산했다. 바그다드의 동물들에게도 똑같은 운명이 기다리고 있을 것이다. 불 보듯 뻔했다. 두 손 놓고 가만히 있을 수가 없었다. 뭔가 해야만 했다. 끔찍한 운명을 겪으리라는 것을 알면서도 그냥 내버려둘 수는 없었다. 어떻게 해서든 내가 도와줄 것은 없는지 살펴봐야만 했다.

웅장하고 아름다운 아프리카의 새벽에 새끼를 데려와 자랑스럽게 보여주는 코끼리들을 바라보며, 나는 방관자로 남아 있을 수는 없다고 결심했다. 설사 실패를 할지라도 일단 나서서 무언가를 해야 했다. 동물들을 구하지 못하더라도 나는 내가 하는 일이 인간의 양심에 깊은 인상을 줄 것이라고 믿었다.

프랑수아즈는 내 마음을 이해하기는 했지만 환영하지는 않았다. 지난 5년간 우리는 툴라툴라에 엄청난 돈과 시간, 노력을 들였고 이제야 겨우 그 결실을 맺기 시작하려는 참이었다. 프랑수아즈와 나는 외래종 식물을 제거하는 것은 물론, 기반시설을 개선해 야생동물이 방해받지 않고 마음껏 번성할 수 있는 환경을 만들어주고자 애썼다. 전에 그곳은 사냥이 가능한 구역이었지만, 지금은 사냥 금지 조치가 내려져 야생동물이 사람의 손에 목숨을 잃을 일은 없었다.

줄루란드의 지역 주민들 역시 야생동물 보호구역인 툴라툴라를 만드는 데 여러 가지로 도움을 주었다. 이를 계기로 나는 그간의 흑백 인종분리 정책으로 퇴색되었던 사람과 자연과의 관계, 그리고 전통문화를 회복하는 데 적극 나섰다. 우리는 그 지역을 새롭게 바꿔나가고 있었던 것이다. 이제 야생동물도 많이 번성했고 여행객들을 위해 강이 보이는 곳에 새로 지은 명품 숙소도 완공된 터였다.

툴라툴라를 관리하는 일은 엄청난 노동을 필요로 했기 때문에 내가 그곳을 떠나는 일을 두고 프랑수아즈가 난감해하는 것도 무리는 아니었다. 더욱이 이제 막 화재가 많이 나는 계절이 찾아왔고 여전히 밀렵꾼에 대한 경계를 늦출 수 없는 상황이었다.

파리에서 살다가 귀화한 프랑수아즈에게 2천만 제곱미터에 달하는 땅을 혼자 관리하라고 요구하는 것은 무리였다. 하지만 우리 직원들은 충직했고 특히 매니저인 브랜던 휘팅턴 존스는 깊은 신뢰감을 주는 동시에 융통성이 있었다. 무엇보다 프랑수아즈는 프랑스 여성 특유의 여성스러움 뒤에 강인한 정신력을 감춰두고 있었다. 나는 그녀가 충분히 해내리라 믿었고 그녀 자신도 그것을 알고 있을 것이라고 생각했다.

그날 아침 우리는 숙소의 안뜰에 앉아 아름답고 요란한 색상을 자랑하는 괄라괄라 새가 하늘로 날아오르는 모습을 바라보며 커피를 홀짝이고 있었다. 느닷없이 프랑수아즈가 언제 갈 거냐고 물었다.

"최대한 빨리."

하지만 말만 앞섰을 뿐, 나는 무엇을 어디서부터 어떻게 시작해야 할지 감을 잡을 수 없었다. 전쟁 중인 나라에 어떻게 들어갈 것인가? 선탠 크림과 관광 비자만 달랑 들고 갈 수는 없는 노릇이었다. 이라크에 가려면 용기뿐 아니라 국경을 통과시켜줄 광범위한 연줄이 필요했다.

툴라툴라를 자주 찾아오는 손님 중 남아공에서 미국 상무관으로 일했던 헨리 리치몬드라는 사람이 있었다. 마당발로 알려진 그라면 내가 어떤 경로를 통해 이라크로 가야 하는지 일러줄 수 있을 거라는 생각이 들었다. 나는 은퇴한 뒤 하와이에서 살고 있는 그에게 전화를 걸어 바그다드 동물원에 대한 이야기를 꺼냈다. 특히 미국 입장에서도 바그다드에 있는 동물들이 카불에 살던 동물들과 같은 운명을 맞도록 그냥 두어서는 안 될 것이라고 말했다.

헨리는 내 말에 충분히 공감했다. 외교 경험이 풍부한 그는 전쟁이 끝나도 평화를 유지하기 위해 미국이 힘든 시기를 보내야 할 거라는 사실을 직감했다. 전쟁의 명분은 중동에 민주주의의 씨를 뿌린다는 것이었다. 그 야심 찬 시도를 위해서라도 최대한 신속하게 이라크를 복구해야 했다. 그가 물었다.

"그럼 그곳에 가서 어떻게 하실 생각입니까?"

나는 조금도 주저하지 않았다. 우선 동물원에 찾아가 현황을 파악해야 했다. 그러려면 내가 바그다드로 가야 하는데 혹시 도와줄 수 있는지 물었다.

한동안 말이 없던 헨리는 최대한 인맥을 활용해보겠노라고 대답했다. 그런 뒤 시간이 좀 걸릴 것이라는 말을 덧붙였다. 이라크 입국 허가는 미국 중부 사령부(미군이 중앙아시아와 그 일대 지역의 관리를 목표로 만든 군조직—옮긴이)에서 받아야 하는데 그 사령부는 카타르의 수도 도하에 있었다. 먼저 워싱턴에 있는 친구들과

의논해야 하기 때문에 시간이 걸릴 수밖에 없으니 좀 참고 기다려야 할 것이라고 했다.

불행인지 다행인지 나는 참을성이 부족했다. 더욱이 마르잔의 모습이 뇌리에 박혀 떠나지 않았다. 다음 날 바로 중부 사령부에 전화를 건 나는 짐짓 심각한 표현을 써서 둘러대며 바그다드 동물원을 책임지게 된 사람이라고 말했다.

도하에서는 쿠웨이트 내 인도주의이라크지원기구(HOC, Humanitarian Operations Center)에 연락해보라고 알려주었다. 나는 즉각 그쪽에 전화를 걸어 중부 사령부에서 이쪽으로 연락하라고 했다는 사실을 강조하며 전화한 이유를 간절하게 설명했다. 지원기구 측은 내가 한 말을 문서로 제출해달라고 요청했다. 2초 만에 이메일을 날린 나는 헨리에게 전화를 걸어 승인이 빨리 나도록 도와달라고 부탁했다.

며칠 후, 우리 툴라툴라의 직원이 쿠웨이트에서 아무개 대사가 나를 찾는다고 말했다. 나는 서둘러 전화를 받았다. 수화기 건너편에서 들려오는 세련되고 깊이 있는 목소리의 남자는 자신을 팀 카나라고 밝혔다. 그는 내가 바그다드 동물원을 복구하기 위한 아이디어를 가진 사람이라는 내용이 담긴 이메일을 줄줄이 받았다고 말했다. 그리고 자신이 이라크 임시정부의 군수산업 감찰관을 맡게 되었는데, 동물원은 직무 범위에서 벗어나지만 개인적으로 야생동물에 특별한 관심이 있다고 덧붙였다.

야호, 대박이로구나! 나는 내가 우려하는 것이 무엇인지 열변을 쏟았다. 그다음으로 기억나는 것은 팩스로 들어온 쿠웨이트로의 초대장이었다. 그것은 연합군의 서식을 갖추고 있었고 팀 카니의 서명도 있었다.

이제 쿠웨이트 비자를 확보해야 했다. 만약 마틴 슬래버 주■쿠웨이트 남아공 대사가 아니었다면 내 계획은 아마도 악몽으로 끝나고 말았을 것이다. 대사는 일단 상황을 설명해주었다.

"미군은 쿠웨이트를 통해 이라크로 들어가고 있으며 대부분의 국경은 폐쇄되었습니다."

슬래버 대사는 복잡하고도 관료제적인 절차를 생략하고 내 신청서를 쿠웨이트 정부에 있는 지인들에게 넘겨주었다. 덕분에 나는 다음 날 남아공을 떠날 수 있었다. 출국 준비는 순조롭게 진행되었지만 공항에서 프랑수아즈와 작별하는 것은 굉장히 힘든 일이었다.

쿠웨이트에 도착하자마자 나는 팀 카니에게 전화해 그날 저녁 식사를 함께하기로 약속했다. 큰 키에 깔끔하고 머리가 희끗희끗한 그는 국제적으로 활약하는 분쟁 조정자였고 남아공에서 살았던 경험도 있었다. 우리는 서로 통하는 점이 많다는 것을 즉각 알아차렸다. 식사를 함께하면서 우리는 만약 내가 이라크에 도착했는데 바그다드 동물원의 동물들이 무관심으로 모두 죽어 있다면 관련 단체들을 총동원해 미국 행정부를 가차 없이 몰아세우기로 했다. 나는 미국이 시한폭탄 위에 앉아 있다는 점을 강조했다.

카니는 내가 조속히 바그다드로 가는 것이 급선무라고 했지만, 동시에 바그다드가 현재 화약고처럼 위험하기 짝이 없는 지역이라는 경고도 잊지 않았다. 그쪽은 민간인이 무턱대고 들어가기엔 너무나 위험했다. 군 호위대마저 종종 공격을 받는 처지였다. 카니는 최대한 힘을 써보겠다고 했지만 그래도 최종 승인은 군에서 해주어야 한다고 덧붙였다. 따라서 먼저 인도주의이라크지원기구를 찾아가야 한다고 했다.

다음 날 나는 인도주의이라크지원기구의 문을 두드렸다. 그리고 이라크 입국허가증 발행 책임자인 짐 파이크스 대령과 에이드리언 올드필드 소령을 만날 때까지 계속 찾아갔다. 내 요구를 들은 그들은 어안이 벙벙한 표정으로 나를 바라보았다. 제정신이 박힌 사람이라면 누가 자발적으로 바그다드에 들어가겠다고 하겠는가?

파이크스 대령과 올드필드 소령 모두 민간인을 혼자 전투 지역에 보내고 싶어 하지 않았다. 그들은 내가 이라크에 들어가면 목숨을 잃을 확률이 매우 높기에 입국허가증에 서명을 해줄 수 없다고 말했다. 두 사람은 남아공으로 돌아가 이라크 국경이 열릴 때까지 기다리라고 열심히 나를 설득했다.

무슨 당치 않은 소린가? 내가 엄지손가락이나 만지작거리며 시간을 보내는 그 순간에도 동물들은 죽어가고 있을 터였다. 인도주의이라크지원기구가 생각을 바꾸길 기다리는 동안 나는 CNN, BBC, FOX 같은 언론사에 묻어서 가게 해달라고 졸라보았다. 하지만 기자들 또한 전투 지역으로 들어가기 위한 허가를 얻느라 제 코가 석 자인 형편이었다.

그러던 중 맥코넬 대령이라는 사람이 바그다드에서 쿠웨이트로 군수품을 가지러 왔고, 동물원의 동물들을 위한 먹이도 확보하고 있다는 말을 들었다. 얼마나 반가웠던지 나는 환호성을 내질렀다. 적어도 살아남은 동물들이 있다는 얘기가 아닌가!

나는 곧바로 맥코넬 대령을 만났다. 그는 내가 우려하는 상황이 현실로 나타나고 있음을 확인해주었다. 그는 동물원의 상태는 한마디로 최악이라고 잘라 말했다. 동물들 대다수가 죽었고 그나마 살아남은 동물도 기아와 탈수로 산송장이나 다름없다고 했다. 내일 들소 고기를 갖고 가기는 하겠지만 냉장시설이 제대로 갖춰져 있지 않아 고기가 오래가지는 못할 거라고 덧붙였다. 나는 제발 나를 데리고 가라고 통사정했다. 하지만 대령의 힘만으로는 민간인을 데려갈 수 없었다. 대신 맥코넬 대령은 동물원에 대한 한 쪽짜리 보고서 복사본을 나에게 건네주었는데, 거기에는 동물원에서 벌어진 전투와 무법 행위, 약탈, 그리고 살아남은 동물들의 상황이 자세히 기술되어 있었다. 보고서의 마지막에는 "이 동물원은 매우 위험합니다"라고 쓰여 있었다. 하지만 나는 그 경고를 무시하고 이라크로 들어갈 수 있는 방법을 끈질기게 모색했다.

하늘은 스스로 돕는 자를 돕는다고 했던가? 내 경우에는 두꺼운 낯짝이 도와준 것인지도 모른다. 어쨌든 우연한 계기로 상황은 180도 바뀌었다. 당시 슬래버 대사와 나는 꾸준히 연락을 하고 있었는데, 내가 이라크에 가지 못해 안달하는 동안 대사가 한 가지 부탁을 해 왔다. 쿠웨이트 동물원이 이제 막 코끼리와 코뿔소 우리를 완공하고 남아공에서 동물을 데려오기 위해 허가증을 신청했는데, 마침 내가 쿠웨이트에 있으니 완공된 우리가 동물들이 살기에 적합한지 평가해달라는 것이었다.

처음에는 그 부탁이 그리 달갑지가 않았다. 이라크로 들어가는 일 외의 다른 것에는 귀중한 시간을 허비하고 싶지 않았던 것이다. 하지만 다른 사람도 아니고, 쿠웨이트 비자를 받을 수 있도록 도움을 준 슬래버 대사의 부탁이었기 때문에 거절할 수가 없었다. 나는 마지못해 그러겠노라고 대답하고 동물원의 베테랑 수의사인 메독 박사를 만나러 갔다.

불행히도 동물원 우리는 불합격이었다. 동물들이 살기에는 너무 비좁고 답답했다. 나는 상대방이 기분 나쁘지 않도록 최대한 조심스럽게 의견을 전했다. 미팅이 끝날 때쯤 우리는 자연스레 이라크의 상황에 대해 대화를 나누었다. 메독 박사는 1991년 사담이 쿠웨이트를 침공했을 당시, 이라크 병사들이 쿠웨이트 동물원의 동물들을 닥치는 대로 죽인 사실을 이야기했다. 이라크 병사들은 동물원의 동물을 한 마리도 남김없이 기관총으로 쏴 죽였는데 그들은 재미로 그 짓을 했다고 했다.

나는 바그다드 동물원의 동물들이 모두 죽지는 않았는지 살펴보고 싶다고 말했다. 그런 뒤 쿠웨이트 동물원이 바그다드 동물원에 의약품과 기타 필요한 물품을 기증할 의사는 없는지 물었다. 그것은 이라크 측에 쿠웨이트의 선의를 보여줄 수 있는 좋은 기회이며, 사담 이후 들어설 정권과 좋은 관계를 유지하고 싶어 하는 쿠웨이트에게 나쁘지 않은 일일 거라고 덧붙였다. 무엇보다 그런 물자를 나보다 더 잘 실어 나를 수 있는 사람이 어디 있겠는가?

메독 박사는 내 제안에 찬성하지만 농무부 장관에게 허가를 받아야 한다고 덧붙였다. 다음 날, 쿠웨이트 농무부 장관과의 미팅

자리가 마련되었다.

여기에서 운명의 여신은 또 한 번 나를 향해 미소 지었다. 며칠 전 공항에서 고약하기로 악명 높은 쿠웨이트 세관을 통과하기 위해 기다리고 있을 때, 군에 헬리콥터를 운송해주는 미국 에버그린 항공사의 마이크 허니 이사를 만났다. 그에게 쿠웨이트로 가는 이유를 이야기했더니 큰 관심을 보였다. 내가 자비를 들여 자발적으로 하는 일인 데다 그의 표현을 빌리자면 정말 "찾아보기 힘든 색다른 일"이기 때문이었다. 그는 어쩌면 자기의 '새'에 나를 태우고 바그다드까지 데려다줄 수 있을지도 모르겠다고 말했다. 쿠웨이트로 들어간 후에도 나는 그와 연락을 취했다.

농무부 장관과의 미팅 전날 나는 우연히 허니를 만났는데, 농무부 장관을 만나게 되었다고 했더니 자기도 동석할 수 있겠느냐고 물었다. 안 될 이유가 어디 있겠는가.

미팅에서 파하드 살렘 알 알리 알 사바 장관이 마이크 허니와 같은 대학에 다녔다는 것을 알게 되었을 때 내가 얼마나 놀랐을지 상상해보라. 두 사람은 30분간 침을 튀겨가며 대학 시절 이야기를 하느라 정신이 없었다. 동물원 문제는 꺼내지도 못하겠구나 싶어 나는 절망했다. 하지만 막상 동물원 이야기가 나오자 장관은 집중해서 듣더니 내가 제안한 모든 안을 허가해주었다. 그런 다음 곧바로 대학 시절 이야기로 돌아가 목청을 돋웠다. 그 자리에 함께 있었던 팀 카니는 내게 엄지손가락을 들어 보였다.

드디어 이라크로 들어가는 데 필요한 모든 것을 손에 넣었다. 나는 이제 막무가내로 전쟁 지역으로 들어가려는 독불장군이 아니었다. 공식적으로 구호 임무를 인정받고 당당하게 이라크에 가게 된 것이다. 그뿐 아니라 그 임무는 전략적으로 중요한 아랍의 동맹국인 쿠웨이트와 중립적인 남아공 정부, 그리고 연합군 본부의 지원을 받고 있었다.

이 귀찮은 동물보호 운동가를 지켜워하던 파이크스 대령과 올드필드 소령은 내가 들고 간 허가증을 보더니 나를 다시 보는 눈치였다. 하지만 그 문서를 쿠웨이트 정부의 공식문서 양식으로 받아 오라고 요구했다. 그건 파하드 살렘 알 알리 알 사바 장관에게 직접 받아 오라는 얘기였다. 또 건너야 할 산이 생겼다는 생각에 가슴이 철렁했지만 나는 자신 있게 알았다고 대답했다. 나는 다시 쿠웨이트 농무부에 연락을 취했다.

무함마드 알 무하나 부국장은 내가 요청한 공식문서뿐 아니라 가이드 및 조수를 겸할 쿠웨이트 동물원 직원 두 명도 데려갈 수 있게 해달라는 제안도 승인해주었다. 한 사람은 수의사 교육을, 또 한 사람은 동물 사육사가 되기 위한 교육을 받고 있었다. 그들은 떠날 준비를 갖추고 새벽 4시에 호텔 밖에서 기다리기로 했다.

마지막 순간까지 파이크스 대령은 허가해주기를 꺼렸다. 나는 비장의 카드를 뽑았다.

"지금 우리가 미국 국경선 가지고 건너니 못 건너니 하는 겁니까? 나는 쿠웨이트 국경을 넘겠다는 겁니다. 쿠웨이트 정부가 자기 나라 국경을 넘어 이라크로 가도 좋다고 나한테 허락을 했다니까요?"

파이크스 대령은 체념한 듯 펜을 들었다. 그런 뒤 한마디 덧붙였다.

"당신은 이라크로 가는 최초의 민간인입니다. 조심, 또 조심하십시오. 살벌한 곳이니까요."

드디어 나는 그렇게도 얻기 힘들었던 입국허가증을 손에 쥐었다. 까다롭게 굴긴 했지만 파이크스 대령이 좋은 사람이었다는 것은 틀림없는 사실이다. 그가 진심으로 내 안위를 걱정하고 있다는 것을 느낄 수 있었다. 나는 바그다드에 도착하면 전화하겠노라고 약속했다. 내가 자리에서 일어나자 올드필드 소령은 악수를 청하며 다소 불길한 말을 했다.

"이번 일을 끝내고 살아남으신다면 형씨가 운영한다는 남아공의 보호구역에 꼭 한번 가보겠습니다."

나는 고개를 끄덕였다.

"얼마든지요. 파이크스 대령도 꼭 같이 오십시오."

나는 곧바로 공항으로 달려가 렌터카를 준비했다. 용도를 적는 칸에 '쿠웨이트시티로 출장'이라고 적었다. 진짜 목적지를 밝혔다가는 퇴짜 맞을 게 뻔하지 않은가. 만일의 경우에 대비하여 권총을 한 자루 구입하고 싶었지만 쿠웨이트에서 무기를 구입하는 것은 불가능했다. 바그다드에 가서나 알아볼 일이었다.

그날 밤 나는 프랑수아즈에게 전화를 걸어 이제 이라크에 들어가게 되었다고 보고했다. 6400킬로미터나 떨어진 곳에서 전화를 받은 프랑수아즈는 전쟁 지역에 들어간다는 내 말에 나처럼 흥분하지는 않았던 것 같다.

02
폐허가 된 동물원

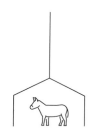

막상 바그다드에 도착하니 구멍 난 타이어처럼 기운이 빠지고 말았다. 거덜나고 난장판이 된 공원을 어디서부터 손대야 할지 막막했다. 사실 손을 쓰는 것이 불가능해 보였다. 겨우 이런 꼴을 보러 그 먼 길을 달려온 것인지, 4개국 공무원들과 수없이 통화하고 복잡한 형식적 절차를 통과하기 위해 안간힘을 쓴 게 겨우 요 모양을 보려고 했던 것인지 갑자기 모든 것이 허무했다.

동물원을 둘러싸고 있는 공원, 폭탄으로 다 부서진 그 공원을 살펴보았을 때 나는 이라크 국경선을 넘기 위해 거쳐야 했던 관료주의의 벽은 지금 내 앞에 놓인 문제와 비교하면 새 발의 피에 지나지 않았다는 사실을 깨달았다. 내 표정을 살피던 브라이언 시들릭 중위는 무겁게 고개를 끄덕이며 말했다.

"상황이 별로 안 좋죠?"

그는 우리가 어떻게 거기까지 왔는지 꼬치꼬치 캐묻기 시작했다. 쿠웨이트에서 그곳까지 민간 차량을 타고 무사히 도착했다는 사실에 감탄해 마지않는 모습이 역력했다. 미쳤거나 아무것도 모르고 무모하게 덤벼들었기에 가능했던 일일 수도 있지만, 우리는 진지했고 또한 절실했다.

그가 우리의 등장을 반겼던 이유는 따로 있었다. 우리가 그에게 얹힌 혹을 하나 떼어줄 수 있었기 때문이다. 시들릭 중위의 관리영역 아래 있던 동물원과 동물들은 군사적인 문제와는 무관하기에 그에게는 골치 아픈 존재에 지나지 않았다. 그가 나에게 재차 물었다.

"그러니까 이 동물들을 이제부터 당신이 책임진다는 말이죠?"

나는 고개를 끄덕였다.

"쿠웨이트에 있는 사람들이 그렇게 말했습니까?"

나는 계속 고개를 끄덕이며 허가증을 톡톡 두드렸다. 그의 얼굴은 기쁨으로 반짝였고 내 손을 다시 한번 붙들고 악수했다. 이라크에 도착한 이래 진심으로 환영받고 있다는 느낌을 처음으로 받은 순간이었다. 남아공에서 쿠웨이트까지 온갖 정부기관의 문을 두드리며 고생한 보람을 느낀 찰나이기도 했다. 시들릭 중위가 말했다.

"저도 힘이 닿는 한 최선을 다해 돕겠습니다. 하지만 아직 전쟁 중이라……."

"감사합니다. 아마 많이 도와주셔야 할 것 같습니다."

우리가 대화하는 동안 땅딸막한 중년 이라크 남자가 다가왔다.

머리는 하얗게 세어 있었고 얼굴은 피곤으로 쭈글쭈글했지만 미소 지을 때는 눈에서 유머 감각이 엿보였다. 브라이언 시들릭 중위가 그를 향해 손을 흔들었다.

"이 사람은 후샴 후산 씨입니다. 이 바그다드 동물원의 부원장이죠."

내가 온 이유를 설명하자 후샴 무함마드 후산 박사는 입을 떡 벌리고 도무지 믿을 수 없다는 듯한 표정을 지었다. 하긴 아프리카 끝에 사는 외국인이 볼품없는 동물원을 구하겠다고 그 먼 길을 왔다는 사실을 누가 믿을 것인가. 그는 무엇보다 이런 동물원이 있다는 사실을 어떻게 알았을까 하는 눈치였다.

내가 렌터카의 트렁크를 열고 쿠웨이트 동물원에서 호의의 표시로 준 의약품을 보여주자, 그는 내 손을 부여잡고 흐느끼기 시작했다.

무슨 말을 해야 할지 막막했다.

"많이 힘드셨죠? 동물원 상황이 너무 안 좋죠?"

그는 고개를 끄덕이며 말했다.

"이쪽으로 오십시오. 제가 보여드리겠습니다."

내가 그곳에 간 목적이 바로 이것이었다. 진실을 알아야 했던 것이다. 이제 내 눈으로 현실을 확인할 수 있게 되었다. 그리고 그날 내 눈앞에 펼쳐진 진실만큼 내 의지를 확고하게 다져준 것은 없었다.

맨 처음 눈에 들어온 곳은 입구였다. 그곳은 무심히 지나칠 수 없을 만큼 망가져 있었다. 송곳니를 드러내며 으르렁거리는 사자가 그려진 입구는 폭격을 맞아 술에 취한 것처럼 한쪽으로 심하게 기울어 있었다.

그래도 입구는 그 안에 비하면 양반이었다. 동물 우리는 형용할 수 없을 정도로 불결했다. 마지막으로 청소한 날이 언제인지 짐작조차 할 수 없었다. 바닥에는 소변이 증발하면서 남은 하얀 소금기가 암모니아 냄새를 풍기고 있었고, 악취가 진동하는 배설물 더미는 뜨겁게 내리쬐는 햇빛 아래 딱딱하게 굳어가고 있었다. 아무리 비위 좋은 사람이라도 그런 악취에는 속이 뒤집히지 않을 수 없을 것 같았다.

살아남은 동물에게 죽은 동물을 던져주었는지 우리 한편에 널브러진 뼈다귀에는 파리 떼가 바글바글 달라붙어 그 속이 보이지 않을 지경이었다. 죽음과 부패에서 비롯된 악취가 공기를 무겁게 짓누르고 있었다.

박격포 세례를 받아 커다란 구멍이 난 사자 우리는 미군들이 자갈과 철사로 엉기성기 막아놓은 상태였다. 만약 사자들이 건강했다면 그 정도쯤은 눈 깜짝할 사이에 차버리고 뛰쳐나왔을 것이다. 나는 하루빨리 그 구멍부터 제대로 막아야겠다고 생각했다.

우리 안의 사자들은 굼뜨게 움직이며 우리를 노려보았다. 몇 마리는 너무 쇠약해진 나머지 고개를 들 힘조차 없어 보였다. 자세히 보니 아프리카사자였다. 나는 이라크에 있는 동물원이라면 좀 더 희귀하고 몸집이 작은 인도사자가 있을 거라고 생각했다.

또 다른 우리에서는 희귀종인 벵골호랑이가 처참할 정도로 쇠약해져 힘없이 송곳니를 드러내고 있었다. 한때 멋지고 웅장한 모습을 자랑했을 줄무늬는 이제 낡아빠진 로프처럼 보였다. 바로 옆 그늘에 숨어 있는 수컷 벵골호랑이는 암컷보다 어려 보였는데 앙상하게 마르고 지쳐 있었다.

이라크 불곰은 '정형 행동'이라는 증상을 보이고 있었다. 쉴 새 없이 반복해서 왔다 갔다 하는 게 무슨 일이 터지기를 기다리고 있는 것처럼 보였는데, 후샴의 말에 따르면 그 곰이 동물원을 약탈하러 들어온 사람을 세 명이나 죽였다고 한다. 다른 곰은 겁에 질린 어린아이처럼 한쪽 구석에 웅크리고 앉아 있었는데 무척 괴로워 보였다.

옆 우리에는 곰처럼 정형 행동을 하는 스라소니가 있었고, 조금 더 떨어진 우리 안에 있는 멧돼지들은 수도관이 터진 탓에 수렁처럼 변한 땅을 피해 한쪽 구석의 마른 땅 위에 비참하게 웅크리고 모여 있었다.

동물원은 폭풍이 휩쓸고 지나간 듯한 모습이었다. 아니, 그러고 나서도 한 번 더 휩쓸고 간 것처럼 아수라장이었다. 쓰레기와 배설물이 여기저기 널려 있었고, 약탈꾼들은 대놓고 이곳저곳을 뒤지고 있었으며, 동물 우리의 문도 죄다 열려 있었다. 어디를 봐도 희망이 없었다. 도와주러 달려올 구조대 하나 없다는 사실을 잘 알고 있던 나는 막막할 따름이었다. 전쟁은 현재진행형이었고 동물원에는 직원이 없었으며 도시는 고립된 상태였다. 혼자 힘으로는 도저히 어찌할 도리가 없다는 깨달음에 가슴이 조여왔다.

비비나 원숭이처럼 아주 날렵해서 약탈꾼의 마수를 피한 동물들은 제멋대로 왔다 갔다 하고 있었다. 사막여우 한 마리, 스라소니 한 마리 그리고 여러 종의 개들도 보였는데 모두들 털가죽과 갈비뼈밖에 남지 않은, 그야말로 피골이 상접한 모습이었다. 머리 위로는 앵무새와 매, 다른 새들이 원을 그리며 날거나 유칼립투스 위에 앉아 꽥꽥 시끄럽게 울고 있었다.

전쟁 전에는 650마리에 달하던 동물 중 겨우 이 정도만이 살아 남은 것이다. 약탈꾼에 맞서 싸울 수 있는 이빨이나 발톱을 가진 동물 혹은 날아서 도망갈 수 있는 새들만 간신히 목숨을 부지하고 있었다.

후샴 박사는 우리 밖으로 나온 동물을 다시 안으로 들여보내려면 보호용 장비가 필요하다고 했다. 나는 고개를 끄덕였다. 무엇보다도 필요한 물건이었다. 하지만 전쟁 중인 곳에서 무슨 수로 보호복을 구할 것인가. 꿩 대신 닭이라고 병사들한테 방탄복이라도 빌려야 할까?

걷다 보니 폭탄이 떨어져 생긴 커다란 웅덩이가 있었다. 웅덩이가 얼마나 큰지 한번 빠지면 헤어날 수 없을 것처럼 보였다. 그 옆에서는 당나귀 사체가 썩어가고 있었다.

"미군이 들어오기도 전에 이곳에 폭탄이 날아들었습니다."

후샴의 말이었다. 나는 고개를 끄덕였다. 침공하기 전에 '겁주기' 작전용으로 떨어뜨린 폭탄 중 일부가 목표물에서 빗나간 모양이었다.

후샴 박사는 동물원의 새로운 식구를 위해 지었던 우리를 보여주었다. 그 우리는 텅 비어 있었다. 철로 만든 문은 광기 어린 인간의 손에 의해 모두 뜯긴 상태였다. 지상의 생명체 가운데 가장 키가 크고 기묘한 우아함을 자랑하는 동물인 기린이 한 쌍 들어왔는데, 무슨 운명의 장난인지 전쟁이 시작되기 바로 전날 동물원에 도착했다고 한다. 후샴은 미처 기린을 풀어주지도 못했다고 했다. 낯선 땅에 도착하자마자 한 마리는 도륙당해 고기로 변했다. 다른 한 마리는 똑바로 서 있지도 못할 만큼 좁은 암시장의 우리 안에 갇혀 어딘가로 팔려 갈 날만 기다리고 있을 거라고 했다. 타조 두 마리도 비슷한 운명을 맞았다. 약탈꾼들이 타조를 꽁꽁 묶어 차에 태운 뒤 어딘가로 데려간 것이다.

건물 밖에서는 난폭한 약탈꾼들이 벌건 대낮에도 손에 쥘 수 있는 것은 무엇이든 쓸어 가는 상황이었다. 우리는 주먹을 불끈 쥐었다. 하지만 무장하지 않은 민간인이 할 수 있는 일은 아무것도 없었다.

막 공터를 지나 호수 쪽으로 가려는데 후샴이 내 팔을 잡았다.

"폭탄입니다. 조심하십시오."

나는 내 앞에 펼쳐진 지옥 같은 상황에 정신이 팔린 나머지, 주위도 제대로 살피지 못하고 있었다. 후샴의 말에 정신을 차리고 보니 목숨을 앗아 갈 수 있는 불발탄들이 여기저기 흩어져 있었다. 후샴이 말했다.

"미군이 많이 회수해 가긴 했지만 아직도 남은 게 많아요."

안전한 곳이라곤 포장된 도로밖에 없었다. 하지만 이렇게 사방에 널린 불발탄조차 약탈꾼들을 막지는 못했다. 그들은 동물들처럼 동물원 안을 돌아다녔던 것이다.

브래들리 전차 한 대가 천천히 동물원 입구 쪽으로 들어오고 있었다. 이 땅딸막한 탱크는 그 무엇에도 지지 않을 것 같은 고압적인 분위기를 물씬 풍겼다. 미군이 약탈꾼들을 단속하는 것도 아닌데, 약탈꾼들은 탱크만 보고도 슬금슬금 뒷걸음질을 쳤다.

후샴은 티그리스강에서 물을 끌어오는 인공 호수로 나를 데려갔다. 통로 위에 있는 새장은 죄다 부서져 있었는데, 후샴은 대부분의 새가 '닭고기 신세'로 전락했다고 했다. 아마존산 마코앵무, 유럽산 모란앵무 그리고 아프리카산 회색앵무의 모가지가 모두 비틀려 누군가의 냄비 속으로 들어갔다는 것이다.

호수의 물은 더럽기 짝이 없었다. 강에서 물을 끌어오는 펌프는 도둑맞았고 물을 순환시키는 데 사용했던 대형 터빈은 무용지물의 금속 덩어리로 전락해 있었다. 갈색 물에서는 고약한 냄새가 났다. 더욱 놀라운 것은 호수 가운데쯤에 보트가 몇 대 떠 있는 광경이었다. 후샴에게 저 보트는 뭐에 쓰는 거냐고 물으려던 찰나, 물새들이 꽥꽥거리며 기를 쓰고 날아오르려는 모습이 보였다. 멀리서 승리의 환호성 같은 소리가 짧게 들려왔다. 보트에 타고 있던 남자의 손에 몸부림치며 괴로워하는 깃털 덩어리가 잡혀 있었다.

후샴은 "알리바바"라고 말했다. 약탈꾼을 뜻하는 아랍 속어였다. 그는 약탈꾼들이 새들 쪽으로 조용히 배를 저어 간 후 물속으로 미끄러져 들어가 뒤쪽에서 낚아챘다고 설명했다. 저렇게 더러운 물에서 수영을 하다니, 생각만 해도 구역질이 날 것 같았다. 하지만 이곳 사람들은 당장 식탁에 올릴 음식을 장만하느라 매일 그런 짓을 하고 있었다.

나는 손짓 발짓과 영어를 섞어 후샴에게 제대로 된 식사를 한 게 언제냐고 물었다. 그는 어깨를 으쓱하며 "여러 날 음식을 아주 조금밖에 먹지 못했어요. 바그다드에는 먹을 게 없어요. 사정이 아주 나빠요"라고 대답했다. 그는 전쟁이 계속되는 동안 동물원 직원 대부분이 월급도 못 받고 일했다고 덧붙였다. 그래도 그들은 공화국 수비대와 사담 페다인 부대가 몰려왔을 때를 제외하면 한 번도 동물원을 떠난 적이 없었다. 군인들은 총구로 직원들을 위협하며 떠나라고 명령했고 전투를 위해 땅을 파기 시작했다. 군인들은 그들이 선택한 전투 지역이 중동에서 손꼽히는 동물원이었다는 사실에 아랑곳하지 않았다.

사담 페다인 부대는 매우 거칠게 굴었다. 후샴과 아델 살만 무사 원장이 동물들을 위해 조금만 시간을 달라고 사정하자 그들은 입 닥치지 않으면 쏴 죽이겠다고 위협했다. 동물원을 떠나기 전, 아델과 후샴 그리고 나머지 직원들은 마지막 사료를 동물들에게 미친 듯이 나눠주었고 물통에는 넘치도록 물을 채웠다. 후샴은 아무런 이의도 제기할 수 없는 무겁고 살벌한 분위기 속에서 정신없이 일을 마치며, 다시는 그 동물들을 볼 수 없을 거라는 생각을 했다고 말했다.

그로부터 열흘 후 미군 탱크가 도착했고, 내가 서 있던 공원 한가운데에서 전투가 벌어졌다고 했다. 동물들이 얼마나 끔찍한 고통을 겪었을지 상상이 갔다. 총알이 우리를 스쳐 지나가고 터빈 엔진으로 움직이는 탱크가 도로를 전부 헤집으며 덜덜거리고 달렸을 것이다. 하늘에서 미사일이 날아다니고 폭탄이 우주가 폭발

하는 듯한 소음을 내며 건물을 산산조각 내고 있을 때, 동물들은 얼마나 끔찍한 공포에 떨었을 것인가. 사람들도 엄청난 공포에 휩싸였겠지만 우리에 갇혀 옴짝달싹 못 하는 동물들의 고통은 그보다 훨씬 심했을 터였다.

그런 생각을 하며 나는 충격을 받아 태아처럼 잔뜩 웅크리고 있는 늙은 불곰을 바라보았다. 후샴은 곰의 이름이 새디아라고 알려주었다. 새디아는 30년간 그 동물원에서 살았는데 눈이 먼지 좀 되었다고 했다.

"최소한 폭탄 떨어지는 모습은 못 봤으니……."

후샴이 말했다.

보이지 않으니 청각은 더 예민해졌을 텐데. 보이지 않는 것에 대한 두려움은 몇 배 더 증폭되는 법이다.

대부분의 바그다드 시민과 마찬가지로 후샴도 시가전이 계속되는 동안 집에 숨어 지냈다. 아침마다 커튼 귀퉁이를 젖히고 로켓이나 폭탄이 터지고 있는 것은 아닌지 살펴보았다. 그러던 어느 날 동물원 근처 상공에서 동쪽 방향으로 새들이 날아가고 있는 모습을 보았다. 무언가가 뜨겁게 솟아오르는 폭발 현장 위를 매 몇 마리가 유연하게 미끄러지듯 날고 있었다. 그는 눈을 비비고 한참을 바라보았다. 사막의 매들이 도시 한가운데에? 그것도 포화와 대공포가 난무하는 와중에 날아다녀?

후샴은 다른 어떤 새보다 매를 사랑했다. 매는 그 고대의 땅을 물리적, 정신적으로 날아오르는 이라크를 상징하는 새라고 했다.

후샴은 혹시 동물원의 새가 아닐까 하는 생각이 떠올랐다고 했다. 우리 새들이! 그렇다면 새장에서 풀려났다는 소리인데. 새장이 열리지 않고서야 어떻게 이런 일이 있을 수 있을까?

동물원이 약탈당하고 있을지도 모른다는 데까지 생각이 미쳤다. 그는 그 길로 집을 나와 미군과 미쳐 날뛰는 약탈꾼들을 피해 유탄이 널린 길을 8킬로미터나 걸어 동물원으로 갔다. 기습적인 포격이 거리 여기저기에서 벌어지고 있었기 때문에 그는 최대한 몸을 숙이고 발걸음을 재촉했다. 가끔 총알이 바로 옆을 스쳐 지나갈 때도 있었다. 그럴 때면 본능적으로 몸을 웅크렸다. 하지만 그는 운명을 믿는 사람이었다. 살고 죽는 것은 모두 알라에게 달려 있다고 생각했다.

블랙호크 헬리콥터 여러 대가 후샴 바로 위에서 날고 있었다. 얼마나 낮게 날았던지 짙은 색 안경을 쓴 군인들이 헬기 안에 앉아 안경 너머로 그를 노려보는 것이 다 보일 정도였다고 했다. 번쩍이는 검은색 헬기는 엄청난 위용을 자랑하며 그를 위협했다. 어찌나 기세등등한지 마치 코브라가 생쥐를 꼼짝 못 하게 하는 것처럼 그 살기로 인해 정신이 몽롱해질 정도였다. 바짝 졸아 위를 쳐다볼 수도 없었던 후샴은 군인들이 민간인을 알아보기만 기도할 뿐이었다. 전쟁과는 아무 상관도 없는, 그저 동물을 사랑하는 민간인을 말이다.

동물원에 도착하기까지는 한 시간 이상 걸렸다. 후샴은 자기 눈앞에 펼쳐진 모습을 믿을 수가 없었다. 가장 먼저 눈에 들어온 것은 모든 우리의 자물쇠가 떨어져 나가고 문이 열려 있다는 사실이었다.

정원용 기기나 물통 같은 아주 기본적인 집기도 모두 사라지고 없었다. 유리로 된 수족관은 산산조각이 나 있었고, 이국적인 물고기 몇 마리가 사막의 땡볕 아래 딱딱하게 굳어 있었다. 광기 어린 약탈자들이 서두르다 놓쳐버린 모양이었다. 그는 남아 있는 동물의 수를 헤아려보았다. 용하게도 쇠처럼 단단한 땅을 파고들어 간 오소리를 빼고는 사람이 잡아가기에는 너무 사나운 동물, 뾰족한 무기를 갖고 있는 동물, 또는 잽싼 동물만 남아 있었다. 오소리는 큰 상처를 입은 상태였다. 심지어 약탈꾼들은 폭탄이 터지면서 생긴 돌무더기까지 치우며 사자 우리에 침범했다가 굶주린 사자의 맹렬한 기세에 질려 도망치고 말았다.

미군들이 후샴에게 다가와 시비조로 무엇을 하고 있느냐고 물었다. 군인들은 자살폭탄 테러가 아닌 한 민간인을 해쳐서는 안 된다는 명령을 받았지만, 무정부적인 혼란에 질려 있는 상태였다. 후샴이 엉터리 영어로 자기가 바그다드 동물원의 부원장이라고 말하자, 병사들은 그를 브라이언 시들릭 중위에게 데려갔다.

시들릭 중위는 아주 반갑게 후샴을 맞았다. 안 그래도 그는 누군가가 동물원 관리를 도와주었으면, 그래서 자신은 전투에만 집중할 수 있었으면 하고 고대하던 차였다. 그는 후샴에게 박격포 공격으로 사자 우리가 망가졌을 때 사자들이 우리를 탈출해 공원을 돌아다녔노라고 알려주었다. 시들릭 중위는 전투에 참여하지 않고 몇몇 병사와 함께 무장한 군용차를 동원해 사자들을 잡으러 나섰는데, 우리로 돌아가기를 거부한 사자 세 마리는 결국 사살할 수밖에 없었다고 전해주었다. 후샴은 아주 슬프게 한숨을 내

쉬며 한 마리는 호랑이 우리 밖에서 총을 맞았다고 내게 말했다. 짝짓기 실험의 일환으로 벵골호랑이와 같은 우리에서 살게 한 암사자였는데, 종이 다른 이 두 마리는 신기하리만치 서로 잘 지냈다고 한다. 그 암사자는 자기 짝에게 돌아가는 중이었던 것 같다고 후샴은 말했다.

파괴된 동물원을 보고 슬퍼하는 후샴을 지켜보던 시들릭 중위는 약탈꾼들 때문에 몇 마리를 쏴 죽여 본보기를 보여주어야 했다고 덧붙였다. 또한 그는 전투 중에 죽은 당나귀와 늑대는 사자들에게 먹이로 던져주었다고 말했다. 굶주린 사자들이 그것들을 다 먹어치운 다음에는 심하게 다친 영양을 쏴 죽여 통째로 주었다고도 했다.

가장 큰 문제는 물이었다. 순찰을 돌고 사담의 부대를 물리치는 와중에도 병사들은 저격수들의 총탄을 피해 틈틈이 물을 날랐다. 하지만 그 일은 시간이 너무 많이 걸릴 뿐 아니라 군인들 본연의 임무도 아니었다.

후샴은 우울한 마음으로 동물원 이곳저곳을 배회했다. 그는 자기 민족, 자기 나라 사람들이 이런 짓을 했다는 사실을 믿을 수가 없었다. 그도 배고픔이 뭔지 아는 사람이었다. 그 역시 끔찍한 경제봉쇄 시절을 겪어보았으니까. 하지만 이것은 순전히 날강도 같은 짓이었다. 왜 자물쇠를 부수고 우리를 파괴해야 했을까? 왜 냉장고와 선풍기를 훔쳐 가야 했을까? 심지어 대야와 변기까지 훔쳐 가다니! 그는 상념을 떨치기 위해 머리를 흔들었다. 그냥 넋을 놓고 있기에는 당장 해야 할 일이 너무 많았다.

그 지역을 배회하던 사람들 중에 후샴을 보고 온 직원이 두 명 있었다. 월급도 나오지 않는 직장이었지만 이들은 곧바로 동물원에 복귀할 준비가 되어 있었다.

가장 급한 건 역시 물이었다. 후샴 박사는 수의사였지만 즉석에서 무언가를 잘 만들어낼 줄 아는 재주꾼이기도 했다. 끈과 씹고 난 껌만으로도 부서진 무언가를 고칠 수 있는 그런 사람이었다. 하지만 그런 후샴도 몽땅 부서진 펌프와 파이프를 보았을 때는 망연자실할 수밖에 없었다. 부품 없이는 할 수 있는 게 아무것도 없었다. 전쟁터에서 펌프 부품을 어떻게 구한단 말인가?

후샴과 직원 둘은 흩어진 파이프 조각들을 모아 사자 우리 옆에 원시적인 송수관을 만들었다. 그런 다음 미군 병사가 준 양동이를 들고 왔다 갔다 하며 수로에서 물을 퍼 와 파이프를 통해 사자 우리의 물통 안으로 흘러 보냈다.

갈증으로 목이 마른 사자들은 우리 내의 야외 구역에 있다가 물 냄새를 맡고는 실내로 성큼성큼 걸어 들어왔다. 거의 2주일간 물 한 방울 구경하지 못한 터였다. 우리를 탈출했을 때도 수로에서 물 한 모금 마셔보기 전에 다시 쫓겨 들어간 사자들이었다.

후샴은 당시 사자들의 모습을 이야기해주었다. 사자들의 혀는 물을 핥아 먹을 수 없을 정도로 바싹 마르고 부어오른 상태였다. 결국 사자들은 머리를 물에 담근 채 입을 벌려 목을 적셨다. 이렇게 해서 말라버린 혀가 부드러워지고 나서야 비로소 물을 조금씩 삼킬 수 있었다. 사자들은 계속해서 물을 마시고 또 마셨다.

동물원 직원들은 호랑이 두 마리에게 물을 준 뒤 곰과 나머지 동물들에게도 주었다. 심지어 오소리까지도 물 냄새를 맡고 땅위로 기어 나왔다. 갈증이 두려움을 이긴 것이다. 물은 한 동이씩 직접 들고 올 수밖에 없었다. 기온이 섭씨 38도까지 치솟는 뙤약볕에서 그런 일을 하는 것은 결코 쉽지 않았다. 하지만 이들은 근육, 용기 그리고 양동이 등 남아 있는 모든 것을 동원해 그 일을 해냈다고 했다. 4월의 길고 무더웠던 그 하루 덕분에 바그다드 동물원의 몇 안 되는 동물들이 생존할 수 있었던 것이다.

다음 날, 그 세 명의 이라크인은 긴급 구조작업에 착수하기로 했다. 그러려면 일단 집에서 동물원까지 와야 하는데 그것부터가 큰일이었다. 셋 다 무법천지가 돼버린 도시를 가로질러 총알과 약탈꾼들의 위협을 피해 동물원까지 와야 했던 것이다. 후샴은 언제까지 그럴 수 있을지 자신이 없었다고 했다. 달랑 양동이 하나 가지고 320킬로그램이나 되는 동물들의 목을 적셔주기에는 하루가 너무 짧았다.

그들은 주머니를 털어 거리의 상인에게서 상해가는 소고기를 구했다. 동물원에서 5킬로미터나 떨어진 마을에서부터 그들은 피가 뚝뚝 떨어지는 그 고깃덩이를 등에 지고 왔다. 피골이 상접한 육식동물들은 그 고기를 눈 깜짝할 새에 먹어치웠다.

그 감정적인 이라크인은 자기가 만든 파이프 시스템, 즉 동물들의 유일한 생명 유지선을 나에게 보여주었다. 나는 그가 아주 자랑스럽고 대견해 이렇게 외쳤다.

"정말 대단합니다! 진짜 엄청난 일을 하셨네요!"

나는 갈비뼈가 훤히 드러나긴 했지만 그래도 목숨이 붙어 있는 동물들을 보며 그에게 말했다.

"정말 장한 일을 하셨습니다."

후샴은 고개를 끄덕이면서도 침울해했다. 그는 와주어서 정말 고맙다고 말했다. 그의 말이 내 심장을 후벼 팠다. 우리는 잠시 멈춰 서서 아무 말 없이 주변을 돌아보았다. 우리 앞에 놓인 상황이 너무 막막해서 아무 말도 나오지 않았다.

후샴에게는 차마 말하지 못했지만 눈앞의 상황이 너무 비참해 나는 총을 하나 사서 동물들을 고이 하늘나라로 보내주고 싶었다. 그 길만이 최선처럼 느껴졌고 내 생각에 동의할 사람도 충분히 있을 것 같았다. 그런 비참한 환경에서 목숨을 연명하느니 차라리 죽는 것이 한때 용맹을 뽐냈던 동물들이 그 존엄성과 영예를 지키는 유일한 방법이라는 생각이 들었다.

그때까지 나는 그처럼 끔찍한 환경에 처한 동물을 본 적이 없었다. 우리가 가져온 얼마 안 되는 비상용품으로 전쟁이 끝날 때까지 버티는 건 언감생심 꿈도 못 꿀 일이었다. 앞으로 2주일만이라도 버틸 확률이 얼마나 될까? 기적이 일어나 동물들이 살아남는다고 해도 이들이 그다음에 견뎌야 할 환경은 또 얼마나 끔찍할까?

나는 단순히 감상에 빠져 절망하고 있던 게 아니었다. 상황이 나쁘리라고는 짐작하고 있었지만 손쓸 방도가 없을 만큼 열악하리라고는 생각하지 못했다. 그 먼 길을 왔는데 내가 할 수 있는 일이라고는 고작 동물들을 포기하는 것이라니! 그 충격적인 상황을 딛고 마음을 다잡도록 나를 도와주는 것은 아무것도 없었다.

갑자기 분노가 치솟았다. 이건 엄청난 범죄 행위였다. 지구에서 함께 살아가는 동료 생명체에게 인간이 저지른 극악무도한 범죄였다. 그동안 인간이라는 종에 대해 품었던 내 생각을 뿌리째 뒤흔드는 패악이었다.

내 마음을 더욱 아프게 했던 것은 후샴과 시들릭 중위같이 고결한 정신을 가진 몇몇 사람을 제외하면 당시 바그다드에 있던 그 누구도 동물들의 처지에 관심을 보이지 않았다는 것이다. 모두들 뭔가를 해야 한다고 말은 했지만 그저 말뿐이었다.

현실은 냉정했다. 구멍이 나 물이 새는 파이프와 녹슨 양동이를 든 몇 사람이 전부였다. 이게 바로 지구에서 가장 용맹한 동물들이 생사를 넘나드는 상황에서 의지할 수 있는 유일한 존재였다.

좌절감은 차차 누그러졌다. 나는 왜 바그다드까지 왔는지 그 이유에 집중했다. 그곳에 남아 반드시 동물들을 살려야 했다. 하지만 어디서부터 어떻게 시작해야 하지? 나도 알 수가 없었다. 우선 한 번에 하나씩 문제를 풀어가야 한다고 생각했다. 한꺼번에 해내려 하면 엄청난 현실의 벽 앞에 무너지고 말 테니까. 하나씩, 아주 작은 것부터 해나가다 보면 성취감도 느끼고 사기도 오를 것이다. 그렇게 하지 못하면 모든 게 실패로 끝날 터였다.

나는 후샴 박사와 직원 두 명이 내 그릇을 가늠하고 있음을 느꼈다. 도대체 내가 어떤 사람인지 궁금해하는 듯했다. 동물원을 책임져야 할 사람으로 생각하는 것이 역력했다. 무엇보다 미군과 대화할 수 있는 사람이 나밖에 없었다. 나는 동물원에 당장 필요한 것도 챙겨 왔고 무엇보다 돈이 있었다. 이들에게 닥친 위기는 외국인이 불러온 것이었지만 그 위기에서 벗어나는 데에도 외국인이 필요했다.

"좋습니다!"

나는 자신 있는 목소리로 이렇게 외쳤다.

"우리가 가장 먼저 해야 할 일은 동물들에게 물과 먹이를 주는 것입니다. 무슨 수를 써서든 물과 먹이를 구해야 합니다. 그것도 지금 당장 말입니다."

나는 후샴과 함께 렌터카로 갔다. 시들릭 중위는 우리가 우다이의 궁전 인근에 있는 군 기지로 갈 수 있도록 호위대를 붙여주었다. 군 기지에는 발전기로 돌아가는 작은 냉동고가 있었고 그곳에 고기가 저장돼 있었다. 그런데 고기를 무리하게 집어넣는 바람에 일부만 멀쩡하고 나머지는 뜨거운 열에 모두 상해버리고 말았다. 어쨌든 이것으로 동물들의 배가 어느 정도나마 채워져야 할 텐데 걱정이었다. 동물들에게 줄 수 있는 먹이는 그게 전부였기 때문이다.

고약한 냄새를 풍기는 인도산 들소 고기를 아사 직전의 육식동물 우리 안에 던져주자 고깃덩어리는 송곳니 사이의 검은 구멍 속으로 순식간에 사라졌다. 곰팡이 핀 양배추와 야채를 곰 우리에 던져주자 그것 역시 눈 깜짝할 사이에 없어졌다.

그다음 해결해야 할 것은 물이었다. 후샴이 동물 우리 안으로 조금씩 들어가도록 손을 써놓긴 했지만 사자나 곰 같은 덩치 큰 동물이 그 정도 물로 오래 연명할 수는 없었다. 모든 동물이 작열하는 태양 아래서 탈수 증상을 보이고 있었다. 설상가상으로 한 여름이 바로 코앞이었다. 나는 머릿속에 "양동이를 더 구해 와야 함"이라고 메모해두었다. 하지만 도대체 어디서? 동물원에 있던 집기는 모두 약탈당하고 없는데…….

나는 직원들에게 마지막으로 월급을 받은 게 언제냐고 물어보았다. 거의 두 달 전쯤이라고 후샴 박사가 대답했다. 다른 직원들도 머리를 끄덕였다.

"직원들에게 동물원으로 일하러 오면 돈을 준다고 전하세요. 미국 달러로. 현금으로 준다고요."

나는 강조하며 덧붙였다. 이라크인들은 그러겠다고 약속했다. 어떤 집기를 쓰든 간에 동물원 주변의 수로에서 물을 떠 올 튼튼한 인력이 필요했다. 이글거리는 태양 아래에서 물을 떠 오는 일은 엄청난 고역이었지만 그 방법밖에는 없었다. 또한 오물로 뒤덮인 우리를 청소하고 파리가 새까맣게 들끓는 동물 사체를 불에 태울 인력도 필요했다. 허기와 갈증을 해소하고 나면 해결해야 할 문제가 바로 위생이니까.

"내일부터 일을 시작합시다."

나는 후샴에게 말했다. 나이 든 수의사는 고개를 끄덕였다. 나는 그의 어깨를 다독였다. 그 용감한 이라크인은 불굴의 정신을 지닌 사람이었다.

"목숨이 붙어 있는 한 계속 출근할 겁니다."

그는 단호히 말했다.

"동물원 원장인 아델 박사도 돌아왔습니다. 그도 도와줄 겁니다."

쿠웨이트 동물원에서 온 사람들과 나는 동물원의 사무실에서 자려 했지만 시들릭 중위는 단박에 안 된다고 못을 박았다. 너무 위험하다는 것이다. 아직도 바그다드 전역에서 교전이 계속되고 있었고 해가 지고 나면 약탈꾼들이 더욱 극성을 부렸다. 바그다드는 낮에도 무서운 도시였지만 밤이 되면 오금이 저리도록 무시무시해지는 곳이었다.

바그다드 내의 큰 전투가 끝나자 시들릭 중위는 제3보병사단이 근거지로 삼은 '알 라시드' 호텔로 가자며 우리에게 따라오라고 했다. 이라크에서 그나마 좀 안전하다고 할 수 있는 그곳에서 우리는 여장을 풀게 되었다. 호텔까지 1킬로미터밖에 안 되는 거리였지만 가는 길 곳곳에 수많은 탄약통이 찌그러져 굴러다니고 있었다. 우리 차 바퀴 네 개가 곧 터져버릴지도 모른다는 생각이 들 정도였다.

우리는 시들릭 중위가 탄 차량에 최대한 달라붙어 따라갔다. 그 인근을 얼쩡거리는 민간 차량이나 허가받지 못한 사람은 모두 총알받이가 될지도 모르는 위험한 상황이었기 때문이다. 공중에서 헬리콥터들이 시끄럽게 돌며 우리를 엄호하고 있었다. 사납고 무서워 보이던 블랙호크 헬리콥터가 내 편이다 싶은 게 그렇게 든든할 수 없었다. 몇 분 후 우리는 알 라시드 호텔에 도착했다.

03
알 라시드 호텔에서의 첫날

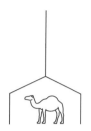

　알 라시드 호텔은 14층짜리 직사각형 콘크리트 건물로 마치 갈색 거인처럼 바그다드 한가운데에 떡 버티고 서 있었다. 현대적인 메소포타미아 양식으로 지은 그 호텔은 한때 별 다섯 개를 자랑하며 바그다드 최고 부유층의 중심지 역할을 했다. 하지만 그것은 과거지사일 뿐, 이제 호텔은 벤츠나 롤스로이스가 줄지어 선 주차장을 자랑하는 호사스러운 곳이 아니었다. 명품 차량 대신 에이브럼스 탱크와 브래들리 전차가 마치 목을 조르듯 건물을 둘러싸고 있었고, 더러운 군복을 입은 군인들이 사막의 태양 아래에서 땀을 비 오듯 흘리고 있었다. 그들은 잔뜩 긴장한 채 눈을 가늘게 뜨고 거리의 모든 움직임을 하나도 놓치지 않으려는 듯 노려보았다.

　호텔 안쪽의 주차장과 정원에는 탱크가 더욱 빽빽이 들어서 있었다. 목표물을 레이저로 가리키며 탱크를 지원하는 차량 20여 대가 탱크 사이사이의 공간에 세워져 있었는데, 일부는 호텔 입구의 계단까지 차지하고 있었다. 그처럼 무지막지하게 큰 군용차들 사이에 우리 차가 자리를 차지한 모습은 부자연스러움의 극치였다. 우리가 호텔 로비 입구 쪽에 주차하자 탱크에 타고 있던 군인들이 어안이 벙벙한 표정으로 내려다보았다.

시간이 흐르면서 그곳은 이라크에서 가장 안전한 곳, 즉 '그린존'의 중심부가 되었지만, 당시까지만 해도 최전선에서 싸우는 병사들이 전투나 순찰을 하던 중 휴식을 취하는 곳이었다. 홈베이스로 지정된 그곳에서조차 군인들은 긴장한 모습이었다. 치울 생각이 전혀 없는 듯 얼마 전에 있었던 전투의 잔해가 그대로 내버려져 있었다. 정문 입구에는 다 쓴 탄약통들이 수북이 쌓여 있었고 바닥 표면은 지나다닌 탱크의 무게에 눌려 너덜너덜해져 있었다.

호텔 벽은 휴대용 대전차 유탄발사기의 공격까지 견딜 수 있도록 설계되었다고 했다. 그럼에도 여기저기에서 전투 때 생긴 총탄과 박격포의 흔적을 볼 수 있었는데, 그 표면이 마치 시골에 난 도로 같았다. 가로등은 꺾인 이쑤시개처럼 휘어져 있었고, 『천일야화』를 통해 전 세계적으로 유명해진 하룬 알 라시드(아바스 왕조 제5대 칼리프. 『천일야화』의 주인공―옮긴이)의 동상이 비참한 모습으로 등을 구부리고 있었다. 정문에서 몇 미터 떨어진 곳에서는 이라크 병사의 시체가 뜨거운 날씨 속에 악취를 풍기며 썩어가고 있었다.

치열한 전투 끝에 호텔에 입성한 미군들은 이번 전쟁이 얼마나 개인적인 성격이 짙은지 다시 한번 상기하지 않을 수 없었다고 한다. 대리석으로 지은 로비로 들어가는 입구 바닥에는 조지 H. W. 부시(미국의 제41대 대통령으로, 제43대 대통령 조지 W. 부시의 아버지이다 —옮긴이)의 초상화가 모자이크로 만들어져 있었고, 그 밑에는 영어와 아랍어로 '부시는 범죄자'라고 쓰여 있었다. 초상화가 얼마나 큰지 정문 현관을 거의 다 차지할 정도였다. 너무 커서 부시의 얼굴을 밟지 않고는 안으로 들어갈 수가 없었다고 한다. 이것은 부시가 대통령이던 시절에 저질렀던 제1차 걸프전에 대한 사담의 의도적인 보복이었다. 아버지가 벌인 일을 아들 부시가 뒤이어 마무리한 아이러니를 최전선의 병사들은 잊지 않았다.

그러나 내가 시들릭 중위를 따라 안으로 들어갔을 때 처음으로 알아챈 것은 부시를 풍자한 초상화가 아니었다. 바로 언제 씻었는지 모를 남자들의 몸에서 나는, 무언가가 발효하는 듯한 퀴퀴한 냄새였다. 냄새가 얼마나 고약한지 머리가 띵할 정도였다.

천장이 높은 리셉션 구역에서는 카키색으로 위장한 병사들이 맨바닥이나 열어젖힌 침낭 위에 누워 있었다. 라운지에서는 전투에 지친 군인들이 막 순찰을 마친 후 아무 데나 고꾸라져 자고 있었는데, 얼마나 피곤했는지 윙윙거리며 날아다니는 모기를 쫓는 모습조차 찾아볼 수 없었다. 몇몇씩 무리 지어 앉아 수다를 떠는 모습도 보였다. 영혼의 힘을 마지막 한 방울까지 다 빨아들일 듯한 뙤약볕 아래서 전투를 치르며 힘든 하루를 보낸 군인들이 여전히 무거운 군장을 한 채 구겨져 있기도 했다.

그들이 바로 바그다드를 손에 넣은 병사들이었다. 그들은 사막을 넘어 진행된 공격의 최선봉에 선 엘리트 전사들로, 20일 만에 970킬로미터 이상을 진격해 모든 저항군을 쓸어버렸다. 그들이 차지하고 있는 호텔 안은 언뜻 혼돈과 혼란 그 자체인 듯 보였지만, 사실 그들은 간단한 명령 한마디면 순식간에 전투태세를 갖출 수 있는 최정예 군인들이었다.

하지만 쓰레기 수거반을 조직할 시간은 없었는지 사방에 쓰레기가 널려 있었다. 찌그러진 담배꽁초와 유리 조각이 널린 카페트 여기저기에는 MRE(Meals Ready to Eat. 미군의 전투식량 — 옮긴이) 상자들이 흩어져 있었다. 거대한 리셉션 홀과 라운지를 빼곡하게 채운 프랑스풍의 창문은 전부 산산조각 나 있었고, 천장에는 전기선이 검은색 국수 가락처럼 어지럽게 널려 있었다. 화장실은 암모니아 냄새를 풍기는 강이 되어 흘러넘쳤다. 강철로 된 귀중품 보관실 문은 지렛대로 열리지 않아 다이너마이트로 폭파시키는 바람에 뒤틀어진 채 거의 다 떨어진 돌쩌귀에 간신히 걸려 있었다. 리셉션 구역 뒤에 있는 금고는 모두 거칠게 뜯겨 있었다.

깨진 창문 밖으로는 짓밟힌 정원과 테니스 코트가 보였고 그 너머에는 올림픽 규격의 수영장이 있었는데, 찐득찐득해 보이는 초록색 물이 발 하나 담글 만큼만 차 있었다. 뒤집어진 선탠 베드와 텅 빈 헬스클럽은 한때 더없이 화려했던 그 공간을 더욱 을씨년스럽게 만들었다.

바그다드에는 상수도가 끊긴 지 오래였다. 호텔을 접수했을 때 군인들은 14층 건물의 모든 방 화장실 변기에 딱 한 번 내릴 정도의 물밖에 없다는 사실을 알고 있었다. 하지만 3, 4주 동안 탱크 안에서 몸을 구기고 있던 병사들에게는 제대로 된 화장실에서 볼

일을 볼 수 있다는 것 자체가 크나큰 사치였다. 그 호사를 누린 병사들 덕분에 변기는 그득그득 차기 시작했다. 아직 볼일을 못 본 병사들은 다음 층으로, 또 다음 층으로 이동했고 결국 꼭대기 층까지 모든 화장실을 다 쓰고 말았다. 맨 위층 마지막 화장실에서 볼일을 본 사람이 누구였는지는 아무도 모른다. 아마도 전속력으로 달려 그 영광을 누렸으리라. 바람이 사막을 가로질러 알 라시드 호텔 쪽으로 불어오면, 누구도 바람 부는 맞은편에 서 있으려 하지 않았다.

미국의 이라크 침공이 있기 전에는 379개의 방을 갖춘 이 호텔에 사람들이 바글거렸다. 이곳은 바그다드의 중심지였다. 사담 후세인도 외국에서 귀빈이 오면 이곳에서 즐거운 시간을 보내고는 했다. 또한 이곳은 사담의 아들들이 여자들과 즐기던 곳이기도 했다. 사담의 아들에게 '찍힌' 여자들은 감히 거절할 수가 없었다. 한마디로 이 호텔은 엄숙하고 메마른 무슬림의 도시 한가운데에 위치한 타락한 오아시스였다. 밤이면 유명 디자이너들이 만든 옷을 걸친 남녀들이 디스코 바에서 엉덩이가 들썩이는 음악을 들으며 몸을 흔들어대기도 했다. 담장 하나 밖의 거리에서 볼 수 있는 긴 옷이나 부르카, 카피에(아랍 남성이 쓰는 두건—옮긴이)와는 몇 광년 떨어진 별천지였던 것이다. 호텔 안에 위치한 멋진 레스토랑 세 곳은 주머니가 두둑한 사람들의 입을 즐겁게 했다.

또한 그곳은 이라크의 악명 높은 비밀경찰 무카바라트가 진을 치고 있던 곳이기도 했다. 싸구려 양복에 사담 같은 콧수염을 기르던 그 비밀경찰들은 한눈에도 경찰임이 티가 날 만큼 튀는 모습이었음에도 사업가인 양 행세해 모두의 웃음거리가 되었다고 한다. 하지만 이들이 심문하는 과정에 대한 이야기나 시체를 처리할 때 사용한다는 '인간 분쇄기'에 대한 이야기에서는 조금도 웃긴 점을 찾을 수 없다.

그들은 호텔에서 도청을 일삼았다. 그런 탓에 룸서비스로 주문할 것들을 결정한 뒤 아직 전화도 하지 않았는데 이미 웨이터가 방으로 찾아오는 경험을 한 투숙객이 수없이 많았다고 한다. 그 웨이터들은 주문하려 했던 것을 벌써 손에 들고 있었다. 도청 덕분에 초고속 서비스를 받았던 것이다.

감시에 대한 사담의 편집증은 알 라시드 호텔에 상징적으로 집약되어 있다. 층마다 엘리베이터 옆에 접객담당자 책상이 있어 드나드는 사람에 대한 보고가 이루어졌다.

이 호텔은 제1차 걸프전 중 피터 아넷의 CNN팀이 한밤중에 바그다드에 폭탄이 투하되는 모습을 호텔 지붕에서 찍어 보도하고 난 후 국제적으로 유명해졌다. 호텔 경영진이 원하던 방법은 아니었겠지만 어쨌든 전 세계적으로 이름이 알려진 셈이다. 이번 전쟁을 앞두고는 알 라시드 호텔이 잠재적인 포격 목표물로 알려지는 바람에 대부분의 기자들이 이 호텔보다는 덜 유명한 강 건너편 팔레스타인 호텔에 투숙했다고 한다.

사담 후세인을 사냥하는 과정에서 연합군이 이 엄청나게 호화로운 호텔을 목표물로 정했다면 그럴 만한 이유가 있었을 것이다. 알 라시드 호텔은 민간이 지은 시설물이 아니다. 그 호텔은 사실 바그다드 도시 전체에 수없이 널려 있는 사담 후세인의 벙커 중

하나로 고안된 것이다. 호텔의 두꺼운 강화 콘크리트 벽은 로켓의 공격에도 끄떡없도록 지어졌다. 미국이 이라크를 침공하기 전에 사담이 마지막으로 찍은 선전용 장면, 즉 내각의 수뇌들과 군사 전술을 논의하는 장면은 그 호텔 지하에 벌집처럼 지어진 수많은 지하시설 중 한 곳에서 찍은 것이라고 한다. 또한 길고 긴 지하 터널은 수많은 탈출로 역할을 하고 있었다.

황폐해진 로비를 둘러보는데 누군가가 우리 쪽으로 다가왔다. 시들릭 중위는 그를 케이스 중위라고 소개했다. 둘은 함께 웨스트포인트 사관학교를 졸업했다고 했다. 시들릭은 케이스 중위에게 우리를 소개하면서 잘 보살펴야 할 사람들이라고 덧붙였다.

호텔을 점거한 후 장교들은 먼저 1층 방을 차지했다. 다른 방들은 먼저 차지하는 사람이 임자였다. 우리가 도착했을 때는 7층 이상의 방들만 남아 있었다. 우리는 계단으로 향했다. 숨을 헐떡거리며 겨우 7층에 도착했을 때 엘리베이터 옆에는 그리 호의적이지 않은 문구가 걸려 있었다.

'이곳은 DOD 사진사들의 구역임. 접근 금지.'

DOD가 Department of Defense, 즉 미 국방부의 약자일 거라는 내 생각은 딱 들어맞았다. 하지만 담당 장교로부터 7층에서 방을 찾으라는 말을 들은 이상 그 문구 때문에 7층을 포기할 생각은 없었다. 나는 어느 방이 비었는지 확인하기 위해 하나씩 문을 열어보기 시작했다. 별로 어려운 일도 아니었다. 문은 전부 부서져 열려 있었고 복도 벽에는 망치가 걸려 있었다. 어느 방인가 문을 열고 확인하려는데 갑자기 뒤에서 우렁찬 목소리가 들려왔다.

"도대체 누구야?"

뒤돌아보니 면도를 하지 않아 수염이 덥수룩한, 강단 있어 보이는 남자가 아랫입술 쪽으로 담배 연기를 내뿜으며 서 있었다. 그는 미소를 띠고 있었다. 나를 놀라게 한 것은 그가 남아공 억양으로 말하고 있다는 사실이었다. 분명 사진사 중 한 명일 터였다. 접근 금지 문구를 내건 주인공인지도 몰랐다.

나는 남아공에서 흔히 쓰는 표현대로 "Howzit(잘 지내쇼)?"라고 인사를 건네며 로렌스 앤서니라고 소개했다. 모국에서 일상적으로 사용하는 인사말을 들은 그 또한 나만큼 놀라 나를 의심스러운 눈초리로 쳐다보았다. 그러면서 뜻밖이지만 반갑다는 듯 "무슨 일로 이런 곳까지 오셨습니까?" 하고 물었다.

"전 동물보호 운동가입니다. 동물원을 살펴보러 왔습니다."

"동물원? 저 밑에 있는 그 동물원 말입니까?"

"맞습니다. 지금은 엉망진창이 돼버렸죠. 근처에서 전투를 했답니다. 동물원도 총구멍투성이입니다."

그러자 그 남자는 세상에서 가장 우스운 말이라도 들은 것처럼 정신없이 껄껄대기 시작했다. 얼마나 심하게 웃는지 가슴까지 들썩거렸다.

"여기는 모든 게 다 그 젠장맞을 동물원과 똑같습니다."

맞는 말이다 싶어 나 역시 배시시 웃었다. 그는 여전히 킬킬거리면서 악수를 청했다.

"내 이름은 앨리스테어 맥라티입니다. 남아공 어디에서 오셨습니까?"

나는 그의 손을 잡고 "줄루란드에서 왔습니다. 그쪽은요?"라고 물었다.

"요하네스버그요. 이런 지옥 같은 곳에서 남아공 사람을 만나게 될 줄은 꿈에도 몰랐습니다."

나는 복도 쪽을 손으로 가리키며 어느 방을 추천하겠느냐고 물었다. 앨리스테어 맥라티는 잠깐 멈칫하더니 이렇게 말했다.

"7층은 못 씁니다. 한 층 더 위로 가는 게 좋을 겁니다."

그는 나를 한동안 바라보았다. 나를 떠보는 것이 분명했다. 미국방부 사진사들이 나를 같은 층에 기거하도록 받아들여줄까? 모든 게 부족한 상황에 처하면 인간이라는 동물은 자기가 가진 게 별것 아니더라도 지키려고 발악하는 법이다. 7층은 그들의 공간이었다. 그들이 먼저 왔으니 그 층에 누구를 받아들일지는 그들이 결정할 일이었다.

"원래는 무슨 일을 합니까?" 그가 물었다.

"툴라툴라를 운영하고 있습니다."

"들어본 적이 있습니다. 문제 있는 코끼리를 보살펴주는 곳이지요. 그 사람이 당신입니까?"

"예. 접니다."

남아공 사람들은 대부분 야생동물에게 연민 같은 것을 느낀다. 이러한 정서는 남아공 사람들의 국민성이라 할 정도로 거의 모두에게서 찾아볼 수 있다. 그는 딜레마에 빠진 듯 턱을 쓰다듬었다.

"좋습니다. 자, 어디 괜찮은 방이 남아 있나 한번 봅시다."

우리는 망가진 문을 망치로 두드려 열어젖히고 첫 번째 방으로 들어갔다.

"먼저 화장실부터 둘러봐야 합니다."

앨리스테어가 말했다. 그는 힘차게 화장실 문을 열더니 쾅 하고 다시 닫았다.

"정말 심하군."

그는 끔찍하다는 표정으로 얼굴을 찡그리더니 몸서리를 쳤다. 방을 몇 개 더 둘러본 뒤, 그는 720호가 그나마 좀 낫다고 결론지었다. 그러니까 화장실이 덜 더러운 상태라는 거였다. 내가 그 방에 들어갔고 쿠웨이트인들은 내 옆방을 차지했다.

위태위태한 전투 지역을 뚫고 차를 타고 오는 동안 쌓인 피곤함에 동물원을 보고 난 후 덮친 절망감까지 더해져 힘든 하루였다. 우리는 가져온 통조림을 조금 먹고 잠자리에 들었다. 하지만 달콤한 밤을 기대하긴 어려웠다. 헝클어진 침대에는 누군가 자고 간 흔적이 역력했고, 더러운 침대보에는 먼지와 모래가 서걱거렸다. 마루는 먼지가 가득해 걸어 다닐 때마다 얼룩덜룩한 발자국이 생길 정도였다. 그 호텔 투숙객의 최대 고민은 잠을 잘 때 창문을 열어둘 것인가, 아니면 닫을 것인가 하는 것이었다. 창문을 열면 극성스런 파리와 모기떼의 밥이 되고 창문을 닫으면 방은 금세 사우나실로 변하고 말았다. 대부분 열어두는 쪽을 선택했다.

나는 눈을 감았다. 전신이 노곤했지만 잠은 오지 않았다. 바그다드 한복판 어디에선가 천둥 치듯 울리는 전투 소리에 마치 자석에라도 끌리듯 창문으로 다가갔다. 예광탄과 조명탄이 하늘을 뒤덮었고 탱크 포탄이 맹렬한 기세로 목표물을 향해 날아갔다.

몇 분 간격으로 교전이 벌어졌고 깜박 잠이 들어도 거리 어디에선가 따다다 하고 울리는 기관총 소리에 곧 깨곤 했다. 호텔 주변에서 주기적으로 무전 소리가 들렸고, 열린 창문 사이로 탱크가 가속하는 엔진 소리와 험비 차량 소리가 들려왔다.

낯선 곳에서 잠을 깨면 순간 여기가 어디지 하며 어리둥절할 때가 있다. 그러나 바그다드에서는 아니었다. 주위의 모든 것이 매 순간 매초 내가 빌어먹을 전쟁터에 와 있다는 사실을 알려주었던 것이다. 땀이 비 오듯 쏟아졌고 온몸은 더러운 데다 모기에 물려 여기저기 긁어댄 흔적으로 가득했다. 더욱이 시끄럽기까지 해서 그야말로 최악의 상태였다.

나는 눈을 감았다. 모험에 대한 처음의 전율이나 설렘은 엄연한 현실의 벽에 부딪혀 어느새 달아나고 없었다. 나는 눈앞에서 총탄이 왔다 갔다 하는 전쟁터의 한복판에 와 있었던 것이다. 전쟁은 내 계획에 없던 부분이었다.

잠자리에 대해서는 프랑수아즈에게 말하지 않는 편이 낫겠다고 생각하며 다시 잠을 청했다.

04
동물원 재건 프로젝트의 시작

아침 6시 정각. 나는 알 라시드 호텔을 통째로 뒤흔드는 진동에 놀라 용수철이 튀듯 침대에서 일어났다. 마치 점보제트기 비행대대가 방에 들어온 것처럼, 엔진 수십 개가 전속력으로 치닫는 소리가 들렸다. 뼈까지 오들오들 떨리는 듯했다.

나는 창문으로 뛰어갔다. 바깥을 내다보니 호텔 마당에 있는 제3보병사단 소속 병사들이 아침 순찰을 돌기 위해 에이브럼스 탱크에 시동을 걸고 있었다. 나는 도시 한복판에서 이런 끔찍하게 크고 강력한 물건들이 쏘다니는 것이 시민의 입장에서 얼마나 괴로운 일인지를 그때 처음으로 깨달았다. 탱크에서 나는 굉음이 점점 커지는 것을 듣고 있다보면 거의 공황 상태에 빠지고 만다. 나중에야 알게 된 사실이지만 제트터빈으로 돌아가는 대형 탱크에 시동을 거는 데만 25리터의 가스가 소비된다고 한다. 이제 아침마다 그 엄청난 괴물이 내는 소리를 들으며 기지개를 펴는 것이 내 일상이 될 터였다. 알 라시드 호텔에서는 이걸 '룸서비스'라고 불렀다.

나는 쿠웨이트에서 가져온 생수를 조금 덜어 세수를 했다. 쿠웨이트인들도 이미 깨어 있었다. 우리는 얼마 안 되는 통조림으로 간단하게 아침을 때우고 아래층으로 내려가 우리를 동물원까지 호위해줄 병사를 찾았다. 동물원까지는 얼마 안 되는 거리였지만 알 라시드 호텔을 둘러싼 지역에서는 어떤 민간 차량도 호위 없이 그냥 다닐 수 없었다. 그랬다가는 눈 깜짝할 사이에 콩가루가 될 것이 뻔했다.

호위대를 기다리던 나는 리셉션 데스크에 투숙객용 설문지가 놓여 있는 것을 발견했다. 설문지는 호텔에서 좋은 시간을 보냈는지에 대해 묻고 있었다. 나는 룸서비스도 없고 음식, 마실 물, 화장실 물, 전기가 모두 부족하다고 기록했다. 그리고 '투숙객 의견란'에 호텔 근처에 눈에 띄는 것은 무엇이든 쏴버리며 날뛰는 무장 세력이 있으니 발견 즉시 경찰에 신고해야 한다고 썼다.

나는 무표정한 얼굴로 그 종이를 케이스 중위에게 건네주며 내가 지적한 문제가 해결되지 않으면 다른 호텔을 찾아보겠노라고 말했다. 설문지를 본 케이스 중위는 파안대소하며 불편을 끼친 점에 대해 미안하다고 사과했다. 그러면서, 불만사항을 그 호텔의 주인인 사담 후세인에게 전달해야 하지만 불행히도 그 주인이 현재 어디에 있는지 파악하지 못한 상황이라고 덧붙였다.

케이스 중위는 동물원까지 가는 우리를 호위할 군 수송대를 지정해주었다. 호텔 문을 나서자 박격포가 우리를 맞아주었고 그 뒤로 소총 소리가 이어졌다. 머리 위를 맴돌던 블랙호크들은 도시의 동쪽 어딘가 총격이 일어나고 있는 곳을 향해 조종석을 낮춰 돌진하고 있었다. 군인들은 움찔하는 기색이 전혀 없었다. 그것은 그냥 바그다드의 심장 소리와 같은 것이었다. 이쪽에서 번쩍하는가 싶으면 또 저쪽에서도 번쩍하는 식이었다. 마치 작은 화산처럼 여기저기에서 터지고 있었다. 나는 그 와중에도 아무런 동요 없이 차분하게 행동하는 병사들을 경이롭게 쳐다보았다. 며칠만 지나면 나도 그들처럼 될 것이란 사실은 꿈에도 모른 채 말이다.

공원에 도착하자 병사들은 우리가 빌려 온 토요타의 보닛 부분에 테이프로 'ZOO'라고 써붙였다. 시들릭 중위는 테이프로 'ZOO'란 단어를 붙여놓은 하얀 토요타에 탄 사람들, 즉 '툴라툴라'라고 인쇄된 카키색 야구 모자를 쓴 빨간 수염의 백인, 흰색과 초록색으로 된 쿠웨이트 동물원 모자를 쓴 사람들이 보안 구역 내 어디든 다닐 수 있도록 허용하라는 내용을 모든 검문소에 무전으로 보냈다. 그런 뒤 절대 이들을 공격해서는 안 된다는 내용도 덧붙였다. 아마도 병사들이 바그다드에 들어온 이래 받았던 명령 중 가장 이상한 명령이었을 것이다.

우리에게는 천천히 운전하고 다닐 것과 검문소가 보이면 최소한 50미터쯤 앞에서 멈출 것, 멈춘 다음에는 손을 활짝 펴서 아무것도 없다는 것을 보여주며 차에서 나와 신원을 밝히라는 지시를 했다. 그뿐 아니라 동물원과 호텔 구역을 넘어 밖으로 나가서는 안 되며, 가장 중요한 사항으로 쿠웨이트인들과 나는 어디를 가든 항상 모자를 쓰고 다녀야 한다고 했다. 만약 모자를 잃어버리면 우리는 그 자리에서 총을 맞을 수도 있다고 했다.

자이툰 거리 쪽으로 나 있는 북쪽 출입구에는 전소된 트럭이 있었다. 그 트럭을 기어올라 공원으로 들어온 후샴이 우리를 기다리고 있었다. 그 옆에는 후샴과 연락이 닿은 직원 네 명이 있었다. 한눈에 그들이 굶주렸다는 것을 느낄 수 있었다. 나는 곧바로 선급으로 몇 달러씩 지불했다. 압둘라 라티프도 쿠웨이트 동물원 티셔츠와 모자를 기념으로 주었다. 그는 좋은 뜻으로 주었지만, 대부분의 이라크인이 쿠웨이트와 연관된 것들을 달가워하지 않을 터라 그 기념품이 어떻게 활용되었는지는 알 수 없다.

동물원에 모인 사람은 이라크인 다섯 명과 쿠웨이트인 두 명이 전부였다. 이제 함께 행동 계획을 짜야 했다. 나는 우선 그들에게 무슨 말을 해야 할지 곰곰이 생각했다. 나는 그때까지 내가 진행했던 모든 프로젝트의 핵심 기반, 즉 무슨 일이든 한번 시작하면 어떤 일이 있어도 해내야 하며 항상 끝을 보아야 한다는 정신에 토대를 두고 전략을 짤 생각이었다. 전투와 약탈이 계속되는 상황에서 이 원칙을 지키기란 결코 쉬운 일이 아니었다. 하지만 나는 이미 목숨을 걸고 일하러 온 사람들을 다섯 명이나 확보하고 있었다. 이것은 일의 기초를 세우는 데 매우 중요한 사실이었다. 또한 한순간에 꺾이기 쉬운 이들의 사기를 높이려면 생산적인 일에 집중할 수 있도록 해주어야 한다는 것도 인지하고 있었다.

나는 아주 쉬운 영어로 주변에 있는 동물 우리를 가리켰다. 그 동물 한 마리 한 마리가 우리에게 의존하고 있다고 말했다. 동물들이 죽느냐 사느냐는 우리 손에 달려 있다고 말이다. 미군이 도와주겠다고는 했지만 궁극적으로 동물들이 살고 죽는 것은 우리의 몫이었다. 우리가 마지막 남은 희망이었다. 우리는 그 사랑스러운 생존물이자 잔인한 전쟁의 무력한 희생물이 살아갈 수 있도록 모든 힘을 다해야 한다고 말했다.

"우리는 환경과 동물이 혹사당하는 세상에 살고 있으며 언젠가 인간은 자신들이 저지른 끔찍한 행위에 대가를 치르게 될 것입니다. 이곳에서 우리는 인간이 다른 생물들을 상대로 이런 짓을 해서는 안 된다는 메시지를 분명히 전달해야 합니다."

좀 더 현실적인 면을 보면 동물 없이는 동물원이 존재할 수 없고, 동물원이 없으면 전쟁이 끝나도 일할 곳이 없을 것이라고 덧붙였다. 나는 좀 더 강한 감동을 느끼도록 하기 위해 각자 경험한 것을 말해보라고 했다. 아예드란 남자가 먼저 나섰다.

"아무도 동물원이나 동물들 그리고 동물원에서 일하는 사람들에 대해 신경 쓰지 않습니다. 누구도 도와주지 않아요. 모두 싸우기만 합니다. 우리라도 해야 해요. 제 아내도 돕겠다고 합니다. 옷을 빨아줄 겁니다."

나는 거기까지는 미처 생각하지 못했다. 어쨌든 알 라시드 호텔에 물이 나오지 않으니 그 제안을 고맙게 받아들였다. 그다음 차례는 후샴이었는데 그는 다른 사람들에게 재빨리 아랍어로 뭐라고 하더니 내게 이렇게 말했다.

"당신께 감사드립니다. 우리는 여기에 있겠어요. 열심히 하겠습니다."

그러자 다른 이라크인들이 동물원에서 벌어진 일 때문에 얼마나 마음이 아팠는지 털어놓았다. 그들은 그동안 보살핀 동물들 중 죽었거나 사라진 동물의 이름을 하나씩 불렀다. 그 소리는 마치 사라진 동물을 위한 장송곡처럼 들렸다. 후삼이 그들의 말을 짧은 영어로 통역해주었는데 문법적으로 잘 맞지 않는 전체 문구가 기묘한 시처럼 들렸다.

"기린들이 사라졌어. 분명히……."

한 사람이 머리를 흔들며 괴로운 듯 말했다. 손에 기관총을 들고 있는 시늉을 하며 또 한 명이 말했다.

"폭탄, 사자들 나오다. 병사들 너무 빨리 죽이다. 빵빵……."

또 다른 사람은 주위에 있는 동물 우리의 처참한 몰골을 보며 비참한 목소리로 물었다.

"새들은 다 어디로 갔을까? 왜 이라크 사람들이 이런 짓을 하는 거지?"

우리 모두의 내면에서 분노가 솟구쳤다. 일부는 사담 후세인을 저주했고 일부는 연합군을 욕했다. 그들이 일자리를 잃자 그들의 가족은 동물원에 있는 동물들만큼 굶주리고 있었다. 그들의 미래는 암울했다. 모두 표현은 달랐지만 말하고자 하는 것은 같았다. 바그다드 동물원은 그들의 동물원이었고 반드시 구해야 했다. 이 점에는 의문의 여지가 없었다. 나는 이에 대해 "어떻게?"라는 질문을 던졌다.

그러자 모두 침묵에 잠겼다. 우리 앞에 놓인 난관이 불을 보듯 환하게 보이는 것 같았다. 침묵을 깨뜨리고 내가 던진 질문에 내가 대답했다.

"할 수 있는 만큼 하는 겁니다. 지금 당장. 동물원에 남아 있는 걸 총동원해서 말입니다. 앞으로 어떤 어려움이 있더라도 굴하지 않고 해낼 겁니다."

모두들 고개를 끄덕였다. 그다음 문제는 '모두 동물원까지 안전하게 출근할 수 있을까?' 하는 것이었다. 서로 상대에게 총질하기 바쁜 미군과 게릴라군이 우리가 무사히 지나가도록 내버려둘까? 사담의 악당들은 내가 어찌해볼 도리가 없지만 미군 측에는 필요한 통행권과 보호를 요청하겠다고 약속했다. 동물원 직원들은 다른 민간인들과 마찬가지로 검문소 접근이 금지되어 있어 먼 길을 돌아 폭탄으로 부서진 공원 북쪽 입구로 들어와야 하는 형편이었다. 하지만 나는 시들릭 중위 같은 사람이 우리를 도와줄 것이라는 사실을 믿어 의심치 않았다.

나는 우선적으로 해야 할 일의 목록을 작성했다. 먼저 어떤 동물도 물 없이는 살 수 없으므로 어제처럼 최대한 많은 물을 우리로 날라야 했다. 물은 생사를 갈라놓을 만큼 중요했다. 그런 뒤 쿠웨이트에서 가져온 들소 고기를 동물에게 먹여야 했다. 그다음은 응급처치가 필요한 동물을 살펴볼 차례였다. 나는 '응급'이란 말을 특히 강조했다. 사실 모든 동물들이 당장 보살펴야 할 만큼 심각한 상태였지만 그중에서도 특히 심각한 동물을 먼저 찾아 돌봐야 한다고 강조한 것이다. 쿠웨이트 동물원에서 가져온 의약품과 항생제는 그 양이 얼마 되지 않았고 진정제는 하나도 없었다. 나는 나중에 미군으로부터 살균제와 기타 기본적인 의약품을 얻어 오겠다고 말했다. 다음으로 처리해야 할 것은 위생 문제였다.

적어도 동물들이 살 수 있을 만한 수준으로 우리를 청소해주어야 했다.

마지막으로 나는 전날 후샴에게 했던 말을 반복했다.

"일하러 오는 직원들에게는 임금을 준다."

이렇게 말하면서 나는 구깃구깃한 달러를 흔들어 보였다. 후샴이 "달러를 보면 사람들이 훨씬 더 용감해진다"고 말하자 모두들 웃음을 터뜨렸다. 미팅을 긍정적인 메시지로 마무리해야겠다고 생각한 나는 "자, 이제 시작해봅시다!"라는 말로 끝을 맺었다.

그때 다 부서진 사무실에서 평범한 사람들과 가졌던 그 소박한 미팅은 아마 바그다드 동물원 역사상 가장 중요하고 감동적인 순간이었을 것이다. 사람들은 혼란과 살육의 한가운데에서 앉을 의자도 없이 나를 에워싸고 있었다. 당시의 처지를 생각해보면 나는 말도 안 되게 낙관적인 계획을 모래 위에 그리고 있었던 셈이다.

무의식적으로 내뱉은 '음식' '물' '보살핌' '영양'이라는 기본적이면서도 핵심적인 단어들이 모든 이의 심금을 울렸던 것 같다. 우리는 일하다 쓰러져 죽는 한이 있더라도 동물원을 구하자는 목표에 모든 것을 걸었다. 그들의 눈에서 비장한 결의를 읽을 수 있었다. 확고한 결심이 섰다는 것을 확실히 느낄 수 있었다. 그중에서도 특히 후샴은 감격에 겨워 눈물을 흘리려 했다.

그건 단순히 전쟁터에 위치한 동물원 한 곳만의 문제가 아니었다. 당시 우리의 행동은 '더는 안 된다'는 윤리적이고 도덕적인 선언과 같았다. 인간들의 갈등 때문에 동물을 지옥으로 꺼지라고 할 수는 없었다. 사담 같은 괴물을 처치하는 것은 좋은 일이지만 그것을 위해 우리가 동물에게 무슨 짓을 하고 있는지 눈감아도 되는 것은 아니었다. 인간에게 모든 것을 의지하는 동물 수백 마리가 살던 동물원 하나가 쓰레기처럼 버려져도 되는 것은 결코 아니었다.

직원들이 주변에서 그릇처럼 생긴 것을 모조리 챙겨 물을 길러 간 사이, 나는 살아남은 동물이 있는 우리를 하나씩 찾아가기 시작했다. 그 일은 그날 이후 매일 나 혼자 치르는 의식이 돼버렸다. 사자든 호랑이든 아니면 수줍은 오소리든 동물들을 하나씩 살피러 갔다. 동물들이 철창 가까이 오면 나는 부드러운 목소리로 위안과 격려의 말을 전했다.

내게 맨 처음 가까이 온 것은 눈먼 불곰 새디아였다. 녀석은 두려움에 떨며 태아 같은 모습으로 웅크리고 있다가 몸을 펴고 철창 가까이로 다가왔다. 눈은 우유처럼 뿌옜지만 나는 새디아가 자기 앞에 있는 사람의 모습을 마음속에 그릴 수 있다고 느꼈다.

"곧 다 괜찮아질 거야."

나는 부드러운 목소리로 말했다.

"이젠 우리가 널 지켜줄게. 너를 위해 먹이를 가져왔단다. 마실 물도 있어. 날씨가 많이 더워지면 시원하게 샤워도 하게 해줄게. 다시는 폭탄이 떨어지는 일도 없도록 할게!"

새디아는 머리를 곧추세웠다. 나는 새디아가 내 말을 알아듣고 감사의 표시를 한 것이라고 생각했다. 적어도 그렇게 믿고 싶었다. 은근한 표정이나 작은 몸짓으로 감사의 표시를 주고받는 것은 아주 중요하다. 나는 다른 동물들에게도 차례차례 다가가 약간이라도 알은척을 할 때까지 인사했다.

이상하게 들릴지도 모르겠지만 동물과 생활하는 사람은 누구나 인간의 몸짓과 언어로도 동물과 긍정적인 의사소통 및 접촉이 가능하다는 것을 알고 있다. 지속적으로 관심을 보이고 소통을 하면 신기하게도 동물이 반응을 보이는 것이다. 그렇다고 우리 안에 들어가 동물과 직접 만나보라는 말은 절대 아니다. 동화나 디즈니 영화 이야기를 하고 있는 게 아니니까. 자연의 기본적인 규칙은 존중하되 진실하고 친근한 관계를 형성하라는 얘기다.

나는 쇼크 상태에 빠진 동물들이 내 말을 듣고 이제는 뭔가 달라졌고 좀 나아질 것이라는 느낌을 받았으리라고 믿었다. 나는 동물들에게 가까이 다가감으로써 내 냄새에 친근해지도록 하고 위로의 말을 건넴으로써 메시지를 전하고 싶었다. 동물원에서 일하는 사람들이 기운차게 일하면 그 에너지가 동물에게도 전달된다. 이런 생각을 비웃는 사람은 긍정적이고 배려하는 마음이 동물에게 얼마나 위로가 되는지 전혀 이해하지 못한다.

나는 동물들과 금세 친해질 것이라는 환상은 품지 않았다. 그 동물들은 끔찍한 고통을 겪었고 극도로 피곤했으며 굶주린 데다 상상하기 힘들 정도로 심한 스트레스를 받은 상태였다. 그들이 관심을 갖는 것이라곤 오로지 목을 축일 물과 허기진 배를 채울 먹이뿐이었다. 그 기본적인 욕구가 충족되지 못한 상황이었던 터라 그들은 내가 하는 말에 거의 반응을 보이지 않았다. 당연했다. 하지만 계속하다 보면 언젠가는 반응이 있을 거라고 믿었다. 그날부터 나는 어떤 일이 있어도 꼭 시간을 내 동물들을 찾아가 달래고 반응을 살폈다.

동물들과의 인사를 마칠 때쯤이 되자 직원들이 일을 끝내고 상황보고를 했다. 사자들의 경우에는 물만 계속해서 흘러들어 간다면 괜찮을 것 같았다. 하지만 포탄으로 파괴된 우리는 곧 수리를 해야 했다. 사자들은 이미 두 번이나 우리에서 탈출한 전과가 있으니 기운만 회복되면 언제든 먹이를 찾아 밖으로 뛰쳐나올 게 뻔했다. 앞서 세 마리는 그런 과정에서 목숨을 잃었다.

나는 그 사실을 잘 알고 있었기에 직원들에게 물통에 물부터 채운 뒤 잔해를 모아 우리의 구멍을 막고, 여기저기 널린 파편 속에서 철사를 찾아 묶자고 말했다. 나중에 미군 기술 하사관들에게 잘 수리해줄 것을 부탁하겠다고 했다.

벵골호랑이들도 위험할 정도로 야위었지만 사자들과 마찬가지로 물이 공급되는 한 생명이 위태롭지는 않았다. 그런데 갈증을 달래줄 물도 필요했지만 더위에 지친 동물들이 시원하게 몸을 식힐 물도 절실했다.

곰들은 우리 안으로 던져준 야채 부스러기를 게걸스럽게 먹어치우고 있었다. 조금 전에 내가 말을 걸었던 눈먼 불곰 새디아는 먹다가 가끔씩 멈추고 우리가 있는 쪽을 공허하게 바라보았다. 또 다른 곰 새디는 곰팡이가 슨 양배추 잎을 뜯어 먹으며 경계심이 가득한 눈초리로 우리를 쳐다보았다. 새디의 물통을 보니 더러운 먼지만 가득 쌓여 있었다. 나는 즉각 곰 우리에 물을 갖다줄 것을 지시했다.

전체적으로 모든 동물이 끔찍한 상태였지만 다행히 회복이 불가능할 정도로 아프거나 죽어가는 동물은 없었다. 중요한 것은 우리가 얼마나 오랫동안 먹이와 물을 공급해줄 수 있는가 하는 점이었다. 그러나 어느 누구도 이 질문에 대답할 수가 없었다.

나는 머릿속으로 대차대조표를 그려보았다. 대변 쪽을 보면 일하고자 하는 의욕에 차 있는 직원 몇 명, 내 주머니에 있는 달러 약간, 비록 이미 상해가고 있지만 쿠웨이트에서 실어 온 고기와 야채 약간 그리고 물이 있었다. 차변은 생각하고 싶지도 않았다. 들어갈 내용이 너무 많아 작성 자체가 불가능해 보였다. 나는 절대적으로 필요한 것들의 목록을 작성했다.

우선 직원용 식량이 필요했다. 식량을 주지 않으면 동물에게 갈 식량을 빼돌릴 게 뻔했다. 가족들이 굶주리고 있는 마당 아닌가. 내가 준 달러도 그리 큰 도움이 되지는 못할 터였다. 상점들은 이미 약탈을 당했거나 문을 꽁꽁 걸어 잠그고 판자를 쳐서 약탈자들을 막고 있는 형편이었다.

펌프가 제대로 작동될 때까지는 물을 길어 와야 했다. 두 번째로는 그때 사용할 양동이가 필요했다.

세 번째로 당장 펌프를 수리해야 했다. 펌프는 많은 문제를 해결해줄 수 있는 절실한 물건이었다. 첫날 수로에서 물을 길어 동물 우리까지 운반했던 작업은 앞으로 우리가 해야 할 일이 얼마나 잔인한 것인지를 알려주었다. 물을 길어 오는 것은 무거운 짐을 지는 데 이력이 난 소도 견디기 어려울 정도의 일로, 사람을 녹초로 만드는 중노동이었다. 더욱이 물을 긷는 데 사용할 만한 양동이도 없었다. 그래서 닥치는 대로 녹슨 캔 같은 것에 물을 떠

오는 수밖에 없었다. 이 상태에서는 동물 한 마리의 목을 축이는 데만 해도 너무 많은 노동력과 시간이 투입되기 때문에 장기적인 계획을 세울 여력이 전혀 없었다.

조만간 펌프 문제를 해결하지 못하면, 제대로 먹지도 못한 사람들이 물을 긷다가 쓰러지고 동물들도 죄다 죽어버릴 판이었다. 그 문제는 단순하면서도 어려웠다.

나는 후샴을 한쪽 구석으로 데리고 갔다. 후샴은 정말 손재주가 뛰어난 사람이었다. 그가 즉석에서 대강 만든 파이프 시스템이 동물들을 살려주고 있음이 그 사실을 증명했다. 나는 후샴에게 펌프 수리가 가능한지 물었다. 수리할 수 있다면 무엇이 필요한지도. 그는 정신 나간 연금술사를 바라보는 듯한 눈빛으로 나를 보더니 "배터리요. 그리고 발전기에 쓸 다이나모도 필요합니다"라고 말했다.

배터리와 다이나모라고? 그 말은 마치 사막 한복판에서 캐비아를 주문하는 것처럼 비현실적으로 들렸다. 무정부 상태에 빠진 도시에서 다이나모, 즉 직류 발전기를 구한다는 생각을 하는 것 자체가 실소를 금할 수 없는 일이었다.

우리는 잠시 쉬면서 점심 식사로 통조림을 먹었다. 나는 유칼립투스 그늘 아래에서 용광로 같은 태양을 피해 잠깐 따로 휴식을 취했다. 나무 기둥에 등을 대고 하늘을 쳐다보았다. 블랙호크 헬리콥터 두 대가 내 머리 위를 지나 꼬리를 보이며 사라졌고 어딘가 멀리에서 다다다다 하는 기관총 소리가 들려왔다.

세상의 종말이 눈앞에 펼쳐진 것처럼 느껴졌다. 내 머릿속에서는 도어스(60년대에 큰 영향력이 있었던 록 밴드로, 짐 모리슨이 약물 과다복용 및 알코올 중독으로 사망한 뒤 해체됐다—옮긴이) 노래 〈디 엔드 The End〉의 몇 소절이 헬리콥터 날개 돌아가는 소리에 박 자를 맞춰 울려 퍼졌다. 가족처럼 사랑하는 툴라툴라 코끼리 떼 의 모습이 선명하게 떠올라 순간 코끼리들이 곁에 있는 듯 착각 할 정도였다.

'내가 지금 여기서 뭘 하고 있는 거지? 뭔가 잘못된 거야. 전쟁 은 벌써 끝났어야 해. 바그다드에 있는 동물들을 위해 확실히 뭔 가 보여주고 싶었는데. 툴라툴라같이 평화로운 곳에서는 전쟁이 벌어지는 도시에서 산다는 것이 어떤 것인지 확실히 알지 못했던 거지. 며칠 전만 해도 미군을 환영하고 사담의 동상을 쓰러뜨리 며 환호하는 군중을 쿠웨이트에서 텔레비전으로 보았는데…….'

하지만 이 도시에서 그런 장면은 눈 씻고 봐도 찾을 수가 없었 다. 사실 미군이 통제하고 있는 지역은 사담의 궁전 주변 몇 블록 이 전부였다. 공원과 알 라시드 호텔 그리고 컨퍼런스센터가 고 작이었던 것이다. 그나마도 모두 방울뱀이 득실거리는 자루 속처 럼 위험천만했다. 바그다드의 나머지 구역은 모두 위험하고 비참 한 소굴로 전락했다. 총격전이 계속되어 어디서나 총소리가 들려 왔고 그 와중에 수많은 사람이 목숨을 잃었다. 나는 그제야 쿠웨 이트에서 이곳까지의 여정이 얼마나 위험했던 것인지 깨닫기 시작 했다. 어디 한 곳 다친 데 없이 성한 몸으로 바그다드까지 왔다는 사실 자체가 기적처럼 느껴졌다.

나는 몇 분간 나무 밑에 앉아 집을 생각했다. 그리고 젖 먹던 힘까지 동원해, 온몸이 흠뻑 젖은 개가 몸을 흔들어 물기를 털어내듯 몸을 흔들어 잡념을 날려버렸다. 자기 연민에 빠져 허우적댈 시간이 없었다.

주변을 둘러보니 어린 호랑이가 있는 우리가 10미터도 떨어지지 않은 곳에 위치하고 있었다. 멋진 줄무늬의 그 동물이 궁금한 듯 나를 쳐다보고 있는 것 같았다. 말루라는 그 호랑이는 동물원의 그 어떤 동물보다 심하게 스트레스를 받아 누구라도 가까이 접근하기만 하면 으르렁거렸다. 나는 호랑이에게 크게 소리쳤다.

"걱정 마! 우리 둘 다 이 어려움을 잘 이겨낼 수 있을 거야."

그렇게 말하고 나니 기분이 좀 나아졌다. 호랑이도 기분이 좋아졌기를 바랐다.

그날 밤 호텔로 돌아온 나는 쿠웨이트인들과 저녁 식사를 한 후 앨리스테어 맥라티의 다 부서진 방문을 두드렸다.

"들어오슈, 친구." 그 남아공 사람은 이렇게 말했다.

더럽고 어질러진 침대에는 그의 동료 세 명이 앉아 있었다. 밥파, 피터 주브날 그리고 닉이란 사람이 각자 자기소개를 했다. 그들은 모두 영국 특수부대 출신으로 미 국방부에 고용되어 전선에서 전쟁 사진을 찍고 있었다. 그들은 미군이 공항을 장악한 바로 그다음 날 바그다드로 들어온 이후 줄곧 최전선에서 사진을 찍어왔다. 명목상 바그다드는 연합군 수중에 떨어진 터라 이들은 교외 지역에서 끊임없이 일어나고 있는 사담 게릴라군의 기습 공격을 사진에 담기 위해 동분서주하고 있었다. 그들은 카메라를 들고 시장, 좁은 골목이 구불구불 이어진 슬럼가, 범죄자들의 은신처 같은 도시 안에서 가장 위험한 지역을 찾아갔다. 그들은 카메라만 챙기는 것이 아니라 중무장을 한 상태로 다녔다. 그럴 수밖에 없는 것이, 무슨 일이 생기면 중립적인 신분이라고 해서 넘어갈 상황이 아니었기 때문이다. 더욱이 미 국방부에 고용된 처지라 게릴라들에게는 좋은 사냥감이 아닐 수 없었다. 사태가 심각해지면 카메라를 내던지고라도 총을 쏴대며 위험에서 벗어나야만했다. 샌님 같은 사람들이 좋아할 일은 못 되었다. 그들은 말 그대로 위험을 즐기는 진정한 의미의 모험가들이었다.

나는 어질러진 침대에 걸터앉았다. 그들은 매일 배급되는 생수에다 MRE에 딸려 나오는 가루로 된 음료를 타서 시원하게 마시고 있었다. 방 안은 카메라와 비디오, 사진과 관련된 기계 등으로 난장판이었고 온갖 무기도 여기저기 널려 있었다.

그들은 동물원에 대해 질문하기 시작했다. 내가 동물에게 물을 가져다줄 양동이가 필요하다고 말하자, 그들은 호텔에 양동이가 있더라고 가르쳐주었다. 그 양동이로 조류가 가득한 수영장 물을 퍼서 악취 나는 변기 물을 내리는 데 쓴다고 말이다. 사실 그 양동이는 별 다섯 개짜리 호텔에 걸맞게 티끌 하나 없이 깨끗한 스테인리스 스틸로 만든 것으로, 정원에서 쓰는 흙 묻은 그런 양동이가 아니라고 했다. 그것도 괜찮을까? 두말하면 잔소리다. 그 양동이는 동물원 구하기 프로젝트가 획기적인 진전을 이루는 데 기여할 첫 번째 물건이었다. 다음 날 아침, 나는 물 10리터 정도는 거뜬히 담을 수 있는 양동이 네 개를 들고 의기양양하게 동물원에 나타났다.

우리는 43도까지 치솟는 무더위 속에서 아침 내내 땀을 뻘뻘 흘리며 일했다. 모두들 양동이를 든 야수가 되어 수로의 더러운 물을 길었다. 휘청거리며 둑 위를 걸은 뒤 후샴의 파이프에 물을 부었다. 더러웠지만 동물들이 마실 만했고 동물에게 던져줄 들소 고깃덩이를 녹이는 데도 사용되었다. 모든 일은 항상 잽싸게 해야 했다. 조금이라도 지체하면 약탈꾼들이 어느새 물건을 채어 갔기 때문이다.

오후 중반이 되었을 무렵, 우리는 양동이를 몽땅 도둑맞고 말았다. 믿을 수가 없었다. 지금 우리에게 가장 값질 뿐 아니라 유일한 장비라고 할 수 있는 양동이를 불과 몇 시간 만에 잃어버리다니. 호텔에 가서 양동이를 두 개 더 가져온 나는 직원들에게 양동이에서 절대 눈을 떼지 말라고 지시했다. 밤에 호텔로 돌아올 때는 양동이도 가지고 와서 침대 머리맡에 두고 잤다.

다음 날, 헬멧을 쓴 기자 일행이 동물원에 도착했다. 케블라(합성 섬유의 일종으로, 방탄 성능이 우수해 방탄복이나 방탄모 등에 사용된다—옮긴이) 조끼를 입고 커다란 보호안경을 쓴 채 무장한 경호원들에 둘러싸여 있는 모습이 가히 위협적이었다. 행동이 굼뜬 그 기자단은 우리 동물원을 취재하는 일에 큰 관심을 보였다. 총탄과 유혈이 낭자한 전쟁터에 이런 인간적인 이야기가 숨어 있다니! 좋은 기삿거리가 될 거라고 생각하는 모습이 역력했다. 남아공의 백인이 전쟁터 한가운데에 있는 동물원까지 찾아와 동물들을 구하겠다고 동분서주하고 있고, 그 곁에는 약탈이 횡행하는 가운데에도 동물원을 위해 목숨을 건 이라크인들이 있지 않은가. 동물원 직원들이야말로 전후 재건작업에 첫 삽을 뜬 선구자들이라고 생각하는 것 같았다. 키 작고 냉소적인 아일랜드 기자가 내게 계획과 목표를 물었다.

"간단합니다. 동물들을 구하는 겁니다. 동물들은 자기들이 저지른 잘못 때문에 이런 개똥 같은 상황에 처한 게 아니니까요."

그는 웃음을 터뜨리며 머리를 흔들었다.

"도시도 구하지 못해 아수라장인 판에, 난장판이 된 동물원을 어떻게 구할 수 있을까요?"

내게는 그 질문에 대한 답이 없었다. 나는 어깨를 으쓱해 보이며 "우린 다리를 지키는 호라티우스일지도 모릅니다"라고 말했다.

그는 멍한 표정으로 나를 쳐다보았다. 도대체 무슨 소리인가 하는 듯했다. 호라티우스는 기원전 510년 테베레강을 가로지르는 좁은 다리에서 전우 두 명과 함께 에트루리아 군대에 맞서 싸운 로마군 병사의 이름이다. 그 세 명의 병사가 적군을 막고 있는 사이 로마인들은 다리를 파괴해 도시를 구할 수 있었다. 역사상 수적으로 가장 비교가 안 되는 전투였는데, 그날 내 옆에서 지칠 대로 지쳐 나자빠진 직원들을 보자 문득 내가 호라티우스가 된 기분이 들었던 것이다.

다음 날 아침, 앙상하게 마른 동물과 미소 짓고 있는 이라크인들, 툴라툴라 모자를 쓴 내 모습과 함께 동물원에 대한 기사가 전 세계로 나갔다. 당시 우리 중에는 그 기사를 직접 본 사람이 없었지만 나중에 전해 들은 바로는 우리의 이야기가 사람들 사이에 널리 회자되는 대단한 뉴스거리였다고 한다. 엄청난 홍보 기사였던 셈이다. 대중매체의 관심은 국제적인 원조를 받는 데 중요한 촉매제가 될 수 있음을 알고 있었기에 나는 그 상황이 싫지 않았다. 오히려 절실하게 필요했다. 좋든 싫든 당시 우리의 상황에서 홍보는 산소와 같은 것이었다. 나는 세계인의 양심을 울릴 때까지 우리가 역경을 버텨낼 수 있기를 바랐다.

그날 오후 동물원에 직원 몇 명이 더 합류했다. 임금을 받을 수 있게 되었다는 소식이 전해진 게 분명했다. 동물 우리로 물을 길어 나르기 위한 손 하나하나가 절실한 상황이었다. 나는 그들을 대대적으로 환영하며 맞아주었다. 펌프만 작동시킬 수 있다면 가장 큰 골칫거리는 해결될 터인데…….

하지만 그 문제는 산더미처럼 쌓인 문제 중 하나에 불과했다. 후샴 박사는 직원들이 굶주리고 있다는 사실을 내게 상기시켰다. 동물에게 먹이를 주는 것을 봤으니 이제 들소 고기 중에서 그나마 상태가 좀 나은 부분은 가족을 위해 훔쳐 갈 것이 뻔했다. 그런다고 그들을 탓할 수도 없는 노릇이었다. 돈으로 보상한다고 해도 별 소용이 없어 보였다. 식량이 귀한 바그다드에서는 그 돈으로 식품을 살 수 없을 테니 말이다. 나는 심각한 딜레마에 빠졌다. 직원들이 동물만큼 배를 곯는 상황에서 동물원을 제대로 운영한들 무슨 소용이 있을까?

나는 방법을 찾아보겠다고 했다. 어떻게 해서든 미군으로부터 MRE를 구해 올 생각이었던 것이다. MRE는 과학적으로 만든 전투식량으로, 어떠한 상황에서든 그것을 먹고 싸울 수 있도록 모든 영양소를 충분히 갖춘 식품이다. 우리 직원들이 일하기 위해 필요한 것도 바로 그것이었다. 나는 공식적으로 군대에 대량 주문을 넣을 수 있을지 어떨지는 알지 못했다. 하지만 적어도 군인들이 여분의 MRE를 나눠줄 거라는 사실은 의심치 않았다. 내가 바그다드에 도착하기 전에도 불쌍한 동물들을 보다 못한 군인들이 MRE를 동물들에게 주는 일이 종종 있었다. 다른 모든 전투와 마찬가지로 동물원을 구하고자 하는 우리의 전투도 이들의 지원 없이는 불가능했다. 그런 의미에서 그 미군들은 평범하지만 훌륭한 사람들이었다. 하지만 MRE는 단지 미봉책에 불과했다. 좀 더 지속적인 대책이 필요했다.

직원들만 배를 곯는 것이 아니었다. 쿠웨이트에서 가져온 물건이 거의 바닥나고 있었다. 얼린 들소 고기도 이제 몇 덩이 남지 않았다. 그 들소 고기는 최악의 순간에 대비해 아껴두기로 했다. 따라서 동물의 먹이를 구할 방도도 마련해야 했다.

후자의 문제에 대한 해결책은 단순하면서도 가혹했다. 전쟁으로 폐허가 된 바그다드에서 구할 수 있는 고기는 한 가지, 사방에 널려 있는 당나귀밖에 없었다. 하지만 그 당나귀조차 전쟁 탓에 귀한 몸이 되어 하루가 다르게 몸값이 치솟았다. 그 씩씩하고 충직한 동물은 이제 평범한 이라크인이 받는 월급의 4분의 1이나 되는 가격에 거래되고 있었다. 내게는 선택의 여지가 없었다. 나는 내 곁에 있는 직원 하나를 불러 달러를 몇 장 주고 당나귀를 사 오라고 일렀다. 하지만 어찌된 일인지 아무리 기다려도 그는 돌아오지 않았다. 물론 돈도 사라져버렸다. 내 입에서 욕이 튀어나왔다. 우리 직원조차 믿을 수 없다면 대체 누구를 믿어야 한단 말인가?

나는 후샴에게 상황을 설명하며 직원으로 쓸 사람은 믿을 수 있는 사람만 데려오라고 했다. 그는 확인해보더니 돈을 받은 사람은 동물원 직원이 아니라고 내게 알려 왔다. 그제야 상황이 파악되었다. 아수라장같이 정신없는 상황에서 직원으로 착각하고 약탈꾼에게 돈을 건넨 게 틀림없었다. 돈을 받은 그 사람은 이게 웬 떡인가 싶었을 것이다. 후샴과 나는 배꼽이 빠지도록 웃었다.

그날 오후 나는 우리 직원임을 확실히 확인한 뒤 더 많은 돈을 쥐어 보냈다. 몇 시간 후 그 직원은 당나귀 두 마리와 동물원의 '사형 집행인'까지 데려왔다. 어떤 짐승이라도 한 방에 보낼 수 있는 그 사형 집행인의 이름은 카짐이었다. 카짐은 수십 년간 동물원에 신선한 고기를 공급하기 위해 짐승을 잡는 일을 해왔다. 이라크인들은 그런 직업을 가장 천하게 여겼지만 그는 우리가 지불한 몸값이 전혀 아깝지 않을 만큼 일을 잘했다.

그날 저녁 우리 동물원의 육식동물들은 신선한 당나귀 고기로 배를 채울 수 있었고 곰들에게는 마지막 남은 야채와 MRE가 돌아갔다. 멧돼지와 오소리, 그리고 나머지 동물에게는 그것들을 전부 섞어 주었다. 또한 우리는 동물원 근처에 숨어 있는 비비와 원숭이들이 먹을 것도 좀 남겨두었다.

후샴은 공터에도 고기를 조금 놓아두었다. 고기 냄새를 맡은 굶주린 여우가 나와 후샴이 자리를 뜨기만 고대하고 있었다. 머리 위 유칼립투스에서는 아마존앵무들이 요란하게 지저귀고 있었다. 우리는 새장에서 빠져나온 새들을 한 마리도 잡지 못했다. 다만 새들이 스스로 새장 안으로 돌아가기만 기도했을 뿐이다. 다음 날 보니 원숭이와 비비들을 위해 내놓았던 야채들이 모두 사라지고 없었다. 먹이를 먹기는 했을 것이다.

　그날 밤, 물에 젖은 솜처럼 지치고 무거운 몸을 이끌고 호텔 계단을 올라가다가 앨리스테어를 만났다. 그는 자기 방으로 나를 초대했다. 국방부 사진사들도 와 있었다. 우리는 촛불을 옆에 두고 두런두런 이야기를 나누었다. 그들은 총알이 난무하는 그 도시의 전문가가 되어 있었다. 시원한 맥주가 은밀하게 거래되는 곳이 있다는 얘기가 들리거나 이라크산 카페트, 혹은 아라비아산 은 수공예품이 거래된다는 정보가 입수되면 충격을 뚫고라도 맨 먼저 뛰어갈 사람들이었다. 반드시 군 호위대와 함께 움직여야 한다는 명령을 받고는 있었지만 그들은 서로 망을 보며 자기들끼리 돌아다니는 것을 즐겼다. 그들은 언제든 쓸 수 있는, 기껏해야 수백 달러쯤 할 법한 차까지 확보해둔 상태였다. 그 차는 원래 기자들이 빌린 렌터카였는데 폭탄 테러를 당해 기자 한 명이 죽은 뒤 버려진 것이라고 했다. 차 한쪽이 부서지고 앞 유리창은 나갔지만 앨리스테어와 그 동료들은 엔진이 강력하게 잘 돌아간다는 것만으로도 만족스러워했다.

　이야기를 주고받으며 바깥 풍경을 보자 불꽃놀이 구경을 하는 것 같았다. AK-47 자동소총이나 다른 경화기 소리가 들리면 하얀 조명탄이 하늘 높이 쭉 올라간 후 굽이치는 낙하산이 되어 그 밑을 훤히 밝혔다. 빛이 너무 밝아 눈이 멀 정도였다. 그 틈을 타 저격수를 찾는 미군의 소총 소리가 울려 퍼졌다. 연필처럼 얇은 불꽃 기둥을 그리며 예광탄이 하늘로 올라가고 저음의 포탄 소리가 뒤따랐다. 그런 뒤 박격포와 RPG(휴대용 대전차 유탄발사기—옮긴이)가 목표물을 맞히는 소리가 이어졌다. 때론 불꽃색이 달라졌는데 그럴 때면 그 국방부 사진사들은 이렇게 말했다.

"큰일 났군. 증원군을 보내달라고 하네."

그런 뒤에는 꼭 붐— 붐— 붐— 하는 브래들리 전차의 포격 소리가 이어졌다. 그 뒤에는 침묵과 어둠만이 남았다. 전기가 완전히 끊긴 바그다드에서는 그처럼 치열한 야간 전투가 끝나면 정말 완전히 어두워진다. 하지만 잠시 후 도시의 다른 곳에서 또 한바탕 불꽃이 터진다. 때로는 밖을 내다볼 때마다 총격전이 벌어져 마치 천상에서 선악의 대결이 벌어진 것은 아닌가 하는 생각이 들 정도였다.

한번은 1분에 총탄이 몇 발이나 오가는지 세어보려고 했는데 너무 빨라 셀 수가 없었다. 간혹 총탄이 호텔까지 날아오기도 했다. 방의 창문을 뚫고 들어온 적도 두 번이나 있었다.

나는 예광탄이 하늘로 솟아오르는 모습을 볼 때마다 감탄했다. 예광탄은 내 쪽으로 다가오는 듯하다가 순식간에 사라져버렸다. 하늘에서는 천상의 리듬을 타고 아파치와 블랙호크, 그리고 카이오와 헬기가 쉴 새 없이 날아다녔다. 어두운 하늘에서 이들은 잠깐 동안 별빛을 지워버리는 까만 흔적으로밖에 보이지 않았는데, 안에 타고 있는 조종사와 사수는 첨단 열투시경으로 도시 전체를 훤히 훑으며 돌아다녔다.

언젠가 베트남 전쟁에 대한 책을 읽다가 기자들이 별 다섯 개짜리 사이공 호텔 지붕 위에 모여 앉아 위스키 잔을 들고 호텔에서 멀리 떨어진 곳에서 벌어지는 총격전을 지켜보았다는 구절을 읽은 적이 있다. 호텔 측은 지붕 위에서 바^{Bar} 서비스를 제공했고 종군기자를 자처하는 이들의 전투 경험은 그게 전부였다는 내용이었다.

바그다드는 완전 딴판이었다. 별 다섯 개짜리 호텔에서 호텔비나 축내는 유람 여행과는 거리가 멀었다. 이곳에서는 전쟁이 바로 코앞에서 일어났고 옆에서 총격전이 벌어지기도 했다. 인도적인 목적으로 왔음에도 호텔 문을 나설 때마다 목숨을 걸어야 하는 상황을 나는 여전히 받아들이기 어려웠다. 하지만 그것이 현실이었다. 동물들의 먹이를 찾아 나서든 동물원에서 망가진 우리를 고치든 총격은 잦아들지 않았다.

앨리스테어는 한참이나 나를 쳐다보더니 이렇게 말했다.

"예상했던 것과는 완전 딴판이죠?"

그들은 위험천만한 무용담도 냉소적으로, 구사일생으로 위험을 모면한 일도 유머까지 섞어 이야기하는 유쾌한 사람들이었다. 그날 그들은 우연히 바그다드 최고의 레스토랑을 발견했는데 놀랍게도 도심 골목에서 아직 영업을 하고 있더라고 했다. 얼음처럼 차가운 맥주까지 갖추고 말이다! 그들은 나를 그곳에 한번 데려가겠다고 약속했다.

"에어컨도 있던가요?" 나는 물었다.

"물론 있고 말고요. 따로 발전기를 갖춰놓고 있으니까요."

"그럼, 난 가지 않겠습니다." 나는 그 천국 같은 느낌을 떠올리며 "들어가면 영원히 나오고 싶지 않을 것 같아서요"라고 너스레를 떨었다.

그 레스토랑에 대해 이야기를 하다 동물원으로 화제가 바뀌었고 나는 직원들이 배를 곯고 있다는 말을 꺼냈다. 그러자 앨리스테어는 동료들을 보더니 눈짓을 했다. 한 사람이 고개를 끄덕이자 나머지도 끄덕였다. 곧 앨리스테어가 나에게 따라오라고 했다. 우리는 1층까지 가서 잘 가려져 보이지 않는 좁은 복도를 지나 지하실로 내려갔다. 거기에는 마치 마술처럼 밀가루 부대와 쌀, 차, 설탕 그리고 통조림 수백 개가 있었다. 호텔 직원들이 도망치면서 버리고 간 물품들이 잘 진열되어 있었던 것이다. 나는 할 말을 잃었다. 그야말로 횡재한 기분이었다.

"마음대로 가져가십시오."

앨리스테어가 말했다. 나는 한동안 아무 말도 할 수 없었다.

"이게 얼마나 큰 선물인지 아마 잘 모르실 겁니다."

내 목소리는 갈라져 있었다. 앨리스테어는 내 팔을 툭 치더니 "좋은 일에 쓰는 거 아닙니까. 정말 잘되었어요"라고 말했다.

다음 날, 탱크부대 사령관 래리 버리스 대위는 우람한 체격의 딜이라는 하사관과 병사들에게 그 짐을 수송대에 실을 것을 지시했고 그것을 동물원까지 날라주었다. 짐을 내리는 동안 이라크인들은 그 물건들이 모두 자신들을 위한 것이라는 사실을 믿을 수 없다는 표정으로 쳐다보았다. 그러더니 그 짐 위에 쓰러지듯 넘어져 껴안고 뒹굴다 마치 금괴라도 되는 듯 소중하게 나눠 가졌다.

그것은 매우 중요하고 의미 있는 사건이었다. 이번 일을 계기로 직원들은 내가 진심으로 동물원을 도와주러 왔으며 동물뿐 아니라 자신들도 보살핌을 받을 수 있다는 믿음을 갖게 되었다. 한 사람이 내게 다가와 고맙다고 절을 했다. 후샴이 아랍어로 뭐라고 말했고 이라크인들이 나를 쳐다보았는데 모두들 얼굴에 미소가 가득했다. 나는 후샴이 뭐라고 했는지 지금도 알지 못한다. 확실한 것은 검은 구름이 걷혔고, 그것은 매우 소중한 경험이었다는 점이다.

하지만 나쁜 소식도 있었다. 밤중에 약탈꾼들이 침입해 전날 남겨둔 당나귀 고기를 몽땅 가져간 것이다. 우리의 먹이 공급 계획은 원점으로 돌아갔다. 나는 주머니를 뒤져 다시 당나귀를 사오라고 심부름을 보냈다.

고기를 찾는 일은 예측 불가능한 도박과도 같았다. 낯선 장소에서 길을 물어보듯 길거리에서 지나가는 사람에게 혹시 당나귀 파는 데를 아느냐고 물어본다. 운이 좋으면 한 시간 안에 구할 수도 있지만 며칠씩 걸리기도 했다. 한번은 마을 밖으로 80킬로미터나 가야 했던 적도 있다. 그래도 카짐은 언제나 도끼 자루를 들고 자리를 지켰다.

나는 당나귀를 무척 사랑하지만 사자나 호랑이에게 주기 위해 그 동물을 잡는 것을 꺼리지는 않았다. 많은 동물보호 운동가가 특정 동물을 살리기 위해 다른 동물을 죽이는 일에 문제를 제기한다. 하지만 바그다드 동물원의 육식동물들은 항상 당나귀 고기를 먹고 살아왔다. 더욱이 당나귀는 지천에 널려 있지만 호랑이나 사자는 흔치 않은 동물이다. 이는 아주 단순한 공식이었다. 이라크인들도 여기에 이의를 제기하지 않았다. 자연의 변함없는 법칙은 바로 죽음을 통해 삶이 지탱된다는 것이다. 바그다드 동물원이 처한 상황에서는 동물보호 운동가들의 논리도 통하지 않았다. 무엇보다, 다른 대안이 없었다.

에어컨이 시원하게 돌아가는 서방 국가의 사무실에서는 도덕성이라는 것이 싱싱하게 살아 있을 수 있지만, 무정부 상태의 바그다드에서는 추상적인 이론과 현실 속 위기 간의 괴리만 살아 있었다. 만약 들소 고기가 있었더라도 내 빈약한 주머니로는 감당할 수 없었을 것이다. 당나귀는 저렴하면서도 알찬 단백질 공급원이었다. 좋든 싫든 우리가 할 수 있는 선택은 자명했다.

고기 다음으로 절실하게 필요한 것은 고기를 나를 바퀴 달린 손수레였다. 우리는 피가 뚝뚝 떨어지는 당나귀 고기를 손으로 질질 끌고 가서 동물들에게 주어야 했다. 그럴 때마다 파리 떼들이 고기와 사람에게 새까맣게 들러붙었다. 위생적으로 좋지 않았을 뿐 아니라 고역이었다. 나는 임시방편으로 호텔에서 짐수레를 끌고 와 문제를 해결했다. 짐수레 한 대가 얼마나 큰 해결사 노릇을 하는지 믿을 수 없을 정도였다. 그 물건이 있으니 동물들에게 먹이 주는 일이 즐겁기까지 했다. 그러나 다음 날 그것마저 약탈당했다.

더는 참을 수가 없었다. 뭔가 조치를 취해야 했다. 조금씩 진전이 있을 때마다 약탈 때문에 원점으로 돌아가 버렸기 때문이다. 약탈꾼 문제를 해결하지 않고는 동물원을 살릴 길이 없었다.

05
약탈꾼들

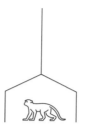

타는 듯한 열기가 폐부까지 들어와 그 안의 공기까지 모조리 태워버리는 듯했다. 하지만 나는 단 1초도 긴장을 풀 수가 없었다. 마음 한구석에서는 쉰세 살의 남자가 무기를 갖고 있을지도 모르는 사람들을 이런 식으로 쫓아가서는 안 된다고 외치고 있었지만, 나는 멈출 수가 없었다. 그만큼 화가 나 있었다.

동물 우리를 점검하다 동물원을 털고 있는 약탈꾼 일가를 목격한 나는 눈에 불꽃을 튀기며 그들을 뒤쫓기 시작했다. 그들은 나보다 먼저 뛰기 시작했고 한동안은 내 손아귀에서 벗어나는 듯싶었다. 하지만 때로는 아드레날린이라는 것이 요상한 짓을 하는 법이다. 죽을힘을 다해 달린 끝에 거리는 점점 좁혀졌고 결국 그들을 따라잡을 수 있었다. 사실 그 가족은 어린아이들 때문에 더는 속도를 낼 수가 없었다. 나는 아이들의 아버지를 붙잡았다.

"왜 이런 짓을 하는 거요?"

나는 씩씩거리며 물었다. 한마디 한마디 할 때마다 누가 칼로 가슴을 찌르는 듯한 통증이 느껴졌다. 이들은 두려움이 가득한 눈으로 나를 쳐다보았다. 여자는 가장 어린애를 품에 꼭 안았다. 그들은 내가 하는 말을 전혀 알아듣지 못하는 듯했다. 나는 동물 우리를 가리키며 "왜죠? 여긴 당신들의 동물원입니다. 그런데 왜 훔쳐 가는 겁니까?"라고 외쳤다. 그러나 그들은 나를 공허하게 바라볼 뿐이었다. 일순간 남자가 손에 쥐고 있는 것이 눈에 들어왔다. 동물원 울타리에서 훔친 쇠붙이였다.

바람 빠진 풍선처럼 분노가 수그러들었다. 달랑 쇠붙이 하나를 훔치기 위해 그런 모험을 하다니. 바그다드에서는 모든 게 부족한 상황이었다. 쇠붙이만 빼고 말이다. 이라크 군대에 한번 물어보시라. 그들의 탱크부대는 모두 쇠붙이로 돼 있으니까.

주머니를 뒤졌더니 구겨진 5달러짜리 지폐가 한 장 나왔다. 나는 남자에게 그 돈을 건넸다. 모든 걸 체념한 듯한 남자의 표정은 순간 믿을 수 없는 광경을 본 것처럼 변했다. 이 미친 백인 남자가 지금 뭘 하는 거지? 나는 여자 옆에 있는 아이를 가리키며 손을 입에다 대고 먹는 시늉을 했다.

"뭘 좀 구해서 애한테 먹이시오. 앞으로는 동물원에서 물건을 훔치지 말고."

내 말은 하나도 이해하지 못했겠지만 몸짓은 세계 공통어였다. 남자가 고맙다는 표시로 절을 하더니 굶주린 일가를 이끌고 허둥 지둥 내게서 멀어져갔다.

미국의 이라크 침공이 있기 전, 대부분의 이라크인은 정부가 보조해주는 식량에 의존해 살고 있었다. 사담은 전 국민이 자기에게 전적으로 의존하도록 의도적으로 그런 전략을 썼다. 하지만 전쟁이 터지자 비축해둔 식량은 소진되었고, 법과 질서가 무너지면서 약탈 행위가 번지는 것은 불가피했다. 그렇다 하더라도 전쟁 뒤에 발생한 야만적인 행위는 상상을 뛰어넘는 수준이었다. 내가 뒤쫓았던 가족처럼 살아남기 위해 거리를 뒤지는 이들도 있었지만, 이와 다른 의미의 약탈자도 많았다. 먹을 것을 찾기 위해서가 아닌, 훨씬 더 원시적인 차원의 약탈이었다. 은행원, 제빵사, 학생, 사업가 같은 평범한 이들이 탐욕에 눈이 멀어 하룻밤 사이에 미친 폭도로 변해 잔인한 행위를 서슴지 않았던 것이다.

이 일은 피르도스 광장에서 마음씨 좋은 아저씨처럼 팔을 활짝 벌리고 서 있던 사담의 동상이 넘어졌을 때부터 시작되었는지도 모르고, 누군가가 가게 창문에 던진 돌멩이 하나에서 시작되었는지도 모른다. 어쨌든 수풀 속 작은 불꽃이 바람을 타고 큰불이 되는 것처럼 약탈 행위는 걷잡을 수 없이 퍼져갔다.

폭도들은 먼저 호화스러운 알 만수르 구역부터 뒤졌다. 알 만수르 구역에 먼저 도착한 사람들은 야수처럼 거리를 날뛰며 약탈을 자행했다. 처음에는 정부 건물이 목표였다. 미군은 그러한 행위가 지금껏 증오했던 독재자에 대한 정당한 보복 행위라고 간주해 개입하지 않았다. 하지만 그것은 돌이킬 수 없는 착오였다. 약탈을 해도 군인들이 가만히 있더라는 소문이 퍼지자 약탈자들은 도시 곳곳을 누비고 다니며 폐허로 만들었다. 수천 명이 물밀듯 건물 안으로 들어가 창문을 부순 뒤 텔레비전, 컴퓨터, 하이파이

오디오, CD 플레이어 등을 손에 쥐고는 쏜살같이 뛰었다. 그들은 사무용 책상에서부터 의자, 캐비닛, 고무줄, 심지어 서류 클립까지 손에 잡히는 것은 모조리 가져가버렸다. 전리품의 부피가 너무 클 때는 쇼핑 카트를 끌고 와서 가져갔다. 아니면 무리를 지어 서로 도와가며 침대, 선반, 냉장고, 스토브 따위를 훔쳤다.

이처럼 난폭한 광경이 전 세계로 방송되었다. 거실에 앉아 편안하게 텔레비전을 시청하고 있는 사람들에게는 얄팍한 도덕성의 장막 아래 억지로 감추어져 있던 어둠은 단숨에 폭발할 수도 있다는 것을 보여주는 교훈적인 장면으로 비쳤을지도 모른다.

군 수뇌부에서는 뒤늦게야 필요하면 무력을 사용해서라도 약탈을 중단시키라는 명령을 내렸다. 가장 약탈 행위가 심했던 지역, 특히 바그다드 동쪽은 어둑해질 무렵부터 새벽까지 통행 금지령이 내려졌다. 미군이 일부 약탈자에게 총을 쏘자 그 소문이 금세 퍼지며 무정부 상태의 파도가 잦아들기 시작했다. 그러나 이미 그 후유증으로 전기와 수도가 끊긴 상태였다. 발전소, 변전소, 펌프장, 상수도장은 전부 약탈을 당해 겨우 거죽만 남아 있었다.

나는 피곤한 눈으로 그 모든 상황을 지켜보았다. 그것이 상징하는 바는 간단했다. 이건 바그다드만의 문제가 아니었다. 이라크만의 문제도 아니었다. 우리 모두가 안고 있는 문제였다. 우리는 모두 우리의 행성에 이런 짓을 하고 있다. 우리의 지구에 말이다.

다른 지역에서는 약탈 행위가 사그라들었을지도 모르겠지만 알자와라 공원과 바그다드 동물원에서는 아니었다. 커다란 유칼립투스에 가려 눈에 잘 띄지 않는다는 점 때문에 약탈꾼들이 여전히 극성을 부렸다. 또한 폭격으로 무너지는 바람에 타버린 트럭 골조와 부스러기로 대충 막아놓은 북쪽 정문과 벽은 약탈하려는 사람들에게는 훤히 열린 것이나 마찬가지였다. 폭도들이 마음대로 들락날락해도 잘 보이지 않았다.

이 상황을 무력하게 지켜볼 수밖에 없는 나는 미칠 지경이었다. 후샴에게 AK-47을 구해 올 수 있느냐고 물었다. 전쟁으로 폐허가 된 바그다드에서 동물원을 지키기 위한 가장 이성적인 방법처럼 느껴졌기 때문이다. 하지만 돌아온 대답은 "아니요"였다. 그에게는 총을 입수할 길이 없었다.

결국 우리는 상황에 따라 대처하기로 방침을 세웠다. 약탈꾼이 두세 명밖에 없는 경우에는 쇠막대기를 휘두르며 내쫓는다. 만약 떼거리로 있는 경우에는 잠시 사무실로 자리를 옮긴다. 아무 소용이 없는 짓이었으나 그렇게라도 하고 나면 기분이 좀 풀렸다.

나는 군부대에 도움을 요청했지만 안타깝게도 시들릭 중위는 고개만 흔들 뿐이었다. 군대는 아직 전쟁을 치르는 중이었고 통제해야 할 지역이 너무 넓었다. 대신 중위는 병사들에게 약탈꾼들과 마주치면 총으로 위협해서 동물원 밖으로 쫓아내라고 지시했다. 하지만 큰 도움은 되지 못했다. 약탈꾼들은 문밖에서 기다렸다가 미군이 나가고 나면 곧바로 물밀듯 들어왔다. 동물원은 사실상 그들의 먹잇감이나 다름없었다.

미군들도 진저리를 쳤다. 하지만 다른 일에 묶인 병사들로서는 어쩔 수가 없었다. 무력이라도 써서 해결하고 싶어 했지만 그래서는 안 된다는 명령을 받은 터였다. 약탈 문제로 여전히 골머리를 앓던 어느 날, 초면인 미군들이 양 몇 마리를 끌고 자랑스럽게 동물원을 찾아왔다. 이들은 내게 양을 건네주며 배고픈 사자와 호랑이한테 주라고 했다. 이야기를 들어보니 바그다드 주변을 순찰하다가 만난 양치기가 양을 판다고 했단다. 미군들은 동물원의 배고픈 사자와 호랑이를 떠올리고 각자의 주머니를 털어 그 양을 사 온 것이었다. 우리가 동물들을 위해 하는 일에 대한 고마움의 표시라고 했다. 그러면서 암양 한 마리당 40달러밖에 안 되는 헐값에 샀다고 자랑하기까지 했다.

나는 바가지를 썼다고 말할 엄두가 나지 않았다. 엄청난 인플레이션을 겪고 있는 환율을 감안해도 당시 양은 마리당 5달러밖에 하지 않았다. 어쨌거나 매우 고마운 일이었다. 그런데 그 양들은 자기도 모르는 사이에 동물원의 안전을 한 단계 업그레이드하는 데 지대한 공헌을 했다. 그날 밤 약탈꾼들이 양들을 전부 훔쳐 갔기 때문이다. 그 뻔뻔한 절도 행각은 동물원 근처에서 묵던 미군들을 매우 화나게 했다. 그들은 엄청난 수고를 마다하지 않고 양을 되찾기 위해 그 약탈꾼들을 찾아 나섰다.

"그런 놈들은 반드시 잡아다 감옥에 가둬야 합니다."

나는 시들릭 중위에게 말했다.

"본때를 보여줘야 합니다. 이제부터 규율을 지키지 않으면 감옥에 처넣는다는 걸 알려줘야 해요. 그냥 두면 점점 더 힘들어질 겁니다."

마침내 중위도 동의했다. 그 도시에는 경찰도 법원도 감방도 없었기 때문에 동물원 밖에 임시 형무소를 짓기로 했다. 알리바바

들에게 계속 나쁜 짓을 하면 이렇게 된다고 본보기를 보여야 했다. 병사들은 가시가 달린 철조망을 나무 주변에 네모나게 세워 감옥을 짓고 보초를 세웠다. 미봉책에 불과했지만 우리는 이곳에 '바그다드 동물원 교도소'라는 거창한 이름을 붙였다.

그때부터 약탈꾼을 잡으면 아무런 공식 절차 없이 무조건 그 감옥에 집어넣었다. 죄질에 따라 3일까지 감옥에 있게 했다. 그런데 정말 비참한 상황에 처한 사람들에게는 그 감옥이 전쟁으로 인해 고단한 삶에서 잠시 떨어질 수 있는 휴식처 같은 역할을 했다. 적어도 감옥에 있을 때는 하루에 세 번 MRE를 먹었고 식수까지 공급받았기 때문이다. 집에서는 꿈도 못 꿀 것들이었다. 더욱 중요한 사실은 감옥에 갇혀 있는 동안 그들은 바그다드를 재건하는 데 핵심적인 역할을 해야 할 사람이 바로 이라크인 자신들임을 깨달았다는 것이다. 나는 덤으로 동물원이 약탈 대상이 되어서는 안 된다는 것도 깨닫기를 바랐다.

이해할 수 없는 것은 동물원에서 약탈한 것을 되팔아봤자 제값을 받지도 못하는데 약탈이 계속되는 현실이었다. 그들은 날카로운 이빨이나 발톱을 가진 동물 외에는 모조리 쓸어 갔고 건물을 거의 분해하다시피 해놓았다. 더 이상 가져갈 게 없는 동물원은 놔두고 좀 더 이익이 남는 다른 곳을 찾아 옮겨 갔을 것이라고 생각하겠지만 아니었다. 값어치도 없는 것들을 약탈하는 행위가 반복되었다. 동물원 직원들이 단 몇 초라도 방심하면 금속 쪼가리와 그 밖의 물건들이 곧바로 사라졌다. 약탈한 양동이는 돈으로 바꿔봤자 몇 푼 못 받지만, 사자와 호랑이에게는 그날 물을 마시느냐 못 마시느냐를 결정하는 귀중한 물건이었다. 잘 숨겨두지 않은 동물들의 먹이는 현장에서 사라지기 일쑤였다. 바로 그런 점 때문에 약탈 문제를 수수방관할 수 없었다.

문제가 심각해져 도저히 참을 수 없게 되자, 나는 미군 장교와 병사들에게 "우리는 이 '극장'(미군들은 바그다드를 이렇게 불렀다)에서 무기 없이 근무하는 유일한 사람들"이라고 말하며 총 한 자루만 구해달라고 부탁했다. 그러나 매번 돌아오는 답은 "NO!"였다. 민간인에게 무기를 줄 수 없다는 것이 이유였다.

하지만 총 한 자루 없는 상황이라면 계속 우리 자신은 물론 동물을 보호할 방법 또한 없는 무력한 희생자로 남아 있을 수밖에 없었다. 나는 병사들을 마주칠 때마다 총을 구해달라고 애걸했다. 마침내 동물원 상황에 진저리가 난 대위 하나가 전투 중 사망한 이라크군 병사의 9밀리 권총 한 자루를 슬며시 내게 건네주었다. 은밀히 총을 건네준 그는 고맙다는 인사도 받지 않았다. 하지만 그와 나 우리 모두 그가 동물원의 생존을 위해 자기 밥줄을 걸었다는 사실을 알고 있었다.

효과는 즉각 나타났다. 중무장을 하고 정기적으로 동물원을 훑는 무리는 여전히 당해낼 수 없었지만 해볼 만한 상대가 나타나면 그냥 물러서지 않아도 되었다. 당당히 그들 앞으로 다가가 권총을 겨누고 빨리 사라지라고 몸짓을 하면 모두들 허둥지둥 도망쳤다. 위협사격을 할 필요조차 없었다. 만약 우리 쪽 누구라도 목숨이 위태로운 상황에 처했다면 나는 총을 발사했을 것이고 그러고도 아무런 양심의 가책도 느끼지 않았을 것이다. 혼란은 그 정도로 심했다.

나는 항상 내가 느긋한 사람이라고 생각했었는데 당시에는 달랐다. 뭔가 하지 않으면 안 되는 상황이었다. 폭도들이 날뛰는 대로 계속 놔두었다가는 동물원을 구할 수 없었다. 이성적으로 설득해보기도 했고 할 수 있는 일은 다 했다. 하지만 말만으로 해결되지 않는 일도 있는 법이다. 나는 그런 상황에 대해 잘 알고 있었다. 몇 해 전, 내가 태어난 줄루란드에서 내 목에 현상금이 걸려 있다는 것을 알았을 때 나는 큰 교훈을 얻었다.

7년 전쯤의 일이다. 어머니가 근심이 가득한 목소리로 내게 전화를 하셨을 때 나는 툴라툴라에 있었다. 어머니는 아들의 목에 현상금이 걸려 있다는 소문을 듣고 잠을 이루지 못하고 계셨다. 남아공 치안경찰이 어머니에게 그 정보를 알려주었다고 했다. 경찰 첩보원들이 그 지역을 장악하고 있던 강력한 인두나(족장)의 영지로 침투했는데, 그때 마침 살인 청부업자들이 나를 쫓고 있다는 정보를 입수한 것이었다.

청부 이유는 남아공에서 흔한 분쟁거리, 즉 땅 때문이었다. 그 무렵 나는 지역 주민들을 위해 로열 줄루 야생동물 보호구역을 건설하느라 비지땀을 흘리고 있었다. 인종분리 정책 '아파르트헤이트'가 철폐되면서 흑인들도 야생동물 보호구역 건설 사업과 관광업에 합법적으로 뛰어들 수 있게 된 때였다. 나는 야생동물을 보호하고 그 혜택을 거두려면 빈곤한 지역사회를 반드시 참여시켜야 한다고 생각하고 있었다. 그러지 않으면 우리의 환경유산은 보존되지 않을 것이었다.

우리의 야생동물 보호구역 툴라툴라는 그 프로젝트를 시작하고 운용하는 데 핵심적인 부분이었다. 툴라툴라는 수풀이 울창한, 여름이 되면 초록색과 금색의 만화경이 펼쳐지는 아름다운 곳이었다. 가뭄이 극심할 때도 강물이 마른 적이 거의 없었다. 특히 삼림지대와 경계를 이루는 풀과 목초가 달콤하고 영양가가 높았다. 나는 그곳을 발판으로 프로젝트를 진행하면 분명 성공할 수 있을 것이라고 확신했다.

하지만 경찰이 입수한 정보에 따르면 일부 부족의 사람들은 나만 제거하면 그 종족의 위탁 토지를 차지할 수 있을 거라고 믿었다. 그 땅은 법적으로 다섯 종족이 공동으로 소유하고 있었고 나는 단지 프로젝트를 진행하는 조정자 역할을 맡고 있었다. 하지만 몇몇 이들은 일단 프로젝트가 완결된 후 그 지역이 보호구역으로 선포되면, 자기들이 소유권을 주장할 수 있다고 생각하는 것 같았다. 나만 없으면 말이다. 그 이야기를 듣자 수년 전 케냐의 사자 보호구역 운동가인 조지 아담슨이 살해당한 일련의 상황이 떠올랐다. 조지 아담슨의 이야기는 영화 〈야성의 엘자 Born Free〉로 더욱 유명해졌다.

경찰은 나를 노리는 암살자들의 명단까지 확보하고 있었다. 하지만 인두나의 연루 여부가 불명확했다.

나는 줄루족 문화를 잘 알고 있었다. 매일 그 문화권 안에서 숨 쉬며 살고 있었으니 당연한 일이다. 줄루족 문화에서는 어떤 문제가 발생했을 때 즉시 정면돌파해 해결하지 않으면 걷잡을 수 없이 부풀어 올라 나중에는 속수무책이 돼버리고 만다. 아무도 그 시작을 기억하지 못하는 종족 간의 유혈사태와 반목이 오늘날까지 계속되는 곳이 바로 그곳이었다. 비켜 갈 수 있는 방법은 없었다. 나는 상황이 더 나빠지기 전에 하루라도 빨리 인두나를 찾아가야겠다고 결심했다.

용맹하고 노익장 넘치는 좋은 친구 오비에 므세쇠가 백인 혼자 인두나의 크라알(영지)에 들어가는 것은 너무 위험하다며 같이 가겠다고 따라나섰다. 족장의 고문에다 그 지역에서 널리 존경받고 있는 오비에 므세쇠가 같이 가준다면 나로서는 더할 나위 없이 고마운 일이었다. 무엇보다 오비에는 암살자들을 익히 알고 있었다.

"트소트시스."

그는 줄루어로 악당을 경멸할 때 사용하는 표현을 쓰며 "정말 나쁜 놈들"이라고 말했다. 그날 오후 우리는 바퀴자국이 수없이 난 길을 지나 줄루란드 깊숙한 곳에 위치한 족장의 집으로 찾아갔다. 줄루족의 전통에서는 초대받지 않고는 크라알 안으로 들어갈 수 없었다. 그들을 만나려면 '이시바야'라는 가축 사육장 앞에서 이름을 외치고 찾아온 용건을 밝혀야 했다. 그러면 주인이 자기가 편할 때 들어오라고 하는 것이 관례였다.

초가지붕을 얹은 오두막집들이 언덕 위에 아담하게 자리 잡고 있는 그림 같은 곳이었다. 우리가 갔을 때는 사람들이 일과를 마치고 마무리에 들어가는 시간이었다. 목동들은 가축을 몰고 돌아오고, 어머니는 아이들을 집으로 불러들였으며, 모두 잠자리에 들 준비를 하고 있었다. 저녁 식사를 준비하는 냄새가 마을 전체에 퍼져 있었다.

오비에와 나는 밖에서 거의 한 시간을 기다렸다. 그쪽에서 우리에게 안으로 들어오라고 했을 때는 이미 날이 어두워진 후였다. 아주 불길한 징후였다. 우리는 짚과 진흙으로 지은 오두막집 중에서도 전통적으로 아주 중요한 일을 할 때 사용하는 가장 큰 집인 '이시샤얌세소'로 안내되었다.

탁자 하나와 빈약해 보이는 의자들로 구성된 단순한 가구들 위로 촛불 그림자가 춤을 추고 있었다. 인두나가 혼자라는 사실을 금방 알아챌 수 있었다. 보통 고문 몇 명이 인두나의 옆에 있기 때문에 이렇게 인두나 혼자 있는 것은 이상한 일이었다. 더욱이 우리는 기다리는 동안 그들을 밖에서 본 터였다. 그새 어디로 가버린 것일까? 그들이 들으면 안 되는 말이라도 하려고 내쫓은 것일까?

우리는 줄루족의 관습대로 장황하게 서로의 건강과 가족의 근황을 묻고 날씨 이야기를 나누었다. 이런 인사치례를 거치고 나서 본론으로 들어가야 예의 바르다고 간주되는 것이 줄루족의 문화였다.

인사말이 오가는 동안 나는 의자를 조금씩 움직여 벽에 딱 붙였다. 누구도 내 등 뒤에서 딴짓을 못 하도록 막기 위해서였다. 나는 앞으로 일어날 일에 대비해 한 치의 빈틈도 용납하고 싶지 않았다. 위험이 닥쳐온다면 저돌적으로 헤쳐 나가고자 만반의 준비를 갖췄다. 나는 줄루어로 인두나에게 내 목숨을 노리는 살인 청부업자들이 있는데, 그들이 바로 인두나가 다스리는 종족 사람이라는 말을 경찰에게 들었다고 말했다.

"하우(저런)!"

그는 놀라움을 표시하는 줄루어를 큰 소리로 외쳤다. 그러면서 그는 그 청부업자들이 자기네 사람일 리가 없다고 말했다. 자기 종족 사람들은 나를 존경한다고 했다. 로열 줄루 프로젝트를 통해 이 지역 사람들에게 일자리를 가져다줄 사람이 바로 나 아닌가? 나는 껍질만 백인이지 줄루인이나 마찬가지 아닌가? 오래된 이웃 아니었나? 그런 사람에게 그럴 리가 없다고 했다.

나는 맞는 말이라고 했다. 하지만 내가 입수한 정보는 경찰 수뇌부에서 확보한 것으로 매우 확실하며, 나를 죽이려고 하는 사람들은 나를 없애기만 하면 로열 줄루 땅을 차지할 수 있을 것으로 믿고 있다고 했다. 나는 그 위탁 토지는 여러 종족이 공동으로 소유한 땅이기 때문에 그건 말도 안 되는 소리라고 거듭 강조했다.

인두나는 다시 한번 놀라움을 표시했다. 이를 본 나는 경찰이 입수한 정보가 잘못된 게 아닐까 생각하기 시작했다. 인두나는 진짜 결백하거나 아니면 능숙한 거짓말쟁이거나 둘 중 하나일 터였다.

그때 밖에서 차를 세우는 소리가 들렸다. 곧 예의를 지켜 자기들이 누구인지 알리는 소리가 들렸다. 약 10분쯤 후 남자 네 명이 안으로 들어왔다. 인두나에게 무언가를 보고하기 위해 온 것이었다. 인두나는 그들에게 앉으라고 했고 그들은 대장보다 고개를 아래로 깐 채 궁둥이를 바닥에 붙이고 앉아 줄루식으로 대장에 대한 존경을 표했다.

그들이 앉자 오비에는 내 팔을 거머잡고 귓속에다 다급하게 영어로 속삭였다.

"이들이 바로 그 킬러들입니다! 경찰에서 말한 자들이 바로 이들이에요!"

그들은 아직 어둠에 익숙해지지 않아 나와 오비에를 알아보지 못했다. 하지만 차차 어둠에 눈이 익자 나를 알아보고 놀라는 모습이 역력했다. 그때 나는 헐렁한 재킷을 입고 있었는데 주머니에는 9밀리 권총이 들어 있었다. 나는 주머니 안으로 손을 넣어 손잡이를 잡았다. 그런 다음 부드럽게 장전해 재킷 너머로 가장 가까이에 앉아 있는 킬러의 배를 겨냥했다. 오비에는 경악을 금치 못하고 내 귀에 대고 속삭였다.

"상황이 너무 위험합니다. 빨리 이곳에서 나갑시다."

하지만 나갈 길이 없었다. 나는 권총을 손에 쥔 채 인두나를 뚫어지게 쳐다보며 강하게 말했다. 경찰이 내게 살인 청부업자들의 명단을 주었는데 그들이 바로 내 눈앞에 앉아 있는 자들이다. 그러면 인두나가 바로 이들과 결탁하고 있다는 말이 아닌가?

나는 의도적으로 단호한 어조로 말했다. 그들은 즉각 반응을 보였다. 살인 청부업자들은 곧바로 자리에서 일어나 나를 향해 소리치기 시작했다. 나도 지지 않고 일어섰다. 오비에도 벌떡 일어나 그들과 어깨를 맞대고 대치한 채 암살자들을 노려보았다.

"툴라 므신두(조용히 하지 못해)!"

오비에는 권위에 찬 목소리로 소리쳤다.

"이곳은 인두나의 집이다. 큰소리 내지 말고 예의를 지켜라."

인두나는 천천히 자리에서 일어나더니 내가 살생부에 올라 있다는 사실을 극구 부인했다. 하지만 곧바로 태도를 바꾸더니 내가 그를 거짓말쟁이라고 한 것에 비난을 퍼붓기 시작했다. 줄루족 문화에서 거짓말쟁이라는 말은 최악의 불명예를 의미했다.

"그러면 어떻게 경찰이 나를 죽이려는 사람들이라고 지목한 이들이 이리 쉽게 들어올 수 있는 겁니까?"

나는 물러서지 않았다.

"이것만 봐도 뭔가 의심스러운 게 아닙니까? 경찰은 이미 내가 당신을 찾아갈 거라는 사실을 알고 있습니다. 오늘 일은 이미 경찰에 보고가 돼 있기 때문에 다들 내가 돌아오기만 손꼽아 기다리고 있습니다. 오늘 밤 나나 오비에 브세쇠가 돌아가지 못하면 우리에게 무슨 일이 일어난 것이 틀림없다고 생각할 것입니다. 경찰은 당신을 잡아 응당 대가를 치르게 할 것입니다."

내 주머니 속의 총을 써도 그 자리를 무사히 벗어날 수 있는 가능성은 희박해 보였다. 하지만 나는 적어도 한두 녀석쯤은 황천길에 데려갈 생각이었다. 그 와중에도 운이 좋다면 오비에는 살아 나갈 수 있을지 모른다고 생각했다.

나는 한 걸음 정도 떨어진 곳에 있는 있는 마루 위의 촛불을 쳐다보았다. 무슨 일이 생기면 그 촛불을 발로 차서 암흑으로 만들어버릴 작정이었다. 인두나도 촛불을 보고 있었다. 나와 똑같은 생각을 하는 것이 틀림없었다. 그는 나를 쳐다보았다. 우리는 모두 그 이유를 알고 있었다.

인두나가 먼저 눈길을 거두었다. 우리가 그의 크라알에 와 있다는 사실을 경찰이 안다는 말에 당황한 빛이 역력했다. 암살자들이 찾아왔으니 이제 그가 배후 인물이라는 사실을 부인할 수 없게 돼버렸다. 지금까지 자기가 한 말이 모두 뻔뻔스러운 거짓말이라는 게 들통난 것이다.

살인 청부업자들은 어찌할 바를 모르며 대장을 바라보았다. 네 사람이면 충분히 나나 오비에를 제압할 수 있겠지만 그 숙련된 총잡이들은 내가 재킷 안에서 권총을 잡고 있다는 사실을 알고 있었다. 만약 그들이 총을 쏘려 한다면 내가 먼저 쏠 것이고 그 첫 발은 첫 번째 킬러에게 돌아갈 것이었다. 이제 남은 것은 대장의 결정뿐이었다.

대치 상태에서 팽팽한 긴장감이 흘렀고 무거운 침묵이 주변을 압도했다. 누구도 손가락 하나 까딱하지 않았다. 1분이 지나고 2분이 흘렀다.

나는 인두나에게 도망갈 길을 열어주었다. 그의 눈을 쳐다보며 그의 종족 때문에 나를 위험에 빠뜨리는 일이 없게 하겠다고 약속할 것을 요구했다. 그리고 뭔가 오해가 있는 듯하지만, 그 오해에 대해 인두나에게 책임을 물을 생각은 없다는 것을 분명히 밝혔다. 나아가 나는 그 지역의 주민으로서 권리를 보장받기를 원한다는 것, 즉 인두나와 대족장의 보호를 받는다는 것을 엄숙하게 선언해줄 것을 요구했다. 인두나는 내 제안, 그러니까 내가 열어준 탈출구를 즉각 받아들였다. 자기는 결백하다고 계속 주장하면서 앞으로 내가 자기 종족들로부터 위협받는 일은 없을 것이라고 약속했다.

　그를 만나러 간 주된 목표는 달성했다. 인두나는 계획이 물거품이 돼버렸으며 지금 한 약속을 저버리는 것은 바보짓임을 잘 알고 있었다. 또한 그는 나에게 무슨 일이 생기면 죄가 있든 없든 자기가 강력한 용의자로 의심받게 될 거라는 사실도 인지하고 있었다.

　나는 마지막으로 우리가 나눈 이야기를 다음번 협의회 때 대족장에게 보고하겠다고 말했다. 그런 다음 자리에서 일어났다. 차에 타면서 오비에는 "휴" 하고 배 밑바닥에서부터 올라오는 깊은 한숨을 내쉬었다. 우리는 조금 전 죽음에 직면했었다. 나는 더할 나위 없이 고마운 마음을 담아 그를 바라보았다. 그는 사자처럼 용감한 사람이었다. 그는 가장 순수한 동기인 우정을 위해 목숨까지 걸어준 사람이었다.

　그날 밤 깜깜한 아프리카의 수풀 속을 뚫고 돌아오는 길에, 오비에는 배우라도 된 듯 방금 겪은 일을 하나하나 되짚어가며 묘사하기 시작했다. 억양까지 놀라울 정도로 정확하게 흉내 내면서 말이다. 나는 배꼽을 잡고 기분 좋게 껄껄댔다. 죽음의 목전에서 막 벗어났다는 안도감과 함께 그때까지도 아드레날린이 계속 분출되는 것이 느껴졌다. 나는 오비에라면 그날 밤에 있었던 일을 정확하게 모두 기억하리라는 것을 알았다. 그리고 자기 부족 영지에서 그날 밤의 일화를 되풀이해 말할 것이라는 사실도 알았다. 그날 일이 결국 그 종족의 전설로 자리 잡게 될 것도 말이다. 그는 그 지역에서 가장 강력한 우두머리로 꼽히는 사람을 자신과 백인 친구가 어떻게 물 먹였는지 신나게 이야기할 사람이었다.

다행히 인두나와의 문제는 1년쯤 뒤에 자연스럽게 그리고 완전 무결하게 해결되었다. 그가 무능력을 이유로 우두머리 자리에서 쫓겨난 것이다. 그 후임자는 로열 줄루 프로젝트를 전폭적으로 후원하는 사람이었다. 당시 내가 절실하게 배운 교훈은 어떤 위협이든 간에 피하지 말고 직접 대면해 푸는 게 최상의 대처법이란 사실이었다. 바그다드에서도 그 교훈이 효과를 발휘할 터였다.

끊임없이 이어지는 약탈 탓에 사담 정권 이후 이라크 경제는 새로운 방향으로 나아갔다. 무정부 상태에서 도로변에 약탈 상점이 번성한 것이다. 가장 부유한 상류층이나 접할 수 있었던 물건들이 이제는 아주 저렴한 가격에 매물로 나왔다. 전에는 아무것도 살 수 없었던 도시가 갑자기 모든 것이 풍부한 도시로 바뀌었다. 라마단 거리의 시장에서는 약탈한 식량, 의료기기, 스포츠웨어 등의 물품이 생산원가의 몇 분의 일도 안 되는 가격에 거래되었다. 최고급 나이키 운동화가 1만 2000디나르, 즉 4달러 정도였고 스테인리스 스틸로 된 수술 도구가 500디나르(16센트)에 거래되는 것을 보면서 나는 깜짝 놀라지 않을 수 없었다. 더 끔찍한 것은 30개의 총알이 가득 찬 소총 탄창이 3만 5000디나르, 즉 12달러가량에 거래되는 것이었다. 쉽게 AK를 구할 수 있는 시대가 되었지만 나는 내 9밀리 권총에 익숙해져 있었다.

심지어 국방부에서 훔쳐 온 국방의 의무를 다했다는 증명서까지 살 수 있었는데, 사막의 뜨거운 태양 아래서 행군하는 데 몇 년이라는 세월을 허비하고 싶지 않다면 반드시 필요한 필수품이었다. 불행히도 이렇게 저렴한 가격에 거래되는 품목 중에는 야생동물도 있었다. 바그다드 동물원에서 사라진 동물만 해도 수백 마리에 달했는데, 잘 알려지지 않은 서커스단이나 소규모 동물원에서 도난당한 동물까지 더하면 몇 마리나 되는지 아무도 알 길이 없었다. 이들 상당수가 이런 곳을 통해 거래되었을 것이다.

이국적인 동물의 암시장 거래는 중동에서 늘 있던 문제였다. 안타깝게도 노변 상점에서는 말라빠져 두려움에 떠는 아기 곰이나 기운이 없어 부리조차 제대로 들지 못하는 펠리컨 같은 동물을 단 몇 푼만 주면 살 수 있었다. 나는 언젠가는 그런 동물들을 찾아와야 한다고 생각했다. 일단 우리 동물원이 정상으로 돌아오면 잔인하고 야만적으로 동물을 대하는 사설 동물원의 동물들도 구해야 할 것이다. 좀 더 시간을 두고 착수하려 했던 그 기회는 생각보다 빨리 찾아왔다.

다음 날, 병사들이 내게 돌봐야 할 동물들이 더 있다는 말을 전했다. 사담과 그의 아들 우다이는 야생동물 수집광이었는데 사담의 궁전에서 그 '애완동물'들이 굶주린 채로 발견되었다는 것이다. 사자를 포함한 그 동물들이 살아 있다는 것은 좋은 소식이었다. 하지만 내 머릿속에서는 다시 대차대조표가 그려졌다. 대변과 차변의 차이가 너무 끔찍했다. 지금 있는 동물들을 먹이고 물을 주기에도 벅차 허덕이는 판에 도대체 어떻게 더 많은 동물을 건사할 수 있단 말인가?

06
우다이의 사자와
'사랑둥지'의 동물들

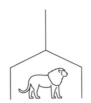

우다이 후세인은 추종 세력들로부터 '새끼 사자'라는 별명을 얻었다. 그는 아무렇지도 않게 사람을 죽이는 인물이었다. 어떤 야수도 우다이처럼 죽음을 우습게 여기진 않을 것이다.

사담의 장자인 우다이는 아버지의 자리를 잇도록 교육받으며 자랐다. 그는 특유의 야만적 성품으로 사담보다 더 미움을 받았지만 사람들은 사담 부자 앞에서 자신의 감정을 드러내지 않았다. 우다이의 그 근원을 알 수 없는 폭력적인 성향은 무례한 대접을 받은 사람들 사이에서 마치 전설처럼 은밀히 회자됐다.

우다이의 어머니 사지다는 사담 후세인의 사촌으로 '알 카르크 알 나모우사지야'라는, 엘리트층을 위한 사립학교의 교장이기도 했다. 우다이는 어머니가 운영하는 이 사립학교를 다녔다. 우다이의 학급 친구들에 따르면 우다이는 공부와는 담을 쌓고 살았지만 항상 1등을 차지했다고 한다. 놀랍기도 하지!

그 뒤 바그다드 공과대학에 진학한 우다이는 책장 한 번 펼쳐보지 않고도 평균 98.5라는 우수한 성적으로 대학교를 졸업했다. 아무리 머리가 비상해도 공부를 하지 않으면 좋은 성적을 거두기 힘든 법이다. 하지만 우다이는 교사들을 위협해 시험 결과를 조작하는 편법을 써서 높은 성적을 받아냈다고 한다.

그런 편법으로 그는 청소년부 장관직을 꿰찼고 그 자리를 이용해 이라크의 국기라고 할 수 있는 축구를 비롯, 이라크인의 생활 곳곳에 끼어들었다. 점수를 올리지 못한 선수나 상대방의 골을 막지 못한 선수는 우다이의 기분에 따라 감옥에 갇히기도 했다. 감옥에서 나올 때 이들은 '나라의 치욕'이라는 의미에서 머리를 빡빡 깎였다. 이 때문에 1999년에는 샤라 하이다 무함마드 알 하디시라는 축구 스타가 두려움에 떨며 이라크에서 도망친 일도 있었다. 우다이는 경기 결과가 평균 이하라고 생각되면 선수들을 잡아다 고문했다고 한다.

2000년 아시안컵 8강에서 이라크가 4:1로 패했을 때 골키퍼 하심 하산과 수비수 압둘 자베르, 공격수 카산 치터는 우다이의 경호원들에게 3일간 채찍질을 당했다. 4일째 되던 날, 그들은 잘못을 인정하고 다시는 그렇게 많은 골을 먹지 않겠다는 맹세를 하고 나서야 풀려났다.

이런 식으로 축구 선수들을 '격려'하는 데 시간을 보내지 않을 때, 우다이가 가장 좋아한 소일거리는 바그다드 내 최고급 호텔의 디스코텍에서 '낚시질'을 하는 것이었다. 우다이가 마음에 들어 하는 여성은 경호원들이 잡아갔다. 잡혀 온 여성들은 호텔 또는 강변에 위치한 '사랑둥지'에서 성폭행을 당했다. 한번은 결혼식에 쳐들어가 신부를 납치한 뒤 바로 옆방에서 욕을 보여 나중에 신랑이 자살해버린 일도 있었다.

우다이는 종종 바그다드 대학 캠퍼스를 어슬렁거리다가 매력적인 여학생들을 파티에 초대하곤 했는데, 초대에 응한 여학생들 또한 무사하지 못했다. 우다이와 그 친구들이 바그다드의 자드리야 사냥 클럽에 갔던 일도 유명하다. 그 클럽에서는 이라크에서 가장 유명한 카뎀 사헤르라는 가수가 노래를 하고 있었다. 우다이는 여자들이 자기는 무시하고 그 가수에게 사인을 받기 위해 줄을 서는 것을 보고 격분했다. 우다이는 사헤르를 부르더니 탁자 위에 발을 얹고 신발 바닥에 사인을 하라고 명령했다. 사헤르는 목숨이 걸린 심각한 딜레마에 봉착했다. 신발처럼 격이 낮은 물건에 사인을 하는 것은 우다이를 모욕하는 일이나 마찬가지였다. 하지만 사인을 하지 않아도 모욕을 한 것이 되었다. 그는 일단 신발에 사인을 하며 마음속으로 그게 그나마 덜 모욕적인 것으로 해석되길 기도했다. 그리고 그날 밤 다른 나라로 망명해버렸다.

우다이는 가정생활도 평탄치 못했는데, 그의 아내이자 사촌인 사자는 결혼한 지 6개월 만에 우다이에게 흠씬 두들겨 맞고 스위스로 도망갔다. 사담 후세인은 아들의 이런 행동을 어린아이의 치기 정도로 여겼다. 그러다가 우다이가 사담의 수행원이자 음식에 독이 있는지 미리 맛보는 역할을 했던 카멜 한나라는 사람을 살해하는 사건이 발생했다. 그날 우다이는 꼭지가 돌아버릴 정도로 취한 상태였는데, 카멜 한나가 자기 아버지에게 여자를 대주어 결국 어머니와 헤어지게 했다고 비난하다 곤봉으로 때려 죽였던 것이다. 이 일은 사담의 인내심을 건드렸다. 우다이는 1년의 징역형을 선고받았다가 곧 제네바로 보내진다. 하지만 스위스에 간 지 얼마 못 되어 돈세탁 혐의로 스위스 당국으로부터 추방당하고 만다. 우다이는 결국 바그다드로 돌아오지만 후계자 자리는 이미 두 살 아래 동생인 쿠사이에게 넘어간 뒤였다.

그러다가 1996년 우다이의 목숨을 위협하는 사건이 벌어진다. 알 만수르 구역에서 차를 몰고 가던 우다이가 뒤따르던 살인 청부업자들에게 총격을 당한 것이다. 우다이는 간신히 목숨은 건졌지만 몸이 부분적으로 마비되어 이후 걷기가 어려워진다.

대부분의 이라크인은 그 암살 시도의 배후 인물로 사담을 지목한다. 그 범죄의 피의자로 기소된 사람이 없기 때문이다. 이러한 추정은 상당히 신빙성이 있다. 사담 정권 시절에는 명사를 대상으로 한 범죄의 경우 반드시 범인을 찾아내 잔인하게 처벌했으며 절대 그냥 넘어가는 법이 없었다. 잡힌 사람이 실제 범인인지는 둘째 문제였다.

불구가 되었음에도 우다이의 전횡은 계속되었다. 그는 이라크의 언론매체를 주물렀고 이를 통해 상당한 영향력을 발휘했다. 그가 발행하는 쓰레기 같은 신문 《바벨 Babel》은 이라크에서 가장 독립적인 신문으로 알려졌지만 사실 독립과는 거리가 멀었다. 우다이는 이 신문을 발판으로 텔레비전, 운송수단, 호텔, 식품 거래 등을 포함해 수익이 많이 남는 사업을 전부 빨아들였다. 그가 다스리는 이 왕국에는 이라크인이 가장 많이 청취하는 라디오 방송 〈이라크의 목소리 FM〉과 텔레비전 채널 〈청소년 TV〉 등이 있었는데, 〈이라크의 목소리 FM〉과 〈청소년 TV〉는 재미없고 딱딱한 국영방송과 달리 톡 쏘는 스타일의 방송을 했다.

하지만 우다이의 진정한 권력 기반은 사담을 영웅으로 숭배하도록 세뇌교육을 받은 특수학교 출신의 10대들로 구성된 사담 페다인 부대에 있었다. 우다이는 이 청년들을 2만 5000명의 병사로 키웠다. 이들이 바로 바스라Basra와 팔루Fallujah, 알 자와라 공원에서 격렬하게 전투를 벌인 그 게릴라들이었다.

간단히 말해 우다이는 야만적이고 난잡한 성생활을 하는 정신병자였다. 그는 스스로를 인간 속에 섞여 사는 사자로 생각했다고 한다. 그렇다면 그는 어떤 동물을 길렀을까?

우다이가 언제 궁에서 도망쳤는지는 아무도 모른다. 그저 미군이 바그다드 국제공항을 접수할 무렵이었을 것으로 짐작될 뿐이다. 공항을 확보하고 나서 며칠 뒤 특수부대가 궁전을 덮쳤을 때 그곳에는 아무도 없었다.

궁전을 기습한 미 육군특전단(Special Forces) 부대원들이 방치된 정원 한구석으로 조심스럽게 들어가자 거대한 중앙 홀(머리가 잘려 나간 사담 후세인의 동상이 그들을 맞이했다) 오른쪽으로 철제 우리가 나타났다. 길이가 약 50미터, 폭이 30미터 정도 되는 크기였고 울타리는 최소한 한 층 정도 높이였다. 바로 그 우리 안의 뾰족한 야자수 나무 그늘 아래에 사자 세 마리가 웅크리고 있었다. 계속해서 낮게 으르렁거리는 것으로 보아 사자들은 기분이 좋은 상태가 아니었다.

하지만 그 우다이의 사자들(수컷 한 마리, 암컷 두 마리)은 바그다드 동물원의 사자들보다 훨씬 운이 좋았다. 미군이 발견했을 때 바로 옆에 먹을 게 있어 곧바로 먹이를 공급받을 수 있었던 것이다. 병사들은 근처에서 빈사 상태로 죽어가는 양들을 발견하고 그 불쌍한 것들을 총으로 쏴 죽여 사자 우리에 던져주었다. 사자들은 순식간에 양을 먹어치웠다. 병사들은 또 다른 우리에서 발견한 블랙벅 몇 마리도 주었다. 블랙벅은 몸집이 작은 이라크 토종 영양으로, 미식가들이 즐기는 음식 재료이다. 또한 사담이 가장 좋아하는 고기였다고 한다.

병사들은 곧 가장 큰 소리로 으르렁거리던 사자가 만삭임을 알아차렸다. 그 사자는 임신한 상태라 다른 사자들보다 훨씬 더 예민했다. 병사들은 드라마에 나오는 여전사 공주의 이름을 따서 그 사자를 '제나'라고 불렀다. 또 다른 암컷은 '헤더', 엄청나게 덩치가 큰 수컷은 '브루투스'라고 이름을 지었다.

'그린베레'로 더 많이 알려진 미 육군특전단 특수부대는 그 야생동물 세 마리를 마스코트로 삼았다. 후샴과 나는 그 동물들을 우리 동물원으로 옮기기보다 있던 자리에 그대로 두기로 했다. 이라크의 야생동물 수용시설들을 기준으로 보면 우리는 그리 비좁은 편이 아니었다. 또한 야자수가 그늘을 만들어주었고 다리를 뻗을 수 있을 만큼 공간도 충분했다. 그뿐 아니라 궁이 동물원에서 가까웠기 때문에 먹이를 가져다주는 일도 그리 어렵지 않았다. 무엇보다 군인들이 그 사자들을 잘 보살펴주었다. 군인들은 심지어 사자 우리에 '특수부대 소속 사자들임. 건드리면 재미없음'

이라는 안내판까지 붙여놓았다.

안내판의 충고는 맞는 말이었다. 우다이의 사자들은 여느 동물원의 굼뜬 사자들보다 훨씬 사나웠다. 내가 처음으로 사자들에게 다가갔던 날, 사자들은 단번에 우리 앞으로 뛰어올라 주둥이를 말아 올려 날카로운 송곳니를 보여주었다. 사람을 전혀 두려워하지 않는 듯했는데 그 이유는 나중에 밝혀졌다.

특수부대는 사자들을 마스코트로 삼았을 뿐 아니라 다행히 나를 인정하고 환영해주었다. 나는 사자 같은 동물을 구하기 위해 수천 킬로미터를 달려온 아프리카 사람으로 알려졌으며, 그러한 내 명성이 우리 동물원에 큰 도움이 되었다. 군대 중의 최고인 그린베레가 받아들이고 지원해주었던 터라 나는 어딜 가든 믿을 수 있는 사람으로 통했던 것이다.

논란의 여지는 있지만 미 육군특전단은 전 세계 최고의 전사들임에 틀림없다. 내가 '논란의 여지는 있지만'이라고 사족을 붙인 이유는 영국 공수특전단(Special Air Service) 또한 최고라고 자처하고 있기 때문이다. 어쨌든 그 뛰어난 군인들은 조지 오웰이 민주주의의 덧없음 또는 허약함에 대해 날카롭게 지적하며 말한 것처럼 "거친 사내들이 대신해서 폭력을 저지를 준비를 하는 덕분에 선량한 사람들이 밤에 편히 잠잘 수 있는 것"이라는 사실을 모범적으로 보여주는 사람들이었다.

그린베레는 고맙게도 우리를 자기네 날개 밑으로 거둬주었다. 폐허로 변해버린 약탈당한 도시에서 마음대로 돌아다닐 수 있는 몇 안 되는 존재인 그들은 때로 놀라운 능력을 발휘해 동물원에 필요한 식량과 물품을 갖다주었다. 그들은 아무런 대가도 바라지 않고 자발적으로 그 일을 했다. 그들 눈에는 동물들을 구하기 위해 전쟁터로 달려온 내가 그리 나쁜 사람으로 보이지 않았던 모양이다.

흥미롭게도 우다이의 자랑거리는 티그리스강 유역을 따라 뱀처럼 구부러진 후세인의 넓은 궁전과 토지가 전부는 아니었다. 다음 날 특수부대 군인들은 후샴과 나를 우다이의 궁전으로 데려갔다. 상상을 초월할 정도의 호화스러운 방이 미로처럼 펼쳐지더니, 성당에나 있을 법한 높은 홀이 정원으로 이어졌다. 정사각형 모양의 정원 한가운데에는 울타리를 친 동물 우리가 있었다.

하지만 그곳의 상황은 그 호화스러움과 정반대였다. 들어서자마자 사체 썩는 냄새로 뱃속이 뒤집어졌다. 커다란 암사자가 울타리 근처에서 사지를 벌린 채 딱딱하게 굳어 있었고 그 주위에 파리 떼가 새까맣게 들끓고 있었다.

우리 안에는 3개월 정도 된 것으로 보이는 새끼 사자 세 마리가 있었다. 내가 울타리로 다가가자 새끼들이 내 쪽으로 다가왔는데, 놀랍게도 그 옆에 뼈가 앙상하게 드러난 개 두 마리도 함께 있었다. 한 마리는 셰퍼드, 또 한 마리는 래브라도 리트리버로 옷걸이처럼 갈비뼈가 툭 튀어나와 있었다. 내가 새끼들 주위를 맴돌자 개들이 경계하는 눈빛으로 나를 쳐다보았다. 그 외에는 아무것도 없는 것 같아 나는 문을 열고 안으로 들어갔다. 그러자 문이 등 뒤에서 탁 하고 닫혔다. 몇 미터쯤 안으로 들어가자 어두운 구석에서 뭔가 움직이는 게 느껴졌다. 어린 수사자였다. 그림자

속에서 다른 무언가가 움직였는데 또 다른 사자였다. 역시 그림자에 가려 거의 보이지 않았지만 반대편에서도 또 다른 사자 두 마리가 나를 향해 천천히 걸어오고 있었다.

'제기랄! 대체 몇 마리나 더 있는 거야?' 잠깐 동안 끔찍한 생각이 내 머리를 스치고 지나갔다. 성경에서 다니엘이 사자들 동굴에 들어갔을 때 바로 이런 기분이었으리라.

나는 잽싸게 상황을 정리해보았다. 허기진 육식동물 네 마리가 나를 노리고 있었다. 선택할 수 있는 대안이 그리 많지 않았다. 이런 상황에서 겁을 먹고 도망가면 치명적인 결과를 초래할 수 있다는 사실을 잘 알고 있다. 뒤돌아서 도망가면 사자들은 곧장 달려들게 마련이다. 가장 안전한 방법은 사자들과 눈을 마주치지 않고 천천히 뒷걸음쳐서 나오는 것이다. 위험한 야생동물을 노려보면 위협하는 것으로 간주해 공격할 수도 있다. 눈을 마주치지 않고 천천히 조심스럽게 뒤로 물러서서 도망가는 것이 최선의 방법이었다.

하지만 그 순간에는 천천히 행동할 수가 없었다. 나는 재빨리 문과의 거리를 재고 충분히 할 수 있을 것이라는 판단 아래 휙 뒤돌아 뛰어나왔다. 그런 뒤 나도 알 수 없는 엄청난 괴력을 발휘해 문을 닫아걸었다.

다행히 사자들은 공격하지 않았다. 너무 굶주리고 힘이 빠져 있어 따라올 생각조차 못 했을지도 모른다. 그렇게 굶주린 사자들이 왜 개를 잡아먹지 않고 놔두었는지 모를 일이었다. 폭탄이 무수히 떨어지는 힘겨운 시기를 함께 겪은 사이라 자연만이 알 수 있는 일종의 연대감 비슷한 것이 형성되었을 수도 있다. 그 알 수 없는 연대감이 굶주림이라는 고통을 초월할 만큼 강했을 것이다. 기운이 빠질 대로 빠진 개들은 그 와중에도 새끼 사자들을 살갑게 비비고 안아주었다. 자연의 섭리가 항상 날카로운 이빨과 발톱의 핏빛만은 아님을 보여주는 좋은 예였다.

나는 그 사자들을 바로 옆 우리의 치타 두 마리와 함께 최대한 신속하게 바그다드 동물원으로 옮겨야겠다고 생각했다. 특수부대가 돌보고 있는 사자들과 비교했을 때 그 말라비틀어진 사자들의 상태는 훨씬 좋지 않았고, 우리의 상태도 심각했다. 하지만 어떻게 옮길 것인가?

진정제는 한 마리분밖에 없었다. 한 마리를 진정시키고 나면 나머지 세 마리는? 사자들을 진정제 없이 그냥 옮기기엔 위험이 너무 컸다. 동요하고 있는 어린 사자들은 거의 퓨마 크기였다. 뭔가 대책이 필요했다.

야생을 잘 모르는 사람들에게 사자는 가장 무서운 야생동물로 꼽힌다. 하지만 이러한 사자의 명성은 옛날이야기 또는 전설에 근간을 두고 있는 것이다. 사실 야생동물 전문가나 나 같은 사람은 갈대밭에서 코뿔소나 들소와 마주치느니 수풀에서 사자와 맞닥뜨리는 쪽을 택할 것이다. 또한 놀라 날뛰는 멧돼지에게 해를 입을 확률이 사자와 직면했을 때 해를 입을 확률보다 훨씬 더 크다.

일단 사자의 행동을 어느 정도 이해하고 나면 어떤 상황에서 무슨 반응을 보일지 대강 예측이 가능하다. 야생에서 사자들은 3일에 한 번만 사냥하기 때문에 보통 하루에 스무 시간까지 잠을 자고 나머지 시간은 휴식을 취하며 보낸다. 이럴 때는 아무런 방해도 받지 않고 그냥 편안히 자기 인생을 즐기는 것이다.

문제는 우다이의 궁전이 폭탄 세례의 주요 목표물이었기 때문에 사자들의 상태가 야생에서와는 사뭇 달랐다는 점이다. 그 사자들은 끔찍한 공중폭격을 경험했고 암사자의 사체와 함께 있었으며 굶주렸다. 이 모든 요인으로 인해 상황은 한 치 앞을 예측할수 없었다. 가장 큰 문제는 우리가 들어가면 사자들이 뒤로 물러날 것인가 아니면 공격할 것인가 하는 점이었다.

후샴과 나는 대안을 모색했지만 썩 좋은 상황은 아니었다. 나는 다시 한번 최후의 수단으로 사자들을 모두 쏴 죽이는 안을 생각해보았다. 그만큼 사정이 좋지 않았고 아무런 희망도 없어 보였다. 하지만 사자들의 행동과 기질을 살피며 계속 대화해나가다 보니 구조를 시도해볼 만하다는 결론에 도달했다. 그런 결정을 내리게 된 근거는 사자들이 우리가 서 있는 담장 근처로 내키지 않는 태도로 딱 한 번 덤벼들었을 뿐, 거의 매번 우리가 울타리에 다가가면 멀리 도망가고는 했다는 사실에 있었다.

사자들을 보고 있자니 연민과 절망감이 밀려왔다. 어쩌다 잔인한 독재자의 손에 떨어져 고향에서 수만 리나 떨어진 그 낯선 환경에서 두려움에 떨며 학대를 받았을까. 하지만 사자들에게서는 여전히 특유의 용맹한 정신이 느껴졌다. 나는 결심을 굳혔다.

"할 수 있습니다."

나는 내 말이 주변 사람들을 고무시켜 모두 확신과 자신감을 가질 수 있기를 희망하며 단호하게 말했다.

"반드시 해내야 해요."

후샴과 압둘라가 고개를 끄덕였다. 이들의 긍정적인 태도에 내 마음도 더욱 굳어지는 듯했다.

언제나 도움을 주는 시들릭 중위가 크레인이 달린 트럭을 제공해주었다. 동물원 직원들은 약탈꾼들이 너무 무거워 가져가지 못한 녹슨 수송용 우리를 가져왔다. 이제 본격적인 작전에 돌입하면 되었다. 가장 큰 문제는 사자들을 수송용 우리로 모는 일이었다. 후샴과 나는 현장에서 의논을 하다 미친 소리처럼 들릴지도 모를 아이디어를 짜냈고, 운이 따라야 하지만 모두 합심해서 노력한다면 해볼 만한 계획까지 마련했다.

계획은 간단했다. 사자들에게는 각자 우리가 있었고 그 우리는 가운데의 공터와 연결돼 있었다. 그 공터가 바로 내가 새끼 사자들을 지키는 개들과 만났던 곳이다. 각각의 우리 뒤쪽에는 1미터 높이의 작은 문이 있었다. 밀어서 올리는 방식으로 된 그 문 뒤에 수송용 우리를 갖다 놓고 사자들을 각자의 우리로 몰아넣은 다음, 뒤편의 문을 통해 수송용 우리로 들어가게 한다는 것이 우리의 계획이었다.

계획은 그럴 듯했다. 하지만 바보가 아니라면 그토록 위험한 계획을 납득할 리 만무했다. 생각지 못한 우연적 요소도 많이 작용할 터였다. 그럼에도 당시 우리의 상황은 절박했다.

동물원 직원들은 안마당에 버려져 있던 울타리 문을 가져왔다. 철제 프레임에 플라스틱 재질의 그물이 쳐져 있고 철사가 감긴 것이었다. 으르렁거리며 날카로운 이빨과 비수 같은 발톱을 자랑하는 사자들로부터 우리를 지켜줄 보호막은 그것밖에 없었다.

몇 미터 밖에 세워둔 군 수송차 안의 무전기에서 지지직거리는 소리가 들렸다. 시들릭 중위의 베이스캠프에서 병사들에게 최대한 빨리 부대로 귀환하라는 통지를 보낸 것이었다. 병사 하나가 내 쪽으로 걸어왔다.

"들으셨어요?"

나는 고개를 끄덕였다.

"서둘러야겠습니다. 빨리 싣고 갑시다."

"시간이 얼마나 있습니까?"

"잘해야 두 시간 정도요. 다시는 이 크레인을 쓸 수 없을 거예요. 지금 끝내는 게 좋습니다."

"알겠습니다. 그럼 지금 시작해봅시다."

우리는 잠깐 팀 회의를 열었고 후샴 박사가 동물원 직원들에게 아랍어로 계획을 설명했다. 나는 병사 두 명에게 M-16 소총의 잠금 장치를 풀고 사격 준비를 한 상태에서 울타리 쪽에 서 있어 달라고 부탁했다. 사자가 직원들을 등 뒤에서 공격하지 않도록 봐주고 만약 그런 일이 발생하면 총을 쏘는 것이 그들의 임무였다. 사자들은 종종 가짜로 공격하기도 하는데 그럴 때는 경고사격을 해야 하며, 쏴 죽이는 것은 정말 어쩔 수 없는 최후의 순간에만 해달라고 부탁했다.

"공격이 진짜인지 가짜인지는 어떻게 구별합니까?" 한 병사가 물었다.

"내가 비명을 지르며 쏘라고 할 때 쏴주세요. 그 전에는 절대

쏘면 안 됩니다." 그런 뒤 덧붙였다.

"우릴 쏴서도 안 되고요."

후샴과 쿠웨이트인 압둘라 라티프가 울타리 방패의 양쪽을 잡았고 나는 가운데에 서서 지시를 하기로 했다. 우리는 안으로 들어가 가장 가까운 곳에 있는 암사자에게 다가갔다. 나머지 동물원 직원들은 우리 뒤쪽에 5미터 정도 떨어져 서서 반원을 그리며 쇠뿔 대형을 취했다. 위대한 줄루족 전사 샤카가 썼던 공격 형태였다.

우리는 급작스러운 움직임을 자제하며 천천히 조심스럽게 나아갔고 암사자는 경계하며 천천히 자기 영역인 우리 안으로 들어갔다. 거기까지는 순조로웠다. 이제 뒷문을 통해 그 암사자를 수송용 우리로 몰기만 하면 되었다. 압둘라와 후샴은 천천히 울타리 방패를 우리 안으로 밀고 들어갔고 결국 수송용 우리와 암사자의 거리는 1미터도 되지 않을 만큼 가까워졌다. 아주 낮게 으르렁거리며 날카로운 송곳니를 보이던 암사자는 계속 뒤로 물러나 결국 수송용 우리로 들어가는 문을 통과할 수밖에 없는 상황이 되었다. 암사자가 문을 지나가자마자 문이 내려와 닫혔다.

"휴우……."

나는 크게 안도의 숨을 내쉬었다. 엄청난 아드레날린이 내 몸 안으로 쏟아져 들어오는 것이 느껴졌다. 누군가가 심하게 다치거나 죽을 수도 있었다는 가능성이 섬뜩하게 눈앞에 아른거렸다. 우리가 방패로 쓴 버려진 울타리 조각은 생뚱맞은 임시방편일 뿐이었다. 그러나 우리에게는 다른 방도가 없었다. 사자들을 거기 그대로 두면 다 죽지 않겠나.

"이번엔 운이 좋았어요."

후샴이 말했다. 맞는 말이었다. 나는 후샴이 어떤 뜻으로 그리 말했는지 알고 있었다. 몇 년 전 아프리카에서 차를 잘못 몰아 사냥 중이던 사자 떼의 한가운데로 들어간 적이 있었다. 제 발로 사자 굴을 찾아 들어간 것이다.

그날 밤 프랑수아즈와 나는 친구들과 함께 천천히 드라이브를 즐기던 중이었다. 비포장도로를 달리던 지프의 전조등이 갑자기 관목 속에 웅크리고 있던 사자의 모습을 비췄다. 그 옆에 한 마리, 그리고 한 마리가 더 있었다. 우리는 곧 사자 떼 중앙에 떡하니 들어와 있다는 사실을 깨달았다. 우리 차의 전조등은 영양 무리를 비추고 있었다. 공격이 시작되면 야단법석이 일어날 판이었다. 우리는 차를 멈추고 이제껏 그랬듯 사냥감을 노리는 쪽도 사냥감이 될 쪽도 편들지 않고 중립을 지키기로 했다. 모든 불을 끄고 조용히 기다렸다.

사자들은 영양 떼의 뒤쪽에서 치고 들어왔다. 사방으로 날뛰는 영양과 사자 떼로 인해 주변 관목이 전부 살아난 것 같았다. 고개를 돌리자 암사자 두 마리가 커다란 수컷 영양 한 마리를 쫓는 모습이 보였는데, 하필 우리 쪽을 향해 달려오고 있었다. 겁에 질린 영양은 뚜껑도 없는 우리의 지프 쪽으로 전력질주했다.

순간 '세상에, 저러다 우리 차 안으로 뛰어들겠네. 그러면 사자들도 다 같이?'라는 생각이 머리를 스치고 지나갔다.

나는 충격에 대비했다. 영양과 사자가 지프 옆을 들이받으면서 엄청난 요동과 신음 소리가 이어졌다. 동물 세 마리가 가한 충격으로 차량은 빙그르 돌았고 곧 난투극이 이어졌다. 암사자가 사정없이 영양의 목을 물어뜯자 목에서 뿜어져 나온 피가 내 얼굴과 재킷에까지 튀었다.

무릎을 꿇은 영양은 결국 우리 차 밑에 털썩 주저앉았다. 지프 밑에 놓인 영양을 먹기 위해 사자들이 점점 더 몰려들었고 우리 차는 파도를 타는 보트처럼 흔들렸다. 그런데 갑자기 오른쪽에서 엄청나게 으르렁거리는 소리가 들려왔다. 고개를 돌리자 저쪽에 있던 덩치 큰 수사자 한 마리가 위풍당당하게 이쪽으로 걸어오고 있었다. 순간 그 사자가 가장 빠른 지름길, 즉 우리 차를 가로질러 넘어가 먹이를 덮칠지도 모른다는 생각이 들었다. 다행히 사자는 우리 차를 뛰어 건너는 대신 밑으로 지나가는 방법을 택했다.

난폭하게 암사자들을 밀쳐낸 그 수사자는 영양을 물어 바로 내 옆의 공터에 내려놓았다. 그러고는 갑자기 내 존재를 느낀 듯 고개를 들어 나를 쳐다보았다. 사자 머리와 내 얼굴 간의 거리가 채 1미터도 되지 않았다. 사자의 주둥이와 갈기는 피로 범벅되어 있었고 구부린 어깨에는 근육이 물결치고 있었다. 사자는 반짝이는 오팔 같은 눈으로 나를 노려보았다. 등줄기에 소름이 쫙 끼치며 식은땀이 흘렀다. 나는 사자의 눈길을 피하며 천천히 주머니를 뒤지기 시작했다. '만약의 경우 무기가 될 만한 게 없을까?' 라이터가 손에 만져졌다. 그게 전부였다. '후, 멋지군. 사자 수염 정도는 태울 수 있겠는걸……'

다행히 사자는 나에 대한 관심을 접고 먹이에 집중하기 시작했다. 운 좋게도 스물두 마리나 되는(그런 상황에서 숫자까지 셌다) 사자들은 영양 고기에만 관심을 보였다. 씹다가 만 영양의 뼈만 남자 사자들은 물러갔다.

정말 위험천만한 상황이었다. 도발하지 않는 한 동물들이 먼저 사람을 공격할 가능성은 적지만 위험한 동물 근처에는 아예 가지 않는 편이 좋다. 이것이 야생에서 꼭 지켜야 할 첫 번째 규칙이다. 동물들의 구역을 침범하지 말고 존중해주어야 한다.

하지만 당시 우리에게는 규칙을 깨는 것 외에는 선택의 여지가 없었다. 사자의 영역으로 들어가는 것은 날 잡아 잡수 하는 것과 마찬가지였지만 그렇게 하지 않고는 문제를 해결할 수 없었던 것이다.

첫 번째 사자가 쉽게 처리되었으니 나머지도 그럴 것이라고 방심하지 않도록 조심했다. 우리는 두 번째 사자를 유인하기 전에 재정비 시간을 가졌다. 먼저 무슨 일이 있어도 후샴과 압둘라는 사자와 우리 사이의 유일한 방호물인 울타리 방패를 놓쳐서는 안 되었다. 그게 날아가버리면 사자는 순식간에 달려들 것이다. 달려드는 사자는 전속력으로 달리는 기차처럼 빠르고 위험한 존재였다. 더욱이 젊은 사자일 경우에는 치명적인 결과로 이어질 게 뻔했다.

두 번째 사자를 우리로 모는 것은 상대적으로 쉬웠다. 하지만 우리로 들어가려는 찰나 그 성난 사자는 휙 뒤돌아서서 우리의 엉성한 방패를 공격했다. 급작스러운 공격에 놀라 후샴과 압둘라는 방패를 떨어뜨릴 뻔했다. 사자는 번개 같은 속도로 울타리 방패 위로 기어오르기 시작했다. 후샴과 압둘라는 반사적으로 울타리를 치켜들었고 그 바람에 사자는 밑으로 떨어졌다. 땅으로 떨어진 사자는 기어 다니는 뱀처럼 몸을 낮게 숙였다. 하지만 후샴과 압둘라가 간발의 차로 좀 더 빨리 방패를 땅으로 내렸다. 사자는 다시 그 방패를 타고 올라섰고 두 남자는 젖 먹던 힘까지 다해 울타리 방패를 붙잡았다. 나도 있는 힘껏 도왔다. 만약 그 광포한 사자가 울타리 방패를 부숴버리기라도 하면 단박에 사자의 먹이가 될 위험한 상황이었다.

사자가 위로 달려들 때는 울타리 방패를 치켜들기 바빴고 반대로 밑을 공격하려 할 때는 방패를 내리깔고 방어하느라 정신이 없었다. 때로는 분노한 사자의 공격에 맞서 근육이 끊어져라 방패를 받치고 있어야만 했다. 으르렁거리는 소리가 어찌나 큰지 그야말로 간이 오그라들 지경이었다. 직원들이 비명을 지르고 함성을 지르는 동안 사자도 포효했다. 곁눈으로 보니 방송 촬영진이 우리를 찍고 있었다. 나도 크게 소리를 질렀다.

'맞아. 저게 바로 우리에게 필요한 모습이지. 배고픈 사자들을 구조하려고 젖 먹던 힘까지 다해 용을 쓰는 미친 남자들의 모습. 사자가 사람을 공격하는 모습이 수백만 시청자의 거실에서 방송되겠지.'

사자가 잠깐 멈칫하고 물러서더니 몸을 낮게 숙여 배를 땅에 깔고 우리를 쳐다보았다. 귀를 낮게 내리고 으르렁거리며 꼬리를 휘두르는 모습이 곧 다시 공격해 올 자세였다. 나는 다급하게 후샴에게 속삭였다.

"울타리 방패 그냥 내려놓읍시다. 저쪽 벽에 세워 사자를 몰아놓고 좀 진정될 때까지 기다립시다."

우려했던 대로 온통 아수라장이었다. 수습할 시간이 필요했다. 동물에게 최대한 외상을 남기지 않고 옮기는 것이 우리 목표였다.

사실 이런 절박한 상황에서 외상을 하나도 입히지 않는 것은 불가능하니 '최소한의 외상만 입히고'로 수정하도록 하겠다. 생포할 때 동물들이 스트레스를 많이 받아 포획성 근육병을 앓게 되지 않을까 걱정되었다. 포획성 근육병이 심해지면 사망에 이를 수도 있다. 이래저래 잠깐 휴식을 취할 필요가 있었다.

우리는 천천히 사자 우리에서 빠져나왔다. 우리 안에서는 암사자 한 마리가 자귀나무 위로 올라갔고 또 한 마리는 동굴의 한쪽 구석으로 들어가 그림자 속으로 사라져버렸다. 그 두 마리는 눈앞에서 벌어진 난리법석에 겁을 집어먹은 것이 틀림없었고 녀석들을 옮기는 일 또한 쉽지 않을 것이 분명했다.

그나마 다행인 것은 그 와중에 동물원 직원들이 새끼 사자들의 목덜미를 잡아 개들과 함께 수송용 우리로 무사히 옮긴 것이었다. 이제 새끼 사자들은 떠날 준비를 마쳤다.

나는 땅바닥에 양반다리를 하고 앉아 사자를 잡을 방법을 차근차근 머릿속에 그려보았다. 이라크인들은 그 틈을 타 메카를 향해 땅에 엎드려 기도를 드리고 있었다. 그제야 오늘이 금요일이라는 게 생각났다. 무에진(이슬람교에서 사원의 높은 탑에 올라 예배 시간을 알리는 사람을 일컫는 말―옮긴이)이 기도할 시간임을 알리고 있었다. 기도를 해야 하는 그 성스러운 시간에까지 목숨을 걸고 일할 준비가 돼 있다는 사실이 바로 그들이 얼마나 헌신적으로 일하는지를 보여주는 강력한 증거였다. 나는 그들이 오늘의 생포작전을 성공적으로 마치기를 기도해주길 바랐다.

30분 뒤 우리는 다시 사자 우리로 들어갔다. 모두 조용히 하라고 주의를 준 다음 쇠뿔 대형에 들어가는 인원수를 줄였다. 나만 지시를 위해 말을 하고 다른 사람들은 모두 침묵을 지키도록 했다. 사람 수가 적으면 동물들이 덜 동요할 뿐더러 밀폐된 공간에서 공포를 느낄 확률도 줄어들 터였다. 나는 총기를 들고 대기하는 병사들의 수도 줄이기를 원했다. 날카로운 이빨을 가진 야생동물들로부터 우리를 지켜줄 것은 부실하나마 울타리 방패였지 총은 별로 쓸모가 없었다.

조금 쉬고 나자 사자는 상당히 진정된 듯했다. 압둘라와 후샴이 울타리 방패를 들고 살살 다가가자 사자는 뒤돌아서서 수송용 우리가 있는 쪽으로 달아났다. 기도가 효험이 있었던 모양이다. 세 번째 사자가 가장 쉬웠다. 형제들이 이미 수송용 우리에 들어가 있는 것을 본 사자는 후샴과 압둘라가 다가가자마자 기다렸다는 듯 달려 들어갔다.

나무 위에서 모든 상황을 지켜보고 있던 마지막 사자는 갑자기 나무 아래로 내려오더니 자기 우리 안으로 뛰어들었다. 나는 이번에도 쉽겠다고 생각했지만 우리 안으로 들어간 사자는 휙 돌아서서 우리를 공격했다. 사자는 압둘라와 후샴의 손이 허옇게 될 때까지 젖 먹던 힘을 다해 울타리 방패를 공격했다. 그런 다음 돌아서서 우리 한쪽 구석으로 가 두 남자를 향해 맹렬하게 울부짖었다. 그 순간 누군가가 우리 등 뒤에서 그 불쌍한 사자에게 물을 한 양동이 퍼부었다. 아마 그렇게 하는 것이 우리를 도와주는 일이라고 생각했던 것 같다. 그러나 물을 맞자 사자는 총알처럼 날아서 그 날카로운 네 발로 울타리 방패를 다시 난도질했다.

"안 되겠어. 이번에는 진정제를 써야겠어요."

이대로는 사자가 온전하지 못할 것 같았다. 후샴도 내 생각과 같았다. 후샴은 피하주사용 주사기와 마지막 남은 진정제를 가져왔다. 그때 뒤에서 우리를 지켜보고 있던 머리가 허옇게 센 남자가 앞으로 나서서 주사기를 받아 들었다. 우리는 슬픈 듯 짖어대는 동물이 움직이지 못하도록 문과 사자 우리의 쇠창살 사이로 죄어 들어갔다. 그는 팔 하나쯤 떨어진 거리에서 사자에게 주사를 놓았다. 몇 분 만에 사자는 기절했고 우리는 조심조심 사자를 수송용 우리 쪽으로 옮겼다.

그 사람이 바로 후샴이 말했던 동물원 원장 아델 살만 무사 박사였다. 아델 박사는 이미 몇 차례 동물원을 찾아왔지만 어찌된 일인지 나와는 계속 길이 엇갈려 만날 수가 없었다. 오늘도 동물원에 들렀던 아델에게 미군들이 궁에 가보라고 했던 것이다. 그래서 서둘러 우리 뒤를 쫓아온 참이었다. 후샴이 나에게 그를 소개했다. 그의 얼굴에는 사랑하는 동물원을 도와주기 위해 와준 이국 사람에 대한 고마움이 서려 있었다. 그 표정에서 나는 다시 한번 바그다드에 온 이유를 상기할 수 있었다. 서로 좋은 친구가 될 수 있을 거라는 느낌이 들었다.

치타는 사자들보다 훨씬 허약했다. 으르렁거리면서 시위를 하기는 했지만 사자들에 비하면 식은 죽 먹기였다. 모두 수송용 우리로 옮긴 뒤 최대한 빨리 동물원으로 데려가야만 했다. 병사들이 바그다드의 위험 지역, 즉 레드존으로 순찰을 가야 할 시간이 임박했던 것이다.

사자들은 기력이 쇠하기는 했어도 우리 안에 공간이 많아 그동안 마음껏 움직일 수 있었기에 그리 나쁜 상태는 아니었다. 하지만 치타는 좁은 공간에서 끔찍한 일을 겪은 후라 상태가 그리 좋지 못했다. 동물원 수의사들은 이송돼 온 동물에게 즉시 먹을 것과 물을 주고 전반적인 상태를 체크했다. 동물들 몸에는 이와 옴이 득실거렸고 완전히 녹초가 되어 그냥 두면 며칠 살지 못할 것처럼 보였다. 한 마리는 다리를 심하게 다쳐 절뚝거리고 있었다. 끔찍한 환경에서 감염된 경우 치명적일 수 있기 때문에 수의사는 상처 부위에 소독약부터 뿌렸다.

궁에서 발견된 동물의 구조작전은 성공적으로 마무리되었다. 거의 맨손으로 우리 안으로 들어가 성난 사자들을 수송용 우리로 옮겼지만 아무도 손끝 하나 다치지 않았다. 천만다행이 아닐 수 없었다. 우리는 응급용 구급상자도 없었고 제일 가까운 병원이 어디에 있는지도 몰랐기 때문이다.

궁전의 동물들을 무사히 옮기고 나자 병사들이 '우다이의 사랑 둥지'라고 하는 곳에도 끔찍한 처지에 놓인 동물들이 있다고 알려주었다. 사랑둥지는 티그리스강 유역의 작은 별장인데 이곳에서 우다이가 수많은 여성들을 '정복'했다고 한다. 다음 날 나는 쿠웨이트인 두 명과 아델, 후샴과 같이 그곳을 찾아갔다.

강둑에서 몇 번을 빙글빙글 돌고 난 후에야 숨겨져 있는 입구를 거우 찾아낼 수 있었다. 강철로 된 문이 굳게 잠겨 있던 터라 우리는 쇠지렛대로 문을 부순 뒤에야 들어갈 수 있었다. 차로 구불구불 굽이진 길을 조심스럽게 올라가다 보니 평평한 중동식 지붕이 아닌 타일 소재의 뾰족한 지붕을 가진 서양식 건물이 나왔다. 주변을 둘러싼 화려한 궁전에 비하면 그 건물은 아주 평범해 보였다. 유일하게 눈에 띈 것은 건물 바로 앞면이 안쪽으로 움푹 파인 모습이었는데, 아마도 B-52(미군에서 운영하는 전략폭격기. 이라크에 투입된 폭탄의 40퍼센트를 이 폭격기가 투하했다고 알려져 있다 —옮긴이) 폭격으로 정원에 큰 구멍이 생기는 바람에 그 여파로 건물까지 파괴된 모양이었다.

나는 한쪽 구석에 한 줄로 늘어서 있는 동물 우리 쪽으로 갔다. 그런데 채 몇 걸음 가기도 전에 걸쭉한 진흙탕에 무릎까지 빠지고 말았다. 폭격으로 수도관이 터지면서 정원이 온통 수렁으로 변한 것 같았다. 한쪽에서는 아직도 물이 질질 흘러나오고 있었다. 진흙탕 속에 빠지자 온몸이 마비되는 듯한 기분이었다. 진흙탕에 갇혀 옴짝달싹 못 하는 내 모습을 본 압둘라가 수렁 언저리를 돌아 나보다 먼저 우리에 도착했다.

"원숭이들이에요!" 그가 외쳤다. "모두 죽었어요."

나는 그 끈적끈적한 진흙탕에서 간신히 몸을 빼내 압둘라에게 다가갔다. 우리 안의 광경은 차마 눈 뜨고 볼 수가 없었다. 숨진 원숭이 예닐곱 마리가 서로 부둥켜안고 바닥에 누워 있었는데 한 눈에도 모두 갈증으로 목숨을 잃었다는 것을 알 수 있었다. 우리 안에 버려져 비참한 죽음을 맞은 것이었다.

나는 아연실색해 고개를 저었다. 우다이 후세인이나 그 부하들이 마음만 있었다면 얼마든지 우리를 열어 동물들을 풀어줄 수 있었을 텐데. 1분이면 족했을 것을……. 가여운 동물들은 사람들의 무관심으로 세상에서 상상할 수 있는 가장 끔찍한 죽음을 맞았다. 그 순간 내가 맞서 싸우고 있는 것이 무엇인지 다시 한번 소름 끼치도록 확실하게 느꼈다. 동물들이 끔찍하게 고통받으며 죽어가도록 내버려둔 냉정함, 무관심을 어떻게 설명할 수 있을 것인가?

불행히도 사람들은 야생동물을 장식품처럼 곁에 두고 싶어 한다. 불법적인 동물 거래는 그 이득액이 막대해 이보다 더 수지맞는 장사는 마약이나 무기 거래밖에 없을 정도이다. 동물 불법 거래는 글로는 다 표현할 수 없을 만큼 잔인하기 그지없다. 사람들 손에 잡힌 동물은 자유도 정상적인 생활도 없이 야만적인 주인의 즐거움을 충족시키거나 주인의 금전적 수입을 위해 착취를 당하는 것이다. 그리고 거의 예외 없이 비참하게 일생을 마친다. 더욱 끔찍한 건 그들은 그 동물을 살아 있는 생명체라기보다 물건으로 대하며 필요가 없어지면 언제든 가차 없이 버린다는 점이다.

현장을 돌아보고 있는데 어디선가 훌쩍거리는 소리가 들려왔다. 올려다보니 어린 원숭이 한 마리가 우리 꼭대기에 앉아 있었다. 원숭이 가족 중에 유일하게 살아남은 모양이었다. 새끼 원숭이는 우리의 창살 사이로 빠져나와 물을 먹을 수 있었던 것 같았다. 부모나 형제들이 눈앞에서 천천히 고통스럽게 죽어가는 모습을 보며 대체 무슨 일이 일어나고 있는지, 어떻게 도와줘야 하는지 이해할 수 없었던 이 아기 원숭이는 얼마나 힘들었을까.

나는 차 안에 사과 두 개가 있다는 게 생각나 사과를 가지고와 원숭이에게 하나를 내밀었다. 사과를 본 아기 원숭이는 부리나케 내 쪽으로 다가와 사과를 가져가더니 거의 입에 쑤셔 넣다시피 하며 먹었다. '이 원숭이들은 다 길들여졌었구나. 기르던 것들을 죽게 내버려두다니. 최소한의 애정이라도 있었다면 어찌 이럴 수 있단 말인가.'

우리는 부서진 지붕이 언제 무너질지 몰라 최대한 조심하며 집 안을 수색했다. 위장 폭탄은 없는지 가는 곳마다 세세히 점검해보았다. 어떤 방에는 우다이 후세인의 사진이 걸려 있었다. 우리는 기념 삼아 몇 개 가져가려 했다가 마음을 바꾸었다. 건물 자체가 너무 불안정해서 안으로 더 들어가기가 위험했고 위장 폭탄이 있을지 몰라 신경이 쓰였다.

밖으로 나오자 새끼 원숭이가 우리를 기다리고 있었다. 사과를 주며 꼬드기자 금세 자동차에 올라탔다. 이놈은 새집을 좋아할 것 같았다.

운전을 하며 나오는 길에 큰 우리 하나가 더 보였다. 차를 멈추고 안으로 들어가보니, 타조 세 마리와 공작새 너덧 마리가 있었다. 타조와 공작새는 멍하고 초점 없이 굼뜬 눈으로 우리를 쳐다보았다. 탈수 현상이 분명했다.

"물!" 나는 소리쳤다. "물을 먹여야겠어요."

후샴이 서둘러 나가더니 부서진 수도관에서 흘러나오는 물을 한 양동이 받아 새들에게 가져갔다. 나는 물을 그렇게 많이 마시는 동물을 본 적이 없다. 동물들은 길어 오는 물을 끊임없이 들이켰다. 얼마나 많이 마시던지 혹시 물배가 차서 터지는 건 아닌가 걱정될 정도였다. 공작새들에게도 물을 주었더니 그게 세상에 남은 마지막 물이라도 되는 양 들이켰다. 사료를 발견한 아델 박사는 사료 통에 사료를 넉넉히 부어주었다.

그 커다란 새들을 차에 태우고 갈 수는 없는 노릇이었다. 나는 아델과 후샴에게 한 번 더 와서 새들을 동물원까지 데려가자고 제안했다. 그러려면 가까운 검문소도 통과해야 했다.

나는 검문소의 미군에게 우리의 계획을 통보했다. 하지만 준비하는 데 시간을 너무 들인 나머지, 준비를 마쳤을 즈음에는 검문소의 병사들이 이미 교대한 뒤였다. 그리하여 전쟁으로 폐허가 된 바그다드에서 가장 믿기 힘든 광경으로 꼽혔을지도 모를 그 작전은 미리 알고 마음의 준비를 한 미군이 하나도 없는 상황에서 진행되고 말았다.

사담 후세인의 궁전을 지키는 바리케이드에 서 있던 젊은 병사는 조종사용 선글라스를 홱 벗어 들고 눈을 비비기 시작했다. '세상에, 저건 헛것이 분명해.' 거리를 따라 타조 세 마리가 그를 향해 뒤뚱거리며 달려오고 있었다. 길을 지키고 있던 모든 병사들이 바짝 긴장했다. 이라크 국경선 주변에는 자살폭탄 테러범이 들끓었다. 나자프에서는 이미 해병대원 네 명이 자살 테러로 목숨을 잃어 이라크 내의 모든 검문소가 초긴장 상태였다. 그런데 거침없이 돌진해 오는 저 거대한 조류들은 대체 뭐란 말인가. 혹시 새로운 전술? 자살폭탄 타조대?

그런데 가만 보니 타조 위에 앉아 결의에 찬 모습으로 타조 날개를 조종하고 있는 이라크인들이 있고 또 그 뒤에는 미군 트럭이 쫓아오고 있는 게 아닌가.

'허깨비가, 신기루가 보이는 것일까? 새들이 저 차를 끌고 가는 건가?'

타조를 조종하는 이라크인들이 뭐라고 외쳤지만 무슨 말인지 알 수가 없었다. 가련한 미군 보초는 어떻게 해야 할지 갈피를 잡지 못하고 총을 발사할 태세를 갖추었다.

"정지!"

그는 최대한 위엄을 갖추려고 노력하며 외쳤다. 하지만 한눈에도 그 타조들을 세우게 할 방법은 없어 보였다. 또한 타조들에게 매달려 있는 이라크인들을 멈추게 할 수도 없을 것 같았다. 병사는 침착성을 잃지 않았고 다행히 발사를 하지 않았다. 모든 게 뒤집어진 바그다드의 기준으로 본다고 해도 말이 안 되는 일이었으니까. 마침내 트럭이 다가와 거기에 타고 있는 미군 병사들의 목소리가 들릴 만한 거리가 되었다.

"괜찮습니다. 이 새들을 동물원으로 몰고 가는 중이에요."

그 말만 남기고 그들은 휙 가버렸다. 새들이 지나간 뒤에도 땀이 비 오듯 흐르는 이마에 의아함의 흔적이 역력한 보초병은 총을 쥐고 멍하니 새 떼를 바라보았다. 병사 한 명이 차에서 뛰어내려 저 타조들은 사담 후세인의 큰아들인 우다이의 '사랑등지'에서 발견돼 바그다드 동물원으로 데려가는 중이라고 설명했다. 차에 싣기에는 타조가 너무 커서 동물원까지 1킬로미터 정도 되는 길을 이렇게 달리게 되었다고 말이다. 그런데 타조들은 오랫동안 옴짝달싹하기 힘든 좁은 우리 안에 갇혀 있었던 까닭에 눈앞에 휜히 뚫린 길이 나타나자 마치 마약을 먹은 듯 흥분했다. 타조들은 감격에 겨워 발을 내디뎠고 곧 전속력으로 내달렸다. 다행히 동물원 직원들의 노력 덕분에 새를 놓치지는 않았지만 만약 놓쳤다면 다시는 볼 수 없었을 터였다. 타조 스테이크가 되어 누군가의 밥상에 올라갔을 테니까.

"이 동물을 어디에서 데려오는 거라고요?" 병사가 다시 물었다.

"우다이의 사랑둥지요. 동물원 사람들이 거기에 끔찍하게 갇혀 있는 동물들을 찾아냈어요."

보초병들은 아마 그날 하루 종일 머리를 긁적였을 것이 틀림없다. 그래도 한 가지만은 확실했다. 이제 바그다드에 주둔하는 미군 중에 바그다드에 동물원이 있다는 사실을 모르는 병사는 거의 없다는 것이다.

불행히도 '사랑둥지 작전'에서 즐거웠던 순간은 그때가 전부였다. 그날 밤 우다이의 사랑둥지에서 고생했던 동물들은 몇 달 만에 처음으로 그럴 듯한 먹이를 먹고 보살핌을 받았다. 하지만 흉악한 약탈자들이 또다시 동물원을 습격했다. 다행히 타조는 무사했지만 새끼 원숭이와 공작새들은 사라지고 말았다. 동물 우리에 걸어둔 육중한 자물쇠는 산산이 부서져 있었다. 아름다운 공작새들은 아마 목이 비틀려 사람들에게 팔렸을 것이다. 부모 형제가

143

고통받는 모습을 목격하며 혼자 살아남았던 고아 원숭이는 암시장에서 누군가에게 팔려 좁디좁은 우리 안에서 평생을 보내게 되었을 것이다. 아니면 역시 고기가 되었을지도 모를 일이다. 나는 다시 한번 군인들에게 동물원을 지켜달라고 호소했다. 하지만 미군들은 여전히 미안해하면서도 바트당 잔당들과 싸우기 바빠 우리를 도와줄 수 없다는 말을 되풀이했다.

궁전에서 구출한 다른 동물들은 다행히 건강을 회복하고 있었다. 물과 먹이를 잘 먹는 덕분에 갈비뼈가 앙상했던 가슴에 차츰 살이 붙기 시작했다. 동물들이 빠른 속도로 회복되자 내 기분도 상당히 고무되었다.

마지막으로 나는 개와 새끼 사자들을 같이 살게 해주었다. 처음에는 사자와 개를 같이 두는 것이 위험해 보여 격리시켰다. 그런데 서로를 그리워하는 게 분명해 보다 못한 우리가 인도적인 판단을 하기에 이른 것이다. 개와 사자들의 상봉 장면은 감격 이상이었다. 개들은 정신없이 꼬리를 흔들며 달려갔고 새끼 사자들은 허둥지둥 뛰어나와 개들을 반겼다. 아무리 냉혈한이라도 감동하지 않을 수 없었을 것이다. 개들은 행여 새끼 사자들이 어떻게 될까 안달이었고 사자들은 우리가 개들에게 가까이 가기라도 하면 개들을 보호해주려고 쏜살같이 달려왔다. 개와 사자의 눈물겨운 우정에 대한 소문은 금세 병사들 사이에 퍼졌다. 병사들은 그 사자와 개들을 보기 위해 먼 길을 마다 않고 찾아왔다. 사자와 개들은 외부 세상에 우리 동물원을 알리는 홍보대사 역할을 톡톡히 해주었다.

나중에 알고 보니 호랑이나 사자를 기르는 사람들 사이에서는 그 동물들을 개와 함께 살게 하는 것이 이상한 일이 아니었다. 새로 태어난 사자나 호랑이 새끼를 개와 함께 살게 하면 새끼들은 태어나면서부터 개가 사람을 대하는 모습을 보며 자라게 된다. 그러면 개가 사람을 믿는 것처럼 그들도 사람을 믿는다고 한다. 그 과정에서 개가 사자나 호랑이의 밥이 되는 경우도 있는데 그건 어쩔 수 없는 일이었다.

아무리 그렇더라도 사자들이 굶주림에 허덕이면서도 친구들을 잡아먹기보다 차라리 굶는 쪽을 택한 사실은 설명하기 힘들어 보인다. 극한의 상황에서도 그런 행동을 할 수 있다는 것은 연민이라는 감정이 맹수에게도 존재한다는 것을 보여주는 중요한 사례일 것이다.

하지만 특수부대가 입양한 사자 세 마리(한 마리는 수사자고 나머지 두 마리는 암사자인데, 그중 한 마리는 새끼를 배고 있었다)에 대해서는 불안한 소문이 나돌았다. 대부분의 이라크인은 그 '우다이의 사자들'이 인육을 즐겼다고 생각하고 있었다. 소문에 따르면 정치운동가에서부터 연적에 이르는 다양한 우다이의 적들이 그 사자의 밥이 되었다고 한다. 마치 우간다의 이디 아민(육군 장교 출신으로 1971년부터 79년까지 집권하면서 수많은 양민을 학살해 '아프리카의 학살자'로 불렸다 — 옮긴이)이 자기를 거역하는 사람들을 전부 애완 악어에게 던져주었던 것처럼 말이다.

사실이든 아니든 소문은 걷잡을 수 없이 퍼져 대부분의 이라크인이 그 소문을 사실로 여기고 있었다. 특히 사람을 잡아먹는 동물을 기르는 것은 우다이 같은 사이코패스들의 전형적인 행태라고 했다. 그래서 사람들은 내게 우다이의 사자들을 쏴 죽여야 한다고 말하기도 했다. 증거가 있느냐며 단호히 거절하면서도 나 역시 의심을 품고 있었다. 내가 처음으로 바그다드 동물원의 사자들에게 접근했을 때 사자들은 무기력하고 내게 관심이 전혀 없었다. 하지만 우다이의 사자인 제나와 브루투스 그리고 헤더는 달랐다. 내가 다가가면 금세 울타리 근처로 달려와 공격적인 눈초리로 나를 관찰했다. 나를 맛있는 간식거리로 생각하는 것 같았다고 단정 지을 수는 없지만 사람을 두려워하지 않는 것만은 분명했다.

이러한 우려가 미군에게까지 퍼졌고 특수부대 군인들은 혹시라도 피해자들의 유해가 있지 않을까 해서 궁전 근처에 의심이 가는 곳은 모두 파보았다. 다행히 유해는 나오지 않았다.

당시 동물원 사람들은 사자가 인육을 즐겼다는 소문에 진지하게 관심을 기울이지 않았다. 우리에게는 할 일이 산더미처럼 쌓여 있었고, 당장 먹여 살려야 할 입도 늘어난 마당이었다. 사자들이 우리 안에 안전하게 갇혀 있는 한 걱정할 것이 없었다. 하지만 그 문제는 나중에 우리를 괴롭히는 비수가 되어 돌아왔다.

07
당신, 미국 사람?

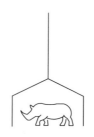

접의자를 끌어다 놓고 기대앉아 뭔가 시원한 음료를 한잔 마시며 살아 있다는 사실에 감사하고 싶은 날이었다. 태양은 막 하늘 저편으로 사라지고 별들이 총총 박히기 시작했다. 끔찍하고 끈질기기 그지없던 모기들조차 잠깐 놀러 간 듯 한적한 밤이었다.

나는 제3보병사단의 래리 버리스 대위와 이야기를 나누고 있었다. 그는 최전방에서 신속하고도 대담하게 바그다드로의 진격을 이끈 인물이었다. 군인들은 알 라시드 호텔 외곽에 주차해둔 탱크 옆에서 쉬고 있었다.

그때 무엇인가가 하늘을 가로지르며 엄청난 포화 소리가 들려왔다. 공포에 질린 나는 땅에 엎드렸고 풀을 잔뜩 움켜쥐며 뭔가 엄호해줄 것을 찾았다. 땅을 팔 수 있었다면 아마도 땅을 파고 그 속으로 들어갔을지도 모른다.

그런데 갑자기 모든 게 조용해졌다. 고개를 들었더니 모두들 의

아한 눈으로 나를 내려다보고 있었다. 병사들은 탱크 옆에 태연히 서 있었다. 한두 명이 키득거렸다. 나는 바보가 된 듯한 기분으로 일어섰다. 군대에서는 절대 숨을 곳을 찾아 몸을 숙이는 게 아닌가 보다 싶었다.

30분 후쯤 총소리가 하늘을 가로질렀다. 나는 이번에는 절대 바보가 되지 않겠다고 결심한 채 몸을 꼿꼿이 세우고 서 있었다. 하지만 이번에는 서 있는 사람이 나밖에 없었다. 모두들 땅에 엎드려 총을 쏠 태세였다. 나는 어찌해야 할지 알 수가 없었다. 만화에 나오는 인물처럼 뒤늦게라도 엎드려야 할까? 그냥 내친 김에 계속 서 있을까?

"엎드려요, 엎드려!"

병사들 중 하나가 소리쳤다. 나는 잽싸게 몸을 숙였다. 소리가 멈추자 미군들이 싱긋 웃으며 일어났다. 나를 불쌍히 여긴 병사 하나가 설명해주기 시작했다. 탕 하는 총성만 들릴 경우 이쪽이 사격 목표가 아니다. 그러나 총성과 더불어 딸깍 소리까지 들리는 경우에는 총알이 이쪽으로 날아오는 것이기 때문에 바로 몸을 숙여야 한다.

바그다드에 도착한 첫 주에 일어난 일이었다. 이 귀중한 지식을 습득한 이후 나는 그날 배운 것을 수없이 써먹었다. 바그다드에 도착한 지 얼마 되지 않았을 때, 미군이 진을 치고 있던 알 라시드 호텔 인근 거리에서 완강한 저항군들과의 전면전이 두 번이나 벌어졌다. 한번은 전투가 어찌나 치열하던지 철벽 방어선이 곧 뚫리고 사담 저항군들이 호텔로 밀려올 것처럼 느껴질 정도였다.

잔뜩 흥분한 나는 호텔 입구에서 명령을 기다리고 있는 군인에게 전황을 물어보았다.

"모릅니다. 지금 그거 알아보려고 밖에 나가는 건 미친 짓이라는 것밖에는."

귀가 멍멍해질 정도의 포화 소리와 총소리가 오가고 그 사이사이로 타이어가 끼익 하는 소리, 차량끼리 부딪치는 소리가 뒤섞여 들렸다. 주위가 조용해지자 현관에 있던 사람들이 모두 안도의 숨을 내쉬었다. 한 병사가 M-16을 내려놓으며 말했다.

"이제 됐습니다. 검문소 보초와 교대할 때 상황을 알아볼게요."

나중에 들은 바로는 호텔로 쳐들어오기 위해 적들은 거의 자살 테러 같은 방법으로 검문소를 공격했다고 한다. 하지만 다음 날 아침이 되자 전날 있었던 공격의 흔적은 찾아볼 수 없었다.

자살폭탄 테러범들이 지하 터널을 통해 호텔 안으로 침투하려 한다는 말을 들었을 때도 나는 두려움에 떨었다. 사담의 지하 병커로 건설된 그 호텔에는 밀실이 수없이 많아 그 소문은 충분히 신빙성이 있었다. 물론 미군은 호텔로 들어올 수 있을 만한 곳을 모두 이 잡듯 뒤졌지만 언제 어떤 미친놈이 눈에 띄지 않는 맨홀로 들어와 호텔 건물을 날려버릴지 모를 일이었다.

다행히 그런 걱정은 모두 기우로 끝났다. 아니면 폭탄을 갖고 왔다가 미군이 수색하는 소리를 듣고 허둥지둥 도망갔을지도 모를 일이지만. 어쨌든 우리는 그날부터 발밑의 하수구를 타고 무언가가 올라올지도 모른다는 두려움에 떨며 하루하루를 보내야 했다.

당시에는 모든 것이 뒤죽박죽이었다. 한번은 중위 한 명과 에이브럼스 탱크의 엄청난 위력에 대해 이야기하고 있었는데, 그가 느닷없이 탱크에 타서 직접 대포를 쏴보지 않겠느냐는 제안을 했다. 손가락 하나로 얼마나 대단한 위력을 발휘할 수 있는지 느껴볼 기회라면서 말이다. 나는 입이 떡 벌어졌다. 도시 한가운데에 위치한 최고 호텔에 앉아 미군이 보유한 가장 강력한 화기를 사용해보겠느냐는 제안을 아무렇지도 않게 듣고 있다는 사실이 실감 나지 않았다.

"걱정할 거 없습니다."

내가 머뭇거리며 대답하지 못하자 그가 입을 열었다.

"이미 윗사람들한테 승인을 받아놨어요. 그냥 하늘을 향해 한번 쏴보면 돼요."

어쩌면 영원히 후회할지도 모를 일이지만 나는 동물원에 할 일이 많다며 그의 제안을 거절했다. 그 일은 당시 바그다드에 있던 우리의 마음 상태를 제대로 보여주는 일화였다. 그때는 대로에서 시험 삼아 대포를 쏜다 해도 누구도 눈 하나 꿈쩍 않는 그런 상황이었던 것이다.

희한한 것은 무정부 상태가 이상한 자유 혹은 해방감을 느끼게 했다는 사실이다. 아무런 규제도, 규칙도, 경찰, 행정기관, 정부, 공무원, 신호등, 가게, 물, 전기, 그 밖에 하수도나 미화원도 없었다. 경제도 멈춘 상태이고 아무도 직장에 가지 않았다. 헌법이나 법률 규제 같은 것은 더더욱 존재하지 않았다. 단지 혼란만 존재할 뿐이었다.

이는 곧 살아남으려면 머리에 의존하는 수밖에 없다는 것을 의미하기도 했다. 나는 그날그날 임시방편을 마련해 장애물을 극복하기 위해 할 수 있는 방법은 모두 동원했다. 나와 직원들이 먹고 사는 일, 동물들을 살리는 일이 모두 내 손에 달려 있었다. 내가 하지 않으면 동물원의 모두가 배를 곯아야 했다. 상황은 간단했다. 살아남으려면 철면피가 되어 열심히 협상하고 거래하고 빼앗아 오고 사정하고 물물교환을 하는 수밖에 없었다.

태어나서 처음으로 나는 하루하루를 잔꾀로 살아갔다. 지금까지 살아오면서 당연하게 생각했던 규칙이나 규범은 몽땅 사라졌고 순간순간 방법을 찾아내야 했다. 오늘날처럼 법과 규제가 지배하는 사회에서는 우리가 해서는 안 되는 일뿐 아니라 해야 하는 일까지 법규가 규정하고 있다. 하지만 당시 바그다드에는 아무런 법규가 없었다. 해야 할 일과 하면 안 되는 일은 모두 내가 정하기 나름이었다. 인정하기는 싫지만 그런 상황이 이상하리만큼 흥분되는 것도 사실이었다. 그런 상태로 오래 살라고 하면 달갑지 않겠지만 당시에는 일종의 해방감을 느꼈다.

타조들의 행진이 있던 날로부터 이틀 후, 나와 함께 그곳에 왔던 쿠웨이트인 두 사람이 들이닥쳤다. 둘 다 몹시 안절부절못하고 있었다. 압둘라 라티프는 아랍어로 무언가를 열심히 말했지만 나는 손을 휘휘 내저었다.

"대체 무슨 말을 하는 건지 알아듣게 좀 얘기해봐요."

나는 후샴을 불렀고 후샴은 쏟아져 나오는 아랍어를 열심히 통역했다. 그제야 나는 사태를 파악할 수 있었다. 두 사람은 이라크를 떠나고 싶었던 것이다. 12년 전 사담의 군대가 저질렀던 야만적인 행위에 대한 유혈복수를 위해 쿠웨이트 군대가 미군의 엄호를 받으며 이라크로 침공해 올 준비가 완료되었다는 소문이 쫙 퍼졌다고 했다.

1991년 이라크가 쿠웨이트를 침공했을 때, 중동에서 가장 거친 군대로 알려진 공화국 수비대가 그 공격의 최선봉에 있었다. 작은 나라 쿠웨이트를 점령한 사담은 군대를 투입해 광범위한 약탈을 저질렀다. 이라크 장군들은 형편없는 군대를 제대로 교육시킬 시도조차 하지 않았다. 쿠웨이트인을 두려움에 떨게 만들어 굴복시키려는 목적을 가지고 아마 의도적으로 그랬을 것이다. 이제 많은 이라크인이 쿠웨이트로부터 복수를 당할 순간이 다가왔다고 생각하고 있었다.

분명 이것은 소문에 불과할 터였다. 연합군이 또 다른 침략을 용인할 리 없었다. 쿠웨이트인들이 원할지라도 복수의 피를 흘리도록 놔둘 리 없었다. 소문은 입에서 입을 거치는 동안 과장되어 걷잡을 수 없이 퍼지게 마련이다.

동물원 근방에서는 이미 압둘라와 그 동료가 쿠웨이트인이라는 사실이 알려져 있었다. 후샴조차 이들의 목숨이 경각에 달려 있다며 최대한 빨리 돌려보내야 한다고 했다. 그들은 바그다드의 상황이 예상했던 것보다 훨씬 좋지 않기 때문에 나도 함께 돌아가야 한다고 했다. 내 목숨도 위험하다는 것이다. 그러면서 우리는 동물원의 현황을 파악하기 위해 이라크에 온 것이며 그 목표는 이미 달성했다고 강조했다.

나는 소문을 믿지는 않았지만 그들의 처지를 십분 이해했다. 원래는 동물원의 현황을 확인하러 왔으나 지금은 구호 활동을 하고 있다는 것도 맞는 말이었다.

"언제 가려고요?" 나는 물었다.

"오늘 밤이요. 오늘 밤에는 꼭 가야 해요." 압둘라가 대답했다. "낮에는 너무 위험해요."

나는 고개를 저었다. 지금 이곳을 떠난다면 동물들을 우리 손으로 쏴 죽이는 것보다 못한 상황이 펼쳐질 수도 있었다. 우리와 군인들의 도움 없이 동물들이 살아남을 방법은 없었다. 하지만 쿠웨이트인들은 완강했다. 그들은 지금 돌아가야 하며 그 유일한 방법은 내 렌터카를 타고 가는 것이라고 했다.

나도 그런 생각을 전혀 하지 않았던 것은 아니다. 그들이 바그다드를 나갈 수 있는 길은 그것밖에 없었지만, 그 차는 내가 빌린 것이었다. 만약 차를 그들에게 줘버리면 최악의 상황이 닥쳐도 내게는 도망칠 방법이 없었다. 당시 우리의 상황을 고려해볼 때 이는 커다란 고민거리였다. 군 호위대는 민간인을 실어주려 하지 않았고, 바그다드로 들어오고 나가는 비행기 편은 모두 군대를 위해 쓰이고 있었다. 차가 없으면 이 전쟁터에서 언제 빠져나갈지 기약할 수 없었다.

하지만 내가 떠나버리면 우리의 프로젝트는 모두 허사로 돌아갈 게 뻔했다. 그것이 엄연한 현실이었다. 하루를 간신히 버티고 나면 내일은 또 어떤 일이 기다리고 있을지 기약할 수 없었다. 매일매일을 어떻게 하면 위험을 피하고 먹을 것을 마련하고 수로에

153

서 물을 길어 올 인력을 확보하고 약탈꾼을 막을 수 있을지를 고민하며 보내야 했다. 안 그래도 기습 공격에 맞서 싸우느라 정신 없는 미군과 제대로 의사소통할 수 있는 사람이 나밖에 없는 마당에 내가 사라진다면 동물원은 끝장일 수밖에 없었다.

나는 이라크에 온 이유를 다시 한번 생각해보았다. 단지 동물들을 구하기 위해서만은 아니었다. 우리 지구에 더는 이런 일이 있어서는 안 된다는 도덕적인 기준, 윤리적인 기준을 세워야 한다는 이유도 빼놓을 수 없었다. 이러한 깨달음과 더불어 나는 우리가 모범적인 사례를 제시해야 한다고 생각했다. 인류가 지구상의 다른 생명체를 존중하지 않는 것에 대해 '이렇게 행동해서는 안 된다'는 것을 보여주는, 책임감 있고 영향력 있는 표본이 되어야 한다고 생각했다. 그리고 그 생각을 실천하는 시발점이 될 수 있는 곳이 바그다드라고 여겼다.

내 입장은 그 이상도 이하도 아니었다. 아무리 상황이 위험해도 구호 활동을 중단하고 떠날 수는 없었다. 나는 압둘라에게 자동차 열쇠를 내주었다.

"난 여기 남겠습니다. 지금까지 정말 고마웠습니다."

그는 나도 같이 가야 한다며 온몸으로 열변을 토했다. 나는 가장 가까운 곳에 있는 벵골호랑이 우리와 그 안에 있는 호랑이를 가리켰다.

"내가 떠나면 저 벵골호랑이는 죽습니다."

압둘라는 아무 말 없이 고개를 끄덕였다. 우리는 악수를 했고 나는 그들이 무사히 쿠웨이트로 돌아가기를 기원했다. 그날 이후 다시는 그들을 보지 못했지만, 몇 개월 후 렌터카 업체로부터 영수증을 받았다. 그들은 무사히 쿠웨이트로 돌아갔던 것이다.

그들이 돌아가고 난 후 압둘라의 경고가 내 가슴을 때렸다. 동물원의 안전이 얼마나 위태로운지 실감했기 때문이다. 동물원에서 약 2킬로미터 떨어진 공원 지역은 군사 기지였다. 북서쪽으로 공원을 벗어나면 검문소에 탱크들이 버티고 있었는데, 그곳이 바로 내가 처음으로 통과한 검문소, 즉 시들릭 중위를 만난 곳이었다. 북쪽과 동쪽으로는 수 킬로미터에 걸쳐 어디에서도 군대를 찾아볼 수 없었다. 곧 레드존으로 알려지게 될 그 지역 방향으로 공원과 동물원이 무방비 상태로 노출되어 있었다는 얘기다. 아델과 후샴 그리고 다른 직원들은 보안에 구멍이 뚫린 그 위험한 지역을 지나 매일 일하러 왔는데, 이들이 출입할 수 있다는 사실은 곧 마음먹으면 아무나 드나들 수 있다는 것을 의미했다.

나는 그 무법천지에서 보호도 받지 못하고 위험에 노출된 유일한 서방 민간인이었다. 그런 생각을 하면 외로움이 밀려들기도 했다. 나에게 다가와 용감하게 "당신, 미국 사람?"이라고 묻는 약탈꾼을 만날 때마다 나는 등골이 서늘했다. 항상 내 편이었던 후샴은 그럴 때마다 잽싸게 내가 남아공 사람이며 남아공은 중립국이고 이라크를 도와주기 위해 나를 보냈다고 대답했다. 아랍어로 쏟아 붓는 그의 답변에는 항상 '넬슨 만델라'라는 표현이 나왔는데 내가 유일하게 알아듣는 대목이기도 했다.

탱크와 장갑차 혹은 중무장을 한 험비를 타고 군인들이 돌아다니는 그 위험한 곳에서 나를 보호해준 이들은 내가 남아공 사람이라는 말을 퍼뜨려준 후샴과 동물원 직원들이었다. 아직까지 내 목숨이 붙어 있는 것은 모두 그들 덕분이라고 생각한다.

아침 10시밖에 되지 않았지만 햇빛은 이미 가스 연기처럼 물결치고 있었다. 4월 초봄이었음에도 태양열이 모든 에너지를 앗아간 듯 주위는 삭막하고 무미건조했다. 시원한 얼음물이 간절했다. 하지만 당시 우리에게 얼음물은 사치 중의 사치였다. 식수는 모두 온천에서 막 길어 온 듯 뜨끈했다.

쿠웨이트인들이 떠나고 하루나 이틀 정도 지났을 때였다. 나는 동물원 본부로 사용하는 다 찌그러진 방 세 개짜리 방갈로 밖에서 무슨 일부터 해야 할지 우선순위를 짜고 있었다. 바로 그때 M-16 소총으로 무장한 군인 네 명이 탄 험비가 다가오더니 내 옆에 섰다. 방금 다린 듯한 전투복을 말쑥하게 차려입은 사람이 조수석에서 풀쩍 뛰어내리더니 제354민사여단의 윌리엄 섬너 대위라고 자신을 소개했다. 그는 미소를 머금고 "저는 동물원 사람입니다"라고 말했다.

나는 대위가 한 말을 잠시 곱씹으며 그의 손을 잡고 열심히 흔들었다. 믿기 어려웠다. 우리 동물원에 승인을 받은 대표가 생기다니. 행정부 어딘가에서 우리가 동물원에서 하고 있는 일이 가치 있다고 인정을 해준 것이었다. 드디어 우리도 권력과 직접 줄이 닿아 관료주의의 커다란 스크린 위에 작은 점으로나마 찍히게 된 것이었다.

지금까지 우리가 달성한 것은 모두 극악한 환경 속에서도 나름대로 최대한 친절을 베풀어준 평범한 미군 병사들의 동물에 대한 선의와 연민 덕분에 가능했다. 시들릭 중위부터 순찰에 지친 병사들까지 모두 귀한 시간과 보급품을 우리에게 나눠주었다. 사람들이 우리를 도와준 이유는 바로 그것이 옳은 일이었기 때문이다. 내가 감사를 표할 때마다 이들은 단지 '동물들을 위해서' 하는 것일 뿐이라고 말했다.

섬너 대위의 등장으로 우리는 행정부의 귀를 확보하게 되었다. 우리가 원하는 바를 모두 이룰 수 있게 된 것은 아니었다. 여전히 동물원은 우선순위에서 한참 뒤로 밀려나 있었다. 그래도 드디어 원하는 것을 요청할 수 있는 공식적인 루트가 마련된 셈이었다.

섬너는 값을 매길 수 없이 귀중한 문화유산들이 약탈당할 위험에 처했을 때 바그다드 박물관을 담당했다. 사담이 패한 후 바그다드가 난장판이 되자, 사람들은 그 박물관에 전시된 메소포타미아 문명의 소장품이 모두 약탈당했으려니 생각했다. 하지만 섬너의 팀이 조사한 결과 다행히도 박물관 직원들이 소장품을 안전하게 보관해 약탈은 면했다고 한다.

섬너 대위는 흥미롭게도 스스로를 박물관과 동물원을 위해 일하는 '군 소속 큐레이터'라고 소개했다. 하루는 문명의 발상지로 꼽히는 곳에서 고대의 유물들을 관리하고, 또 다음 날은 호랑이 밥을 챙기는 상반된 업무를 한 사람에게 맡기는 일은 아마 군대였기에 가능했을 것이다.

섬너 대위는 부업으로 교수까지 겸하고 있었다. 그는 메릴랜드주의 저먼타운 출신으로 정치학과 고고학 학위가 있었고 민간인으로 돌아가면 또 여러 개의 학위를 딸 계획이라고 했다. 하지만 전쟁 중에는 완벽한 군인이었다. 그는 책상머리에 붙어 있어야 하는 학자풍의 직업과 행동을 해야 하는 군인이라는 직업 모두를 소화해낼 수 있는 특이한 사람이었다.

섬너 대위는 군인 가문 출신으로 10년을 예비역으로 보냈다. 탈레반이 오사마 빈 라덴의 신병 인도를 거부한 후 아프가니스탄에서 전쟁이 발발하자 곧 전장에 투입될 상황이었다. 하지만 그때는 부인이 출산을 앞두고 있어 투입 순위에서 뒤로 밀려났다. 그러다 이라크전이 발발했을 때 그의 딸은 한창 재롱을 부리는 한 살배기가 돼 있었고 섬너 대위는 투입 1순위가 되었다. 바그다드가 거의 함락될 무렵, 군정에 배속된 그는 고고학 학위 덕분에 박물관의 파괴 현황을 조사하라는 임무를 부여받았다. 동시에 그의 상사인 대령이 그를 불러 "동물원 일도 좀 맡아주어야겠네"라고 말한 것이다.

하지만 고고학자였던 섬너 대위는 동물원에서 자신이 어떤 일을 해야 하는지 알지 못했다. 그는 우선 동물원이 행정적으로 잘 관리되고 있는지 확인했고, 그 일을 하던 중에 시들릭 중위의 병사들로부터 '완전히 제정신이 아닌 인간'에 대한 이야기를 들었다.

만나자마자 섬너 대위와 나는 서로 마음이 통한다는 느낌을 받았다. 우린 둘 다 동물원이 군대의 전체적인 계획에서 비중이 크지 않다는 것을 알고 있었다. 사방이 포위된 채로 600만 명이 살고 있는 도시에서는 전기와 물, 오물 처리 같은 기본적인 서비스만 해결하는 일도 쉽지 않았다. 야생동물을 먹여 살리는 일은 결코 행정부의 업무 목록에서 윗자리를 차지할 만한 일이 못 되었다. 하지만 섬너에게 바그다드 동물원은 적어도 남들이 모두 인정하는 투사가 하나 있는 그런 곳이었다.

섬너는 즉시 가장 어려운 문제, 즉 약탈 문제를 해결하기 위해 팔을 걷어붙였다. 우리는 항상 먹잇감을 마련하기 위해 안간힘을 쓰고 있었는데, 문제는 확보해둔 먹잇감을 밤 사이에 도둑맞는다는 사실이었다. 이런 일이 반복된다면 동물원은 유지되기가 힘들 터였다. 동물들이 굶어 죽을지도 모를 일이었다. 문제가 발생하면 총으로 해결할 준비가 돼 있는 약탈꾼들을 물리치는 방법은 분명하고도 간단했다. 하지만 행정부에 이를 실천에 옮길 용기 있는 자가 있었던가? 섬너가 그런 사람이라는 것을 확인할 기회는 곧 찾아왔다.

어느 날 아침, 약탈꾼들이 외륜선을 타고 오물로 가득한 호수를 가로질러 몰래 들어왔다. 그들을 발견하자마자 섬너는 M-16 총으로 위협사격을 가하고는 고래고래 소리를 지르며 그들에게 달려갔다. 그렇게 하면 상대방은 방향 감각을 잃기 때문에 고함지르기는 중요한 전술이었다.

쫓고 쫓기는 추격전이 시작되었다. 섬너 대위와 그 부하들은 여기저기 폭격으로 인해 무너진 잔해를 헤치고 울타리를 넘어 약탈꾼들을 쫓아갔다. 위협을 가하느라 양동이와 파이프까지 동원되자 동물들도 비명을 질러대기 시작했다. 섬너는 언제든 총을 발사해 도망가는 무리를 죽일 수도 있었지만 그렇게 하지 않았다. 어쩔 수 없는 상황이 아니면 목숨을 해칠 의사가 없었던 것이다.

난투극 끝에 약탈꾼과 배를 모두 포획했다. 궁지에 몰린 약탈꾼들은 땅바닥에 바싹 엎드려 두려움에 떨며 흐느껴 울었고 섬너는 여전히 고함을 질러댔다. 동물원에서 일하고 있던 사람들이 모두 모여들어 그 치욕스러운 광경을 목격했다. 대놓고 그들을 비웃는 직원도 있었다. 우리가 상상할 수 있는 가장 치욕적이고 효과적인 벌을 주었던 것이다.

섬너에게는 더 좋은 생각이 있었다. 그들을 우리가 임시로 만든 동물원 감옥에 넣는 대신 가장 큰 동물 우리에 가둬놓고 바닥을 청소하도록 시켰던 것이다. 그들은 파리가 미끄러질 정도로 우리의 바닥을 깨끗이 닦아놓았다.

후샴은 엉터리 영어로 그들을 "루티맨(lootiman)"이라 불렀고 ('약탈'을 뜻하는 단어 'loot'에 'man'을 붙여 만든 조어―옮긴이) 동물원 밖 게시판에 공고를 붙일 때도 일부러 그 표현을 사용해 '루티맨/알리바바'라고 써 붙였다.

청소가 끝나자 섬너 대위가 가도 좋다며 이들을 돌려보냈고 이들은 다시는 약탈하러 오지 않았다. 이렇게 몸으로 때우는 처벌 덕분에 약탈은 줄어들기 시작했다.

나는 금세 섬너 대위가 좋아졌다. 그는 정직하고 성실했으며 동물원을 위해 충실히 일해주었다. 운이 나쁘면 꽉 막히고 융통성 없는 사람이 섬너 대위의 자리로 왔을 수도 있지만, 다행히 섬너 대위는 정반대의 인물이었다. 그의 풍부한 유머 감각과 철학 그리고 직업의식은 명령만 내리기 좋아하고 권위주의적인 상관들과는 사뭇 달랐다.

섬너는 또한 흥정과 거래의 대가에다 이색적인 총을 좋아하는 총기 전문가이기도 했다. 이라크는 지난 30년간 안팎으로 다양한 규모의 전쟁을 치른 나라였다. 무기광에게 이런 나라는 흡사 다양한 사탕과 초콜릿을 모아놓고 파는 상점 같은 곳이라 할 수 있다. 섬너는 그 상황을 십분 활용해 이라크 병사들로부터 특이한 총기들을 잔뜩 확보했다. 그리고 그것을 다른 것과 바꿔 냉장고나 배터리 등 우리 동물원에 필요한 물건들을 조달했다. 당시 우리 사무소에서 힘차게 돌아가던 산업용 냉장고는 제2차 세계대전 때 사용되던 토미건(제2차 세계대전에서 미군이 사용한 기관단총으로, 설계자 톰슨의 이름을 따 '톰슨 기관단총'이라고도 한다 — 옮긴이)과 교환해 가져온 것이었다. 섬너는 정말 멋진 사람이었다.

그는 도착한 지 얼마 되지 않아 나를 동물원 관리자로 임명했다. 우리의 우정으로 인해 동물원 직원들의 사기는 더욱 올라갔다. 섬너는 아마도 이라크 민간인들로부터 절대적인 신임을 얻은 첫 번째 미국인일 것이다. 이는 엄청난 찬사다. 당시는 바그다드가 공식적으로 함락된 지 몇 주밖에 안 된 시점이라 양측이 서로를 완전히 믿지 못하는 판국이었다.

하지만 그런 상황에서도 문제는 여전히 남아 있었다. 약탈 문제만큼이나 크고 위협적인 문제는 바로 자금 부족이었다. 동물원에서였는지 아니면 호텔에서였는지 모르겠지만 내가 개인적으로 갖고 있던 돈 1500달러가 감쪽같이 사라졌다. 주머니에 남아 있던 얼마 안 되는 돈으로는 오래 버틸 수 없었다. 다른 어떤 도움도 기대하기 힘든 상황에서 나 혼자 동물원 재건 프로젝트의 재정을 담당하고 있었기 때문이다. 당나귀를 사고 길거리 노점상들로부터 먹을 것을 구하는 비용은 순전히 내 몫이었다. 거기에다 직원들의 월급도 내 주머니에서 나갔고 파이프나 기타 필요한 물품도 암시장에서 터무니없이 높은 가격으로 사 와야 했다. 수시로 비상 상황이 발생할 때마다 돈이 들어가게 마련이었는데 돈을 마련할 길은 없었다.

섬너 대위는 후에 연합군임시행정처(CPA, Coalition Provisional Authority)로 이름을 바꾸는 인도주의적재건지원처(ORHA, Office for Reconstruction and Humanitarian Assistance)로부터 우리 직원들이 봉급을 받을 수 있게 해주겠다고 약속했다. 하지만 그렇게 되기까지는 그 파괴된 도시에 산적한 문제를 해결하기 위해 새로 도착할 행정부 관리들의 승인을 받아야 하는 지루한 과정이 기다리고 있었다. 우선순위에서 한참 밀리는 동물원을 위한 행정 절차가 얼마나 오래 걸릴지 알 수 없는 일이었다. 우리에게는 그렇게 오래 기다릴 만한 여유가 없었다.

그사이 나는 계속 주머니를 털었는데 이는 내가 마음이 좋아서가 아니었다. 나는 언제라도 금전적인 부담을 주머니 넉넉한 사람에게 떠넘길 준비가 돼 있었다. 하지만 그럴 만한 사람이 없었을 뿐이다.

08
동물 우리 청소하기

　며칠 후 나는 직원들을 불러 모았다. 그때까지 우리는 먹이를 구하는 일과 우다이의 궁전에서 동물들을 실어 오고 동물 우리로 물을 길어 나르는 일에 총력을 기울였다. 이제는 동물 우리를 말끔하게 청소할 차례였다. 배설물과 피 등이 섞여 있는 동물원 우리는 말로 표현할 수 없을 만큼 더러웠을 뿐 아니라 악취를 풍겨 끊임없이 파리 떼를 끌어들이고 있었다.

　동물 우리를 지날 때마다 수천 마리의 파리가 눈과 귀 옆에서 윙윙거렸다. 파리들이 비위생적이라는 것은 둘째 문제였다. 물을 나를 때 파리 떼가 달려들면 남는 손이 없어 쫓아내지도 못하고 고스란히 당할 수밖에 없었는데, 이 때문에 직원들은 거의 미칠 지경이었다. 이놈들이 그 전에 어디에 앉아 있었을지는 상상조차 하기 싫었다.

　물론 가끔씩 약탈꾼들에게 동물 우리 청소를 시키고는 있었지만, 그것만으로는 턱도 없었다. 우리가 매일 하는 수밖에 도리가 없었다. 나는 일을 제대로 하려면 누군가가 모범을 보여야 한다는 생각에 직접 팔을 걷어붙이고 나섰다. 우선 반바지로 갈아입고 양동이 하나와 브러시를 들고 일을 시작했다. 그러자 아델과 후샴 등이 따라나섰다.

그 일은 정말 진저리가 났다. 더러운 배설물과 먼지, 동물의 털 따위가 한데 섞여 석회처럼 딱딱하게 굳은 것을 한번 치워보라. 더욱이 일하는 도중에 파리와 모기가 군단 규모로 몰려와 가차 없이 물어뜯기 일쑤였다. 그러다 보면 맨살이 드러난 곳은 온통 벌게지고 우둘투둘해지곤 했다.

아델 박사는 공업용 세제와 살충제로 청소하지 않는 한 계란으로 바위 치는 격이라고 말했다. 나도 그 말에 동의해 세제와 살충제를 찾아보라고 직원들을 내보냈다. 하지만 상점들이 약탈에 대비해 온통 바리케이드를 쳐놓은 통에 소득이 없었다. 바그다드 전역에서 성황을 이루는 약탈 상점에서도 공업용 세제와 살충제는 찾아볼 수 없었다. 나는 다른 방도를 찾아야겠다고 생각했다. 물물교환 노하우를 써먹을 때가 온 것이다.

"모두 가서 쉬라고 하세요." 아델에게 말했다.

"제가 구해보겠습니다."

아델은 무슨 헛소리인가 하는 표정으로 나를 쳐다보았다.

나는 비록 전시 상태지만 끈기와 아이디어만 있으면 바그다드에서도 필요한 물품들을 구할 수 있다는 사실을 알고 있었다. 비상

사태가 벌어지면 물물교환이 최고였다. 나는 이미 동물원에 필요한 것을 얻기 위한 물물교환에 가히 전문가 수준이 돼 있었다. 덕분에 공업용 세제를 확보하려면 모종의 '거래'를 해야 한다는 것을 알았다. 나는 물물교환이 이뤄져야 하는 상황이면 위성전화를 자주 활용했다. 내가 가지고 다니던 위성전화의 위력을 깨달은 것은 순전히 우연이었다.

그날 나는 사담이 버리고 간 '알 살람' 궁전 부엌에서 물건과 집기들을 좀 집어 오려던 참이었다. 갑자기 한 병사가 내 앞을 가로막았다. "접근 불가입니다." 그가 말했다. "여긴 이제 금지 구역이에요."

'제기랄, 이제 좀 체계가 잡히기 시작하는 모양이군. 그전까지만해도 보안이 허술해서 한두 번쯤 이것들로 동물원을 먹여 살렸는데⋯⋯.'

내가 사정하는데도 불구하고 그의 입장은 단호했다. 입장 불가! 실랑이를 벌이는 동안 나는 그의 눈길이 내가 허리띠에 차고 있던 위성전화로 향하는 것을 느꼈다. 잠시 말을 멈춘 그가 "그 전화기, 여기서도 터지나요?"라고 물었다.

"그럼요. 세계 어디서든 되죠."

나는 돌연 내가 얼마나 중요한 무기를 갖고 있는지 깨달았다. 내친김에 병사에게 물어보았다.

"가족과 통화한 지 얼마나 되었습니까?"

"몇 달 됐죠."

가슴이 아팠지만 쉽게 넘어가서는 안 되었다. 나는 가족이 안부를 걱정하고 있을 거라고 말하며 "여자 친구는요? 여자 친구도 있나요?"라고 물었다. 그는 고개를 끄덕였다.

"자, 이 전화기 한번 써봐요. 그런데 여기서는 안 터지거든요. 신호를 받으려면 저쪽으로 돌아가야만 해요. 한 쉰 걸음쯤 가면 됩니다."

그는 내 의도를 알아차렸다. "어떻게 거는 거죠?"

나는 그에게 전화하는 방법을 알려주었고 그는 전화기를 들고 내가 말한 쪽으로 걸어갔다. 순식간에 부엌문을 열고 들어간 나는 식량과 다른 물건들을 손에 쥐고 버리스 대위의 지시를 받는 병사의 차량에 실었다. 30분 후 보초병은 미소가 만발한 얼굴로 내 위성전화를 돌려주었다.

당시 바그다드에서 제 기능을 했던 민간 전화기는 아마 내 것밖에 없었을 것이다. 내가 향수병에 걸린 병사들에게 전화기를 빌려준다는 소문이 돌자, 미래의 연합군 본부 설치 장소로 낙점된 알라시드 호텔과 알 살람 궁전 이 두 곳에서의 내 인기는 하늘 높은 줄 모르고 치솟았다. 더불어 동물원으로 생필품을 가져오는 내 능력 또한 몇 배 늘어났다. 어떤 검문소든 일사천리로 통과했고 생수와 MRE를 정기적으로 공급받았으며 금지 구역에도 마음대로 드나들었다. 심지어 병사들은 내가 원하는 곳까지 태워주기도 했다. 단점이 있다면 고지서였다. 전화기를 빌려주기 시작한 첫 6주 동안의 전화 요금은 7000달러에 이르렀다. 전투에 시달린 병사들이 지구 반대편에 있는 사랑하는 가족이나 연인과 안부를 묻고 그리움을 속삭인 값이었다. 하지만 덕분에 내가 받은 호의는

값을 매길 수 없을 정도였다.

나는 살충제와 세제가 필요하다고 사방팔방으로 떠들고 다니면서 내 위성전화기가 아주 잘 터진다는 말도 잊지 않았다. 오래 기다릴 필요도 없었고 이번에는 전화기를 빌려주는 수고를 할 필요도 없었다. 사진사 친구들 덕분에 나는 무료로 그 귀한 물건을 구할 수 있었던 것이다.

동물 우리를 청소하려던 첫 번째 시도가 실패로 돌아가고 난 후였다. 국방부 사진사들과 함께한 자리에서 나는 동물원 우리를 청소하는 일이 얼마나 고되고 끔찍한지 열심히 떠들고 있었다. 갑자기 사진사들이 서로 이상한 눈짓을 교환했다. 그러더니 고개를 끄덕였다. 침묵 속에서 자기들끼리 무언의 결정을 내린 것이었다.

앨리스테어 맥라티가 일어서더니 내가 여기 처음 도착했을 때 호텔 벙커에서 보았던 그 방보다 더 큰 비밀 저장실이 있다고 말했다. 그때의 방이 부엌에 딸린 조그만 저장실급이었다면 지금 말하는 저장실은 명실상부한 슈퍼마켓 수준이라고 했다. 아마 내가 원하는 것을 그곳에서 찾을 수 있을 것이라고 덧붙였다.

사진사들은 며칠 전 호텔의 지하 내부구조를 살펴보다 그곳을 발견했는데 나중에 써먹으려고 비밀에 붙이고 있었다고 했다. 하지만 우리 동물원을 위해서는 공개할 가치가 있다고 생각했던 것 같다. 나는 계속 뒤지면 그런 보물 창고가 도대체 몇 개나 더 나올까 하는 생각을 했다.

앨리스테어는 지하실 미로를 지나 아치 모양의, 폭탄에도 견딜 수 있게 설계된 지휘소를 지나갔다. 그는 미로에 익숙한 듯 곧 두꺼운 강철로 된 문 앞에 다다랐다. 문을 열자 정말 엄청나게 큰 저장실이 나타났다. 경기장 반만 한 크기의 방에는 정어리 통조림에서부터 콩 통조림, 옥수수 스낵에 이르기까지 적군에게 포위된 상황에서 살아남기 위해 필요한 음식이 잔뜩 저장돼 있었다. 모엣 앤샹동 샴페인에서부터 조니워커 블랙라벨 위스키에 이르기까지 술이 얼마나 많던지 전함을 띄울 수도 있을 것 같았다.

내게 가장 큰 횡재는 고성능 공업용 세제와 살충제, 튼튼한 빗자루와 대걸레, 바닥을 벅벅 긁는 데 사용할 솔을 찾은 것이었다. 다이아몬드 광산을 찾은 것보다 더 기뻤다.

나는 필요한 청소물품과 배고픈 직원들을 위한 식량을 갖고 나왔다. 호텔도 동물원도 정부기관이고 곧 후세인의 가족이나 마찬가지인 셈이니 나는 내가 한 일을 부서 간의 이동이라고 생각하기로 했다.

정말 긍정적인 부의 재분배였다. 다음 날 내가 딜 하사관의 도움으로 물건을 싣고 동물원에 도착하자 이라크인들은 한동안 말을 잃고 넋 나간 듯 그것들을 쳐다보았다. 그러더니 나를 마술사라고 불렀다. 그런 물건을 대체 어디서 가져올 수 있단 말인가?

나는 어깨를 으쓱한 뒤 오다 보니 길 한구석에 떨어져 있더라고 했다. 내 말이 떨어지기가 무섭게 모두들 박장대소했다. 우리는 식량을 똑같이 나누고 일을 시작했다.

땡볕이 내리쬐는 날 오수로 가득한 수로에서 물을 길어 오는 일이 고되다고 생각한다면, 그건 동물 우리를 청소해보지 않았기 때문이다. 동물 우리를 청소하다 보니 물을 떠 오는 일은 해변을 산책하는 것처럼 가뿐하게 느껴질 정도였다.

먼저 사자들을 우리 안 야외 구역으로 내보낸 뒤 사자 우리부터 청소했다. 시멘트 바닥에 액체 세제를 부은 다음 무릎을 구부리고 앉아 닦기 시작했다.

처음 한 번 했을 때는 달라진 게 없어 보였다. 오물과 때가 심하게 달라붙어 우리의 노력은 흔적도 없었다. 물과 공업용 세제를 더 부은 후에 다시 시작했다. 이번에는 후샴이 노점상에서 구해 온 살충제도 섞어 썼다. 그랬더니 단번에 효과가 나타났다. 파리들이 그야말로 파리 목숨처럼 떨어져 쌓였다. 얼마나 많은지 죽은 파리가 수북이 쌓여 파리로 만든 양탄자처럼 돼버렸다. 빗자루로 쓸어내기에는 너무 많아 계단으로 밀어버렸는데 그 모양이 흡사 검은색 제트기 같았다. 파리 떼가 너무 쌓여 파이프가 막혔고 빗자루를 써서 뚫어야 했다. 후샴은 그것을 '파리의 강'이라고 불렀다.

다음 날 우리는 똑같은 작업에 착수했다. 오물 덩어리들이 서서히 바닥에서 풀어졌다. 해 질 무렵이 되자 사자 우리는 꽤 깨끗해졌다.

일단 사자 우리가 위생적이라고 할 수 있을 만한 상태가 되자 다음에는 호랑이 우리, 그다음에는 곰 우리를 깨끗해질 때까지 청소했다. 위생 문제가 해결되고 나자 거의 모든 동물이 가지고 있던 옴 같은 피부병도 차츰 낫기 시작했다.

나는 힘을 심하게 써야 하는 그 육체노동을 하면서 직원들에게 업무를 완결하는 일의 중요성을 가르치기도 했다. 이때 많이 했던 말이 "하나씩, 차례대로"였다. 일부 직원에게는 생전 처음 듣는 표현이었을지도 모르겠지만 나는 이 말을 자주 했다. 직원들은 어떤 일을 시작하면 그 일을 끝내기 전에는 다른 일에 착수할 수 없었다. 현재 주어진 일을 완수한 뒤 그다음 일을 하는 규칙을 엄수하도록 했기 때문이다.

이 규칙은 동물원이 살아남기 위해 반드시 필요했다. 사실 나를 포함해 누구든 뒤로 한 걸음 물러서서 큰 그림을 보기 시작하면 절망할 수밖에 없는 상황이었다. 큰 그림을 그려보기에는 동물원의 상황이 너무도 끔찍했던 것이다. 동물원이 나아갈 방향을 상상하는 것조차 불가능한 상태였다.

그래서 업무를 하나 완결하면 어떤 장점이 있는지, 한 번에 하나씩 일을 끝내는 것이 얼마나 중요한지 수도 없이 강조했다. 한번은 살충제로 파리 떼를 박멸하고 있을 때 약탈을 하러 온 젊은 무리와 맞닥뜨렸다. 나는 후샴과 직원들에게 일단 하던 일을 계속하라고 했다. 약탈꾼들은 일을 마무리하고 나중에 내쫓을 수도 있으니까. 직원들은 내 말대로 했다.

이렇게 규칙을 지키며 행동하자 모든 게 조금씩 나아지기 시작했다. 직원들도 동물원이 차츰 나아지는 모습을 스스로 확인할 수 있었다. 아직도 도둑맞을까 겁이 나서 미리 먹이를 사두지는 못했지만 그래도 최선을 다해 먹을 것을 공급했다. 때로는 먹이를 구하지 못해 동물들이 하루 종일 굶기도 했다. 그러나 이틀까지 굶는 경우는 없었다. 특히 무슨 일이 있어도 먹을 물은 반드시 공급해주었다.

전쟁은 여전히 계속되고 있었다. 대부분의 직원은 매일 총알을 뚫고 약탈꾼들을 피해 동물원까지 나오느라 고생이 이만저만이 아니었다. 사실 거리에는 외국인과 연루된 이들의 모가지를 날려버릴 준비가 돼 있는 게릴라가 널려 있었다. 임원급 수의사인 아델과 후샴도 다른 직원들과 똑같이 위험한 길을 걸어 동물원까지 출근하고 있었다.

날마다 직원들이 무사히 출근했는지 확인하는 것이 우선이었다. 주변 상황이 너무도 위험했기 때문에 일하러 나오지 못한 직원들을 원망하지는 않았다. 집 앞에서 총격전이 벌어지고 있다면 가만히 있는 것이 최선 아닌가. 매일 계속되는 위협 앞에 우리의 신경은 극도로 날카로워져 있었다.

어느 날 아침, 동물원 건물 바로 위쪽에서 엄청난 포성이 들려왔다. 직원들에게 엎드리라고 외치며 나도 납작 엎드렸다. 밖을 바라보니 돌멩이들이 날아다니고 있었고 45미터 정도 되는 먼지구름이 만들어져 있었다. 우리는 몇 분간 꼼짝 않고 시멘트 바닥에 엎드려 두 번째 공습을 기다렸다. 귓가에 맴도는 울림을 제외한 모든 소리가 사라진 뒤에야 우리는 조심스럽게 일어나 밖으로 나갔다. 동물원 주변에서 박격포가 터져 동물원 벽이 무너져 있었다. 다행히 다친 사람이나 동물은 없었다. 나는 나무에서 유산탄 파편 하나를 꺼내 기념으로 간직하기로 했다.

한번은 호텔에 있는데 공원 쪽에서 폭발 소리가 들렸다. 미 국방부 소속 사진사들이 무슨 일인가 하고 뛰쳐나갔다. 폭발은 동물원 근처에서 일어났는데 자욱한 먼지가 조금씩 걷히면서 100미터쯤 떨어진 곳에 아이들이 몰려 있는 게 보였다. 흐느껴 우는 아이도 있었고 마약이라도 한 듯 넋이 나가 폭발로 생긴 돌무더기를 쳐다보는 아이도 있었다. 아이들은 대부분 피를 흘리고 있었다. 사진사들이 아이들을 부르며 어디 다친 곳은 없는지, 괜찮은지 물어보았다. 하지만 아이들은 외국인을 보자 더욱 두려워하는 표정이 되어 허둥지둥 도망쳤다.

아이들이 갖고 놀던 불발탄이 폭발한 게 분명했다. 한 아이는 현장에서 즉사했는데 병사들이 갔을 때에는 이미 누군가가 시체를 치운 후였다. 바그다드에 있는 시체 안치소에는 무수한 시체가 안치돼 있었지만 당시에는 죽은 자의 사망 원인에 대해 꼬치꼬치 캐묻는 사람도 없었다.

그 사건은 우리가 매일 얼마나 많은 위험에 직면해 있었는지를 극명하게 보여준다. 다음 날 아델과 나는 직원들을 모아놓고 포장된 길 밖으로 벗어나지 말라고 주의를 주었다. 하지만 말이 쉽지 그걸 지키기란 무척 어려운 형편이었다. 제대로 된 화장실 하나 없는 현실에서 우리가 급한 볼일을 해결할 곳은 야외의 모래밖에 없었다. 나는 전부터 수풀 속에서 볼일을 보는 것에 익숙했지만 바그다드의 야외 화장실에는 휴지 대신 쓸 잎사귀조차 없었다. 오직 모래뿐이었다. 거리에서는 가끔 사람들이 엉거주춤한 자세로 걸어 다니는 모습을 볼 수 있었는데 그건 폭발하지 않은 유산탄이 흩어져 있기 때문만은 아니었다.

설상가상으로 그때 바그다드에 머물던 외부인들은 대부분 설사병을 앓고 있었다. 설사는 쉴 새 없이 찾아왔다. 정도에 약간 차

이만 있을 뿐이었다. 괜찮은 날은 뛰어나가지 않아도 됐고, 심한 날은 계속해서 밖으로 달려야 했다. 바그다드에 있는 동안 거의 내내 그랬다.

그때 나는 고대 아라비아에서 죄를 저지른 사람에게 왜 오른손을 자르는 벌을 내렸는지 이해할 수 있을 것 같았다. 왼손만 남게 되면 결코 깨끗한 위생 상태를 유지할 수 없을 것 아닌가.

밤에는 절대 동물원에 남아 있으면 안 된다는 군의 명령을 받은 터라 나는 밤이 되면 가장 가까이에 있는 험비를 잡아타고 알 라시드 호텔로 돌아왔다. 긴 하루를 보내고 호텔로 돌아오면 쉬면서 몸을 식히는 것 외에 딱히 할 일이 없었다. 하긴, 여름이 다가오고 있어 몸을 식히는 것 자체가 거의 불가능했지만 말이다.

사람들이 주로 모이던 곳은 리셉션 데스크 근처에 딜 하사관이 마련한 임시 카페였는데 사람들은 그곳을 '바그다드 카페'라고 불렀다.

터프하고 진지한 성품을 지닌 딜 하사관은 제3보병사단에서 존경받는 인물이었다. 그 바그다드 카페는 힘들고 우울한 하루를 보낸 우리에게 단비와도 같은 휴식처가 되어주었다. 제3보병사단이 알 라시드 호텔을 점령했을 때, 딜 하사관은 집으로 보낸 편지에 "이라크에는 제대로 된 커피가 없다. 그래서 커피가 매우 그립다"고 썼다. 그러자 그의 아내가 여동생에게 그 말을 전했고, 여동생은 자기 친구에게 그 말을 전했으며, 그 친구는 또 다른 친구에게 전달해 결국 소포를 받았을 때 꾸러미 안에는 10년은 족히 먹을 만한 커피가 들어 있었다.

딜은 탱크 속에서 커피를 끓이는 대신 그 리셉션 데스크에 카페를 열기로 했다. 덕분에 엄선된 고객들은 바그다드에서 찾아볼 수 없는 콜롬비아산 커피나 브라질산 커피를 먹을 수 있게 되었다. 그 바그다드 카페는 래리 버리스 대위 휘하의 장교와 하사관들의 주된 모임 장소가 되었고, 딜 하사관이 커피를 끓이는 동안 나는 그곳에서 그 어떤 책에서 얻을 수 있는 것보다 전쟁에 대한 더 많은 비공식적 정보를 얻을 수 있었다.

미국의 탱크가 이라크의 그것보다 훨씬 우월하다는 건 자명했다. 하지만 군인들의 말에 따르면 이라크전에서 결정적인 역할을 한 것은 열 감지 야간투시 기술과 레이저 조준 기술이었다고 한다. 이러한 기술 덕분에 전쟁에서 신속하게 승리할 수 있었다는 얘기다. 한번은 나자프에서 한밤중에 이라크 공화국 수비대와 전투가 벌어졌는데, 이라크군에게는 아무것도 보이지 않았지만 미군의 컴퓨터 화면에는 모든 것이 대낮처럼 환하게 보여 몇 시간 만에 전투를 끝낼 수 있었다고 한다. 이는 상대편은 눈을 가리고 나는 두 눈을 시퍼렇게 뜬 채 컴퓨터 게임을 하는 것과 같은 상황이었다.

나는 군인들이 보통 적을 죽이는 것을 두고 뭐라고 표현하는지 잘 모른다. 하지만 이라크전의 경우에 그들은 "분홍색 연기로 사라졌다"고 표현했다. 에이브럼스 탱크와 브래들리 전차의 화력이 어찌나 센지 아주 먼 거리에 있는 적들도 증기로 사라지게 만들었기 때문이다. 무엇보다 조준이 매우 정확해 전자화된 포에 목표물이 잡히고 나면 밤이든 낮이든 이를 놓치는 법이 없었다. 그 뒤에 남는 것은 분홍색 연기뿐이었다.

모든 것이 제정신이 아닌 듯 돌아가는 세상에서 유일하게 제대로 돌아가는 것처럼 보이고 나도 제정신으로 있을 수 있는 장소는 바그다드 카페밖에 없었다. 이곳에서 우리는 좋은 추억을 많이 만들었다. 아마 다시는 그러한 동지애를 느끼지 못할 것이며 그런 커피도 절대 맛볼 수 없을 것이다.

커피를 마시며 나누는 수다는 한밤중까지 이어지기 일쑤였지만 다음 날 아침 해가 뜨면 모두들 어김없이 일어나 MRE로 간단히 아침을 때우고 길을 나섰다. 나는 대개 딜 하사관의 차를 얻어 타고 동물원으로 출근해 동물들을 먹여 살리는 일에 매달렸다.

하루하루가 견디기 어려웠다. 수로에서 물을 길어 오는 일은 몸도 힘들었지만 무엇보다 시간이 너무 많이 걸린다는 게 문제였다. 더욱이 여름이 오면 뜨거운 태양 아래 갈증에 타는 동물들에게 계속 물을 갖다 대기가 불가능할 것이었다. 그 어려움은 후샴이 공원 아래 묻혀 있던 도시의 주요 수도관에 파이프를 연결한 덕분에 약간이나마 해소되었다. 펌프질을 하지는 못했지만 작은 관에는 물이 충분히 고여 있었고 우리는 처음으로 깨끗한 물을 확보할 수 있었다. 하지만 하루라도 빨리 펌프가 돌아가도록 하는 것이 급했다. 나는 대부분의 시간을 펌프와 씨름하면서 보냈다.

이라크 국경을 넘어온 지 2주일도 지나지 않았건만 내게는 영원처럼 느껴졌다. 여전히 해야 할 일은 산더미였으나 그래도 한숨을 돌릴 정도는 되었다. 최소한 동물원이 돌아가기는 했으니까.

그즈음 동물원을 방문한 미군 장교가 부시 대통령이 "주요 적대 행위는 끝났다"는 발표를 했다고 알려주었다. 우리에게는 텔레비전이 없었기 때문에 그런 소식은 처음이었다. 그 장교는 신랄하게 말했다.

"누군가 사담과 이라크인들에게 이 사실을 전해야 할 것 같은데요. 그 사람들은 아직 이 소식을 접하지 못한 것 같아서요."

동물원에서 일하는 사람들의 삶은 열두 시간 단위로 돌아갔다. 그날 누가 일하러 나올 것인지, 누가 당나귀를 구하러 갈 것인지, 물은 충분히 구할 수 있는지, 좀 더 암울한 기준으로 보자면 그날 누군가가 다치거나 총을 맞지는 않았는지를 확인하는 게 전부였다. 그 이상의 미래를 보는 것은 불가능했다.

나는 아침마다 동물들을 둘러보며 부드러운 목소리로 모든 게 잘될 거라고 말해주었다. 우리가 먹을 것과 물을 가져다줄 것이며 모두 안전할 것이라고 달랬다. 더 이상 폭탄이 떨어지거나 총알이 쏟아지는 일은 없을 거고, 이제 너희들을 정말로 걱정해주는 사람들이 동물원을 책임지고 있다고 말이다.

조금 있으면 성년이 될 사자들은 조금씩 살이 올랐고 치타를 괴롭히던 옴도 조금씩 나아졌다. 모든 것이 회복 단계로 접어드는 징후를 보였다. 두려움에 떨며 시멘트처럼 단단한 땅에 구멍을 파고 들어가 나오지 않던 오소리도 가끔씩 구멍에서 나와 놀고는 했다. 시간이 흐르자 동물들은 나를 알아보았고 눈먼 새디아조차 내 목소리가 들리면 고개를 들어 내 쪽을 쳐다보았다. 그렇다고 내가 동물들과 신비로운 교감 같은 것을 나눴다는 의미는 아니다. 그저 엄청난 트라우마가 있던 동물들이 일상적인 생활, 보살림, 질서 같은 것에 익숙해지기 시작했다는 뜻이다.

바그다드에 와 지낸 지 셋째 주 되던 때, 그 주의 초에 시들릭 중위가 장갑차를 타고 우리 사무실에 찾아왔다.

"좋은 소식입니다."

순간 '사담이 잡혔나 보다'라는 생각이 퍼뜩 들었다. 그는 눈을 반짝이며 웃었다. 이라크에 파견된 미군은 모두 도주 중인 독재자 사담 후세인을 찾기 위해 눈을 번뜩이고 있었다. 사담을 잡았느냐는 내 질문에 그는 아니라고 대답했다. 그의 소식은 전투 관련 소식과 거리가 멀었다. 동물원 저쪽에 나 말고 또 한 사람의 동물 보호 운동가가 나타났다는 것이다.

나는 깜짝 놀랐다. 몇 킬로미터 떨어진 곳에 위치한 팔레스타인 호텔에 몰려든 기자들을 통해 우리 동물원이 처한 난국에 대한 보도가 나갔다는 소식은 듣고 있었다. 하지만 국제적으로 활동하는 동물 관련 단체와는 거의 연락이 없던 터였다. 바그다드 동물원의 동물들은 야생에 살지 않는다. 기후 온난화의 영향을 받는 북극곰만큼 매력적인 존재가 못 되기에, 당시 나는 이를 당연한 것으로 받아들이고 있었다.

나는 알 자와라 공원의 서쪽을 가로질러 갔다. 폭탄으로 산산조각 난 문은 몽땅 타버린 트럭으로 대강 메워져 있었다. 그 바깥에 노란색과 흰색으로 현란함을 자랑하는 쉐보레 세단이 서 있었다. 택시였다. 문이 열리자 방금 파리에서 도착한 듯 세련되고 잘 생긴 남자 하나가 노곤한 모습으로 차에서 나왔다.

그의 이름은 스테판 보그너로 야생동물 지원단체인 '와일드에

이드(WildAid)'에서 왔다고 했다. 그는 내 손을 잡고 따뜻하게 악수했다. 나는 그와 함께 택시를 타고 검문소를 지나 동물원 안까지 들어갔다.

택시가 동물원 입구로 막 들어서는데 택시 지붕 위로 탕탕 하는 사격 소리가 들려왔다. 그다지 심각한 수준은 아니었다. 바그다드에서 그 정도는 대수롭지 않았다. 나와 거의 동시에 고개를 숙인 스테판은 눈이 휘둥그레져서 나를 쳐다보았다. 대체 어디서 총소리가 나는 것인지 매우 궁금한 눈빛이었다.

"여기가 전쟁 중이란 말은 못 들었습니다."

그는 매우 놀란 눈치였다. 나는 호탕하게 웃었다. 바그다드에서 총소리, 폭탄 터지는 소리, 박격포 소리는 모두 음악 소리와 같았다. 전쟁 중에 듣는 종달새 소리라고나 할까.

"대부분 멀리서 나는 거예요. 곧 익숙해질 겁니다."

스테판은 택시 트렁크 안에 여러 가지 물건이 들어 있고 달러가 가득 들어 있는 지갑도 들고 왔다고 했다. 와우! 아슬아슬하던 차에 일용할 양식을 주다니, 어쩌나 고마운지 눈물이 핑 돌 지경이었다.

곧 알게 되었지만 스테판 보그너는 고된 일도 마다하지 않는 사람이었다. 그는 우리와 함께 동물 우리를 청소하며 자기 몫을 톡톡히 해냈다. 땀이 쉴 새 없이 줄줄 흐르는 날씨에 힘든 일을 하면서도 어쩌면 그렇게 한결같이 세련된 모습을 하고 있는지 정말 놀라웠다. 그는 '알 함라' 호텔에 묵기로 했다. 세계 각지에서 온 많은 기자들이 그곳에 묵고 있었는데, 그 호텔은 팔레스타인 호텔 주변의 특별히 요새화된 구역에 있었다. 나는 검문소를 하나씩 찾아가 스테판이 우리 팀의 일원임을 알렸다.

내가 처음으로 동물원을 보여주었을 때 그의 표정은 매우 인상적이었다.

"해야 할 일이 엄청 많네요." 그가 말했다.

"그나마 많이 정리한 게 이 정도입니다. 아직 갈 길이 멀지요. 전에는 더 끔찍했어요. 이렇게 와줘서 얼마나 기쁜지 모릅니다."

캐나다가 고향인 스테판은 캄보디아에서 진행되는 프로젝트를 위해 이스라엘에서 농업 전문가들을 모집하는 중이었다고 했다. 그런데 샌프란시스코에 본부를 둔 와일드에이드에서 황급히 바그다드로 가라는 긴급구호 메시지를 보냈다고 했다. 하지만 이스라엘을 떠나면서 사소한 문제 때문에 여정이 지체되고 말았다. 팔레스타인 택시 운전사에게 텔아비브의 하숙집에 있는 짐을 다른 곳으로 옮겨달라고 했던 것이 발단이었다. 하숙집 주인은 외국인이 묵던 방에 아랍인이 마음대로 들어와 물건을 택시에 싣는 것을 보고 이스라엘 보안경찰에 신고해버렸던 것이다. 몇 분 만에 스테판과 그 택시 운전사는 차가운 눈빛의 경찰들에게 둘러싸여 조사를 받는 입장이 되었다. 이스라엘은 폭탄을 몸에 두른 사람들이 항상 줄 서서 대기하고 있는 곳이라 스테판이 쉽게 빠져나올 상황이 못 되었다. 다음 목적지가 이라크라고 말해도 별다른 도움이 되지 않았다.

사실 스테판은 그런 일에 익숙했다. 와일드에이드의 비밀요원으로 이국적인 야생동물의 뒷거래를 조사하며 여러 번 곤경에 빠진 적이 있던 스테판은 그런 상황에서 어떻게 해야 하는지 잘 알고 있었다.

하지만 권위 같은 것을 존중할 줄 모르는 태도 때문에 전쟁터에서는 곤란을 겪기도 했다. 한번은 검문소에서 걸렸는데 보초가 스테판에게 통과 허가를 받으려면 조금 기다려야 한다며 무전을 치려고 했다. 그때 스테판이 그 젊은 병사에게 "무전기 나부랭이는 궁둥이 사이에나 꽂고 있으시지"라는 무례한 말을 내뱉었다. 분노한 병사는 그 일을 사령부에 보고했고 곧 알 라시드 호텔을 담당하고 있던 래리 버리스 대위의 귀에까지 들어갔다. 버리스 대위는 중위 하나를 대동하고 총알같이 우리 동물원으로 달려와 스테판을 찾았다. "그 캐나다 남자 어디 갔습니까?" 버리스 대위가 다짜고짜 내게 물었다.

"무슨 일인데요?"

"오늘 예절 교육 좀 시키려고요."

이렇게 말하는 버리스의 목소리는 냉정하고 위협적이었다.

"보초병한테 무전기 나부랭이는 궁둥이 사이에나 꽂고 있으라고 했다더군요. 누가 내 부하에게 그런 식으로 말한답니까? 어디 있어요, 그 사람?"

나는 모른다고 하며 이렇게 물었다.

"찾으면 어떻게 하시려고요?"

"다 생각이 있습니다."

굳은 얼굴로 버리스는 말했다.

"햇볕이 쨍쨍 쬐는 알 라시드 테니스 코트에 가둬버릴 겁니다."

나는 스테판을 찾아 버리스의 탱크로 데려가겠다고 약속했다. 그러면서 그 캐나다인을 위해 마지막으로 사정했다.

"듣고 보니 스테판이 정말 잘못했네요. 내가 꼭 사과하라고 하겠습니다. 하지만 저한테는 그 사람의 도움이 절실합니다. 하나라도 손이 아쉬운 판에 그 사람마저 갇혀버리면 내가 더 힘듭니다. 제발 코트 안에 가두지는 마십시오. 나뿐 아니라 동물들을 위해 그것만은 좀 봐주십시오."

버리스는 불같이 화가 난 상태였지만 천성이 좋은 사람인지라 내 말에 조금 누그러진 듯했다. 그는 우리 상황이 얼마나 절박한지 잘 알고 있기도 했다.

"알겠습니다. 하지만 그 사람 절대 내 근처에 얼씬도 못 하게 하십시오. 만약 검문소에 접근하기라도 하면, 온몸을 이 잡듯이 수색해서 하루 종일 거기 서 있게 할 겁니다. 병사들이 먼저 나서서 두들겨 패지 않는다면 말입니다."

그날 스테판을 만난 나는 버리스와 제3보병사단이 벼르고 있다는 말을 전했다.

"지금부터 검문소를 지날 때는 위험을 감수해야 합니다. 더는 병사들을 화나게 하지 마세요. 그리고 그 검문소를 찾아가 사과하십시오."

고맙게도 그는 검문소로 가 사과하고 돌아왔고, 나는 안도의 숨을 내쉬었다. 우리는 버리스와 그 병사들의 도움이나 선처 없이는 바그다드에서 살아남을 수 없었다. 그들은 우리에게 숙박, 음식, 물, 안전을 제공해주었고 우리가 하는 일에도 관심을 기울여주었다. 그들을 화나게 한다면 우리의 목표는 완전히 좌절되거나 위태로워질 수밖에 없었다.

또 하루는 스테판이 현지인의 충고에도 불구하고 바그다드 거리에서 파는 햄버거를 사 먹었다. 그런 의심스러운 음식을 사 먹는 데에는 그야말로 큰 용기가 필요한데, 스테판은 곧 식중독으로 인사불성이 되어 뻗어버렸다. 다행히 그의 옆에 있던 택시 기사 무함마드 알리가 잽싸게 군 병원으로 그를 데려가 응급치료를 받게 했다.

이라크 특공대 출신인 알리는 제1차 걸프전 당시 최전선에서 싸운 사람이었다. 알리는 스테판을 병원에 데려간 다음 곧 알 함라 호텔로 돌아와 스테판이 퇴원할 때까지 그의 돈과 사진기를 지켜주었다. 이러한 알리의 사람됨이 알려지면서 그는 우리 동물원에 없어서는 안 될 일원이 되었다. 바그다드를 자기 집 안마당처럼 파악하고 있는 그 우람한 체격의 남자는 바그다드와 요르단의 국경 지역을 오가는 택시 운전사로 일했다. 이라크와 요르단 양쪽에 아는 사람이 어찌나 많은지 바그다드에서는 도저히 구할 수 없는 식품이나 물품이 그의 손을 통해 건너오는 일도 허다했다. 동물원에는 큰 도움이었다. 우리는 곧 알리가 구할 수 없는 것은 이라크 내의 어느 누구도 구할 수 없다고 생각하게 되었다. 하지만 그러한 알리조차 내가 가장 절실히 원하는 펌프를 구해주지는 못했다.

어느 날 밤, 병사들과 함께 호텔에서 죽을 만큼 독한 커피를 마시다가 지나가는 말로 동물원의 펌프를 돌리려면 강력한 배터리가 필요하다는 말을 내뱉었다. 그러자 그때까지 한 번도 얼굴을 본 적 없는, 팔에 하사관을 의미하는 줄무늬가 있는 군복을 입은 한 남자가 고개를 끄덕였다.

"동물원에서 오신 분, 맞죠?"

그가 질질 끄는 남부 사투리로 말했다. 나는 그렇다고 했다.

"내 험비에 여분의 배터리가 두 개 있는데 필요하시면 빌려드릴 수 있습니다."

이런 횡재를 하다니! 다음 날, 우리가 공식적으로 요청한 것도 아닌데 병사들이 나서서 동물원에 배터리를 설치해주었다. 후샴 은 곧바로 고장 난 기계들에서 이것저것 부품을 떼어 와 맞추기 시작했다. 며칠 후 후샴은 다 되었다고 알렸다. 하나만 빼고 말이 다. 배터리에 시동을 걸 다이나모가 필요했다. 다이나모 없이는 지금까지 만들어놓은 게 무용지물이었다. 다시 한번 우리는 엄청 난 현실의 벽에 부딪혔다.

그런데 다음 날, 기적 같은 일이 또 벌어졌다. 동물들의 먹이를 구하기 위해 장물을 파는 거리로 나선 후샴이 그렇게도 간절히 소원하던 다이나모를 발견한 것이다. 그것을 처음 본 순간 그는 자기 눈을 믿을 수 없었다고 했다. 눈앞에 있는 게 정말 다이나모 인지 믿기지 않아 그저 눈만 끔벅끔벅했단다. 하지만 그것은 결 코 신기루가 아니었다. 약탈한 나이키 운동화와 라이방 선글라스 사이에 그 어떤 물건보다 값진 다이나모가 떡하니 버티고 있었다. 거기에다 우리에게 딱 필요한 크기였다. 어쩌면 그 다이나모는 동 물원에서 도둑맞은 것인지도 몰랐다. 그게 사실이라 해도 상관없었다. 후샴은 돈을 지불하고 펌프를 완성하기 위해 그 물건을 구해 왔다.

그가 시작 버튼을 누르자 배터리에서 불꽃이 튀었고 모터가 몇 번인가 지글지글 소리를 내더니 엄청나게 쿨럭거리며 작동하기 시작했다. 몇 분 지나자 물 몇 방울이 파이프 관을 타고 나왔다. 이어 작은 시내처럼 흐르다가 마침내 목마른 낙타처럼 수로에서 물을 빨아들여 열심히 뱉어내기 시작했다.

갑자기 여기저기에서 물줄기가 치솟았다. 스프링클러도 되살아나 햇볕에 익어버린 토양에 물을 뿜었다. 도관 근처에 있던 사람들은 뼛속까지 젖어버렸다. 수로까지 이어지는 도관 위로 탱크나 장갑차가 무수히 지나간 탓에 도관에 구멍이 생겼기 때문이다. 마치 큐 사인이라도 받은 듯 모두들 물세례를 받으며 소리쳤다. 그리고 환한 미소를 짓고 있는 후샴에게 박수를 보냈다.

우리는 동물들에게도 물을 뿌려주었다. 특히 거칠어진 털옷을 입고 있는 곰과 더위를 많이 타는 벵골호랑이들에게 물을 흠뻑 뿌려주었다. 동물들은 오랫동안 시원하게 샤워하면서 켜켜이 묵은 때와 먼지를 털어냈다. 동물들은 물세례를 받자 털 색깔까지 달라져 검정색이던 곰은 밤색으로 돌아왔고 갈색이던 호랑이는 오렌지색과 금색이 되었다. 바그다드 동물원 사람들에게 동물들의 그 환희에 찬 표정은 하늘이 내려준 선물이나 다름없었다.

추가 인력이 생기자 열두 시간 그 이후의 일에 대해서도 계획을 세울 수 있게 되었다. 이제 기본적인 행정 업무도 처리할 수 있을 것 같았다.

사실 늘 내 머릿속을 떠나지 않는 문제가 있었다. 이라크인 직원들에게 정기적으로 배급을 해주고 있었음에도 동물들에게 돌아갈 먹이가 중간에 사라지는 일이 발생하곤 했던 것이다. 물론 이해할 만했지만 그냥 묵과할 수 없는 문제였다. 스테판과 나는 식사를 준비해 직원들이 적어도 하루에 한 번은 동물원에서 식사할 수 있게 했다. 우리의 주된 목적이 동물을 살리는 것이기는 했지만 직원들, 즉 사람을 우선한다는 것을 그들에게 보여줄 필요가 있었다. 이것은 당연한 일이었지만 이라크에서는 만성적인 불안이 쉽게 사라지지 않았다.

또한 스테판은 와일드에이드를 통해 동물원 직원들이 일인당 10달러의 월급을 받을 수 있도록 주선해주었다. 별것 아닌 액수로 들리겠지만 아델이나 후샴 같은 전문가도 한 달에 30~40달러의 벌이를 하는 바그다드에서 그 돈은 결코 적은 금액이 아니었다. 나는 스테판에게 아직 궁전의 우리에 있는 우다이의 사자들에게 먹이를 주는 일도 부탁했다. 스테판은 기꺼이 내 부탁을 들어주었고 나는 브루투스, 헤더, 제나에게 특별한 관심을 보여준 특수부대 군인들에게 그를 소개했다. 이로써 나는 또 하나의 힘든 일에서 해방될 수 있었다. 스테판은 팀의 일원으로서 제 역할을 아주 잘해주었고 어려운 시기에 큰 힘이 되었다.

좋은 소식도 들려왔다. 연합군 본부에서 후세인 일가가 축적해놓은 수십억 달러를 이라크 국민에게 나눠주기로 결정해 모든 국민이 곧 일인당 20달러씩을 받게 된다는 것이었다. 20달러는 시민들의 한 달 봉급에 해당하는 액수였다. 섬너의 노력으로 동물원 직원들이 그 선물을 가장 먼저 받을 수 있었다. 언론에서 그 일을 취재하기 위해 지금 담당자와 함께 방문할 것이라는 소식이 들렸고, 보너스를 받는 그날 아침 우리는 최대한 단장하느라 미친 듯이 뛰어다녔다.

불행히도 우리의 푸줏간 주인 카짐은 먼저 자축하는 바람에 술에 거나하게 취해 비틀거리며 동물원으로 들어왔다. 이슬람교도가 그렇게 취한 모습을 보이는 것은 드물었다. 고래고래 소리를 지르고 노래까지 부르면서 휘적휘적 걸어오는 카짐에게 사람들의 시선이 쏠렸다. 그런데 무슨 일인지 그는 입고 있던 기다란 옷을 갑자기 머리에 뒤집어썼다. 카짐은 그 옷 아래에 아무것도 입고 있지 않았는데, 이 돌발 행동으로 카메라맨을 포함한 모든 사람은 카짐이 켈트족의 후손일 수도 있겠다는 생각을 했다고 한다 (스코틀랜드의 전통 의상 '킬트'를 입을 때는 속옷을 입지 않는다고 하는데, 그 점을 떠올리며 하는 말—옮긴이).

설상가상으로 그는 옷이 머리에 걸려 아무것도 볼 수 없었다. 그러자 그는 무언극에 나오는 광대처럼 거의 벌거벗은 상태에서 이리저리 휘젓고 다녔다. 아델이 카짐을 데리고 사람들이 없는 곳으로 데려갈 때까지, 사람들은 즐거운 한때를 보낼 수 있었다.

연합군 본부는 공공서비스를 되도록 빠른 시일 안에 정상 가동하려는 욕심에 동물원 직원을 포함한 시의 모든 직원들에게 가급적 빨리 월급을 주겠다고 발표했다. 덕분에 동물원 직원들 대부분이 동물원으로 돌아왔다. 그중에는 영어라고는 "내 이름은 살만입니다. 나는 호랑이, 사자와 30년간 일을 했어요" 밖에 하지 못

하는 나이 지긋하고 심성 착한 살만도 있었다. 그는 외국인만 보면 이 말을 반복했는데 나는 하루에도 스무 번씩 그 소리를 들어야 했다.

솔직히 살만은 동물에 대해 잘 알지 못했다. 나는 어떻게 그가 그토록 오랫동안 동물원에 남아 있을 수 있었는지 의아했다. 어느 날 나는 그가 아무렇지도 않게 사자 우리 안에 들어가 뭔가를 집어 올리는 모습을 보았다. 그러자 40미터쯤 떨어진 곳에 있던 사자 두 마리가 곧바로 그의 뒤에서 달려들었다. 나는 비명을 지르며 그에게 나오라고 소리쳤지만 그는 내 말을 듣지 못했다. 나는 그쪽으로 뛰어가며 나이 들고 귀까지 먹은 데다 제정신이 아닌 동물원 직원의 평균 수명은 얼마나 될까 하는 생각을 했다. 사자들이 야생에서 사냥할 때처럼 귀를 납작하게 하고 뒤에서 달려드는 와중에도 그는 느긋하게 걸어서 우리 밖으로 나왔다. 그런 다음 아주 천천히 우리 문을 잠갔다. 한발만 늦었어도 큰일 날 상황이었는데, 그는 자기 등 뒤에서 벌어진 일을 까마득히 모르고 있었다.

나는 즉시 그의 담당 업무를 사자들과 최대한 멀리 떨어져 하는 일로 바꾸었다. 그래도 그는 가끔씩 사자 우리 안으로 들어가 무언가를 집고는 했는데, 아직 사자 먹이가 되지 않았다면 오늘도 그 짓을 반복하고 있을 것이다.

동물원의 거의 모든 직원이 출근했지만 그럼에도 신선한 고기를 찾는 일은 여전히 괴롭고 힘들었다. 때로는 당나귀를 사기 위해 사막을 횡단해야 하는 날도 있었다. 궁전의 사자들까지 합세

한 지금은 하루에 두 마리 정도의 당나귀가 필요했다. 부담이 늘자 또 다른 문제가 부각되었다. 운송수단이 필요했던 것이다. 운송수단을 마련하지 못하면 동물들은 굶을 수밖에 없었다. 나는 인도주의적재건지원처의 총책임자인 패트 케네디에게 차를 한 대만 달라고 부탁했다. 하지만 그는 모든 차량은 전쟁에 동원되어야 한다며 거절했다. 나는 하루에도 수없이 바그다드 거리에 버려지는 차량들을 가리켰다. 그는 믿을 수 없다는 표정으로 나를 보며 "저런 차라도 괜찮다는 말씀이십니까?"라고 물었다.

"그럼요."

다음 날 우리는 고물 자동차 두 대를 얻을 수 있었다. 두 대 모두 망가질 대로 망가졌지만 엔진은 돌아갔다. 동물원의 살림살이는 그렇게 점점 나아지고 있었다.

당시 다른 모든 것들을 구할 때와 마찬가지로 연료를 구하려면 머리를 써야 했다. 우리는 알 자와라 공원 끝에 있는 기름 저장소까지 차를 몰고 가 동물원에서 왔는데 기름이 필요하다고 말하고는 했다. 원래는 인가를 받았다는 승인서를 보여줘야 했지만 우리에게 그런 게 있을 리 없었다. 저장소 병사들은 주변을 둘러본 뒤 지켜보는 사람이 없다는 것을 확인한 후 기름을 가득 채워주었다. 승인을 받지 않은 차량에 기름을 주었다가는 나중에 입장이 곤란해질 수도 있지만 그 위험을 무릅쓰고 기름을 넣어준 것이다. 우리가 고맙다고 인사라도 하면 그들은 "동물원에서 오셨잖아요. 그 기름은 동물들을 위한 겁니다"라고 말했다.

잠을 못 이룰 만큼 고통스러울 때도, 사는 게 죽는 것보다 힘들다고 느낄 때도 나는 그런 병사들 덕분에 계속 살아갈 수 있었다. 인간이 저지른 전쟁 때문에 상처 입은 동물들을 동정하며 도와주려 애썼던 보통 사람들 덕분에 나는 포기하지 않을 수 있었다.

그 누구보다 강한 인상을 남긴 사람은 어느 날 오후 트럭을 몰고 동물원에 찾아와 나를 찾던 한 병사였다. 내가 밖으로 나오자 "남아공에서 오신 분 맞나요?"라고 물었다. 나는 고개를 끄덕였다. "저 잠깐 볼일 좀 봐야겠습니다. 저기 저쪽에서요"라고 하며 그는 유칼립투스를 가리켰다.

"여기 도착했을 때 제 트럭에는 아무것도 없었습니다. 제가 갈 때도 아무것도 없었으면 합니다. 한번 봐주세요."

나는 대체 무슨 말인가 싶어 그를 쳐다보았다. 그는 슬금슬금 트럭 쪽을 가리키더니 바지 지퍼를 내리며 저쪽으로 사라졌다. 트럭에는 아직 포장도 벗기지 않은 새 발전기가 있었다. 우리가 음식이나 가스, 금보다 더 간절히 바라던 발전기가 말이다. 나는 직원들을 불러 발전기를 트럭에서 내렸다. 무게가 엄청났지만 아주 신이 난 우리는 전함이라도 들어 올릴 수 있을 것 같았다. 그 발전기만 있으면 냉동도 가능하고 사무실 근처에 필요한 보안등도 켤 수 있을 터였다. 볼일을 마친 병사가 트럭으로 돌아와 운전석에 올라앉았다.

"처음 오셨을 때처럼 트럭에는 아무것도 없습니다."

나는 그에게 말했다.

"고맙습니다. 정말 고맙습니다."

그는 고개를 끄덕이며 사라졌다. 그는 생면부지의 병사였고 그 이후로도 다시는 만나지 못했다. 아, 아직도 그날 생각을 하면 좋아서 소름이 돋는다. 그날 오후 나는 용병 일을 하고 있던 남아공 사람들에게 드디어 발전기가 생겼으니 이제 필요한 것은 냉장고라고 말했다. 다음 날 그들은 SUV 뒷좌석에 새 냉장고 두 대를 싣고 나타났다.

"이게 어디서 난 거예요?" 나는 눈이 휘둥그레져서 물었다.

"우리가 사담의 거처에서 해방시켜줬죠, 뭐."

제레미라는 용병이 대답했다. 앞으로 남은 먹이를 썩히는 일은 없을 것이었다. 얼마나 기쁜지 형용할 길이 없었다.

연합군 본부의 주도 하에 이루어지는 재건작업과 관련해 민간인들이 들어오고 있었고, 그들을 보호하기 위해 수십 명의 전문 경호원들 또한 이라크로 들어오고 있었다. 엄청난 수익이 따르는 직업이었다. 바그다드 재건작업 대부분이 외국인에 대해 극도로 적대적인 지역에서 진행되고 있었는데, 이들 민간인을 보호해줄 병력이 없어 경호원들이 절실했다. 언론에서는 제레미처럼 연합군과 계약을 맺은 총잡이들을 '용병'이라 불렀다. 하지만 제레미와 그 팀은 스스로를 '전문 경호원'이라 불렀고 가장 좋아했던 표현은 '전사'였다.

남아공에서 온 이들도 있었다. 주로 남아공 특전단(Reconnaissance Commandos)에서 온 사람들이었다. 그들은 모험을 즐겼고, 진정한 친구라고 생각하는 사람을 위해서는 물불을 가리지 않고 무엇이든 다 해주고 싶어 했다. 나는 운 좋게도 그들을 내 편으로 두는 행운을 누릴 수 있었다. 여러 전투에서 함께 목숨을 걸고 싸운 그들은 누구보다 끈끈한 우정을 자랑하는 전우들이었다. 그들은 이방인을 쉽게 자기편으로 받아들이지 않는 경향이 있었지만, 우리가 어려운 상황에도 불구하고 동물을 위해 열심히 일하는 점을 높이 샀다. 어느 날 제레미가 내 어깨에 팔을 두르며 동료에게 "여기 좀 봐봐! 이 사람이 바로 동물원의 로렌스야. 나랑은 배다른 형제지!"라고 외쳤다. 그 말은 내가 그들에게 받아들여졌다는 것을 의미했다. 이후로 나는 그들로부터 마음에서 우러나는 도움을 받을 수 있었다.

그들은 매일 동물원을 지나가며 우리가 잘 있는지 확인했고 몇 시간씩 머물다가 가고는 했다. 이들이 없었다면 약탈꾼들이 더욱 활개를 쳤을 것이다. 어느 날 제레미는 약탈꾼 몇 명을 죽여주겠다는 제안까지 했다. 약탈꾼들에게 잊지 못할 교훈을 가르쳐주겠다는 것이었다.

"그 방법밖에 없어요. 몇 명만 본보기 삼아 죽이면 바로 소문이 퍼질 겁니다. 그러면 골칫거리 하나가 단박에 해결되는 거예요."

그는 진담이었다. 나는 정중히 거절했다. 그러자 그는 "그럼 이제부터 문제가 생겨도 불평하지 말아요"라고 말했다. 하지만 내게 위성전화 번호를 알려주며 혹시 동물원에 문제가 생기면 언제든 연락을 달라고 했다.

나는 아델과 후샴을 통해 "용병들이 동물원을 지키고 있다"는 소문이 거리에 퍼지도록 했다. 그 터프한 용사들은 우리 동물원을 위해 문제아들을 쫓아내는 허수아비 역할을 해주었다. 야구모자를 뒤집어쓴 그들은 여러 개의 총탄 벨트를 차고 자신들이 좋아하는 럭비팀의 로고가 새겨진 티셔츠와 딱 달라붙는 검은색 반바지를 입고 맨발에 운동화를 신고 다녔다. 그야말로 거친 사나이 냄새를 팍팍 풍기고 다녔던 것이다.

그중에서도 제레미는 가장 튀고 재미있는 사내였다. 나는 수개월간 그와 대화를 나눴는데 주로 초저녁에 동물원에서 이야기하는 경우가 많았다. 그는 전사로서의 삶이 그의 가장 큰 소명이라고 생각했으며 보통 사람들의 활력 없고 김빠진 삶을 경멸했다.

"그 사람들은 산송장이나 마찬가지예요. 사람들 사는 것 좀 봐요. 지겨운 직장에, 지겨운 인생, 지겨운 마누라뿐이죠. 그렇게 사느니 차라리 죽는 게 낫지."

그는 철저히 윤회를 믿고 있었다.

"난 1만 년간 전사의 삶을 살았습니다. 항상 전장에서 목숨을 잃었죠. 이번 생도 다르지 않을 겁니다."

그들에게 바그다드는 어떠한 규칙도 적용되지 않는 전쟁터였다. 밤이면 그들에게 기밀 임무를 맡기기 위해 특수부대 군인들이 찾아왔다. 그러면 그들은 '장비'를 갖추고 길을 나섰다. 장비란 티셔츠와 반바지, 야구모자 그리고 맨발에 운동화를 의미한다. 이와 대조적으로 특수군은 항상 전투복을 완벽하게 갖춰 입은 채 티끌 하나 없이 말끔한 복장을 하고 있었다.

이 두 그룹은 서로에 대한 애정이 손톱만큼도 없었다. 특수부대의 병사들은 용병을 경멸했고 용병은 특수부대의 영문약자 SF(Special Forces)가 'Sick Fuck(제기랄)'의 약자라며 노골적으로 무시했다. 용병들은 항상 시간을 잘 지키는 특수부대의 병사들을 기다리게 하는 걸 즐겼다.

어느 날 나는 나설 채비를 하는 용병들과 함께 방에 있었다.

"내 똑똑이 어디 있지?" 작달막하고 다부진 몸집의 전사 브라드가 짜증을 내며 물었다.

"제기랄, 내 똑똑이 어디로 간 거야?"

"침대 뒤에."

제레미가 아무렇지도 않게 대답했다.

"내가 아까 거기로 차버렸어."

브라드는 침대와 벽 사이로 상체를 숙이더니 미소를 지으며 똑똑이를 들어 올렸다. 그것은 총신이 짧은 산탄총이었는데 총구가 바나나만 했다. 브라드는 잠긴 문이 있으면 그걸로 자물쇠를 부수고 들어갔다. 그것이 바로 브라드가 문을 '똑똑' 하고 노크하는 방법이었던 것이다.

그들은 별종이었지만 우리 동물원에는 커다란 도움이 되었다. 전쟁터에 있을 때는 가장 터프하면서도 용감한 전사들을 자기편으로 두고 싶은 법이다.

이제 냉장고까지 갖췄으니 나는 보안을 강화할 계획을 하나 더 세웠다. 용병들이 최대한 도와주기는 했지만 여전히 도시를 휘젓고 다니며 나쁜 짓을 하고 도망가는 무리가 많아 병사들을 상주시킬 필요가 있었다. 동물원 주변 군 순찰을 좀 더 강화하려고 해봤지만 허사였다. 빵빵하게 돌아가는 냉장고 두 대를 갖춘 이후 나는 꾀를 썼다. 우리 동물원에 얼린 생수가 엄청 많다는 소문을 퍼뜨렸던 것이다.

효과는 단박에 나타났다. 험비와 탱크, 장갑차를 타고 몰려든 군인들은 그날 배급받은 뜨끈한 물병을 건네주고 대신 바그다드에서 그 어떤 것보다 귀한, 얼음처럼 차가운 물병을 받았다. 그렇게 바글거리는 군인들을 그 나쁜 무리들이 못 볼 리 없었다. 내 계획은 멋지게 맞아떨어졌다.

와일드에이드의 뒤를 이어 국제야생동물보호기구(CWI, Care for the Wild International)도 우리에게 관심을 보였다. 그 기구의 바버라 마스 국장은 영국에서 내게 전화를 걸어 동물원에 필요한 게 없는지 물었다. 나는 즉각 고기와 야채 그리고 가장 중요한 다트총 등의 목록을 들이댔다.

열흘쯤 지났을 때, 절실히 필요했던 구호물품을 들고 군 호송대의 엄호를 받으며 바버라가 나타났다. 하지만 다트총은 쿠웨이트 세관에서 위험한 무기로 분류돼 압수당했다고 했다. 그 말을 들은 바그다드 사람들은 실소를 금하지 못했다. 갱스터 영화처럼 총탄이 난무하는 이 거리에 다트총이 위험하다니 얼마나 우스운 노릇인가. 다트총을 진정제 대량 살포 무기로 간주한 모양이었다. 하지만 바버라가 식량을 가지고 나타난 것은 그야말로 천우신조였다. 바버라는 이라크에 직접 들어올 만큼 대단한 용기를 가지고 있는 사람이었다.

모든 것이 파괴된 동물원에서 1분 1초가 절박했던 우리는 휴일도 없이 일주일 내내 매일 열두 시간씩 일했다. 그 끔찍한 상황을 그저 '비상사태' 정도로나마 만들고자 하는 간절한 소망은 한낱 망상에 불과했고 우리에게 휴식은 그림의 떡이었다. 아니, 우리의 목적은 거의 달성이 불가능한 것처럼 보였다. 거기에다 또 다른 문제까지 겹쳐졌다. 루나 공원 문제였다.

09
지구 최악의 동물원

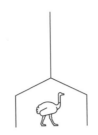

우리는 서로를 노려보았다. 둘 다 땀을 비 오듯 흘리고 있었다. 사막에서 불어오는 찌는 열기 때문만은 아니었다. 나는 상체를 숙여 앞으로 내민 발 쪽으로 체중을 실었고 뼈마디가 하얗게 보일 만큼 주먹을 불끈 쥐고 있었다.

"여기는 사유지요."

그가 씩씩거리며 아랍어로 지껄였다.

"당신은 여기 들어올 권리가 없소."

옆에서 통역이 영어로 말해주고 있었다. 나는 한 발짝 더 앞으로 나아갔지만 그는 물러서지 않았다.

"당신이 이 끔찍한 곳의 주인이오?"

내가 물었다. 통역이 영어로 대답했다.

"내가 이 공원의 주인이오. 당신은 여기서 대체 뭘 하고 있는 거요?"

"이 공원 문을 닫으러 왔소."

"왜?"

"이곳이 지구상에서 가장 끔찍한 곳이기 때문이오!"

나는 거의 소리를 지르고 있었다. 주먹다짐이 벌어질 것이라 기대했는지 TV 방송 카메라맨들이 우리 쪽으로 몰려들었다. 나는 내 앞에 서 있는 이라크 남자에게서 눈을 떼지 않은 채 그들 쪽을 가리켰다.

"카메라 보이쇼? 당신은 동물을 학대하는 최악의 인간으로 전 세계에 알려져버렸소."

그는 적의를 드러내며 나를 노려보았다.

"이 동물원의 문을 닫아버릴 겁니다."

나는 재차 말했다. 그런 뒤 단어를 신중하게 선택해 통역이 혹시 실수하거나 오해하는 일이 없도록 말을 이었다.

"동물 관리에 대한 국제 기준을 준수할 때만 다시 문을 열 수 있을 것이오. 다시 말해 동물들을 어떻게 돌봐야 하는지 제대로 알게 되었을 때나 문을 열 수 있을 거란 말입니다!"

"우리에게는 수의사도 있소."

"그럼 그 사람을 여기 데려와보시오."

"내가 왜 그렇게까지 해야 하오?"

"여기 있는 사람들 모두 그 사람을 보고 직접 확인하기를 원하기 때문이오. 그 사람이 자격이 있는지 전 세계가 보아야 하기 때문입니다."

그러자 그는 획 뒤돌아 저벅저벅 걸어갔다.

"어디 갑니까? 이리 와요!"

나는 등 뒤에 대고 고래고래 소리를 질렀다. 그러자 뜻밖에도 그는 가던 걸음을 멈추고 돌아섰다.

"영어를 알아들으시는군. 이리 와요. 동물들은 당신과 싸우지 못하지만 난 싸울 수 있소."

그는 나를 쳐다보더니 양어깨까지 들썩이며 냉소를 보냈다. 나는 완전히 뚜껑이 열렸다. "어쭈!" 나는 완전히 이성을 잃고 그의 뒤를 쫓아가며 이렇게 외쳤다.

"내 오늘 네놈을 두들겨 패서 아주 못 일어나게 해주지."

그러자 섬녀가 내 팔을 꽉 붙들고 말했다.

"관둬요, 로렌스. 내버려둬요. 저 인간은 이제 끝났습니다!"

나는 화가 나서 섬녀에게 이렇게 소리쳤다.

"동물들을 다 꺼내고 여길 불도저로 밀어버려야 합니다. 안 그러면 저놈들은 다른 동물을 사다가 또 이런 짓을 할 겁니다."

섬녀는 고개를 끄덕였고 병사들 중에는 박수를 치는 이들도 있었다.

"말려줘서 고맙습니다."

나는 나중에 섬녀에게 이렇게 말했다.

"그놈을 붙잡아 팼다면 내 기분은 풀렸을 테지만 아마 일이 더 어렵게 꼬였겠죠."

섬녀는 야릇한 표정으로 나를 쳐다보았다.

"그토록 크게 화를 낼 수 있는 분인 줄은 몰랐어요."

"나도 몰랐습니다."

그때 우리가 찾아간 현장은 끔찍하고도 야만적이었다. 나는 바그다드에 악질들이 운영하는 그런 동물원이 여럿 있다는 것을 익히 들어 알고 있었다. 그중에서도 바그다드 서쪽에 있는 곳이 특히 지독하다는 말을 들은 터였다. 심각한 사안이기는 했지만 바그다드 동물원의 일만 해도 코가 석 자라 다른 일에는 신경 쓸 여유가 없었던 게 사실이었다.

그런데 동물들의 비참한 실상에 대한 보고서가 날아들기 시작했다. 일부는 이라크인들이 보내는 것이었고, 일부는 지옥 같은 동물원을 목격한 뒤 동물들의 처참한 상황에 충격을 받은 미국인들이 보내는 것이었다. 더 이상 가만히 있을 수가 없었다.

우선 섬녀와 나는 사담의 궁전에 자리 잡고 있는 군 법무부를 찾아가 점령 지역의 민간 동물원을 폐쇄하는 것이 법적으로 하자가 있는지 자문을 구했다. 군 변호사들은 그런 일은 전례가 없어 잘 모르겠다며 동물 학대에 대한 내용을 이라크 법전에서 뒤져보기 시작했다. 법전에는 그저 모호하게 동물을 학대해서는 안 된다고만 적혀 있었다. 인권조차 도덕적 기준을 충족시키지 못했던 사담의 폭정 아래 동물들의 권리가 지켜질 리 없었다. 동물들의 권리는 아예 고려 대상도 되지 못했을 것이 뻔했다. 하지만 해당 국가의 법이 모호한 경우에는 우리 나름대로 해석하면 되었기 때문에 우리에게 유리할 수도 있다고 그들은 말했다. 그들은 모두 미국에서 운영하고 있는 동물원을 기준으로 비교해야 한다고 했다. 즉, 미국에서 운영할 수 없는 수준의 동물원이라면 충분히 폐쇄시킬 수 있다는 것이었다.

그 동물원의 이름은 '루나 공원'이었다. 전쟁 발발 전에도, 동물이 생동감 있게 보이도록 하기 위해 하이에나를 포크로 찌르고 관람객에게 곰이나 원숭이에게 껌, 초콜릿을 던져주라고 권하는 곳이라고 보도된 적이 있었다. 그뿐 아니라 동물을 거래하는 암시장에서 중간상 역할을 하고 있다는 소문도 나돌았다.

루나 공원은 전쟁이 끝날 줄 모르는 레드존 깊숙한 곳에 자리 잡고 있었다. 그 지역을 붉은색, 즉 레드라고 부르는 이유는 병사들이 언제 있을지 모를 전투에 대비해 항상 무기의 안전장치를 해제하고 있어야 했기 때문이다. 섬녀는 그 공원을 습격했다가 자칫하면 심각한 결과가 초래될지도 모른다고 우려하고 있었다. 섬녀는 군인 열두 명과 험비 네 대로 우리를 엄호하게 했다. 서양인만 보이면 총을 쏴대는 게릴라가 사방에 널려 있었지만 그러한 위험에도 우리를 엄호해주겠다는 자원자를 찾기는 어렵지 않았다.

'노아의 방주' 식구를 늘리는 그 작전에서 안전을 책임진 섬녀의 역할에 따라 생사가 달라질 수도 있었다. 섬녀는 누구의 눈에도 띄지 않게 준비를 잘해 겉보기에는 그 습격작전에 얼마나 많은 땀과 노력이 들어갔는지 아무도 알아챌 수 없었다. 이라크에서 가장 혼란스러운 지역으로 무장도 하지 않은 민간인들을 이끌고 들어가는 마당에 엄호해줄 병사는 열두 명밖에 없었다. 그는 효율적으로 일하는 사람이자 단호하면서도 상황을 잘 수습할 줄 아는 지휘관의 전형이었다. 물론 그는 그 위험한 임무를 수행하다 일이 잘못되면 인명손실이 발생할 수 있다는 것을 염두에 두고 있었다.

출발하기에 앞서 우리는 약탈꾼들이 너무 무거워 차마 훔쳐 가지 못한 동물 수송용 우리를 실었다. 동물들을 현장에서 체크하고 검진하기 위해 아델과 후샴도 따라나섰다. 스테판 보그너, 바버라 마스 그리고 언론 취재진과 텔레비전 제작팀의 일부도 동행했다.

우리는 루나 공원의 주인이 눈치채지 못하도록 바그다드의 남부 지역을 멀리 에둘러 가는 길을 택했다. 우리는 예의차 들르려는 게 아니라 기습 공격을 하려는 것이었다. 팔레스타인 거리에 위치한 현장에 도착하기까지 한 시간이 걸렸다. 광활한 사바나를 신나게 뛰어다니는 동물들의 모습이 그려진 정문을 지나 안으로 쳐들어갔다. 퇴로를 차단하기 위해 험비를 들이밀자 아치로 된 통로 양옆으로 두꺼운 판지 위에 그려진 미키 마우스 그림이 보였다. 하지만 그곳은 결코 사막의 디즈니 월드가 아니었다.

우리가 처음으로 마주친 우리에는 커다란 곰이 있었다. 곰은 사방 2미터 정도 되는 좁은 우리 안에 끼다시피 해서 앉아 있었다. 우리의 창살에 얼마나 비벼댔는지 머리는 대머리가 다 돼 있었다. 우리 밖에 놓여 있는 그릇을 통해서만 물을 먹을 수 있었는데, 그 물을 먹으려면 앞발을 구겨 쇠창살 사이로 내밀어 물을 튕겨서 먹는 수밖에 없을 것 같았다. 그나마 그릇은 바싹 말라 있었다. 마른 정도가 아니라 더러운 먼지가 더께로 쌓여 있었다. 대체 마지막으로 먹이를 먹고 물을 마신 게 언제쯤이었던 것일까? 그 곰은 그런 지옥 같은 우리 안에서 5년을 갇혀 지냈다.

가까이 있던 찐득찐득한 초록색 연못에는 수컷 고니 한 마리가 잡동사니 덩어리처럼 떠 있었다. 바로 옆에는 숨이 끊어진 암컷이 녹조로 끈적이는 더러운 물속에 머리를 처박고 있었다. 마치 꺾인 풀 줄기처럼 보였다. 고니는 한 번 짝을 지으면 그 짝과 평생을 함께 산다. 수컷 고니는 지난 며칠간 죽은 암컷을 살리기 위해 애썼던 것이 틀림없다.

좀 더 떨어진 곳에는 사막의 열기 속에 펠리컨 한 마리가 묶여 그 좋아하는 물에도 갈 수 없는 상태로 버려져 있었다. 한때는 눈처럼 반짝였을 털은 회색이 돼버렸고 부리 밑에 달린 주머니는 시들시들하게 쭈그러져 있었다. 옆 우리에는 햇볕에 기진맥진한 낙타가 있었다. 낙타 우리도 곰 우리와 같은 크기였다. 너무 비좁아 움직일 수 있는 여유 공간이 거의 없었다. 줄무늬하이에나는 있는 대로 스트레스를 받은 나머지 좁은 우리를 정신없이 왔다 갔다 하고 있었다. 다른 우리 안에는 오소리, 몽구스, 정글고양이, 여우, 돼지, 새, 원숭이들이 모여 있었는데 모두들 포로 수용소의 생존자처럼 기력이 없었다. 개는 너무 허약해져 꼬리를 흔들 힘조차 없는 듯했다.

빨래판처럼 생긴 플라스틱판 위에 누워 있는 영양도 한 마리 있었는데 아마 그것이 그 녀석에게 주어진 유일한 사치품이었을 것이다. 영양은 기진해서 목을 가누기조차 힘들어 보였다. 새끼 돼지를 포함한 다른 동물들은 이미 숨이 끊어져 우리 안에서 썩는 냄새를 풍기며 누워 있었다. 직원들은 사체조차 치우지 않고 방치하고 있었다. 임시로 만든 조류 사육장 안에 있는 수척하고 더러워진 새들이 공허한 눈으로 허공을 바라보며 앉아 있었다.

섬녀와 나는 군 변호사들이 했던 말을 되뇌었다. 문명화된 사회라면 이런 구역질이 나는 동물원을 그냥 둘 리가 없었다. 변호사들이 가정법을 사용해 던졌던 질문에 이곳은 그 어떤 말보다 끔찍하고 정확하게 답변하고 있었다.

"이곳을 폐쇄하겠습니다!"

섬녀가 모든 사람이 들을 수 있도록 크게 외쳤다. 나와 병사들 모두 그 말을 듣고 미소를 지었다. 당연히 그래야 할 일이었다. 바로 그때 공원 주인이라는 사람이 나타나 나와 대치하게 된 것이었다. 나중에 알게 됐지만 사실 그는 주인이 아니라 직원이었다. 공원의 주인은 카림 하미드란 인물로 우리는 나중에야 그와 만나게 된다.

다행히 동물 사육 전문가인 스테판과 바버라 모두 그 장소에 있었다. 후샴과 아델은 쭈뼛거리는 루나 공원 직원들에게 지시를 내렸고, 섬녀 대위가 안전에 신경 쓰는 가운데 나는 구조 활동을 총지휘했다. 영어를 유창하게 구사하는 이라크 여성이자 없어서는 안 될 우리 팀원이 된 수의사 파라 무라니가 동물을 차량으로 옮기는 작업에 대한 통역과 업무 조율을 담당했다.

드디어 동물을 옮기는 작업이 시작되었다. 하지만 우리가 동물원에서 가져온 수송용 우리는 대부분 한쪽 바퀴가 빠져 제대로 굴러가지 않았다. 병사들이 한쪽을 들고 있으면 사람들이 나머지 바퀴가 있는 쪽을 밀고 가는 형국이었다. 심지어 제대로 돌아가는 바퀴가 하나도 없는 것도 있었다.

더욱이 약이나 다트총도 없었다. 우리는 펠리컨, 고니, 부엉이,

이집트독수리, 호저 두 마리, 원숭이 두 마리, 염소 네 마리, 오리 네 마리, 영양, 셰퍼드 세 마리, 스패니얼 세 마리, 테리어 세 마리, 몰티즈 두 마리 그리고 작은 발바리 한 마리를 먼저 옮겼다.

작은 몰티즈는 탈수 현상이 심해 주둥이에 물을 부어주었더니 마치 스펀지처럼 물을 빨아들였다. 한참을 먹고도 여전히 목말라 했다. 이빨로 물병을 붙잡으려 애쓰며 혹시라도 내가 물을 가져갈까 눈치를 보는 모습이 애처롭기 그지없었다.

그런 다음 우리는 으르렁거리는 사막여우와 늑대 그리고 자칼을 맨손으로 옮겼다. 보호 장비가 없는 관계로 신중하게 움직일 수밖에 없었는데, 한 사람이 우리 문을 열고 있는 동안 다른 사람이 수송용 우리를 잽싸게 그 안으로 밀어 넣었다. 그러면 다른 사람이 뒤쪽으로 가 우리를 두들겨 놀란 동물이 수송용 우리 안으로 뛰어들게 했다. 동물들이 수송용 우리 안으로 들어오면 즉시 문을 닫아걸었다. 굶주린 동물들은 곁에 다가오는 것이 무엇이든 물어뜯으려고 했는데, 물릴 경우 공수병에 걸릴 수도 있는 위험천만한 상황이었다.

원숭이도 문제였다. 조금만 건드려도 물려고 하는 통에 한 사람이 양팔을 쭉 늘려 잡으면 다른 사람이 거의 동시에 다리를 잡아 사지를 벌린 상태로 수송용 우리에 옮겨야 했다.

설상가상으로 루나 공원 직원들이 우리의 열쇠조차 갖고 있지 않아 쇠지렛대로 자물쇠를 부수고 문을 열 수밖에 없었다. 이 작업이 동물들을 더 자극하는 바람에 망치질을 하는 동안 동물들은 소름 끼치는 비명을 질러댔다. 그 와중에 아무도 동물에게 물리지 않았다는 것은 거의 기적에 가까웠다. 마지막 험비에 공간이 좀 남아 우리는 낙타도 데려가기로 결정했다. 낙타는 길들어 있는 것처럼 보였다. 좁디좁은 우리에서 낙타를 살살 달래 밖으로 꺼낸 뒤 목에 로프를 둘러 묶었다. 낙타 우리 바로 앞에는 구둣솔처럼 빳빳해 보이는 잔디가 나 있었는데 낙타는 우리에서 나오자마자 그 잔디 위에 픽 쓰러지더니 뱀처럼 몸부림치기 시작했다. 벼룩과 옴이 너무 많이 퍼져 피부가 엉망이었는데 그때까지 등 한번 시원하게 긁어보지 못한 것이었다. 낙타가 잔디에 몸을 긁어대며 지었던 그 환희의 표정이란!

우리는 낙타에게 물을 가져다주었다. 낙타는 물을 마시고 또 마셨다. 낙타는 갈증을 느끼지 않는 동물인 줄 알았는데 이놈은 물을 아무리 마셔도 모자란 듯 보였다. 밀고 달래고 소리치며 낙타를 험비에 실었다. 그런 뒤 곰에게 다가가 구석에 웅크리고 있는 녀석을 내려다보았다.

"왜 이러고들 있어요? 이제 곰 차례잖아요."

내가 이렇게 말하는 사이 곰은 몸을 쭉 펴더니 뒷발에 체중을 싣고 바로 섰다. 아프리카에는 곰이 살지 않기 때문에 곰은 내게 좀 낯선 동물이었다. 곰이 몸을 펴자 머리가 우리의 지붕에 닿을 정도였다. 믿을 수가 없었다. 바그다드 동물원에 있는 곰들은 항상 웅크리고 있어서 곰이 서 있는 모습은 한 번도 본 적이 없었던 것이다. 그런데 이놈이 몸을 펴고 서니 하늘도 찌를 높은 산처럼 보였다. 세상에, 이런 괴물을 어떻게 데려가지?

"곰은 잊어버립시다. 이놈은 나중에 다시 데리러 오죠."

우리는 바퀴 달린 노아의 방주를 끌고 도시를 가로질러 동물원으로 돌아왔다. 우리의 행렬로 인해 안 그래도 어지러운 바그다드의 교통은 완전히 마비되고 말았다. 이라크에서 낙타는 흔히 볼 수 있는 동물이었지만 험비 뒤에 탑재된 기관총 옆에서 마치 황제처럼 서 있는 낙타는 한 번도 본 적이 없을 터였다. 지나가던 사람들이 모두 멈춰 서서 우리를 뚫어지게 쳐다보았다. 신이 난 아이들은 펠리컨과 매를 가리키며 병사들에게 손을 흔들었고 모두들 폭소를 터뜨리며 박수를 쳤다. 여자들과 아이들은 우리의 행렬을 조금이라도 더 잘 보기 위해 까치발을 하거나 껑충껑충 뛰기까지 했다. 나는 바그다드 거리에서 사람들이 그렇게 즐거워하는 모습을 처음 보았다. 그들을 보자 나도 행복했고, 그러자 모든 것이 갑자기 매우 중요한 의미를 갖게 되었다. 끔찍하고 형용할 수 없는 학대를 당하던 동물들이 영예로운 즉흥 행진을 벌이고 있었던 것이다. 전쟁으로 신경이 날카로워질 대로 날카로워진 병사들조차 혹시 있을지도 모를 적의 공격에 대비해 끊임없이 주변을 경계하면서도 미소를 짓고 있었다.

바그다드 동물원에 도착하자 동물들을 우리에 넣고 준비해둔 먹이와 물을 주었다. 모든 것이 순조롭게 돌아갔다. 절대로 험비를 뜨지 않겠다고 각오한 것처럼 보이는 낙타를 옮기려고 할 때까지만 해도 말이다.

병사들이 턱 바로 앞에 험비를 세워 쉽게 내릴 수 있도록 배려해주었건만 낙타는 꿈쩍도 하지 않았다. 조금 전 그 영광의 퍼레이드를 잊지 못해 한 번 더 할 작정이었는지 아니면 그 끔찍한 우리에 또 갇힌다고 생각했는지 험비에 그대로 주저앉아 움직이지 않았다. 그 이유야 어찌 되었든 험비에 철퍼덕 앉은 낙타는 아무리 어르고 달래고 줄을 끌어당겨도 내려올 생각을 하지 않았다. 험비를 새집으로 삼겠다는 각오를 단단히 한 듯한 모습이었다.

동물원으로 오는 내내 고니를 보듬어 안고 있던 바버라 마스는 낙타를 조심스레 유인할 것을 주장했고, 낙타의 코 앞에 상추를 흔들어 보이며 낙타를 유혹하려 애썼다. 하지만 낙타는 상추에 털끝만큼도 관심을 보이지 않았다. 녀석은 가만히 앉아 근엄한 자세로 경멸하듯 상추를 내려다보기만 할 뿐이었다.

생각보다 시간이 지연되자 병사들도 참을성을 잃어갔다. 작전을 위해 곧 험비를 써야 한다고 했다. 그 후로도 상추를 가지고 20분이나 낙타를 유혹해보았지만 녀석은 마치 똥을 쳐다보듯 할 뿐이었다. 드디어 병사들은 최후통첩을 했다. 낙타가 내리지 않는다면 억지로 내던지겠다고 선언한 것이다.

그때까지 웃음을 참으며 지켜보고 있던 아델과 후샴이 마침내 우리 쪽으로 왔다. 자기들이 낙타의 습성을 잘 아는데 자기들 방식으로 낙타를 내리게 하려면 바버라가 빠져야 한다고 했다. 바버라가 길길이 뛸 만한 방법을 쓸 모양이라고 짐작했지만, 바버라를 어떻게 빠지게 할지 묘안이 없었다. 나는 여우가 괜찮은지 가서 좀 봐달라고 했지만 바버라는 넘어가지 않았다. 상추로 낙타를 내려오게 하겠다고 굳게 결심한 듯했다.

사실 낙타는 애초부터 상추에 매력을 느끼지 못했는데 이제 와서 상추를 쫓아올 이유는 없어 보였다. 더욱이 상추는 시들어 있

어서 초록색 행주처럼 보였다. 낙타가 상추를 좋아하는지도 의심
스러웠다. 어쨌든 사막에서 흔히 볼 수 있는 야채는 아니니까. 병
사들은 점점 더 초조해했다. 그때 후샴에게 좋은 아이디어가 떠
올랐다.

"바버라, 낙타를 만졌나요?"

후샴은 바버라가 낙타를 만진 사실을 알고 있으면서도 시치미
를 떼고 물었다. 만졌을 뿐 아니라 다양한 각도에서 사진을 찍기
위해 낙타의 목에 팔을 두르고 거의 껴안다시피 한 것을 다 지켜
본 터였다.

"네. 그런데요?" 바버라가 대답했다.

"정말? 이거 큰일이네."

후샴은 과장되게 제스처를 써가며 놀라는 척했다.

"옴이 옮았을 거예요. 옴이 옮으면 머리가 빠져서 대머리가 된
답니다. 빨리 가서 손을 씻어야 해요, 얼른. 시간이 없어요."

화들짝 놀란 바버라는 영양처럼 잽싸게 자리를 떴다. 가면서도
뭔가 불길한 일이라도 생길 것처럼 어깨 너머로 뒤를 돌아보았다.
바버라가 사라지자 후샴과 아델은 곧장 험비로 뛰어올라 낙타 꼬
리를 거머쥐고 잘 꼰 후에 사정없이 낙타 궁둥이를 걷어찼다. 엉
덩이를 가격당한 낙타는 벌떡 일어났고 우리는 낙타가 다시 앉기
전에 잽싸게 목에 걸린 로프를 잡아당겨 밑으로 끌어내렸다. 문제
는 그렇게 해결됐다.

바버라가 손이 빨갛게 될 때까지 씻고 나왔을 때, 낙타는 이
미 넓은 새집에 행복하게 적응하고 있었다. 바그다드 동물원의 낙

타 우리에는 포탄이 떨어진 적이 있기 때문에 혹시 불발탄이 남아 있을지 몰라 대신 코끼리 우리로 예정했던 곳에 낙타를 넣었다. 내가 알팔파 잎사귀를 주고 물통을 채워주자 낙타는 물을 마시고 난 후, 마지막 이파리까지 모두 먹어치웠다. 콧노래를 부르는 것처럼 낙타가 이빨을 앞으로 내밀고 잎사귀를 뜯어먹는 모습을 보는 것은 정말 흐뭇했다. 섬너는 특히 그 낙타를 좋아해서 옴을 치료해주기 위해 몇 시간이고 그 더러운 털을 잡고 일일이 잘라주고는 했다.

"이 낙타는 정말 신사입니다."

섬너는 지나가는 사람들을 붙잡고 칭찬을 늘어놓고는 했다.

"불평도 안 하고 성도 안 내고 똥오줌도 아무 데나 안 싸요. 진짜 점잖다니까요."

아델 박사가 낙타의 옴 치료에 나섰고, 바그다드 동물원에 행복한 낙타 한 마리가 살고 있다는 즐거운 소식이 퍼져 나갔다.

루나 공원에 잡혀 있는 나머지 동물들을 구출하는 것은 이제 촌각을 다투는 문제가 되었다. 몸집이 큰 불곰, 줄무늬하이에나, 정글고양이, 오소리, 돼지들은 1차 구출작전에서 데리고 나오지 못한 채였다. 다음 작전을 구상하고 있을 때 마침 툴라툴라의 매니저 브랜던 휘팅턴 존스가 도착했다. 나를 도와줄 사람이 절실해, 동물을 사랑하고 능력도 있는 브랜던에게 이라크로 와줄 것을 부탁했던 것이다. 내가 전화를 했을 때 브랜던은 거기까지 어떻게 가느냐고 물었다. 나는 "북쪽으로 쭉 와서 왼쪽으로 돌아"라고 대답했다.

"왼쪽으로 돌기만 하면 바로 거기에 있어."

브랜던은 우여곡절 끝에 바그다드에 도착했다. 두바이 공항에서는 열여덟 시간이나 쿠웨이트행 비행기를 기다렸다고 한다. 그나마 공항에 있는 유명한 아일랜드 맥줏집에서 기네스 흑맥주를 마시며 지겨운 시간을 달랠 수 있어 다행이었다고 했다.

나는 브랜던에게 바버라 마스가 갖고 오다 쿠웨이트 세관에 빼앗긴 다트총을 찾아오라고 신신당부했다. 하지만 쿠웨이트 세관은 자기들 입장만 고수하며 총을 내주길 거부했다고 한다. 이로인해 그는 3일이나 더 쿠웨이트에 머물러야 했다. 한시라도 빨리쿠웨이트를 떠나 이라크로 오고 싶었던 브랜던은 그때 상황을 이렇게 묘사했다.

"순항 미사일하고 우라늄 폭탄이 왔다 갔다 하는 전투 지역에서 다트총으로 100미터 떨어진 곳에 진정제를 쏠까봐 걱정이 되어 총을 못 내놓겠답디다."

마침내 인도주의이라크지원기구의 미군 장교가 인내심을 잃고 세관까지 왔다. 그는 아무도 신경 쓰지 않는 틈을 타 그 총을 살짝 집어 브랜던에게 주고 그를 쿠웨이트시티 외곽에 있는 군 공항으로 데려간 다음 바그다드행 비행기에 태웠다. 어쩌면 그렇게 시간도 정확히 들어맞았는지 브랜던이 활주로에 도착하자 C-130기가 가스를 내뿜으며 서 있었다.

C-130기는 군용 화물기로 사람이 타면 최대한 불편함을 느끼도록 설계되어 있는 듯한 정말 곤혹스러운 비행기였다. 밧줄을 격자로 꼬아 만든 좌석은 비좁기 그지없었는데 자리에 앉는 즉시 혈

전중이 생기지 않으면 신기할 정도였다. 그런 자리에 앉아 뭉툭한 통조림 따개처럼 생긴 벨트를 매야 했다. 조종사는 풍선껌같이 생긴 귀마개를 나눠주며 브랜던과 나머지 승객에게 짤막한 브리핑을 했다.

"화재가 발생하거나 비행기가 추락하는 경우, 저를 따라오십시오."

언제 어디에서 지대공 미사일이 날아올지 모르는 두려운 상황에서 90분간의 비행은 지루하고 권태롭기 그지없었다. 엔진 소리가 너무 요란해 대화를 나누는 것도 불가능했고 터빈에서 전해지는 진동 때문에 책도 읽을 수 없었다. 일단 공항을 벗어나자 비행기는 적군의 포격을 피하기 위해 말 그대로 하늘에서 추락하듯 비행했다. 더욱이 이라크 상공을 날아다니는 조종사는 여유를 가지고 부드럽게 착륙할 수도 없었다.

보안상 바그다드 공항은 철저히 통제되었다. 죽고 싶지 않은 한 민간인이 얼쩡거릴 곳이 아니었다. 잘못하면 총에 맞아 죽을 수 있는 곳이라고 쓰인 표지판이 여기저기 널려 있었다. 언제든 총격이 일어날 수 있는 곳이라는 얘기다. 알 라시드 호텔을 포함해 시내 곳곳에 그런 곳이 산재했다. 경고는커녕 일말의 동정심도 없이 총알이 날아들곤 했다. 규칙을 어기면 곧 죽을 수밖에 없었고 어떤 이의도 제기할 수 없었다. 불행히도 우리는 브랜던을 마중 나갈 수 없었는데, 때문에 브랜던은 사방의 유리가 다 깨지고 먼지가 자욱한 곳에서 기다려야 했다. 전투에 지친 병사들이 들것 위에 누워 낮잠을 자거나 음악을 듣거나 MRE를 먹는, 'VIP용 응접실'이었다. 한참을 기다린 끝에 호텔로 가는 차편을 얻어 탄 그는 민간인이 동물을 구하러 전투 지역에 들어온 사실을 알고 어안이 벙벙해진 영국 군인들과 함께 호텔에 도착했다.

한 시간쯤 후 나는 수영장에서 샤워를 하고 돌아오는 길에 브랜던과 만났다. 호텔에서 샤워를 할 수 있는 곳은 깊이 판 우물에서 물이 나오는 수영장밖에 없었다. 아마 바그다드를 통틀어 유일한 샤워장이었을지도 모른다. 저녁마다 병사들이 줄을 서서 기다렸다. 군인들은 물을 아끼기 위해 줄 서서 기다리는 동안 먼저 옷을 벗고 비누칠을 했다. 하루의 땀과 먼지가 시원한 물줄기와 함께 씻겨 내려갈 때 그들은 무아지경의 희열을 느끼곤 했다. 지하 깊은 곳에서 끌어올린 물은 얼음처럼 차가웠다. 하루 종일 뜨거운 햇볕과 먼지에 싸여 있다가 차가운 물로 샤워를 하면 얼마나 좋은지 환호성이라도 지르고 싶은 심정이었다.

브랜던이 도착하기 얼마 전부터, 나는 그가 초원에 사는 슈퍼맨으로 크로커다일 던디(1986년에 개봉한 호주의 어드벤처 로맨틱 코미디 영화 〈크로커다일 던디 Crocodile Dundee〉의 주인공 ─ 옮긴이)와 타잔의 중간쯤 되는 사람이라고 열심히 선전했다. 소문은 눈덩이처럼 커져 이제 호텔에 머무는 병사들 사이에서 브랜던은 현대판 원시인쯤으로 인식되고 있었다. 브랜던이 미국에서 한창 인기였던 호주 태생 악어 사냥꾼 스티브 어윈(텔레비전 프로그램 〈악어 사냥꾼 The Crocodile Hunter〉으로 유명한 방송인 ─ 옮긴이)과 닮았는지 물어볼 정도였다. 나는 브랜던은 그보다 한 수 위라고 대답해주었다. 한 술 더 떠 스티브 어윈은 서너 번 시도한 뒤에야 악어를 잡지만 브랜던은 한 번에 끝낼 수 있다고 말했다.

　브랜던이 도착할 무렵, 그의 명성은 하늘을 찌를 듯 높아 감당하기 어려울 정도였다. 다행히 이라크에는 동물원을 포함해 어디에도 악어가 서식하지 않아 브랜던이 실력을 뽐낼 수 있는 기회는 주어지지 않았다.

　브랜던을 만난 나는 매우 기뻤다. 이제 큰 짐을 덜 수 있게 되었으니 당연한 일이었다. 브랜던은 동물학과 야생동물 관리학을 전공했고 야생에서 동물과 지낸 경험이 풍부한 사람이었다. 그냥 보기만 해도 일이 술술 풀릴 것 같은 생각이 들게 하는 믿음직스러운 사람, 능력 있고 건장하고 유머 감각까지 갖춘 사교적인 남자가 바로 브랜던이었다.

　그날 오후 나는 브랜던에게 호텔 주변을 둘러보게 했고, 미 국방부 사진사들과 버리스 대위 그리고 휘하 군인들에게 그를 소개했다. 또한 지켜야 할 규칙과 알 라시드 호텔이나 동물원에서 할 수 있는 일과 해서는 안 되는 일을 설명했다. 그런 다음 동물원으로 함께 가서 아델과 후샴, 스테판, 직원들에게 그를 소개했다. 각 동물의 우리를 찾아가 동물이 처음에 어떤 상태였고 그들을 살리기 위해 어떤 일을 해왔는지 설명했다. 내가 동물들에게 매일 하나씩 위로의 말을 해주었다고 하자 브랜던은 고개를 끄덕였다. 그는 내가 무슨 말을 하는지 잘 이해하고 있었다.

　동물들은 여전히 야위었지만 그래도 내가 처음 도착했을 때보다는 훨씬 좋아진 상태였다. 호랑이의 털에 조금씩 윤기가 돌기 시작했고 수컷 곰 새디는 우리 안에서 공허하게 왔다 갔다 하는 행동을 하지 않았다. 사자들 또한 탈수와 기아에 시달렸던 때보다 훨씬 민첩하고 날렵해 보였다. 우리가 다가가면 관심을 보였고 혹시 먹을 거라도 가져왔나 자세히 쳐다보았다. 건강한 식욕은 좋은 징후였다.

개들은 사자 새끼들과 같은 우리에 있었는데 우리가 다가가자 멍멍 짖기 시작했다. 브랜던은 사자와 개 사이에 끈끈한 관계가 형성된 것을 보고 믿기 힘들어했다. 치타들도 살이 붙기 시작했고 암컷 치타의 발에 난 상처도 거의 아물어 절뚝거리지 않았다.

내가 처음 도착했을 때와 비교하면 동물들이 얼마나 나아졌는지 막 이야기하려던 참에 주변을 둘러보던 브랜던이 먼저 입을 열었다.

"세상에. 해야 할 일이 사방에 널렸네."

내가 얼마나 좋아졌는지 스스로 대견해하며 떠벌리려는데 브랜던이 와장창 찬물을 끼얹은 것이다. 그러니 내가 동물원을 처음 보았을 때의 상황은 얼마나 참혹했다는 얘기인가. 무엇보다 기쁜 소식은 브랜던이 다트총을 가져왔다는 것이었다. 이제 다트총이 생겼으니 루나 공원에 가서 구조작전을 마무리할 수 있을 터였다.

섬너는 한시도 지체하지 않았다. 다음 날 아침, 병사들이 도착하자마자 우리는 그 사악한 동물원으로 향했다. 가는 길에 총격전이 벌어져 브랜던은 이라크 입성식을 톡톡히 치러야 했다.

공원 주인이라고 자칭했던 남자가 뛰쳐나오더니 우리가 사유재산을 침해하고 있다는 둥, 우리가 도둑이자 침입자라는 둥 입에서 튀어나오는 말을 총동원해 욕을 해댔다. 화가 난 섬너는 당장 꺼지지 않으면 무력을 동원하겠다고 경고했다.

아델과 후샴, 브랜던이 나서서 줄무늬하이에나를 진정시키는 작업부터 시작했다. 이번에도 취재진이 따라붙었다. 카메라맨들 앞에서 아델은 하이에나를 향해 다트총을 쏠 준비를 했다.

다트총을 쏠 수 있도록 준비하는 알리의 모습을 지켜본 나와 브랜던은 일이 생각처럼 되지 않을지도 모른다는 불길한 예감에 빠졌다. 택시기사 알리의 운전 실력은 가히 전설적이었지만 그가 그런 실력까지 있으리라고는 아무도 생각하지 않았다. 브랜던에게 도와주라고 하려다 나는 아델이 전문가이기 때문에 알아서 하도록 내버려두기로 했다. 우리는 불안한 마음으로 지켜보았다.

아델 박사는 전문 수의사였지만 이라크에 내려진 국제 제재 때문에 지난 10년 이상 다트총을 사용할 기회가 없었다. 동물을 진정시킬 필요가 있을 때는 동물원 우리의 창살 사이로 주사기를 넣어 찌르는 방법을 썼던 것이다. 어쨌든 중요한 순간이 다가왔고 아델 박사는 방아쇠를 당겼다.

탕 소리가 나야 하는데 푸시시 하는 소리가 새어 나왔다. 화살은 총구에서 빠져나오지도 못하고 멈추었다. 취재진까지 잔뜩 모여 있는 마당에 난감하지 않을 수 없었다. 아델의 얼굴에 당혹감이 가득한 것을 보며 나는 브랜던에게 다트총의 압력을 잘 맞추도록 도와주라고 했다. 아델은 브랜던이 잘 준비해 건네준 다트총으로 목표물을 명중시켜 실추된 명예를 회복할 수 있었다. 우리는 총을 맞고 흐물흐물해진 하이에나를 수송용 우리로 옮겼다.

다음은 벌꿀오소리 차례였다. 바버라와 자파 탑이라는 직원이 수송용 우리로 벌꿀오소리를 유인하기 위해 우리로 들어갔다. 벌꿀오소리를 아는 사람이라면 이게 웬만한 용기로는 어려운 일이라는 사실을 잘 알 것이다. 특히 벌꿀오소리는 약삭빠르고 드세기로 유명해 다루기가 힘들었다. 한번 물리면 뼈까지 다 드러날 정도로 큰 상처를 입을 수 있었다. 벌꿀오소리는 두려움을 모르는 동물이라 위협을 느끼면 자기보다 몇 배나 덩치가 큰 동물도 공격한다. 한 마리는 부상을 입은 상태라 자파가 큰 어려움 없이 옮길 수 있었다. 하지만 나머지 한 마리는 이빨을 드러내며 심술을 부렸다. 전직 공화국 수비대원이었던 자파는 키가 채 150센티미터도 되지 않았지만 화강암처럼 단단한 사람이었다. 그는 정원 일을 할 때 쓰는 고무장갑밖에 끼고 있지 않은 상태에서 투우사처럼 몇 번 빙빙 돈 끝에 목덜미를 거머쥐어 수송용 우리 안으로 처넣었다. 돼지는 상대적으로 쉽게 우리로 옮길 수 있었다.

우리는 다른 동물들을 다 옮긴 뒤 우리 안에서 한껏 몸을 움츠리고 있는 곰에게 다가갔다. 하지만 이번에도 수송용 우리가 꽉 차는 바람에 섬녀는 어쩔 수 없이 곰을 데리러 다음에 한 번 더 와야겠다고 했다. 우리는 브루스 윌리스가 출연한 영화의 제목을 따서 그 곰을 '라스트맨 스탠딩'이라고 부르기로 했다. 루나 공원은 며칠 후 다시 와서 완전히 폐쇄시킬 생각이었다. 그때까지 곰이 먹고 남을 정도의 먹이와 물을 충분히 주고 떠났다. 초조해하며 시계를 쳐다보던 섬녀는 병사들에게 출발하라고 지시했다. 무장한 호위대를 거느렸어도 해가 지고 나면 그런 동네에서는 오래 머물고 싶지 않은 법이다.

도심부로 돌아가려면 터널을 하나 지나야 했다. 막 터널 입구로 들어가려 할 때, 누군가가 "저격범이다!"라고 외치는 소리가 들렸다. 순식간에 험비에 타고 있던 모든 병사가 구경꾼들 방향으로 총구를 향했다. 일부 병사는 차에서 내려 호위대 주변에 자리를 잡고 전투태세를 취했다. 모두 일사불란하게 한 치의 오차도 없이 움직였다. 어느 방향에서 총알이 날아오든 반격할 수 있도록 여러 각도로 총구를 향했다. 군중을 살피며 이상한 조짐은 없는지 서로 무전으로 연락을 주고받았다. 자살폭탄범이든 소총수든 몇 초만에 스위스 치즈보다 많은 구멍이 날 판국이었다.

알리의 택시 뒷좌석에 앉아 있던 내 손에는 달랑 9밀리짜리 권총 하나가 들려 있을 뿐이었다. 이상한 조짐을 느낀 순간 나는 알리에게 차를 멈추고 호위대로부터 멀리 떨어지라고 했다. 하지만 택시에서 가장 가까운 곳에 있던 병사는 험비에서 내려 M-16을 휘두르며 자기 쪽으로 가까이 오라고 소리를 질렀다. 민간인들은 고개를 숙이고 있었다. 쥐 죽은 듯 아무도 끽 소리 내지 못하고 있는 몇 분이 그렇게 길게 느껴질 수가 없었다. 그 긴 시간을 지나 우리는 터널을 빠져나왔다.

그 몇 분간의 경험으로 나는 병사들이 매일 어떤 생활을 하고 있는지 이해할 수 있었다. 이제 막 10대를 벗어난 어린 병사들이 우리가 상상할 수 있는 최악의 전쟁을 치르고 있었던 것이다. 그들은 민간인과 적군을 구분할 수 없는 곳, 군복도 입지 않은 적군이 어디에서든 침묵 속에 조용히 나타날 수 있는 곳, 허리에 폭탄을 찬 자살폭탄범들이 나를 향해 달려드는 곳, 거리 곳곳에 심긴

폭탄이 터져 언제든 순찰병들과 무고한 사람들의 목숨을 앗을 수 있는 그런 곳에서 하루하루를 보내고 있었다. 병사들의 일과를 생각하니 내가 동물원에서 겪는 어려움 따위는 새 발의 피도 되지 않는다는 생각이 들었다.

스테판은 와일드에이드에서 복귀 요청을 받아 곧 이라크를 떠나야 할 것 같다고 했다. 나는 브랜던에게 스테판과 함께 우다이의 궁전으로 가서 특수부대 사자들과 안면을 터놓으라고 부탁했다. 그래야 스테판이 떠난 후 그 일을 맡기가 수월할 것이기 때문이었다.

며칠 후 나도 바그다드 동물원의 동물들이 처한 끔찍한 상황을 알리기 위해 브랜던이 타고 온 C-130기를 타고 쿠웨이트로 간 다음 거기서 다시 미국으로 날아갔다. 무작정 이라크로 들어간 지 거의 두 달 만의 일이었다. 이라크에 처음 들어갈 때만 해도 상황이 진정될 때까지 동물원에 필요한 게 무엇이며 동물원을 계속 유지하기 위해 해야 할 일은 무엇인지 등을 알아보기 위한 일종의 정찰 정도로 생각했다. 전쟁이 끝났으니 온갖 종류의 원조가 물밀듯 밀려올 것이고 나는 그냥 모든 일을 조정하기만 하면 될 거라고 말이다. 하지만 그게 얼마나 큰 오산이었는지는 금세 드러났다.

미국에 도착하자마자 나는 커다란 영향력을 갖고 있는 미국동물원수족관협회(AZA, American Zoo and Aquarium Association)의 데이비드 존스를 찾아갔다. 그 단체는 아프가니스탄이 침공당한 후 카불 동물원에 원조가 필요할 때 그 어떤 기관보다 큰일을 해낸 협회였다. 바그다드 동물원이 장기적으로 살아남으려면 그 협회의 전문 기술과 자금을 조성하는 능력이 무엇보다 필요했다. 거의 아무것도 없이 내가 맨손으로 해낸 일에 감동을 받은 존스는 기꺼이 바그다드 동물원을 도와주겠다고 약속했다. 이미 바그다드 동물원을 돕기 위해 우편과 인터넷을 통한 기금조성 사업을 시작했다고도 했다.

내가 없는 동안 브랜던과 섬너 그리고 동물원팀은 루나 공원의 마지막 남은 동물, 즉 라스트맨 스탠딩을 구하기 위한 준비를 하고 있었다. 단순하고 간단한 전술이 최고라고 판단한 그들은 다트총을 사용하기로 했다. 곰에게 다트총을 쏜 다음 녀석이 잠들면 360킬로그램이나 나가는 그 몸뚱이를 트럭에 실어 잽싸게 동물원으로 옮긴다는 전략이었다. 그 계획에서 정말 매력적인 것은 수송용 우리를 동원할 필요가 없다는 점이었다.

브랜던은 다트총을 확실히 준비해주었고 아델 박사는 텔레졸 1회 분량을 정확하게 곰의 옆구리에 찔러 넣었다. 그런 다음 '몇 분이면 정신을 잃겠지' 하며 앉아서 기다렸다. 그러나 30분이 지나도 곰은 자기를 뚫어져라 쳐다보고 있는 사람들을 마주 쏘아볼 뿐 잠에 빠질 기색이 없었다. 보다 못해 한 방 더 먹이기로 결정했는데 이번에는 가죽이 두꺼운 등에, 그것도 반만 꽂히는 바람에 약이 절반밖에 들어가지 않았다. 아델 박사는 그 정도면 충분할 것이라고 생각했다.

또 30분이 지났지만 곰은 여전히 카페인 중독자처럼 쌩쌩했다. 약간 구토를 하는 것으로 보아 약이 혈액까지 들어간 것은 틀림

없어 보였다. 하지만 잠이 들 조짐은 전혀 보이지 않았다. 그러자 아델이 점잖게 고개를 끄덕이며 이라크의 불곰들은 북부 이라크의 험한 지형에서 살기 때문에 유럽 지역의 연약한 곰과 달리 터프하기 그지없다고 설명하기 시작했다. 말도 안 되는 소리 같았지만 모두 침묵을 지켰다. 어쨌든 아델의 말대로지 않나.

반 시간 후, 곰이 아직도 이게 무슨 법석인가 하는 얼굴로 사람들을 빤히 쳐다보고 있을 때, 세 번째 약을 주사하자는 결정이 내려졌다. 세 번째 다트는 제대로 꽂혀 약이 하나도 새지 않고 전량 곰의 몸 안으로 흘러 들어갔다. 몇 분 후 곰은 자리에 누워 이를 갈기 시작했다. 그러나 약효로 잠이 든 것인지 죽어가고 있는 것인지 알 수 없었다. 어쨌든 조용해졌으니 긍정적인 방향으로 진행되고 있는 것이라 생각했다. 그런데 곰은 우리가 운반을 시작하려 하자 고개를 축 늘어뜨리고 있으면서도 아주 작은 소리에도 반응을 보였다.

보다 못한 루나 공원의 직원들이 섬너에게 다가와 동물원 사육사들이 저녁마다 곰에게 맥주를 주었다고 이야기했다. 그것도 종종 만취할 정도로 말이다. 다시 말해, 그 곰은 알코올 중독자였던 것이다. 약을 맞았을 때도 그냥 술을 마셨을 때처럼 기분이 붕 뜬 정도에 그쳤을 것임에 틀림없었다.

정말 유용한 정보였다. 그 곰은 웬만해서는 취하지 않는다는 사실을 알게 되었으므로 네 번째 주사를 놓기로 했다. 시간도 없었고 대안도 없었다. 호위대가 또 따라와줄 수 있을지 아무도 장담할 수 없었다. 병사들도 그 위험한 지역에 필요 이상으로 길게 머무는 것을 좋아하지 않았다. 따라서 구조대는 신속하게 움직일 수밖에 없었다.

하지만 네 번째 주사로도 곰은 나가떨어지지 않았다. 섭씨 46도를 오르내리는 날씨에 정량의 네 배나 되는 텔레졸이 몸 안에서 돌고 있는데도 그 곰은 양쪽 궁둥이에 다트를 대롱대롱 매달고 비좁은 우리 안에서 심술을 부리며 발을 쿵쿵대고 있었다.

브랜던은 그날은 그냥 운수 사나운 날로 칠 수밖에 없다고 결론을 내렸다. 한 사람이 곰의 주의를 끄는 동안 다른 사람들이 달려들어 다트를 뽑아냈고, 구조팀은 어둠이 깔리기 전에 서둘러 돌아왔다. 그 일로 이 불굴의 곰은 명물이 되었다. 이라크에서 미군의 핍박을 견뎌낸 유일한 존재로까지 추앙을 받았다. 동물원과는 아무런 상관없는 장군들까지 섭녀에게 전화를 걸어 곰의 안부를 물었고, 병사들도 거리에서 우리를 보면 혹시 그 곰에 대해 아느냐고 묻곤 했다. 물론 알고말고. 가장 실망감을 보인 이들은 미 국방부 사진사들이었다. 소문이 꼬리에 꼬리를 물면서 돌다가 와전되어, 국방부 사진사들의 귀에는 섭녀와 브랜던이 차가운 맥주를 가득 실은 트럭을 발견해 돌아왔다는 소문이 들렸던 것이다. 한잔 걸칠 생각에 군침 흘리며 호텔로 돌아온 기자들이 실망한 것은 당연했다. 시원한 맥주는커녕 곰을 싣고 오지도 못했으니 말이다.

10
'라스트맨 스탠딩'과
'아픈 궁둥이' 구출작전

그다음 구조작업을 할 때에는 나도 이라크로 돌아가 합류하려 했지만, 미국에서의 일정이 너무 빡빡해 도저히 엄두를 낼 수 없었다. 설상가상으로 라스트맨 스탠딩은 협조할 자세가 전혀 돼 있지 않았다. 브랜던과 섬너가 그 고집불통을 어떻게 해야 하나 고민하고 있을 무렵, 병사들 사이에서는 뭔가 조치를 취해야 한다는 목소리가 점점 높아지고 있었다. 바그다드 서쪽에 주둔하고 있던 병사들은 때로 그 황량한 공원으로 찾아가 자기 몫의 MRE를 곰에게 주는가 하면 마실 물은 있는지 살펴보곤 했다. 그런 뒤 그런 끔찍한 상황에서 동물이 살도록 내버려두어서는 안 된다고 우리에게 압력을 가했다. 덕분에 구조대원이 필요할 때 인력이 부족할 염려는 없었다.

브랜던과 섬너는 더 큰 우리를 짓는 것이 최선이라는 결론에 도달했다. 전쟁으로 난장판이 된 이라크에서 그 큰 우리를 어디서 구할 것인가? 우리는 택시 운전사 알리의 친구들에게 하나 만들어줄 것을 부탁했다.

알리는 이제 완전히 우리의 친구이자 팀원이었다. 그는 의지가 강한 사내였고 한번 한다면 끝장을 보고 마는 성미였다. 더욱 중요한 것은 그가 바그다드의 지리를 훤히 꿰뚫고서 우리에게 필요한 정보를 제공해주는 확실한 소식통이라는 사실이었다. 알리와 함께라면 어디서든 걱정 없이 편한 마음으로 다닐 수 있었다. 나는 지금도 동물원에 자살폭탄 테러나 폭도들의 공격이 한 건도 없었던 것은 알리 덕이 아니었나 생각한다. 그는 우리에게 알려준 것 이상으로 많은 것을 알고 있었기 때문이다.

나흘이라는 시간과 7만 디나르라는 돈이 들었지만 결국 곰을 옮길 수 있는 수송용 우리를 마련했다. 알리가 만들어 온 우리는 우리라기보다 세련된 미술관의 전시실처럼 보였다. 하지만 원래 브랜던이 주문했던 규격과는 거리가 멀었다. 어쨌든 제 기능을 잘 해 원래의 목적만 달성하면 될 일이었다. 북극곰이나 북미 지역의 회색곰과 친척뻘인 불곰은 곰 중에서도 가장 덩치가 크다. 무게가 670킬로그램까지 나가는 놈도 있다. 사자를 옮기는 데 사용한 우리는 당연히 너무 작았다.

래리 버리스 대위와 제3보병사단이 테러범들이 날뛰는 수니파 삼각지대인 팔루자로 이전하자 미 제1기갑사단이 바그다드를 통제하게 됐다. 나는 좋은 친구이자 충직한 동료이며 동물원을 살리는 데 중요한 역할을 했던 그들과 헤어지는 게 마음 아팠다. 그들이 떠나면 바그다드 카페도 영원히 문을 닫을 것이었다. 나는 아직도 바그다드 카페가 그립다. 떠나기 전, 래리 버리스 대위가 몇몇 장교를 부르더니 브랜던과 나에게 연대의 용맹훈장을 수여 했다. 버리스 대위는 실전에서 전공을 세운 군인에게만 수여하는 훈장이라며, 민간인인 우리가 받는 것은 아주 특별한 영예라고 했 다. 지금도 그 훈장은 툴라툴라의 우리 집 벽에 걸려 있다.

관할 사령부가 바뀌자 우리에게도 큰 변화가 일어났다. 새로 온 사령부는 군 호위대 운용에 엄격한 규칙을 적용했다. 바트당 및 알카에다와 연계된 자살폭탄 공격이 증가하자, 험비 한 대에 최소 네 명의 병사와 한 명의 위생병이 동승해야 하는 것으로 규칙이 개정되었다. 또한 언제든 거리에서 정찰하는 병사들의 수는 최소 넷이어야 했다. 따라서 용맹한 병사 몇 명만 대동하고 그때그때의 정보에 의존해 동물원 일을 했던 시절은 물 건너가고 말았다.

섬녀는 새로운 호위대 운용규칙에 의거해 철저하게 구조 계획 을 세웠다. 그러나 아주 세부적인 것까지 세심하게 주의해 계획했 음에도 구조작전은 처음부터 여러 가지 실수로 뒤덮인 코미디가 되고 말았다. 요청한 군 호위대는 예정대로 루나 공원으로 향했지 만 어찌된 일인지 동물원에 들러 새로 만든 우리를 가져가는 걸 깜박 잊고 말았다. 섬녀의 험비가 있긴 했지만 새로운 규칙에 따 르자면 섬녀 혼자 험비를 몰고 서쪽 구역으로 갈 수 없었다. 따라 서 군 호위대는 한쪽에서 기다리고 구조대는 또 다른 쪽에서 기 다리는 꼴이 되고 말았다.

어찌할 바를 모르던 와중에 브랜던과 알리가 택시를 타고 병사 들에게 총알같이 달려가 오늘은 처음부터 일이 어그러졌으니 구조를 하루 미뤄야겠다고 말했다. 하지만 사기가 올라 있던 병사들은 무슨 일이 있어도 당장 그 지옥 같은 곳에서 곰을 구해야 한다고 소리쳤다. 결국 섬너는 이번 임무를 연기하지 않고 그대로 진행한다고 선포했다. 그런 뒤 병사들에게 다시 동물원으로 가서 우리를 가져오라고 지시했다. 호위대는 재빨리 전열을 정비하고 알리의 오렌지색 택시를 따라 바그다드의 악몽 같은 교통난을 뚫고 동물원으로 갔다. 그들은 신속하게 우리를 싣고 자동차가 줄지어 서 있는 혼돈 속을 지나 루나 공원으로 향했다.

작전은 원활하게 진행되지 못했다. 이번 군 호위대의 규모는 우리가 보통 진행하던 때의 그것보다 훨씬 커서 굼뜰 수밖에 없었다. 아이들이 쫓아와 손을 흔들거나 병사들에게 말을 걸 정도였다. 미군은 어린아이들에게 계속 "물러서! 물러서!"라고 소리치며 쫓아낼 수밖에 없었다. 언제 어디서든 자살폭탄 공격의 위험이 도사리고 있었기 때문에 남녀노소를 막론하고 모든 민간인을 용의자로 대할 수밖에 없었다.

루나 공원에 도착하자 기름기 잘잘 흐르는 주인 카림 하미드가 뛰쳐나와 손을 비벼대며 물었다.

"얼마나 주실 겁니까?"

얼마 전 카림 하미드는 바그다드 동물원에 찾아와 우리가 압수한 동물에 대한 보상을 요구했다. 하미드는 루나 공원의 폐쇄는 철회할 수 없지만 미 행정부에 청구서를 제출할 수는 있을 거라는 말을 들은 터였다. 개인적으로 나는 그런 놈은 호랑이 우리에 처넣어 호랑이 밥이 되게 해야 마땅하다고 생각한다. 하지만 그는 운 좋게도 섬녀같이 너그러운 사람을 만났다.

어쨌든 돈을 받을 수도 있다는 말을 들은 그 비열한 동물원 주인은 상당히 누그러졌다. 자신도 우리가 동물들을 데려가지 않았다면 그것들이 지금쯤은 모두 굶어 죽었으리라는 사실을 알고 있었다. 굶어 죽을 동물 대신 돈을 받게 되었으니 밑지는 장사는 아니었다. 우리가 동물을 데려간 그날이 그에게는 운수 좋은 날이었던 것이다.

그것이 바로 3일 전의 일이었다. 섬녀는 하미드와 말싸움을 하고 싶지 않았다. 그는 무엇보다 최대한 신속하고 간단하게 일을 마무리 짓고 싶었다. 그래서 하미드에게 지금 처리 중이며 정당한 절차를 밟아 돈을 받게 될 것이라고 말했다. 물론 하미드가 요구한 그 액수대로는 절대 아니었지만 말이다. 사실 그가 요구한 액수 덕분에 군 본부에서는 오랜만에 맘껏 웃을 수 있었다. 예를 들어 하미드는 염소 다섯 마리에 대한 대가로 1만 달러를 요구했다. 바그다드의 거리에서 염소 한 마리는 5달러에 불과했는데 말이다. 하미드의 기발한 계산법에 따르면 인플레이션이 4만 퍼센트나 치솟았기 때문이란다.

병사들은 험비에서 뛰어내려 곧 작업에 착수했다. 강력한 절단기로 곰 우리 전면부의 쇠창살을 잘라냈고 그곳에 수송용 우리를 옮겨 끼워 넣었다. 그런 다음 수송용 우리에 미끼용 먹이를 가져다놓고 곰이 먹이 쪽으로 옮겨 가기를 기다렸다. 하지만 그 곰 아저씨는 구조대원들의 안타까운 마음을 조금도 헤아려주지 않았다. 아무리 부추기고 먹이로 유인해도 곰은 꿈쩍하지 않았다. 브랜던이 이번에는 수송용 우리에 물을 뿌렸다. 그 털북숭이 짐승이 더위를 달래기 위해 물 쪽으로 가지 않을까 생각했던 것이다. 하지만 곰은 그렇게 매력적이고 시원한 폭포까지도 마다했다. 자기가 있는 곳도 충분히 시원하다는 듯한 그 거만한 표정은 말로 형용하기 어려울 정도였다. 브랜던은 후에 당시 곰의 표정이 마치 자기들에게 손가락으로 욕을 하는 것 같았다고 표현했다.

이제부터는 시간과의 싸움이었다. 밤이 다가올수록 안전에 민감한 섬너에게 불리했다. 차차 그림자의 길이가 길어졌고 그 위태로운 지역에서 계속 머무르는 것은 위험천만했다.

한번은 곰이 호기심이 발동했는지 저쪽에 뭐가 있나 싶은 얼굴로 수송용 우리 쪽으로 살짝 넘어간 적이 있었다. 순간 우리는 흥분의 도가니가 되었다. 그런데 우리 위에서 문 닫는 임무를 맡고 있던 병사들의 의욕이 지나쳐 문을 신속하면서도 조심스레 닫는 데 실패했다. 문은 제대로 움직이지 않았고, 금속 긁히는 소음에 놀란 곰은 자기 우리로 돌아가고 말았다.

모두의 한숨 소리가 수 킬로미터 밖까지 들렸을 것이다. 야채도 꿀도 MRE도 모두 소용이 없었다. 그러다 누군가가 동물원 직원들이 사용한 솥에서 누룽지 조각을 찾아냈다. 마지막으로 그 누룽지 조각을 미끼용 먹이 더미 위에 얹어보았다. 그러자 놀랍게도 곰은 몇 초간 코를 킁킁거리더니 그 누룽지 조각을 먹기 위해 수송용 우리 쪽으로 옮겨 갔다.

전부가 숨을 죽였다. 작은 실수로 다 된 밥에 또다시 코를 빠뜨릴 수는 없었다. 문 닫는 일을 맡은 근육질의 병사 브라이언 켈로 그는 침착하게 맡은 일을 잘 해냈다. 문은 육중한 소리를 내며 아주 부드럽게 닫혔다. 드디어 곰을 안전하게 옮길 수 있게 되었다. 정예 레인저부대 출신인 켈로그 병사는 그 순간 영예의 인물로 등극했다. 신이 난 구조팀이 그에게 축하 세례를 퍼붓는 바람에 온몸에 멍이 들 지경이었다.

골칫거리 곰은 바그다드 동물원으로 이사를 가게 되었다. 그 큰 덩치가 실려 가는 모습을 본 거리의 사람들이 가던 길을 멈추고 구경을 하느라 장사진을 이루었다.

하지만 그게 끝이 아니었다. 동물원에 도착한 후 직원들이 임시 우리를 옮기는데 얼마 가지도 못하고 바퀴에서 고무 패킹이 떨어졌다. 직원들은 나머지 바퀴에 의존해 간신히 우리를 끌고 갔다. 그러나 또 하나가 떨어지더니 곧 다시 하나가 빠져버렸다. 직원들은 점점 참을성을 잃어가는 곰을 몇 센티 앞에 두고 그 곰이 든 우리를 밀고 가야 했다. 새로운 우리로 곰을 옮기기 전에 바퀴가 몽땅 빠지는 것은 아닐까 걱정했지만 마지막 바퀴가 아슬아슬하게 버텨주었다.

문이 열리고 그 터프한 곰 아저씨는 새집으로 들어갔다. 새집은 야외 공간까지 갖춘 꽤 넓은 우리였는데 그늘도 있고 물도 있었다. 이제는 쇠창살 밖으로 앞발을 빼서 더러운 그릇에 담긴 물을 철벅거리며 먹어야 하는 일은 없었다. 잔인한 군중으로부터 괴롭힘을 당하거나 심심한 직원들이 건네주는 술을 받아먹어야 하는 일도 없을 것이었다. 요즘은 매일 오후 정기적으로 샤워를 한 덕분에 털이 수달같이 매끈해지고 살집도 붙었다고 한다. 또한 루나 공원에 비하면 가히 사치스럽다고 할 만한 우리에서 살고 있다.

나중에 동물원수족관협회의 데이비드 존스에게 전화를 해 루나 공원의 동물들을 구했으며 곧 그 공원을 불도저로 밀어버리려 한다고 이야기하자 갑자기 수화기 저쪽에서 침묵이 흘렀다. 사실 루나 공원은 동물원수족관협회에서 작성한 '지구 최악의 동물원' 목록의 맨 꼭대기에 있었으며 협회는 그 끔찍한 곳을 폐쇄하기 위해 18년간 노력해왔다고 한다. 우리는 그런 것도 모르고 그냥 쳐들어가서 해치워버렸던 것이다.

그다음으로 구조된 동물은 암시장 거래상으로부터 구한 '아픈 궁둥이'라는 특이한 이름의 곰이었다. 아픈 궁둥이는 엉덩이 부분에 있는 고름이 가득 찬 종양 때문에 얻은 별명이었다.

동물잔혹행위금지협회(SPCA, Society for the Prevention of Cruelty to Animals)의 새로운 수장으로 임명된 파라 무라니가 암시장에서 이루어지는 동물 거래에 대한 조사를 하던 중 사담 후세인의 동물들을 돌보던 전담 수의사가 연루되어 있다는 소문을 들었다. 파라의 정보원에 따르면 몸이 아픈 불곰을 끔찍한 우리에 가둬두고 조만간 수술을 할 참이라고 했다.

이는 루나 공원의 곰을 구조하려던 시기에 발생했던 일로, 나는 앞서 말한 미국 출장길에 오르려던 때라 파라와 브랜던에게 동물잔혹행위금지협회 차원에서 이 사건에 대해 조사하자고 말했다. 동물잔혹행위금지협회는 나와 브랜던, 섬너, 아델, 파라가 설립한 이라크 최초의 동물을 위한 단체였다. 사실 사담 정권이 지배했던 그 잔혹한 시기에 누가 동물을 위한 단체를 만들 엄두를 냈을

지조차 의심스럽다. 제1대 협회장 파라는 사명감을 갖고 일에 임했다.

날씬하고 지적인 파라는 몇 년 전 바그다드 대학을 졸업하고 바그다드에서 동물병원을 개업했다. 그녀는 기독교인으로, 무슬림 수의사들이 더럽다며 다루지 않는 개와 같은 동물을 치료했다. 무슬림은 개를 더럽다고 여기기 때문에 아랍 세계에서는 동물원에서나 개를 볼 수 있다. 비밀경찰 무카바라트가 들이닥치기 전까지 동물병원은 그런대로 잘되고 있었다. 그런데 어느 날 비밀경찰이 들이닥쳐 파라에게 당장 동물병원을 닫으라고 명령했다. 파라는 이유도 알지 못한 채 보상금 한 푼 받지 못하고 순식간에 거리로 쫓겨났다. 동물병원 건너편에 러시아 대사관이 있었기 때문에 그 대사관을 감시하기 위한 장소가 필요했을지도 모른다고 짐작했을 뿐이다.

이라크에서는 마치 고양이가 새를 낚아채듯 정부가 사생활을 하루아침에 망가뜨리는 게 드문 일이 아니었다. 하지만 이제 막 사회생활을 시작한 젊은 여성 입장에서는 마른하늘에 날벼락이었다. 환멸을 느끼고 의욕을 상실한 파라는 그로부터 9개월간 아무 일도 할 수 없었다고 했다. 그리고 전쟁이 터졌다. 사실 전쟁은 파라의 인생에 그리 놀라운 일이 아니었다. 이제 겨우 20대 중반인 그녀가 이라크에서 나고 자라는 동안 상대적으로 조용하고 평화로운 나날을 보낸 시간은 겨우 7년 정도에 불과했다. 바그다드가 함락되고 며칠 후, 그녀는 친구 집에서 우연히 미 특수부대 병사들을 만났다. 그 특수부대 병사들은 남아공에서 온 미친 동물

보호 운동가가 바그다드 동물원을 살려보겠다고 열심이라며 떠들었고 파라는 자기도 도움이 되고 싶다고 말했다.

어느 날 특수부대원들이 우리 동물원에 찾아와 파라에 대한 이야기를 하면서, 파라를 동물원 직원으로 삼아줄 수 없겠느냐는 말을 했다. 나는 그 자리에서 좋다고 했고 그들은 그 길로 파라를 데리고 다시 나타났다. 서로 소개가 끝나자 파라는 갑자기 울음을 터뜨렸다. 나는 어찌할 바를 몰랐다. 계속되는 긴장의 나날에 익숙해진 나로서는 사람이 모진 일을 겪으면 얼마나 큰 트라우마를 갖게 되는지 잊고 지내온 터였다. 하지만 파라는 곧 냉정을 되찾고 자기 역할을 맡아 일하기 시작했다. 나는 오래지 않아 그녀와 함께 일할 수 있게 된 것이 얼마나 큰 행운인지 깨달았다. 그녀는 정직했고 성실했으며 능력도 있어서 다른 직원들에게 귀감이 될 만했다.

무엇보다 중요했던 것은 그녀가 영어를 훌륭하게 구사한다는 점이었다. 나는 믿을 수 있는 통역사가 필요했는데, 그야말로 행운이었다. 아델이나 후샴과는 어려운 시기를 함께 견뎌내면서 그런대로 의사소통이 되었지만, 여전히 손짓발짓을 섞어서 하는 원시적인 수준이었다. 사담 정권 이후 새로운 행정부가 천천히 기능을 발휘하기 시작하면서, 나는 영어라고는 수박 겉핥기 식으로밖에 하지 못하는 정부 관리들과 점점 더 많이 만나 일을 처리해야 할 때가 올지도 모른다고 생각하고 있었다. 파라는 그들과의 의사소통에 긴요한 고리가 될 것이었으며 더욱이 그녀는 능력 있는 수의사이기도 했다. 그런 사람이 보수도 받지 않고 일을 해주겠다니

금상첨화가 따로 없었다.

파라는 정리할 일이 있으니 열흘쯤 뒤에 다시 오겠다며 돌아갔다. 그녀는 약속을 어기지 않고 돌아왔고 나는 파라 같은 사람이 우리 동물원의 일원이 된 것에 뛸 듯이 기뻤다. 당시 나는 동물잔혹행위금지협회를 설립할 생각이었는데, 헌신적이고 능력 있는 수의사인 파라가 그 일을 맡는 데 제격이라고 생각했다.

나는 아델과 후샴에게 파라를 소개했다. 처음에 아델과 후샴은 그녀를 별로 달가워하지 않았다. 아랍 사회는 철저하게 남성 중심적이라 여성의 사회 활동을 환영하지 않는다. 파라가 아델과 후샴의 눈 밖에 난 또 다른 이유는 그녀가 전통적인 아랍 여성과 거리가 멀어도 한참 멀었기 때문이다. 파라는 청바지와 블라우스 차림을 즐겼고 때로 반바지를 입고 오기도 했다. 또한 화장을 했으며 흑단같이 까만 머리 중 몇 가닥을 염색하고 있었다. 더운 날에는 주저 없이 차가운 맥주를 즐겼다. 사실 그녀는 순종적인 아랍 여인들과는 아주 동떨어진 인물이라 아랍 남성들은 파라를 외국인으로 착각하기 일쑤였다. 파라 자신도 요르단어 억양을 섞어가며 말해 더더욱 외국인으로 생각하게 만들곤 했다.

파라가 남성에게 종속되지 않고 독립적인 삶을 살고 있다는 것을 보여주는 대표적인 행동은 공개적으로 담배를 피우는 것이었다. 아랍 사회에서 여성이 담배를 피운다는 것은 상당한 용기 없이는, 또한 철면피가 되지 않고는 불가능한 일이다. 흥미롭게도 파라는 둘째가라면 서러워할 만큼 용기가 넘치는 여성이었다. 이라크에서 남성은 모닥불의 화신이라도 되는 양 연신 담배를 피워대지만 여성은 공개 석상에서의 흡연을 엄격히 금지당하고 있다. 이라크 여성 사이에서는 이러한 현실을 빈정대는 농담이 유행하고 있었다. 어느 날 남편이 집에 일찍 돌아와보니 아내가 다른 남자와 침대에서 뒹굴고 있었다. 이것을 본 남편이 이렇게 말했다.

"세상에, 당신 이게 어찌 된 일이오. 이런 식으로 나가다가는 곧 담배도 피우겠는걸."

파라는 다른 수의사들과의 인맥이 끈끈했고 가족들과의 연대도 탄탄했다. 용기 있고 긍정적인 성격에다 성실하기까지 한 파라는 곧 동물원에서 매우 중요한 존재가 되었다. 그리고 아픈 궁둥이와 사담의 동물들을 돌보던 전 전담 수의사에게 우리를 인도하는 역할을 했다.

그의 이름은 나미르였다. 바그다드 동물원 직원들은 그의 이름을 익히 들어 알고 있었지만 그가 쓴 감투가 감투이니만큼 감히 그를 만나본 적은 없었다. 물론 그 감투는 윗사람이 도망 중인 터라 모두 옛날 일이 되었지만 말이다.

미군의 조사 과정에서 나미르는 자신이 원래 경찰견 훈련사였다고 진술했다. 그러던 어느 날 사담의 궁으로 불려 갔다고 한다. 사담은 나미르에게 이제 자신의 전담 수의사가 되었으니 하던 일은 모두 정리하라고 했다. 사담을 거역하는 일은 감히 꿈도 꾸지 못하던 시절이었다. 나미르는 사담에게 충성을 바치는 바트당원이 아닌 전문지식이 있는 수의사로서 독재자 밑에서 월급을 받게 되었다. 어쩌면 이 말은 그의 주장에 불과한 것인지도 모른다. 나미르는 어떻게 해서 자신이 바트당의 VIP카드까지 소지하게 되었는지는 명확히 해명하지 못했다. 하긴 독재정권 시절에 발생한 일에 시시비비를 가리는 것 자체가 결코 쉬운 일은 아닐 것이다.

그러나 수의사 나미르의 능력 및 자질 부족에 대해서는 판단을 유보할 필요조차 없었다. 나미르의 손에 맡겨진 곰의 상태를 살펴보려고 브랜던과 파라가 그곳을 찾았을 때, 두 사람은 한동안 충격에서 헤어 나오지 못했다. 곰은 겨우 세 살에다 키는 170센티미터쯤 되었는데 몸을 움직일 수 없을 만큼 비좁은 수송용 우리 안에 갇혀 있었다. 우리의 크기는 가로세로 2미터가 채 안 되었고, 곰을 바닥에 깐 벽돌 위에 그냥 방치했던 것인지 똥오줌이 쇠창살 사이로 흘러나오고 있었다. 우리의 바닥은 피고름과 배설물이 뒤섞여 미끈거렸다. 엉덩이에 있는 종기에서 고름이 흘렀고 고약한 냄새가 진동했다. 등과 옆구리, 배 쪽은 너무 좁은 우리에 갇혀 있는 바람에 쇠창살에 쓸려 살갗이 다 보일 정도로 벗겨졌다. 곰은 사실상 벽돌 위에 얹혀 있는 철창 안에서 계속 서 있어야 하는 상태였다. 이 때문에 발 부근의 살이 다 벗겨진 채였고 끔찍한 위생 상태 때문에 엉덩이가 썩어 들어갈 수밖에 없었다. 앉았다가 일어나는 단순한 행위도 곰에게는 큰 고역이었다.

곰이 받은 치료라고는 가끔 나미르가 상처 부위에 소독약을 뿌려준 게 전부인 듯했다. 브랜던의 눈에는 생명을 다루는 수의사가 이런 상태가 되도록 동물을 방치한 것은 도저히 용서할 수 없는 잔악한 행위였다. 수의사 옆에는 사악한 얼굴에 페르시아 칼 모양의 콧수염이 덥수룩하게 난 사람이 있었다. 그는 브랜던에게 대놓고 못마땅한 티를 냈다. 브랜던이 매력적인 아랍 여성과 함께

왔다는 사실에 더욱 비위가 상한 듯했다. 브랜던은 동물에 대한 윤리적인 대우를 논할 때는 아니라고 판단했다. 브랜던과 파라는 그들과 악수를 나누며 미소를 지었다. 그곳을 시찰하거나 조사하기 위해 온 것이 아니라는 점을 분명히 보여주고 싶었던 것이다.

하지만 바로 옆에 있는 좁디좁은 우리에 쇠약해진 펠리컨과 다리를 제대로 못 쓰는 오소리, 뼈가 앙상한 개가 갇혀 있는 모습이 눈에 들어오자 눈앞에 있는 그 '수의사'라는 인간에 대한 끓어오르는 분노와 적의를 참기 힘들었다. 그럼에도 브랜던과 파라는 이성을 잃지 않았다. 개인적인 적개심으로 큰일을 망칠 수는 없었기 때문이다. 가능한 한 여러 가지 방법을 쓸 수 있도록 가능성을 열어두는 것이 최상이었다.

처음에 나미르는 극도로 말을 아꼈다. 브랜던이 미국인일지도 모른다고 생각했고, 미국인이 아니더라도 미군과 관련 있는 사람일 것이라고 생각해서였다. 브랜던은 자기가 남아공에서 왔으며 넬슨 만델라의 나라 사람이고 군대와는 아무런 상관이 없다고 밝혔다. 그러자 조금 태도가 누그러진 나미르는 곰의 상태가 최상은 아니라는 것을 마지못해 인정했고, 돈이 없어서 제대로 된 치료를 하지 못했다고 덧붙였다. 브랜던은 곰을 동물원으로 옮겨 제대로 치료받게 하는 것이 어떻겠냐고, 거기에서 상처도 치료하고 구더기가 생긴 곳도 살펴보는 것이 낫지 않겠느냐고 제안했다. 그러자 나미르는 불끈 화를 내며 일언지하에 그의 제안을 거절해버렸다. 곰은 자기 것이 아니라고 했다. 곰의 주인은 동물 암시장에서 유명한 악당 아부 사카였다. 만약 곰에게 무슨 일이라도 생기면 자신은 암시장 협잡꾼들 손에 남아나지 못할 것이라고 했다. 그렇게 끔찍한 상황에 곰을 방치해두고도 "곰에게 무슨 일이 생긴다면"이라니 이 무슨 말도 안 되는 소린가.

나미르는 갑자기 말머리를 돌려 자기가 사담의 궁에 있는 수많은 비밀 장소를 알고 있기 때문에 미군에게 도움이 될 거라는 말을 지껄여댔다. 그런 방식으로 자신이 유용하게 활용될 수 있을 거라는 가능성을 시사했던 것이다. 브랜던과 파라는 일단 알겠다며 다시 만나자는 애매한 약속을 하고 그 자리를 떴다.

일주일 후, 브랜던과 파라가 다시 그곳을 찾아갔을 때에는 운 좋게도 암거래상 아부 사카가 그 자리에 있었다. 까무잡잡하고 눈썹이 짙은 그 남자는 병든 새끼 사자를 데려왔다. 나미르와 마찬가지로 아부 사카도 외국인과 대화하기를 꺼려 브랜던은 자신은 남아공에서 왔으며 점령군과는 아무런 상관이 없다고 설명해야 했다. 파라는 자신의 능력과 매력을 총동원해서 긴장을 누그러뜨렸다.

화제는 곧 암시장으로 옮겨 갔다. 아부 사카는 브랜던에게 최고 품종의 호랑이를 이란에서 들여올 수도 있다는 말을 넌지시 건넸다. 브랜던은 화제를 다시 곰으로 돌려 상태가 좋지 않으니 동물원에 데려가 치료하는 것이 어떻겠느냐고 제안했다. 사카는 한동안 말없이 생각에 잠겼다가 동물원에서 곰에 대한 보상으로 얼마나 내야 하는지 알고 있느냐고 물었다.

문제의 핵심은 돈이었다. 우리를 제외하고 어느 누구도 동물의 삶 자체에는 관심이 없었다. 모든 게 그냥 돈이었던 것이다. 브랜던은 동물원에서 세부적인 논의를 하자며 아부 사카에게 동물원으로 찾아올 것을 제안했다.

이틀 후 나미르가 동물원에 와서 브랜던을 찾았다. 섬너가 그 자리에 있었는데, 섬너는 이미 브랜던에게 나미르라는 수의사가 사담의 궁전 안팎을 샅샅이 알고 있더라는 말을 들은 뒤였다. 나미르를 만난 섬너는 사무실 안으로 그를 안내했다. 나미르는 섬너에게 사담의 궁에 대한 모든 정보를 알려주면 경찰견 트레이너로 고용될 수 있는 길을 열어주겠느냐고 물었다. 그는 사담의 궁에 대해 많은 것을 알고 있긴 했지만 그가 알고 있는 정보는 이미 미군 정보부에서 모두 파악하고 있는 것들이었다. 결국 대화는 곰으로 옮겨 갔고 나미르는 암거래상으로부터 동물을 사려면 돈을 많이 지불해야 할 것이라고 말했다. 섬너는 가격은 문제없다며 일단 신의의 표시로 곰을 동물원에 넘겨주고 나중에 가격에 대해 논의하면 어떻겠냐고 제안했다. 나미르는 자기가 일방적으로 곰을 넘겨버리면 목숨이 위태로워진다며 아부 사카에게 그 말을 전하겠다고 했다. 섬너는 가격 문제는 암거래상과 직접 얘기하겠다면서 군에서는 아무도 체포하지 않을 것이라는 말도 덧붙였다. 하지만 무엇보다 먼저 곰을 줘야 한다고 요구했다.

사실 우리의 최우선 임무는 아픈 궁둥이에게 적절한 치료를 해주는 것으로 바뀌어 있었다. 그렇게 끔찍한 상태로 더 방치하면 오래 살지 못할 것이 뻔했기 때문이다. 나미르 밑의 직원들은 계속 곰을 학대하고 있었다. 그들은 곰을 옮겨야 할 때마다 우리를 때리거나 쇠막대기로 곰을 찔러 살갗이 다 벗겨진 발로 서 있지 않고는 못 배기도록 만들었다. 우리가 신속히 동물원으로 데려오지 않는 한 곰의 생명이 위태롭다는 것은 불을 보듯 뻔했다.

누구보다 브랜던이 가장 초조해했다. 그는 하루라도 빨리 나미르의 거처로 쳐들어가 곰을 구해 오고 싶어 안달이었다. 하지만 그런 기습작전은 군에서 뒷받침해주어야 가능했다. 암거래상과 관련된 일이었기 때문에 잘못하다가는 동물원 직원들에 대한 보복으로 이어지지 않을까 하는 두려움도 있었다. 동물원 직원들은 그 지역에 거주했기 때문에 쉽게 추적이 가능했고 앙갚음하고자 하는 악당들에게 금방 노출될 수 있었다.

결국 나미르는 자기 능력으로는 곰을 돌볼 수 없음을 인정했고, 자기가 곰을 마취시켜놓으면 동물원 직원들이 그 곰을 데려가는 방안에 동의했다. 하지만 그는 말을 마치고 나가면서 아델 박사에게 아랍어로 "당신이 그 빌어먹을 곰한테 마취 주사를 놓으쇼. 난 하지 않을 테니"라고 내뱉었다. 조금 전 섬녀에게 한 말을 곧바로 뒤집은 것이었다. 하지만 섬녀와 브랜던은 그에게 시비를 걸지 않았다. 자기가 돌보던 동물을 마취시킬 수의사로서의 최소한의 책임감도 없다면 우리가 가서 할 수밖에 없었다.

우리가 진행했던 대부분의 작전처럼, 이번 작전도 직관과 경험에 의존할 수밖에 없었다. 그 덕분에 첫 번째 단계부터 어그러지기 시작했다. 당시 나는 그곳에 없었기 때문에 나중에야 생생한 현장 이야기를 전해 들을 수 있었다.

우선 나미르의 치료소로 가는 길에 아델의 털털거리는 차가 바그다드의 교통지옥 속에 갇혀 있다가 뒤에서 오는 차에 받히고 말았다. 아델은 백미러로 뒤를 보고 어깨를 으쓱한 후 넘어갔다. 뒤차의 운전자도 마찬가지였다. 난리 통인 이라크에서는 교통사고가 나도 그냥 집에 가서 얼마나 부서졌는지 확인해보는 게 최선이었다. 특히 차 뒤에 곰 수송용 우리를 실었을 때는 더더욱. 너무 오래 길에 서 있으면 약탈 대상이 되기 때문에 위험했다. 거리에 차를 세워놓고 싸울 수도 있지만 그런다고 달라지는 것은 하나도 없었다. 교통경찰도 없었고 민원을 제출할 곳도 없었다.

나미르의 치료소에 도착한 아델은 마취제를 준비해 곰의 엉덩이에 주사기로 찔러 넣었다. 모두들 구조작전이 신속하고 깔끔하게 끝나기를 바랐다. 하지만 한참이 지나도 곰은 말짱했다. 마취제를 주사했는데도 졸린 기색이 전혀 없었다. 라스트맨 스탠딩 때와 마찬가지로 이번에도 아델은 이라크에 사는 불곰이 얼마나 강인한지에 대한 설교를 늘어놓기 시작했다.

"험준한 산악지대에서 살았기 때문에……."

이제 곰은 국가적인 자부심의 원천이 돼버린 듯했다. 브랜던은 곰을 구조할 때마다 왜 이렇게 힘이 드는지 참 이상하다며 체념하듯 고개를 흔들었다. 30분 후 아델은 한 번 더 진정제를 놓아야겠다고 했다. 이 말이 떨어지기가 무섭게 나미르의 직원들이 쇠막대기로 곰을 찔러대며 구석으로 몰기 시작했다. 브랜던이 말릴 새도 없었다. 곰은 화가 나서 비명을 지르며 막대기를 낚아채서는 엿가락처럼 구부려버렸다. 그 광경을 지켜본 브랜던은 난생처음 곰이 얼마나 힘이 센지 깨달았다. 보통 때는 항상 우리 구석에 누워 있어 저런 괴력이 있으리라고는 상상하기 힘들었던 것이다.

아델이 다트총을 쐈고 모두들 다시 기다렸다. 벌써 열 명 정도가 모여들어 치료소는 시끄러웠고 그 소음으로 공포감에 휩싸인 곰은 더욱 스트레스를 받았다. 브랜던이 겨우 사람들을 조용히 시키자, 곰은 졸음이 오는지 조금씩 고개를 떨어뜨리며 꾸벅꾸벅 졸기 시작했다. 그때 개를 사러 온 젊은이들이 난데없이 곰 우리로 다가가 곰의 머리가 있는 우리 부분을 발로 걷어찼다. 그러자 곰은 곧바로 벌떡 일어나버렸다. 브랜던이 쫓아가 가만히 있지 않으면 내쫓아버리겠다고 젊은이들을 위협했지만 이미 엎질러진 물이었다. 곰은 신경이 아주 날카로워져 약발이 듣지 않았다. 아델이 다시 주사를 준비해 이번에는 상처 근처에 놓았지만 소용이 없었다.

운이 없는 날로 치고 포기하는 수밖에 다른 도리가 없었다. 동물원에서는 모두 걱정이 태산이었다. 그 주를 넘기면 곰의 생명이 위태로울 것이 자명했기 때문이다.

이틀 후 섬너는 호위대를 구성해 군 공병대와 함께 다시 작업에 나섰다. 이번 계획은 곰을 마취시키는 것이 아니었다. 지난번 루나 공원의 라스트맨 스탠딩 구조작업 때처럼 수송용 우리로 꾀어내 옮기는 것이었다.

하지만 언제나 그랬듯, 순조롭게 돌아가는 것은 아무것도 없었다. 새로운 문제가 기다리고 있었던 것이다. 우선 곰 우리의 문이 바깥쪽으로 열리게 돼 있어 수송용 우리의 문을 정확하게 우리 입구에 맞춰 댈 수가 없었다. 아이디어를 모은 결과 곰 우리 문의 경첩을 떼버리고 수송용 우리를 갖다 대보는 것으로 결정이 났다. 수송용 우리의 문은 위에서 밀어 떨어지게 돼 있었다. 우리는 필요 이상으로 곰을 자극하지 않도록 재빨리 경첩을 떼어냈다. 하지만 치료소의 직원들이 또다시 일어나 쇠막대기를 들고 곰을 찔러대며 수송용 우리 쪽으로 옮기려 들었다. 이미 충분히 괴로웠던 곰은 좁은 우리 안을 쿵쾅거리며 왔다 갔다 했다. 고문을 가하는 사람들에게서 쇠막대기를 빼앗으려 하면서 고통스러운 비명을 질렀다.

불쌍한 곰이 날뛰는 동안 상처 부위는 더 벌어지고 찢어져 고통은 더욱 깊어지는 듯 보였다. 곰은 분노와 공포로 사방에 배설물을 흘리고 있었다. 곰같이 멋진 동물을 이렇게 되도록 내몬 것 자체가 끔찍한 범죄 행위였다.

분노와 괴성을 질러대는 난리법석 속에서도 굶주린 곰은 새 우리 안에 놓인 먹이를 발견했고, 먹이를 먹기 위해 그쪽으로 허둥지둥 뛰어 들어갔다. 우리는 곧 문을 내렸다. 곰 우리를 차 뒤에 실은 다음부터는 사고나 큰 문제없이 동물원까지 무사히 갈 수 있었다.

적절한 식사와 보살핌, 항생제 치료 그리고 쉽게 걸을 수 있는 매끈한 바닥 덕분에 고름이 흘렀던 상처 부위와 찢어진 발은 빠른 속도로 회복되었다. 동물원 직원들은 매일 곰에게 시원한 물을 뿌려주었다. 라스트맨 스탠딩 때와 마찬가지로 곰의 새집에는 시원한 그늘이 드리워진 야외 공간도 있었다.

인생에서 모든 것은 상대적이다. 아픈 궁둥이는 분명 새로운 집을 호사라고 생각했을 것이다. 괴저로 악화될 수 있었던 곰의 상처 부위에는 이제 털이 수북이 돋아났고 그 곰은 활발하게 잘 살고 있다. 하지만 이름은 여전히 아픈 궁둥이다.

동물원 직원들은 성공적으로 임무를 완수한 것에 무척 흐뭇해했다. 이제 곰 두 마리가 생겼다. 그 두 마리 곰을 구출하는 데 얽힌 일화는 한 편의 드라마 같았지만 그런 구출작전이 교과서처럼 여겨져서는 안 되었다. 당시는 극단적인 상황이었기 때문에 구조팀은 즉석에서 머리를 짜내 최선의 방법대로 하는 수밖에 다른 도리가 없었다. 대안이 없었던 것이다. '세계 최초'니 뭐니 하는 것은 생각할 상황도 아니었다. 그때는 일단 수중에 확보되는 것들을 가지고 최선을 다할 수밖에 없었다. 다행인 것은 그 와중에도 동물이나 사람은 아무도 다치지 않았다는 점이다.

두 마리 곰을 구출하는 데 가장 중요했던 요소는 무슨 일이 있어도 동물들을 구하고야 말겠다는 모두의 굳은 결심이었다. 무력충돌이 벌어질 수도 있는 극히 위험한 환경에서, 바퀴도 제대로 굴러가지 않는 원시적인 우리로 굶주리고 위험에 처한 동물들을 옮기는 것은 정말 쉽지 않은 일이었다. 그래도 그 노력 덕분에 끔찍한 환경에서 고통당하던 동물들을 그나마 좀 더 나은 곳으로 데려올 수 있었다. 이것이 바로 지구에서 함께 사는 다른 생명체에게 인간이 보여줄 수 있는 최소한의 예의라는 것에 이의를 제기할 사람은 많지 않으리라 생각한다.

우리가 늘 일만 했던 것은 아니다. 아픈 궁둥이가 구조되고 며칠 후, 제레미가 SUV를 끌고 동물원을 찾아와 이렇게 외쳤다.

"럭비 보고 싶지 않아요? 오늘 뉴질랜드랑 한판 붙는 날이에요.

우리가 위성방송을 따놓았어요."

럭비는 남아공의 국민 스포츠이다. 남아공 스프링복스팀 대 뉴
질랜드 올블랙팀의 승부는 그해 경기의 하이라이트였다.

"좋고말고요. 어디서요?"

브랜던이 외쳤다. 하지만 '사소한' 문제가 하나 있었다. 위성방송
텔레비전이 설치된 곳이 바그다드 저편이었던 것이다. 제레미나
그 팀들은 갈 수 있겠지만 브랜던이나 나 같은 민간인이 가기에는
힘든 곳이었다. 총격전이 일상적으로 벌어지는 지역이었다. 용병
들이 다시 이쪽으로 돌아오는 길에 총격전이 일어나 노상에서 적
들을 죽인 적도 있었다. 내가 걱정하는 것을 보고 브랜던이 나를
끌고 갔다.

"쿠데타를 한판 벌일 만큼 무기도 충분하고 이 경기는 놓치면
다시는 못 보잖아요. 가봐요."

우리는 SUV 차량 세 대를 대동해 알 자와라 공원에서 출발해
검문소를 지나 레드존으로 접어들었다. 용병들은 창문을 내리고
무기가 밖을 향하게 하더니 좌석을 돌려 총격이 일어나면 언제라
도 반격할 수 있도록 자리를 잡았다. 길이 막혀 천천히 가야 하는
구역이 나오면 창문 밖으로 권총을 꺼내 보행자들에게 차에서 멀
리 떨어지라고 아랍어로 외쳤다. 길이 너무 막히면 끊임없이 경적
을 울려대며 미친 사람처럼 사람들과 당나귀, 노점상을 지나 차
를 몰았다.

"반란군은 SUV를 목표물로 해요. 따라서 되도록 차를 멈추는
일이 없어야 합니다." 제레미가 말했다.

"하지만 어쩔 수 없이 차를 세워야 할 때는 모두 내려 차의 모서리에 한 명씩 자리를 잡죠. 총을 밖으로 겨냥하고요. 다시 차가 달릴 때까지 그런 식으로 가는 거죠."

가는 길 내내 그렇게 두려움에 떨었지만 목적지에는 무사히 도착했다. 방에 들어서자마자 경기가 시작되었다. 불행히도 남아공은 경기에서 지고 말았다. 그래도 럭비 경기를 본 것만으로도 좋았다. 우리는 다시 미친 듯이 차를 몰아 동물원으로 돌아왔다.

11
사담의 말들을 구하다

티그리스강 동쪽. 제방 근처 한적하던 다마스쿠스 거리에 요란한 말발굽 소리가 울려 퍼졌다. 그 울림은 마치 소총 소리처럼 들렸고 알 잠후리야 다리 위 검문소에 있던 병사들은 즉시 경계태세에 돌입했다. 에이브럼스 탱크에 실린 120밀리짜리 포도 즉각 자리를 잡았다.

그런데 그들 눈에 들어온 것은 전속력으로 달려오는 훌륭한 근육질의 회색 말이었다. 뭔가로 인해 공포에 질렸는지 말은 눈에 보이는 게 없는 것처럼 정면을 향해 돌진하고 있었다. 병사들은 자기 쪽으로 뛰어오는 말을 넋을 잃고 쳐다보았다. 철근 콘크리트 장벽과 철조망이 병사들을 지켜주고 있었지만 그래도 등골이 서늘하기는 마찬가지였다.

쿵 하는 소리와 함께 그 준마는 콘크리트 장벽에 부딪쳐 튕겼다가 철사에 엉켜 온몸이 찢기고 말았다. 말은 현장에서 즉사했다.

대체 무슨 일이 있었던 것일까? 어떤 끔찍한 일이 벌어졌기에 전속력으로 달리다 콘크리트 벽을 사정없이 들이받게 된 것일까?

검문소 보초들은 철조망에서 사체를 거둬 차에 실은 뒤 우리 동물원으로 가져왔다. 바그다드에 주둔 중인 병사들은 우리 동물원이 항상 단백질원 부족으로 허덕인다는 것을 잘 알고 있었다. 말고기는 사자들의 특식이 될 터였다. 그 말고기는 정말로 사자와 호랑이의 먹이 중에서 가장 호사스러운 것이었는데, 그 말은 사담 후세인의 아라비아 종마로 한 마리에 수백만 달러를 호가했기 때문이다. 그런데 이상하게도 그 귀중한 말들은 미군이 바그다드를 차지하기 바로 전에 소리 소문 없이 사라져버렸다.

물론 사자와 호랑이들은 특별히 고마워하지도 않고 그저 말고기에 정신이 팔려 있었다. 식사를 시작한 지 30분 만에 뼛조각만 남았을 뿐이었다. 비참하게 죽은 말은 안됐지만, 당시 아라비아 종마를 찾던 내게 그 사건은 획기적인 진전을 가져다준 계기가 되었다. 사담이 소유하고 있던 훌륭한 종마들 중 최소한 몇 마리는 궁전에 가해진 융단폭격을 견뎌내고 바그다드 어딘가에 살아 있을 가능성이 확인된 것이다. 할 수만 있다면 그 말들을 꼭 찾아내 보존하고 싶었다.

후세인의 사랑을 받았던 그 귀족 종마들의 혈통은 십자군 시대까지 거슬러 올라간다. 사담의 종마들은 말의 세계에서 단연코 눈에 띄는 훌륭한 족보를 가지고 있다. 그 말들의 조상이 10세기 전, 전설적인 칼리프였던 살라딘이 직접 안장을 채워준 말이라는 설은 상당히 신빙성이 있다.

역사에는 운명의 장난 같은 일들이 자주 등장하는데, 살라딘과 사담의 관계도 예외는 아니다. 살라흐 앗 딘은 사담과 마찬가지로 티크리트Tikrit에서 태어났다. 하지만 사담과 달리 쿠르드족이었다. 사담이 쿠르드족에 행했던 잔악한 대량학살을 생각해 볼 때, 만약 살라딘이 살아 있었다면 사담 후세인은 그에게 피의 원수 혹은 최악의 정적이 되었을 거라는 생각이 들었다.

나는 이라크에 발을 내디딘 순간부터 내내 그 종마들이 어떻게 됐는지 궁금했다. 오래전부터 사담 후세인이 수집한 종마들이 바그다드 궁전에 있다는 소문을 들은 터였다. 나는 내 눈으로 그 종마들을 직접 보고 싶었다.

이라크까지 와서 살라딘 때부터 순수 혈통을 유지해온 종마들을 보지 않고 간다는 것은 마치 파리 루브르 박물관에 갔다가 〈모나리자〉를 보지 않고 오는 것과 다름없었다. 그런데 그 말들이 모두 사라졌던 것이다. 아델과 후샴에게도 말에 대해 물어보았지만 사담과 그 일가가 바그다드에서 도망칠 즈음 그 종마들도 사라졌다는 말만 했다. 후샴은 그 말들을 다시는 못 볼 것이라고 생각하고 있었다. 그렇게 귀중한 종마는 암시장에서 금방 낚아챘을 것이다. 나도 그렇게 되었을 거라고 짐작은 하고 있었지만, 그래도 대단히 훌륭한 혈통의 종마들이 지구상에서 사라졌다고 생각하니 잡을 수 없는 모기 한 마리가 내 머리를 계속 맴도는 것처럼 찜찜한 기분이었다. 그런 상황이었는데 이제 아라비아 종마가 살아 있으리라는 것을 알게 된 것이다. 바그다드 어딘가에 살아 있다면 내가 가서 꼭 찾아내고야 말리라.

처음에는 단순한 호기심에서 시작했지만 나중에는 거의 집착에 가까운 탐색으로 발전했다. 나는 그 국가적 보배를 찾는 것을 내 의무라고까지 생각하게 되었다. 특히 다른 사람들이 말 문제에 거의 관심을 보이지 않았기 때문에 더더욱 내가 관심을 기울여야 한다고 생각했다.

말고기가 동물원에 도착한 후, 나는 전체 직원 미팅 자리에서 사담의 종마에 대한 수색작전을 벌여야 한다고 주장했다. 소문이든 풍문이든 말에 대한 정보를 확보하면 곧바로 내게 보고할 것을 지시했다. 동물원 직원들은 큰 열의를 보이지 않았다. 후샴을 비롯한 대부분의 직원들이 그 말들을 쫓는 것은 야생 거위를 찾는 일과 마찬가지로 헛된 짓이라고 생각하고 있었다. 그들은 수백만 달러나 하는 말이 그 어수선한 바그다드 시내에서 아직도 돌아다니고 있을 거라고 생각하지 않았다. 아니, 살아 있다고 해도 난장판인 이 도시에서 어떻게 그 말들을 찾는단 말인가?

나는 결코 그렇지 않다고 못 박았고 직원들은 마지못해 사담의 말에 대해 수소문하기 시작했다. 브랜던과 나는 검문소의 병사들에게도 좀 알아봐달라고 부탁했다. 검문소에서 다른 검문소들에 연락을 해주었고 곧 동물원에서 사담의 말을 찾고 있다는 소문이 쫙 퍼졌다.

나는 이라크인들이 내게 한 말을 곱씹어보았다. 말은 이라크 공습 초기에 모두 사라졌고, 만약 아직 살아 있다면 어수선한 바그다드 구석의 어느 마구간에 숨겨져 있을 것이다. 그 이상은 설명이 불가능했다.

직원들은 나에게 말을 찾아 나서는 건 좋은 생각이 아니라고 말했다. 추적하다 보면 결국 암시장의 악당들과 머리를 맞대고 싸우게 될 것이라고 경고했다. 아픈 궁둥이 때처럼 이런 일에는 암시장의 거물들이 개입해 있을 터였다. 불법 동물 거래에 관여하는 인간들은 자기 앞을 가로막는 장애물이라면 눈 하나 깜짝 않고 해치워버리며, 특히 걸린 돈이 클 때는 더더욱 무서울 것이 없어지는 인간들이라고 했다. 사담은 중동에서, 아니 세계에서 가장 좋은 아라비아 종마를 갖고 있었다. 그는 자신이 원하는 말은 꼭 손에 넣어야 직성이 풀리는 사람이었다. 이라크인들의 말에 따르면 사담의 종마는 약 일흔 마리에 달했으며 바그다드 공항 인근의 특별한 방목지에서 키웠다고 한다. 바로 그 말들의 행방이 오리무중인 것이다.

바그다드 지도 위에 표시된 불가사의한 교차로들을 바라보는 일은 나를 혼란스럽게 만들 뿐이었다. 어디서부터 시작해야 한단 말인가? 어디서부터 찾는 게 논리적인지를 알려주는 단서는 아무것도 없었다. 결국 나는 소문에 의지하기로 했다. 그 훌륭한 말들이 돌아다니는 모습을 누군가가 보았을 것이 틀림없다. 당나귀나 염소 떼에 섞여 있어도 그런 종마들은 금방 눈에 띄는 법 아닌가.

하지만 내 생각이 틀린 듯했다. 몇 주간 지나다니는 길목마다 사람들을 붙잡고 물어보았지만 모두들 고개를 흔들었다. 동물원 직원들은 그 말들이 폭탄에 맞아 죽었거나, 아니면 암시장의 어두운 터널 어딘가를 통과해 구조할 수 없는 상황이 돼버렸다고 확고하게 믿게 되었다.

하지만 나는 콘크리트 장벽에 부딪쳐 죽은 말을 통해 다른 말들도 이라크 어딘가에 반드시 살아 있을 거라는 한 가닥 희망을 갖게 되었다. 당시 상황을 지켜본 목격자에 따르면 그 말은 당나귀처럼 마차를 끌고 있었다고 한다. 그런데 어찌된 영문인지 고삐가 풀린 채 달리다 검문소의 콘크리트 장벽에 부딪친 것이다.

이건 내 생각이 맞다는 뜻이었다. 말들은 바그다드 어딘가에 살아 있다. 우리는 다시 열성적으로 말을 찾아 나섰다. 다시 한번 순찰병들에게 은밀히 말을 이동시키는 사람들이 있는지 잘 살펴보도록 부탁했다. 그런 낌새를 발견하면 즉각 동물원에 연락하고 수송용 트럭 등도 수색해줄 것을 당부했다. 우리는 그 말이 도난당한 유산이며 십자군 시대 종마의 후손으로 그 가치가 엄청나다는 말도 잊지 않았다.

우리의 노력은 헛되지 않았다. 어느 날 아부 바커라는 사람이 동물원에 나타나 말이 있는 곳을 안다고 전했다. 그 얘기는 번개처럼 파라의 귀에 들어갔지만 서둘러 그녀가 왔을 때 그는 주소도 남기지 않고 어디론가 사라진 후였다. 원점으로 돌아온 듯 허탈했다. 다행히 며칠이 지난 뒤 어느 날 아침, 아델이 출근했을 때 그는 다시 동물원에 와 있었다.

사람들의 눈에 띄기 싫어하는 그를 만나기 위해 나는 동물원 사무실로 들어갔다. 아부 바커는 말들이 숨겨진 곳을 안다고 자신 있게 말했다. 그 남자는 자신이 사담의 말 관리인으로 일한 적이 있다고 주장하며 사담의 말들과 친했다고 했다. 사담 일가가 궁에서 도망치기 며칠 전 말들을 은밀한 마구간으로 이동시켰고,

사담이 돌아올 때까지 그곳에서 말을 보관하기로 돼 있었다고 했다. 놀라운 사실은 그 말들의 은신처가 당시 이라크에서 가장 위험한 곳으로 꼽혔던 아부그라이브^{Abu Ghraib}라는 도시의 한가운데에 위치해 있다는 것이었다.

아부그라이브는 바그다드에서 서쪽으로 32킬로미터 정도 떨어진 곳으로 판자촌이 사막까지 늘어서 있었다. 인구밀도가 높은 빈민가였기 때문에 도둑과 암거래상, 마약 및 마리화나 밀매업자가 들끓었다. 게릴라군은 물론 알카에다와 연계된 공작원들까지 그 무법천지의 골목 속에 숨어 활동하고 있다고 했다.

또한 그곳은 사담의 앞잡이들이 사담 정권의 정적들을 무자비하게 고문했던 아부그라이브 교도소가 있는 곳이기도 했다. 아이러니하게도 이 교도소는 미군에게 엄청난 골칫거리가 되는데, 이곳에서 일어난 일로 군사재판을 실시해야 했고 반미 운동 또한 감수해야 했다(2004년 발생한 '아부그라이브 교도소 가혹 행위 사건'을 일컫는 것으로, 미군이 이라크인 포로들을 고문하고 학대하는 사진이 언론을 통해 보도되며 전 세계적으로 미군의 인권유린을 비난하는 성명 및 시위가 잇따랐다—옮긴이). 아부그라이브는 불가피한 경우가 아니면 발을 들여놓기 싫은 동네였다. 이번 구조작업을 펼치려면 미군으로부터 상당한 규모의 지원을 받아야 했기 때문에, 나는 파라를 대동하고 연합군임시행정처의 최고행정관인 폴 브레머 밑에서 일하는 패트 케네디 비서실장을 만나러 갔다.

케네디 비서실장은 이번 사안의 중요성을 단박에 간파하고 그마구간의 위치와 좌표를 물었다. 그는 담당 지휘관을 지정하고,

그에게 우리가 말한 정보를 넘겨주기로 했다. 또한 그 작전을 위해 탱크와 군대도 지원해주겠다고 약속했다. 그는 미군이 분쟁 지역에서 귀중한 말을 구조하는 것은 이번이 처음이 아니라고 덧붙였다. 제2차 세계대전 중에 조지 패튼 장군이 이끄는 제3기갑연대 병사들이 나치군에 붙잡혀 있던 최고 혈통의 리피잔lipizzan(말의 품종 중 하나로 털이 하얗고 영리한 것으로 유명하다-옮긴이) 준마들을 구출한 적이 있다고 했다.

유난히 말을 좋아한 패튼 장군은 나치가 체코슬로바키아의 독일군 기지에 특별한 준마를 잡아놓고 있다는 말을 듣고는 구조작전에 나섰다. 하지만 미군은 서부와 남쪽 방면에 뒤처져 위치해 있었고 소련군은 동쪽에서 앞서서 진군했던 터라 그들이 먼저 체코에 도착하리라는 것은 불을 보듯 뻔했다. 패튼 장군은 붉은 군대가 말을 가져가지 못하도록 독일군과 협상을 벌였다. 패튼 장군의 신속한 조치로 그 말들은 무사히 미국으로 올 수 있었고 덕분에 말 고유의 혈통을 유지할 수 있게 되었다. 케네디 참모총장은 사담의 아라비아 준마도 리피잔만큼 아랍의 기수들에게 중요한 존재일 것이라고 했다.

아라비아 혈통의 말들은 오늘날 최고의 종으로 분류된다. 아라비아 말들을 최초로 길들인 것은 기원전 1500년경의 베두인족이었다. 그 귀족 혈통의 말들이 사막 경제에 없어서는 안 될 존재였음은 의문의 여지가 없다. 신속한 말들이 없었다면 베두인족은 이웃을 약탈해 부를 축적할 수 없었을 것이다. 따라서 강인한 사막 부족은 준마를 알라가 주신 선물로 간주했다. 무함마드조차

"모든 인간은 말을 사랑할지어다"라고 설교했다.

당시 가장 귀중한 말들은 사막 깊숙한 곳에서 자랐다. 환경이 좋지 않을수록 강인한 말만 살아남게 마련이기 때문이다. 그 아라비아 말은 과거 그리고 현재에도 가장 튼튼하고 용감하며 아름다운 말로 인정받고 있다. 따라서 그리스 신화에 나오는 페가수스의 이미지가 아라비아 종마에서 온 것임은 그리 놀랄 일이 아니다.

아라비아 말들이 전 세계 말 산업에 미친 영향과 가치는 평가가 불가능할 정도이다. 유럽과 미국에서 알아주는 경주마에는 모두 아라비아 준마의 피가 흐르고 있다. 사육사들은 아라비아 준마의 피가 섞인 비율이 높을수록 더 가치가 높은 것으로 친다. 16세기 멕시코와 페루를 침략한 스페인 정복자들도 아라비아 종의 자손을 몰고 가서 남미를 정복했으며 그 말들이 저 유명한 무스탕(미국 대평원에 사는 야생의 작은 말—옮긴이)의 선조이다.

순종 아라비아 말은 옆모습이 눈에 띄게 오목하다. 눈은 튀어나왔고 콧구멍이 크며 주둥이는 자그마하다. 베두인족은 그러한 외양에 신화적인 의미까지 부여했다. 넓은 이마는 알라의 축복을 받았음을 의미하며 아치 모양의 목과 도전적인 자세는 말의 용기를 상징한다고 말이다. 하지만 아라비아 말의 진정한 파워는 바로 근육으로 들어찬 가슴과 짧고 힘센 등 그리고 탄탄하고 굴곡진 어깨에서 나온다. 어떤 유럽 종도 아라비아 말의 속도와 견고함을 따를 수 없다. 1094년 십자군이 처음 무슬림과 충돌했을 때 포획한 아라비아 말들은 가장 훌륭한 전리품이었다. 그 말들은 곧 유럽으로 보내져 유럽인이 타던 느릿느릿하고 답답한 유럽 말들을 가볍게 만드는 종마로 사용되었다. 오늘날 애스콧 경마장(영국 애스콧에 있는 경마장으로, 1711년부터 영국 왕실 주최의 경마 대회가 열리는 것으로 유명하다—옮긴이)에서 처칠다운스 경마장(미국에서 가장 오래된 스포츠 행사이자 유명 경마 대회인 '켄터키 더비'가 열리는 경마장—옮긴이)에 이르기까지 경마장에서 활약하는 말 중에 아라비아 말의 피가 섞이지 않은 말은 찾아볼 수 없으며, 아라비아 피가 흐르는 준마들의 수가 지배적이다.

말은 아랍 신화에서 강력한 힘을 나타내는 상징적인 존재이다. 오사마 빈 라덴이 매우 좋아했던 인용구 중에 "강한 말을 탄 사람을 추종해야 한다"는 것이 있다. 그가 왜 근육질의 하얀색 준마를 타고 사진 찍는 것을 좋아했는지 알 수 있는 대목이다. 사담 후세인 또한 사람들이 자신을 말타기의 명수로 여겨주길 바랐던 인물이다. 그가 가장 좋은 아라비아 말들을 수집하는 취미를 갖게 된 것은 어쩌면 당연한 일인지도 모른다.

아부 바커가 제공한 정보가 획기적이긴 했지만 그래도 우리에게는 더 많은 증거가 필요했다. 또한 그가 사담 후세인의 말을 담당한 말 관리인이었다는 사실을 증빙할 문서도 필요했다. 다음 날 파라는 터덜터덜 달리는 자기 소형차에 브랜던을 태우고 아부의 집으로 찾아갔다. 아부는 아주 은밀하게 이들을 맞았고 브랜던이 들어서자마자 급하게 문을 닫아걸었다. 스파이들이 외국인을 보게 되면 즉시 테러단에 고자질할 것이기 때문이다.

그는 이라크 아라비아 말 협회의 문서와 사담 후세인이 소유했던 말들의 혈통을 증명하는 개별 정보가 담긴 CD를 들고 나왔다. 아부의 주장이 사실임을 확인할 수 있는 물중이었다. 아부는 만약 우리가 말들을 찾는다면 그 말들의 혈통을 증명해 보일 수 있다고 장담했다. 그때 브랜던이 정곡을 찌르는 질문을 했다. 그 말들을 어떻게 찾아낼 것인가? 다른 말과 섞여 있을 때 현장에서 그 말을 가려내기가 불가능하지 않을까? 가장 훌륭해 보이는 말만 골라서 데려오면 되는 것일까?

아부는 고개를 끄덕였다. 그는 그 점에 대해 이미 생각해둔 것이 있다고 했다. 그는 마부들은 대개 말을 구분할 줄 안다고 말했다. 신변의 안전만 보장해준다면 그들을 설득해 도움을 받을 수 있을 것이라고 했다. 사실은 확실하게 우리를 도와줄 사람을 이미 한 명 알고 있다고 했다.

다음 날 아침 파라와 알리, 아부 바커, 브랜던은 정보 제공자가 되기로 한 마부를 만나기 위해 아부그라이브의 마구간으로 찾아갔다. 그들은 경마장이 개장하려면 한참 기다려야 하는 시간, 즉 해 뜰 무렵에 출발해 외진 마구간 한쪽으로 은밀하게 안내를 받아 들어갔다. 빨간 머리의 브랜던이 유난히 눈에 띄는 존재라 그 만남은 아주 은밀하고 신속하게 진행되었다. 군대의 지원도 없이 백인이 그 지역에 있는 것은 아주 위험한 일이었다.

안절부절못하는 그 밀고자에 따르면, 사담은 미국이 사담의 궁에 폭탄을 떨어뜨리기 시작했을 때 아부그라이브로 말을 이동시켰다고 한다. 하지만 사담이 도망가버렸기 때문에 암시장 거래상들이 무력으로 그 말들을 차지했다고 했다. 그들은 일단 상황이 좀 진정되면 그 위엄 있는 귀중한 말들을 암시장에 데려가 말에 미친 사람들로부터 10만 달러 이상을 챙길 속셈이었다. 10만 달러도 어림잡은 것이고 '사담의 말'이라는 꼬리표가 붙으면 훨씬 웃돈을 받고 팔 수 있을 터였다.

그곳에 있는 사담의 아라비아 말은 모두 마흔한 마리인데 지금은 아주 기초적인 보살핌밖에 받지 못하고 있는 상태라고 했다. 대부분 손질도 제대로 못 받고 있고 일부는 편자까지 달았다고 했다. 편자라니! 그 최고의 아라비아 종에게 신성모독 행위라 할 만한 짓이었다. 그 말들은 방치되어 있고 쇠약한 상태라 마구간에 있는 다른 말들과 구분하기가 쉽지 않을 것이라고도 했다. 그들은 그 말들의 출신을 숨긴 채 경마에 출전시켰다고 했다. 경마는 바그다드에서 가장 인기 있는 오락거리 중 하나였다. 경마장은 군 주둔지와 상당히 멀리 떨어진 곳에 있으며 일주일에 세 번 정도 대회가 열렸다.

그때 중요한 문제가 대두되었다. 이 밀고자가 진짜 아라비아 말들을 구별하는 걸 도와줄까? 이 물음에 왜소한 체격의 그 사람은 침을 꼴깍 삼켰다. 곧 그러겠다는 대답이 돌아왔다. 그 사람이나 다른 마부들 모두 말을 훔쳐 간 그 잔인하고 무자비한 악당들을 좋아하지 않았다. 하지만 미군이 안전을 보장해주어야만 도와줄 수 있다고 했다.

"보장하고말고요."

브랜던이 말했다. 그는 처음 습격해 들어갈 때 마부들 전원에게 수갑을 채워 마부들이 의심받는 일이 없도록 하겠다고 했다. 이 대답에 만족한 마부는 고개를 끄덕였다. 브랜던과 일행은 도착했을 때와 마찬가지로 마치 유령처럼 마구간을 나왔다. 브랜던은 나에게 말에 대해 보고하며 "포르쉐가 싸구려 중고차 대접을 받고 있다"고 말했다. 그리고 최대한 빨리 구출작전을 실행에 옮겨야겠다고 했다.

나는 미국에서 기부자들을 만날 예정이었기 때문에 미국행 비행기를 타기 위해 C-130기를 타고 쿠웨이트로 가야 했다. 그런 탓에 지난번 곰 구출작전 때와 마찬가지로 말 구조작전도 놓치고 말았다. 개인적으로 무척 관심을 두었던 터라 이번에는 무척 실망이 컸다. 하지만 바그다드 동물원이 오래도록 살아남기 위해서는 출장을 미룰 수 없었고, 출장 때문에 말의 구조를 연기할 수도 없었다. 결국 섬녀와 브랜던 그리고 파라가 다음 토요일에 경마장과 마구간을 정찰한 뒤 다음 계획을 정하기로 했다.

정찰 결과는 아주 끔찍하고 암울했다. 그곳은 사방에서 사람들이 모여드는 장소라 대규모로 병사들을 끌고 갔다가는 단박에 눈에 띄어 주도권을 확보할 수 없을 듯했다. 아부그라이브를 습격하러 군 차량이 들어온다는 소문만 들려도 마구간의 말들이 몽땅 어디론가 사라질 게 뻔했다. 동물원 직원들은 차 안에 앉아 창문을 닫아놓고 밖을 쳐다보고 있었다. 한참 만에 섬녀가 운전사에게 가자는 신호를 보냈다.

"정말 한순간에 번개같이 치고 빠져야겠는데."

모두 섬녀의 말에 동의했다. 성공하려면 그 수밖에 없었다. 그래도 군중 속에 언제든 테러범이 섞여 있을 수 있으므로 위험하긴 마찬가지였다. 동물원팀은 중무장한 호송대를 소규모로 동원해 마구간을 기습 공격하고, 말들을 가축 운송용 트럭에 실어 그대로 내빼기로 했다.

이번 작전에 대해 케네디 비서실장은 최고 수준의 지원을 해주겠다고 약속했지만, 막상 당일이 되자 현실은 그렇지 못했다. 구조팀의 실망이 이만저만이 아니었다. 더욱이 그날 케네디 비서실장이 자리에 없었다. 만약 그가 있었다면 정확하게 계획한 대로 일을 실행할 수 있었을 테지만, 결국 두 번의 시도는 모두 완벽한 실패로 끝나고 말았다.

구조팀의 첫 번째 호위대로 나선 덩치 큰 텍사스 출신 병사들은 안전을 이유로 마지막 순간에 몸을 사렸다. 그 일이 구조팀에게 끼친 영향은 심각했다. 병사들이 겁이 나 포기했을 정도니 오죽했을까? 설상가상으로 출발하기 바로 전에 철수 결정을 하는 바람에 구조팀은 이미 고용한 가축용 트럭 운전수들에게 비용을 지불해야 했다.

그다음으로 알 자와라 공원에 주둔하고 있던 공병대원들이 인력과 장비를 제공하겠다고 자원했다. 하지만 기습 장소가 아부그라이브라는 말을 듣고는 곧바로 기권해버렸다. 그나마 다행인 것은 적어도 몇 시간 전에 통보해주어 트럭 운전사에게 다음으로 연기하자고 말할 수 있었다는 점이다. 브랜던과 섬너는 작전을 수행하려면 직접 계획을 세워야겠다고 생각했다. 그러면 인력이 부족할 수밖에 없지만 대안이 없었다.

그다음 주 목요일, 구조팀은 경마가 없는 날을 골라 개비노 리

바스 대위가 이끄는 해병대와 함께 출발했다. 호위대는 브래들리 전차 한 대와 해병대원이 탄 험비 네 대, 말을 옮기기 위한 가축 운송용 트럭 두 대로 구성되어 있었다. 큰 규모는 아니었지만 섬녀가 소집할 수 있는 선에서는 최대였다. 섬녀는 재치 있는 계획과 할 수 있다는 굳은 신념으로 밀고 나갔다.

파라의 차에 탄 브랜던과 아부 바커는 사담의 말을 돌본 적 있는 아라비아 승마클럽 출신 기수 세 명과 함께 마구간에서 500미터쯤 떨어진 곳에 위치한 주유소에서 구조팀을 기다리고 있었다. 군대와 무전으로 연락하던 이들은 예정대로 구조팀이 도착하자 마구간의 마당으로 쳐들어가 놀란 마부들을 모두 붙잡았다. 하지만 아부 바커와 기수들이 손으로 그려준 약도에는 오류가 너무 많았다. 마구간은 마당 한 곳으로 이어진 것이 아니라 두 개의 마당과 이어져 있었고, 두 번째 마당은 공지가 아니라 교외 지역과 연결돼 있었다. 따라서 퇴로 봉쇄가 불가능한 탓에 도둑들은 동물들과 함께 쉽게 거주 지역으로 도망쳐버렸다. 이제는 즉흥적으로 문제를 풀어나가는 수밖에 없었다. 다른 사람들이 지켜보는 가운데 섬녀와 리바스는 다시 계획을 세웠다.

흰 수염이 길게 난 이라크 노인 두 명이 차를 마시며 이 모든 소란을 지켜보고 있었다. 그 어떤 것도 노인들의 다과 시간을 멈추게 할 수는 없어 보였다. 병사들이 들끓는 것을 보고도 노인들은 계속 차를 마셨다. 소리를 질러대는 미군도 미친 듯 날뛰는 마부도 그들에게는 보이지 않는 듯했다. 몇 분 뒤 차를 다 마신 노인들은 천천히 플라스틱으로 만든 상을 들고 안으로 들어가 문을 닫았다. 마치 오래된 서부극 같았다. 총잡이들이 마을을 습격해도 마을 사람들은 본래 하던 대로 길을 청소하는 그런 장면이 연상되었다.

두 사령관은 신속하게 대안을 점검했다. 지금 있는 것이라고는 탱크 한 대와 험비 네 대, 가축 수송용 트럭 두 대가 전부였다. 이것으로는 원래 계획했던 대로 마당을 완전히 포위할 수 없었다. 설상가상으로 험비 한 대는 마구간으로 오는 길에 고장이 나서 견인 중이었다. 심각한 문제가 제기될 수밖에 없는 상황이었다. 레드존의 미군 병사들이 금과옥조처럼 신봉하는 규칙은 병력을 너무 넓게 퍼뜨리면 안 된다는 것이다.

시간이 얼마 남지 않았음을 느낀 섬너와 리바스는 지시를 내렸다. 우선 브래들리 탱크를 조종하는 병사에게는 문 쪽에 주차해 그 커다란 덩치로 위협하라고 했고, 해병대에게는 최대한 그 지역을 봉쇄할 것을 명령했다. 나머지 병사들에게는 마부와 기수들을 모아 어느 말이 사담의 것인지 알아내도록 했다. 수많은 말 중에 섞인 사담의 말을 찾으려 허비할 시간이 없었기 때문에 마부들의 협력이 무엇보다 중요했다. 구조작전의 성공은 그 속도에 달려 있었다.

혼란한 와중에 병사들은 밀고자의 손에 찬 수갑을 푸는 것도 깜빡 잊었는데, 그는 그것을 크게 걱정하고 있었다. 다행히 겁에 질린 다른 마부들이 곧 사담의 말이 무엇인지 알려주고 말을 싣고 가는 것까지 도와주겠다고 했다. 하지만 실망스럽게도 그들은 그곳에 있는 사담의 말이, 밀고자가 이야기한 것과는 달리 마흔

한 필이 아니라 열여섯 필밖에 안 된다고 했다.

섬녀는 그 말들을 모아들이라고 지시했다. 하지만 말이 쉽지 마구간을 일일이 습격해 말들을 데리고 나오는 일은 아주 위험했다. 좁은 마구간이 미로처럼 얽혀 있는 그곳에서 AK-47로 무장한 암시장 거래상들이 언제 어디서 튀어나올지 모르는 판이었다. 할 수 있는 방법은 단 하나밖에 없었다. 문을 박차고 들어가는 것이었다.

섬녀는 점점 더 걱정되기 시작했다. 사방은 대소동 그 자체였다. 마구간 문은 모두 부서져 있었고 불안해진 말들은 이리저리 날뛰었다. 더욱이 군중들이 몰려들어 누가 적이고 누가 우리 편인지 분간하기가 힘들었다. 먼지가 운무처럼 뭉게뭉게 일어나자 혼란은 극에 달했다. 찜통 같은 더위 속에서 모든 것이 꿈속에서처럼 느리게 진행되었다. 섬녀와 리바스는 즉석에서 아이디어를 짜내야 했다. 하지만 그런 상황을 수습하는 데 어떤 표준이 될 만한 절차가 있을 리 없었다. 설상가상으로 마부들은 미군이 소리치는 말을 하나도 알아듣지 못해 상황은 더욱 악화되었다.

그 와중에 파라의 활약이 빛을 발하기 시작했다. 모두들 미친 듯이 소리치고 날뛰는 아수라장에서 양쪽과 의사소통이 되는 사람은 파라밖에 없었다. 파라는 냉정을 잃지 않고 침착하게 일을 처리했다. 얼마나 권위 있게 명령을 내렸는지 여성에게 명령받는 것에 대해 아무도 이의를 제기하지 않았다. 아랍 사회에서 이런 일은 흔하지 않았다. 그녀의 침착성과 무게감은 그런 상황에서 정말 보석처럼 빛났다.

원래 계획에 따르면(계획이라고 부를 수 있을지 모르겠지만), 아라
비아 말을 전부 골라 험비에 묶어두면 마부들이 이를 가축 트럭
에 신기로 돼 있었다. 하지만 소동 속에서 몇몇 말이 썩은 줄을
끊어버리고 질주하기 시작했고 마부들은 그런 말들을 잡으러 쫓
아갔다. 다행히 마부들이 말을 제압해 진정시켜 말들을 트럭에
실을 수 있었다.

한참 말들을 트럭에 신고 있는데 어떤 말의 다리가 낡은 트럭
의 녹슨 바닥을 뚫고 들어가 살이 벗겨지고 뼈까지 드러나는 일
이 벌어지고 말았다. 말은 고통에 못 이겨 마구 버둥거렸다. 섬녀
는 마부에게 빨리 고삐를 풀어 고삐에 말의 목이 졸리는 불상사
가 없도록 하라고 지시했다.

그때 마부 하나가 놀라운 용기를 발휘해 트럭 밑으로 뛰어 들
어가더니 도리깨질 중인 말의 다리를 잡았다. 녹슨 쇳조각이 말
의 다리에 박혀 있었다. 그 이라크인 마부는 파편을 뽑아내고 구
멍을 통해 발을 다시 위로 올려주었다.

미군과 이라크인 모두가 부상당한 말 주변에 모여들었다. 입을
여는 사람은 아무도 없었다. 그 말은 이제 절름발이가 되는 걸까?
그토록 과감하고 용감한 노력 끝에 얻은 동물을 이제 와서 쏴 죽
이는 것은 말도 안 되는 일이었다. 상처에 소독약을 바르고 낫기
만을 바라는 수밖에 없었다.

작전을 시작한 지 다섯 시간이 지나자 그토록 위험한 곳에 더
얼쩡거리다가는 목숨이 위태롭겠다는 생각이 들었다. 기습 공격
을 마무리해야 할 때가 온 것이다. 쳐들어온 미군의 숫자가 얼마

안 된다는 소식이 아부그라이브 전역에 퍼졌을 것이 분명했다.

동물원팀은 열여섯 마리의 아라비아 말과 혈통이 분명치 않은 말 한 마리를 더 실었다. 섬녀는 그만하면 충분하다고 말했다. 밀고자가 말한 마흔 마리 중 나머지가 어디에 있는지는 아무도 몰랐다. 계속 심문을 하자 마부들은 아라비아 말 중에 좋은 놈 두 마리는 아수라장이 벌어지고 있을 때 빠져나가 아래 주유소에 매여 있다고 했다. 섬녀와 브랜던은 그 말들도 데려갈 것인지를 의논했다. 1분 1초가 흐를수록 우리 쪽이 위험해지는 마당에 지금은 그냥 돌아가는 것이 좋겠다는 결론에 도달했다.

섬녀는 손목시계를 쳐다보며 트럭 운전수들에게 시동을 걸라고 지시했다. 부상당한 한 마리를 비롯하여 말을 가득 실은 트럭 두 대, 지친 병사들과 망가진 험비 한 대가 움직이기 시작했다. 어둠이 찾아오고 있었고 더 머뭇거리다가는 무슨 일이 일어날지 아무도 몰랐다.

기습 공격을 며칠 앞둔 어느 날, 교본대로 일을 진행하고자 했던 섬녀는 세계아라비아말협회(WAHA, The World Arabian Horse Association)에 연락해 순종 아라비아 말을 운송할 때 주의해야 할 사항에 대해 문의했다. 협회에서는 절대적으로 준수해야 할 사항을 담은 여덟 쪽짜리 문서를 이메일로 보내주었다. 그 문서는 성서와도 같았다. 덕분에 말이 부상을 당하는 그 야단법석을 치르면서도 브랜던과 파라, 섬녀는 가장 기본적인 사항은 가까스로 지킬 수 있었다.

예를 들면 그 문서에는 말 한 마리 한 마리마다 특별한 해체형

로프를 매달아 넘어질 때 줄이 목에 걸리는 일이 없도록 해야 한다는 항목이 있었다. 브랜던은 부식된 트럭 바닥에 다리가 빠진 아라비아 말이 줄에 매달려 있을 때 그 대목이 머리를 스치고 지나갔다고 했다. 하지만 그 문서에도 테러리스트가 수류탄을 던질 경우에 대비해 재빨리 말들을 모으는 방법에 대한 항목은 없었다. 다른 경우와 마찬가지로 현장에서 즉흥적으로 일을 해결하고 풀어나가야 했던 것이다. 어쨌든 가장 중요한 것은 구조한 말들 모두가 살아남았고 다리를 다친 말 역시 완전히 회복되었다는 점이다.

말들을 구했다고 끝은 아니었다. 이제 말들을 제대로 보살피는 일이 고스란히 남아 있었다. 우리 손에 유전학적 금광이 들어왔다는 데는 모두들 동의했지만 그 금광을 유지하는 데 드는 비용 앞에서는 그 열의가 고개를 숙일 수밖에 없었다.

그래도 브랜던의 완고한 고집과 열성 덕분에 바그다드 시의회는 그 말들이 역사적인 보배로 상당히 가치가 있으며 바그다드를 위해 돈을 벌어줄 수 있는 중요한 원천임을 인식하게 되었다. 그들은 그 말들을 이용해 알 자와라 공원에 승마 프로그램을 운영하기로 했다. 자금은 정부가 대는 계획이었다. 족보가 십자군 전쟁으로까지 거슬러 올라가는 그 귀중한 말, 현대적인 구조작전을 통해 아부그라이브 한복판에서 구조한 그 말들은 다행히 안전하게 보살핌을 받고 있다.

행방이 묘연한 나머지 말들은 어떻게 되었을까? 암시장에서 팔려 어느 시골에서 다른 말들처럼 마차를 끄는 단순노동에 동원되고 있을지도 모를 일이다. 아니면 아부그라이브의 경마장에서 열심히 뛰고 있거나. 그래도 그 귀중한 메소포타미아 혈통의 일부는 보존되었으니 다행스러운 일이었다.

미국에서 돌아온 나는 그 멋진 말들과 함께 즐거운 시간을 보낼 수 있었다. 돌이켜 보면 얼마나 뿌듯하고 황홀했는지 모른다. 그 말들은 아주 당당하고 제왕 같은 풍채를 풍겨 말 앞에서 나도 모르게 차렷 자세를 취할 정도였다. 사담 역시 그 말들을 쳐다보는 것만으로도 무척 황홀했을 것이다.

그냥 지나가면서 슬쩍 보면 다른 말과 크게 다를 것이 없어 보일 수도 있다. 하지만 녀석들이 말들의 세계에서 제왕이라는 것을 알고 나면 사람들은 탄탄한 근육과 강인한 성품, 사막과도 같은 불굴의 정신을 느끼게 된다. 특히 말들의 정신세계를 보여주는 창문 같은 눈에는 범상치 않은 섬광이 번뜩인다. 녀석들이 가만히 서 있기만 해도 저절로 고개가 숙여져 경탄하지 않을 수 없을 정도이다.

나는 난장판이 된 도시의 한구석에서 모든 역경을 극복하고 귀한 말들을 찾아냈다는 데 전율을 느꼈다. 불가능한 꿈으로 여겼던 일이 현실이 된 것이다. 또한 우리가 암시장의 악당들을 이겼기 때문만이 아니라, 이라크 국민들을 위해 뭔가 의미 있는 일을 한 것이기에 흡족했다. 그 말들은 국가적 보배일 뿐 아니라 무한한 가치를 지닌 역사적 자산이라고 할 수 있다. 우리가 아니었다면 녀석들은 전 세계 여러 수집가에 의해 흩어졌거나 죽을 때까지 경마장에서 뛰는 신세가 되었을 터였다. 더 운이 나쁜 경우에는 짐만 끌다가 힘겨운 인생을 마쳤을 수도 있다.

브랜던과 섬너 그리고 파라는 나중에 내게 구조작전 중에 겪었던 어려움과 문제들을 모두 들려주었다. 나는 그들을 보고 "우네시빈디"라고 말했다. 그 말을 이해한 사람은 브랜던뿐이었는데, 우네시빈디란 줄루어로 "간도 크네"라는 뜻이다.

12
잇따른 구호의 손길과
후샴에게 닥친 재난

아델이 내 팔을 잡아 한쪽으로 끌었다. 목소리가 심상치 않았다.

"잠깐 얘기 좀 합시다."

"무슨 일인데요?"

"사담의 비밀경찰 무카바라트가 이 근처에서 왔다 갔다 한다고들 수군댑니다."

"뭐라고요?"

나는 동물원 정문 앞에 몰려 있는 사람들을 주의 깊게 살펴보았다. 아침마다 많은 사람이 일자리를 찾아 모여드는 바람에 그곳은 늘 북적거렸다. 그중 몇몇은 우리를 청소하거나 다른 직원들을 도와 당나귀를 사러 가는 데 고용되기도 했다. 한 사람이 떠올랐다. 창백한 피부에 청록색 눈동자를 가진, 서로 뺏고 뺏기는 데 혈안이 되어 있던 십자군 시대의 유전자를 타고난 듯한 사나이가 있었다. 하지만 비밀경찰처럼 보이지는 않았다.

"사담의 스파이들이 미군과 함께 일하는 이라크인이 있는 곳으로 가서 죽이겠다고 협박한다고 합니다."

"우리 직원들도 협박당했나요?"

아델은 고개를 저었다.

"아직은 아닙니다. 우린 계속해서 미국인이 아니라 남아공 사람과 함께 일하는 거라고 말하고 있거든요. 그리고 동물원을 복구하는 데만 관심이 있을 뿐이라고 말하고 있습니다."

"혹시 협박을 당하는 사람이 있으면 즉시 저한테 말하라고 해주십시오."

우리가 대화를 나누는 사이, 거리 저쪽 끝에서 일제사격이 벌어졌다. 총소리가 들리자 공원의 잔해 위로 사람들이 납작 엎드렸다. 곧이어 대응사격을 하는 미군의 M-16 총소리가 들려왔다. 총탄으로 여기저기 찢겨 나간 유칼립투스 아래에 있던 우리는 어깨 뒤쪽으로 고개를 돌려 위험한 상황인지 판단했다.

그냥 바그다드의 부기우기(블루스에서 파생된 재즈 음악의 한 형식 −옮긴이)에 불과한 총소리였다. 매일 어디에선가 포탄과 폭발물 터지는 소리가 들려와 이제는 그런 소리가 생활의 일부가 돼버린 터였다. 그런 소리는 대부분 그린존 밖 멀리에서 들려왔지만 공원 저쪽, 레드존 쪽으로 트인 거리에서 나는 경우도 있었다.

우리와 함께 일하는 이라크인들에 대한 위협은 점점 더 심각한 문제로 대두되었다. 브랜던과 섬너 그리고 나는 동물원 직원들이 얼마나 용기 있는 사람들인지 그제야 깨닫고 있었다. 우리가 경호원들을 대동하지 않고도 바그다드의 레드존 근처를 비교적 안전하게 다닐 수 있었던 이유는 우리가 그들 편임을 보여주는 동물원 직원들이 항상 같이 다녔기 때문이었다. 점점 늘어나는 서양 민간인은 항상 경호원들을 이끌고 다녔다.

또한 모든 직원은 아델과 후샴 덕분에 무조건적으로 우리에게 복종했다. 아델과 후샴이 동물원 복구를 위한 브랜던과 나의 노력을 지지하는 모습이 다른 이라크인들에게도 분명히 보였던 것이다. 그들은 우리가 자기편이라는 것을 알고 있었다.

우리들도 이라크 사람들, 특히 동물원 직원들과 친해지기 위해 나름대로 노력했다. 덕분에 우리는 적어도 심적인 갈등 없이 잘 지내왔다. 항상 위험이 도사리고 있는 전쟁터에서 가능한 만큼뿐이었지만 말이다.

연합군과 연관 있는 사람들에 대한 암살과 납치 위협은 마치 관 뚜껑처럼 우리를 무겁게 짓누르고 있었다. 한번은 동물원을 둘러싸고 위치한 알 자와라 공원과 물류 배송 관련 계약을 한 어느 이라크인의 집에 암살자들이 침입해 아이들이 보는 앞에서 그를 총으로 쏴 죽이는 사건이 발생했다.

또한 사담의 스파이에 대한 소문이 들리기 며칠 전에는 무장한 폭도들이 대낮에 아마추어 라디오 방송국에 잠입해 기관총 세례를 퍼부어 여러 사람이 목숨을 잃었다. 그 라디오 방송국은 우리 동물원에서 불과 몇백 미터밖에 떨어지지 않은 곳에 위치하고 있었다. 그들은 방송국에서 내보낸 방송 내용에 불만을 품었던 것이 틀림없었다. 바로 이웃한 곳에서 잔인한 총격이 있었다는 소식을 듣고 우리는 불안에 떨지 않을 수 없었다. 방송국 직원들이 아델과 잘 아는 사이라서 자주 동물원에 놀러 왔었는데, 이제 우리가 위협의 대상이 되고 있다는 소문을 듣고 긴장하지 않을 수 없었다.

우리에게 가해지는 위협이 좀 더 피부에 와닿았던 일도 있었다. 한번은 우리 동물원 직원이 야외에서 점심을 준비하고 있는데, 어떤 남자가 조용히 다가오더니 닭 요리에 침을 뱉었다. 그가 어슬렁거리며 사라지는 동안 놀라서 뻣뻣해진 직원들은 아무 말도, 어떤 행동도 할 수가 없었다.

이제 우리 직원들이 테러를 당할 거라는 사실은 자명해 보였다. 우리는 모두 위협을 느꼈다. 아델로부터 비밀경찰에 대한 이야기를 들은 지 며칠 후, 동물원에서 견습생으로 일하던 직원 하나가 (신변 안전상의 이유로 이름은 밝히지 않겠다) 집에서 잔인하게 두들겨 맞고 칼로 머리를 세 군데나 찔리는 일이 벌어졌다. 더 끔찍한 것은 그렇게 칼을 휘두른 사람이 바로 그 직원의 외삼촌이었다는 사실이다. 그와 어머니가 외삼촌들로부터 폭행을 당한 것이 이번이 처음은 아니라고 했다. 사담 쪽 잔군들이 동물원과 알 자와라 공원을 통해 미군의 동향에 대한 정보를 캐내려고 하는 것이 분명했다. 계속되는 폭행에도 그 이라크 젊은이는 자신은 남아공 사람들과 일하고 있을 뿐이라고 말하며 놀랄 만한 용기를 보여주었고 절대 굴복하지 않았다. 그나마 다행인 것은 칼날이 두개골을 꿰뚫지 못했다는 것인데, 잔인하게 난도질을 당한 몸이 회복되는 데는 3개월이 넘게 걸렸다. 그 젊은이는 몸이 회복되자마자 동물원에 복귀했다.

이런 상황에서는 아무리 신념이 굳은 사람도 회의를 품게 마련
이다. 때론 내가 모래늪에 빠진 것은 아닌가 하는 생각이 들기도
했다. 하지만 그렇게 잔혹한 폭력 앞에서도 굴하지 않는 이라크인
들이 내게 귀감이 되었다.

나는 섬너에게 동물원 직원들 사이에 이러한 공포가 점점 커지
고 있다고 알렸다. 섬너는 가능한 한 많은 병력을 동물원에 상주
시켜보겠다고 말했다. 하지만 사담을 추종하는 핵심 세력이 살고
있는 수니파의 삼각지대에서도 유사한 문제가 독버섯처럼 자라고
있는 마당에 그의 말대로 이루어질지는 의심스러웠다. 그 삼각지
대란 바그다드와 그 서쪽에 있는 라마디Ramadi, 다시 바그다드 북
쪽으로 사담이 태어난 고향이 있는 티크리트를 잇는 지역을 말한
다. 수니파가 압도적으로 많이 살고 있는 그 지역에서는 중무장한
사담의 소수 잔군이 많은 사람들을 위협했다. 테러의 주요 목표
가 사람들을 두려움에 떨게 하는 것이니 그들은 소기의 목적을
달성했다고 할 수 있었다.

하지만 두려움 때문에 우리가 해야 할 일을 포기할 수는 없었
다. 나는 직원들에게 조심, 또 조심하라고 당부했다. 동시에 우리
에게 의존하는 수많은 생명을 지키기 위해 그 생존의 바퀴가 굴
러가도록 최선을 다했다. 당나귀 고기를 찾아 도시 구석구석을
헤맸고 물이 새는 파이프나마 계속 기능을 다하도록 손을 썼으며
병에 걸린 동물들을 치료하기 위해 노력했다. 의약품은 하루가 다
르게 소진되고 있었다. 살아남기 위한 원칙 같은 것은 따로 없었

271

다. 단지 계속 조심하면서 지금 할 수 있는 일을 할 뿐이었다. 나는 직원들에게 어디를 가든 주변 상황이 위험하다고 판단되면 재빨리 그곳을 벗어나는 것이 최선이라고 말했다.

뻔한 이야기 같지만 그런 말을 계속해줄 필요가 있었다. 아델과 후샴이 이끄는 이라크인들이 보여준 영웅적인 행동과 헌신은 바그다드 동물원을 위한 투쟁에서 귀감이 되는 초석과도 같았다. 그들은 매일 목숨을 걸고 동물원까지 나와주었던 것이다.

내가 남아공에서 온 용병들에게 동물원 직원들이 위협을 받고 있다고 말하자 그들은 적극적인 반응을 보였다. 최대한 자주 동물원에 들르겠다고 했고, 문제를 만드는 몇 사람을 본보기로 제거해주겠다는 제안을 반복했다. 내가 그 제안을 거절하자 그들은 어깨를 으쓱해 보였다. 제레미는 이렇게 덧붙였다.

"그럼 당신 초상 치를 준비나 하쇼."

상황이 좋지 않은데 또 다른 불길한 일들이 벌어지고 있었다. 늘 주변부에 머물던 자살폭탄 테러범들이 점점 더 기승을 부렸던 것이다. 그 끔찍한 일에 대한 소문이 나돌 때마다 우리를 도와주러 오던 사람들이 발길을 돌리지 않을까 하는 걱정이 앞섰다. 그도 그럴 것이 이곳에서 지난 두 달간 막장에서 석탄 캐는 인부들처럼 열심히 일한 외국인은 나와 브랜던이 전부였다. 스테판 보그너와 바버라 마스로부터는 구호품이 도착했을 뿐이었다. 스테판은 한 달, 바버라는 일주일 정도 머물다 갔다. 물론 바버라는 다시 돌아오겠다고 했다. 동물원에 그렇게 왔다 가는 외국인은 있었지만 대부분의 일은 이라크인들이 했고, 미군과 함께 일하는 사람은 브랜던과 나밖에 없었다.

우리에게는 자금과 물품 지원이 절실했다. 영원히 하루 벌어 하루를 살 수는 없었다. 하지만 누구에게 도움을 청해야 할지 막막할 뿐이었다.

내가 처음 자금을 지원받은 것은 이라크에 온 지 얼마 되지 않아서였는데, 그것은 전적으로 남아공 용병들 덕분에 얻은 결실이었다. 가너 장군은 연합군임시행정처가 구성되기 전 임시로 이라크 행정을 관장한 수반이었다. 그는 자기를 경호하는 거친 기질의 남아공 용병들과 마음이 잘 맞았는데, 그들로부터 동물들을 살리려고 맨손으로 고군분투하는 사람이 있다는 이야기를 전해 듣고는 우리를 한번 만나고 싶어 했다.

어느 날 아침, 그는 그 어떤 대규모 무장 세력의 공격도 진압할 수 있을 만한 무기를 싣고 남아공 용병들과 함께 우리 동물원을 찾아왔다. 동물원은 그린존으로 지정된 곳이긴 했지만 동북쪽은 혼란스러운 레드존 방향으로 열려 있었고 언제든 침입이 가능했다. 따라서 고위급 인사를 호위하고 있던 용병들은 물 샐 틈 없는 경호를 펼치며 동물원에 왔던 것이다.

가너는 친구처럼 편하게 다가갈 수 있는 사람이었다. 그가 왜 인기 있는지 그 이유를 곧바로 알 수 있을 정도였다. 우리는 장군에게 동물원을 안내하며 우리가 하고 있는 일에 대해 설명했다. 이 우리에서 저 우리로 옮겨 다니는 동안 그의 얼굴에는 동물들에 대한 안쓰러움이 가득했다. 스테판과 바버라도 함께 있을 때였고, 우리는 겨우 동물들을 위한 먹이를 정기적으로 구해오고 있었다. 가너는 쇠약해진 동물들의 상태를 보고 충격을 받은 듯했다. 그는 아델, 후샴 그리고 다른 이라크 직원들과도 이야기를 나누었다.

가장 중요한 사실은 그가 우리의 일에 진심으로 관심을 보였고, 우리가 맨주먹으로 얼마나 열심히 하고 있는지 헤아렸으며, 우리가 하는 일이 지역사회를 위한 것이라는 점을 제대로 꿰뚫고 있었다는 것이다. 그는 사진 촬영을 하면서 우리에게 감사하다는 인사를 하더니 불쑥 동물원을 위한 기금 2만 달러가 곧 도착할 것이라고 했다.

차를 몰고 떠나기 직전, 용병들 중 하나가 "이라크에서 제대로 돌아가고 있는 곳은 이 동물원밖에 없는 것 같다"라고 했다는 가너 장군의 말을 전했다. 나로서는 더할 나위 없는 찬사였다. 나는 가너 장군이 한 말을 아델과 직원들에게 전했다. 그 말을 듣자 모두들 얼굴에 미소가 피어올랐고 사기가 크게 치솟았다.

그렇게 해서 받은 고마운 돈은 동물들의 먹이, 직원들 월급, 시설 수리비 등으로 연기처럼 사라져버렸다. 그 돈이 사라진 속도를 보면 동물원을 구하기 위해 얼마나 더 많은 자금이 필요한지 잘 알 수 있었다. 2만 달러가 순식간에 사라질 정도면 동물원이 제대로 돌아가도록 하기 위해서는 적어도 수십만 달러가 필요할 터였다. 그 많은 돈을 대체 어디에서 확보한단 말인가? 답을 찾을 수 없었던 나는 그 문제를 깊이 생각하지 않기로 했다. 큰 그림을 보면서 희망이 없다고 생각하면 그 자리에서 돌아버리고 말 테니까.

매일 매시간, 살아남기 위한 힘겨운 투쟁이 계속되었다. 찔끔거리는 펌프로 물을 퍼 올리는 일에서부터 세제 바구니를 질질 끌고 다니며 청소하는 일, 동물 먹이를 찾아 헤매는 일까지 힘든 일은 끝이 없었다.

하지만 운명의 장난은 예측하기 힘든 법이다. 어느 날 갑자기 구조의 손길이 다가왔다. 우리가 간절히 원했던 그 구조의 손길은 막강한 CNN이나 열변을 토하는 정치인이 아니라 수천 킬로미터 떨어진 남아공에 있는 한 지방지, 《줄루란드 옵서버 Zululand Observer》에 난 기사 덕분이었다. 일주일에 두 번 발간되는 그 지방지는 그곳에서 꽤 이름이 높은데, 어느 날 이역만리 외국의 전쟁터에서 애쓰고 있는 고향 사람이라며 내 이야기가 실렸다. 그 신문의 이사이자 편집장이 바로 내 어머니인 레지나 앤서니였다는 것도 아마 도움이 되었을 것이다.

케이프타운에 있는 국제동물복지기금(IFAW, The International Fund for Animal Welfare)의 비상구호 담당 국장인 사라 스카스가 《줄루란드 옵서버》의 웹사이트에 실린 내 이야기를 읽고 편집장인 어머니에게 전화를 걸었다. 국제동물복지기금에서는 그런 상황을 모른 체할 수 없다고 판단한 뒤, 정말 자기들이 나설 일인지 어머니를 통해 확인하고자 했던 것이다.

당시 나와 어머니는 정기적으로 위성전화로 통화하고 있었다. 어머니는 사라에게 동물원에 있는 외국인이라고는 나와 브랜던밖에 없으며 국제동물복지기금의 지원이 절실히 필요한 때라고 말했다.

사라는 곧바로 국제 긴급구호팀을 가동시켰다. 몇 주 후 3톤의

먹이와 필수 의약품, 봉합 의료기기, 항생제, 연마기, 용접기, 전기
부품, 배관재, 세제, 살충제 등을 실은 1차 구호품이 도착했다. 오
랫동안 갈망했던 품목들이라 천군만마를 얻은 기분이었다. 사실
트럭에서 쏟아놓은 산더미 같은 기기와 식량은 생각지도 못한 것
이었다. 양동이와 다 부서진 호텔 카트, 당나귀를 잡던 도끼가 아
닌 세련된 도구와 약품으로 둘러싸이게 되다니 정말 꿈만 같았
다. 더욱이 위생적으로 포장한 엄청난 양의 먹이까지! 감격에 겨
워 숨이 막힐 지경이었다.

국제동물복지기금의 선발대는 물류 전문가 마리엣 호플리와 에
임드 칸이었다. 나중에는 뉴질랜드 출신의 수의사 제이슨 스럽
과 홍콩 인근에서 국제동물복지기금의 반달곰 피난처를 운영하
고 있던 동물학자 잭슨 지, 인도 출신의 수의사 아슈라프 쿤후누
도 합류했다. 잭슨 지를 제외한 나머지 사람들은 우리 동물원을
위한 구조 활동을 위해 특별히 계약을 맺고 온 것이었다. 잭슨은
국제동물복지기금의 정직원으로 아시아 전역을 담당하고 있었다.
그는 반달곰을 구하는 일에 심혈을 기울였다. 중국에서는 약으로
쓸 웅담을 채취하기 위해 반달곰을 잡아 끔찍한 우리에 가둬놓는
일이 많았다.

우리의 주요 목표는 하루 벌어 하루 먹고 사는 환경에서 졸업
하는 것이었다. 즉, 비정상적인 상태에서 하루빨리 벗어나 동물원
이 정상적으로 기능하도록 만드는 것이었다. 일단 그 목표를 달성
하고 나면 바그다드 동물원과 미국동물원수족관협회를 연계시키
고, 그 협회가 새로 들어서는 이라크 행정부와 긴밀하게 일할 수

있도록 할 생각이었다. 이라크 행정부가 국제적인 기준에 따라 바그다드 동물원을 개발하도록 세계에서 가장 존경받는 동물원 기구로 꼽히는 미국동물원수족관협회가 고문 역할을 해줄 것이었다. 또한 지금처럼 우리 안에 동물들을 가둬두는 환경이 아니라 개방된 야외 환경을 조성할 수 있도록 지원해줄 터였다. 그러면 동물들은 원래의 서식지와 최대한 유사하게 설계된 공간에서 살 수 있을 것이다. 예를 들면 곰은 북부 이라크 지방처럼 나무와 수풀이 우거진 야외 환경에서 살 수 있을 것이다. 그런 상태라면 차가운 콘크리트 우리에서 생활하는 것에 비해 스트레스가 한결 줄어드는 것은 당연하다.

바그다드에 새로 도착한 팀의 영향력은 엄청났다. 우리는 감히 미래를 꿈꾸고 믿기 시작했다. 무엇보다 항생제를 확보함으로써 아프거나 다친 동물들을 제대로 치료할 수 있게 되었다. 병이나 상처의 정도에 상관없이 닥치는 대로 기본적인 소독약으로만 치료하던 일은 모두 과거지사가 되었다.

새로 마련된 조제실은 다른 방향에서도 큰 의미를 지녔다. 아델과 후샴은 수년간 엄격한 경제 제재 속에서 살아왔기 때문에, 뛰어난 수의사임에도 불구하고 세계 수의학계와 동물학계가 지난 10년간 얼마나 눈부신 발전을 이룩했는지 거의 모르고 있었다. 또한 현대적인 동물원을 방문해본 적도 없었다. 이들이 참고하던 책은 대부분 서방 세계에서는 뿌리가 뽑힌 질병이거나 의미가 없어진 것에 관한 것이었다. 바야흐로 바그다드 동물원의 암흑기가 막을 내리려 하고 있었다.

그런데 국제동물복지기금의 구호품으로 기뻐하던 우리에게 생각지도 못한 엄청난 일이 기다리고 있었다. 어느 날 아침 미군들이 동물원에 찾아와 후샴을 찾았다. 내가 무슨 일이냐고 물었지만 군인들은 무턱대고 후샴 박사를 데려오라고 요구했다.

후샴이 도착하자 군인들은 당황스러움과 분노에 휩싸인 직원들이 지켜보는 앞에서 그를 체포했다. 후샴을 데려가기 전, 군인들은 그가 바트당원이며 조사할 게 있다는 말만 했다. 내가 그게 대체 무슨 말이냐고 따지자 군인들은 일정 등급 이상의 바트당원은 연합군의 조사를 받아야 하며, 이제는 공공기관에서 일할 수 없다는 칙령이 발표되었다는 말만 덧붙였다. 동물원도 공공기관이었기 때문에 후샴에 대한 체포 명령이 내려졌다는 것이다.

나는 즉각 바그다드를 전부 파괴해버릴 작정이라면, 미국이 그나마 가지고 있던 선의도 모두 거둘 생각이라면 아주 잘하는 짓이라고 응수했다. 누가 이런 일을 제대로 된 것이라고 생각하겠는가? 행정기관에서 일했던 대다수의 이라크인이 바트당원이라는 것은 누구나 아는 사실이었다. 사담의 정권 아래서 정부나 공공기관의 고위직을 맡으려면 누구나 바트당원이 되어야 했다. 바트당원증이 없으면 고위직으로 올라갈 수 없었다. 대개의 경우 그 당원증은 그 사람의 사상을 대변한다기보다 편의상 갖는 것이었다. 사담 정권은 정치적 선택의 자유를 보장하는 민주정권이 아니었다. 나는 후샴이 당원이 된 것은 바로 그런 이유에서였다고 덧붙였다.

열심히 떠들었지만 결국 시간 낭비에 지나지 않았다. 군인들은 후샴을 험비에 태우고 떠나버렸다. 나는 차 뒤에 대고 가능한 모든 방법을 동원해서 곧 풀려나게 해주겠노라고 외쳤다. 하지만 속으로는 무척 놀라고 있었다. 후샴이 동물원 복구 초기의 그 악몽 같던 시기를 벗어나는 데 얼마나 큰 기여를 했는지는 말로 다 표현할 수 없을 정도였다. 동물원을 구하기 위해 제일 먼저 달려온 사람도 후샴이었다. 동물 우리에 생명의 물을 끌어올 수 있었던 것도 그의 창의적인 임기응변 덕분에 가능했던 일이었다.

사실 그가 바트당원이었다고 해도 당원이기 때문에 어떤 물질적 혜택을 받은 정황은 전혀 찾아볼 수 없었다. 그는 늘 똑같은 낡은 티셔츠를 입고 나타났다. 그 옷은 항상 구김 하나 없이 깨끗하게 다려져 있었다. 일을 끝내고 집에 돌아가면 아내가 세탁해서 밤새 사막의 공기로 말리는 것이 틀림없었다.

이제 내게 주어진 가장 큰일은 후샴을 복권시키는 것이었다. 우리가 당연히 해야 할 일이었다. 다음 날 나는 당장 연합군 본부 사무실의 문을 두드리며 선처를 호소했다. 하지만 전망이 그리 좋지 않았다. 임시 바그다드 시장으로 임명된 테드 모스는 연합군 본부에서 모든 바트당원을 숙청할 것이며, 후샴이 이제 나라의 녹을 먹는 일은 없을 것이라고 못을 박았다. 앞이 캄캄했다.

나는 팀 카니 이라크 군수산업 감찰관을 찾아가 호소했다. 그는 내가 툴라툴라에서 처음 바그다드 동물원 실태조사 계획을 세울 때 내 계획에 관심을 기울이고 지원해주었던 사람이다. 그는 내가 쿠웨이트로 들어갈 때도, 이어 이라크로 넘어갈 때도 지속적으로 도움을 주었다. 나는 후샴이 동물원의 핵심 인력이며 사실은 훈장이라도 받아야 할 사람인데 파면이 웬 말이냐고 했다. 수완 좋은 카니는 뒤에서 자기가 할 수 있는 일이 있을지 알아보겠다고 했다. 나는 참고 기다려야 했다.

내가 관료들 사이에서 이리 뛰고 저리 뛰고 있을 때 브랜던은 물품을 분류하면서 꼭 크리스마스 선물을 받고 들뜬 어린아이처럼 행복해했다. 브랜던과 국제동물복지기금의 인도인 수의사 아슈라프는 동물들을 위한 과학적인 사육 프로그램을 짰다. 우리에게 생긴 가장 큰 변화는 이제 동물원의 육식동물들이 인도에서 수입한 진공포장된 들소 고기를 먹게 되었다는 것이다. 앞으로는 당나귀를 사서 잡을 필요가 없었다. 단백질원을 찾아 거리를 헤매지 않아도 되었다. 덕분에 우리의 도끼맨은 하루아침에 쓸모없는 존재로 전락해 외부 일을 하게 되었다. 그래도 우리는 여전히 그를 우리의 직원 명부에 올려두고 임금을 받게 했다.

위험한 도시를 돌아다니며 당나귀를 구할 필요가 없어진 것은 반가운 일이었지만, 우리는 국제동물복지기금에서 온 사람들이 왜 당나귀에 비해 엄청나게 비싼 수입 냉동육을 훨씬 좋은 식단이라고 하는지 이해할 수 없었다. 그들은 당나귀를 죽이면 안 된다고 생각하고 있었다. 그렇다면 당나귀 대신 들소는 죽여도 된단 말인가? 브랜던과 나는 야생에서 살아본 경험이 있어서 냉동육보다 방금 잡은 신선한 고기가 훨씬 더 영양가가 높다는 것을 잘 알고 있었다. 우리는 당나귀 고기에 비해 들소가 더욱 값어치 있다고 생각하지는 않았다. 하지만 어쨌든 절실했던 도움을 받게 되었을 뿐 아니라 단백질원을 찾기 위해 쏘다녀야 할 시간을 절약

할 수 있게 된 것이 무척 고마웠다. 동물의 생명과 권리에 대한 문제는 그 대상이 식욕 왕성한 육식동물일 경우 종종 역설적인 문제를 내포하기도 한다.

동물원을 서식지와 비슷한 환경으로 개선하는 문제에 대해서도 팀원 간에 열띤 논쟁이 벌어졌다. 때로 이 문제는 매우 민감한 사안이 되기도 했다. 일부 팀원이 곰 우리 하나만이라도 서식지와 유사한 환경으로 만들 수 있도록 기금을 조성하는 게 어떻겠느냐는 의견을 내놓았다. 곰 우리 하나만 국제 기준에 맞춰 다시 만드는 일에도 어마어마한 자본이 들었다. 그러니 동물원 전체를 개조하는 일에는 얼마나 많은 돈이 들 것인가.

국제동물복지기금의 제이슨 스럽은 과연 그럴 만한 가치가 있는지 의심스럽다는 속내를 숨기지 않았다. 그는 어떤 야생동물도 감금 상태에서 사육해서는 안 된다고 생각했다. 때문에 동물원의 전체 수준을 높일 수 없는 한, 그저 곰 우리만을 개선하기 위한 기금조성은 의미가 없다고 판단했다. 더욱이 동물원을 전체적으로 개조하기 위한 자금을 확보할 수 있는 길이 없으므로 아예 동물원을 폐쇄하는 것이 나을지도 모른다고 생각했다.

브랜던과 섬너, 그리고 내 생각은 달랐다. 바그다드 동물원은 우리 같은 외국인이 뭐라고 떠들든 계속 유지될 것이며, 곰 우리만 공간을 넓혀 서식지와 유사한 형태로 만드는 것이 일부 사람에게는 신통치 않게 보일 수도 있겠지만 곰에게는 큰 의미가 있는 일이라고 말했다.

원칙적으로는 나 역시 동물원 자체를 지지하지 않는다. 엄격히 말해 동물원은 동물에게 감옥이나 마찬가지다. 대다수의 동물원, 특히 제3세계 동물원은 소름이 끼칠 만큼 끔찍한 상태로 동물을 가둬두고 있다. 나는 샌디에이고 동물원처럼 서식지 지향적인 환경을 갖추고 교육 목적을 위해 운영되는 과학적인 동물원을 지지한다. 사실 나는 동물들을 위해 바그다드까지 찾아왔지, 동물원을 위해 온 것은 아니었다. 하지만 나는 동물원 시설 자체를 개선하는 것도 의미가 있다고 보았다. 같은 맥락에서 바그다드 동물원이 더 이상 국제사회에서 고립되지 않도록 아델 박사와 직원들이 국제단체와 교류할 수 있도록 하는 것은 무척 중요했다.

다행히 그 문제가 제이슨과 우리 사이를 갈라놓지는 않았다. 우리는 서로 상대방이 다른 생각을 가질 수도 있음을 인정했다. 응급상황 전문가인 제이슨은 자신에게 주어진 일에 충실했고 훌륭히 수행해내곤 했다.

국제동물복지기금의 마리엣 호플리는 정말 보석과도 같은 사람이었다. 그녀는 헤라클레스 같은 에너지를 가지고 정력적으로 일을 해냈다. 그녀 주위에는 항상 무슨 일인가가 역동적으로 돌아가고 있었다. 마리엣을 연합군임시행정처의 케네디 비서실장에게 소개하고 나서 2주일쯤 지난 후, 우리 동물원에 번쩍번쩍 빛나는 검은색 SUV가 생겼다. 어찌나 신기하던지 나는 그녀에게 대놓고 물어보았다.

"도대체 어떻게 차를 구한 겁니까?"

"제 담당이잖아요. 당연히 해야 할 일을 한 것뿐이에요."

그녀가 미소를 지으며 대답했다. 그리하여 쿠웨이트인들이 렌터카를 타고 떠난 이후 처음으로 우리에게 든든한 운송수단이 생겼다. 이제 더는 위험을 무릅쓰고 다 낡아빠진 구식 자동차를 몰고 나가거나 차를 얻어 탈 필요가 없었다.

하루는 이제 막 수리와 보수작업을 끝낸 알 라시드 호텔에서 방을 빼야 한다는 소식을 들었다. 그 호텔은 바그다드에서 상대적으로 안전한 곳, 즉 그린존이 된 터였다. 그때까지 우리는 그 호텔에 공짜로 묵고 있었다. 그런데 이라크로 사업체가 쏟아져 들어오면서 우리가 나가야 한다는 것이었다. 브랜던과 나는 당황했다. 알 라시드 호텔의 터줏대감격인 우리를, 동물원을 위해 그 많은 일을 처리한 우리를 행정부는 여전히 간과하고 있었던 것이다.

언제나 차분함을 잃지 않는 마리엣이 케네디 비서실장을 찾아갔다. 그리고 몇 시간 뒤 그녀는 기분 좋게 엄지손가락을 치켜세우며 돌아왔다.

"계속 있어도 된답니다. 이제 공식 명단에 올라갈 거예요."

그녀는 동물원에서 캠핑을 해야 할지도 모를 순간에 희소식을 안겨준 것이다.

나는 바그다드 동물원의 임시 관리자로서 눈앞의 진행 상황에 꽤 만족해하고 있었다. 재정 상황은 여전히 암울했지만 마지막 순간에 항상 어디에선가 도움의 손길이 나타났다. 예를 들어 브라이언 호이백이라는 장교가 어느 날 오후 홀연히 우리 동물원을 둘러보러 나타난 것처럼 말이다.

브라이언이 담당한 부서에서는 이라크 재건 프로젝트를 책임지고 있었는데, 브랜던은 그에게 동물원 주변을 안내했다. 브라이언은 미국에 있을 때 아이들을 데리고 자주 동물원에 놀러 갔다고 하면서 사자 우리를 둘러보았다. 그런 다음 브랜던에게 현재 상황에 만족하느냐고 물었다. 브랜던은 만족하지 못한다고 대답했고, 우리가 계획하고 있는 내용과 열악한 환경 속에서 우리가 해낸 일들을 열심히 설명했다. 감동을 받은 브라이언은 동물들을 제대로 관리하는 데 얼마나 많은 돈이 더 필요한지 말해보라고 했다.

예상치 못한 질문에 브랜던은 선뜻 대답하지 못했다. 그 자리에서 당장 액수를 산출해낼 상황도 아니었다. 당시 우리는 장부 정리 같은 것은 엄두도 내지 못하고 있었다. 하루하루 먹고살기 바빴던 시절이었다. 우리가 아는 것이라곤 그때까지 우리 돈 수천 달러가 들어갔다는 것뿐이었다. 브라이언은 기금을 지원해주겠다고 약속했고 다음 날 아침 그 문제를 다시 논의하기로 했다.

그는 자기가 한 약속을 충실히 지켰다. 하루 만에 연합군임시행정처의 바그다드 중앙사무소를 통해 5만 달러를 확보해 우리에게 건네주었다. 유일한 조건은 그중 1만 달러는 수로국에 제공해 수로 시스템을 고치는 데 사용해달라는 것뿐이었다. 우리는 그 정도야 얼마든지 하는 마음으로 고맙게 기금을 받았다.

그 돈은 하늘에서 내려준 뜻밖의 선물 같았다. 하지만 가녀 장군이 준 돈과 마찬가지로 하루하루 버티기 위해 애쓰는 동안 연기처럼 사라지고 말았다.

우리에게 진정 필요했던 것은 체계적이고 안정적인 지원이었다. 우리가 수많은 난관을 극복하고 계속 앞으로 나아갈 수 있도록 도와줄 마찰 없는 가속 페달 같은 것 말이다. 비상사태에서 벗어나 매일 먹이를 안정적으로 공급할 수 있도록 해주는, 납득할 만한 수준으로 우리를 다시 지을 수 있게 해주는, 직원들 월급과 운영비를 뒷받침해주는 그런 지원이 필요했다. 그렇게만 된다면 국제 후원단체와 긴밀히 연계한 상태에서 이라크인이 주도적이고 자발적으로 동물원을 운영하도록 할 수도 있을 터였다.

그러기 위해 필요한 것은 무엇인가? 결론은 간단했다. 돈이었다. 하지만 행정부에는 긴급하게 해결해야 할 문제가 산더미처럼 쌓여 있을 텐데 무슨 수로 동물원을 우선순위에 두도록 설득할 수 있겠는가? 답을 찾기는 어렵지만 동물원이 살아남기 위해서는 반드시 해결해야 할 문제였다.

어느 날 아침 아델과 수다를 떨다가 단순한 호기심 차원에서 전쟁이 일어나기 전에는 알 자와라 공원의 방문객 수가 얼마나 되었는지 물어보았다.

"동물원은 연간 50만 명 정도였죠. 공원은 100만 명이었습니다."

나는 깜짝 놀랐다. 그렇게 많이? 전쟁으로 폐허가 된 이곳에 전에는 한 해에 150만 명이나 몰려들었다고? 그 수치는 바그다드 전체 인구의 4분의 1에 육박하는 수준이었다.

그 순간 답이 보였다. 연합군 본부에서는 바그다드를 복구하기 위해 필사적으로 애쓰고 있었고, 고차원적인 방정식을 풀 수 있는 박사가 아니어도 알 자와라 공원이 바그다드 시에서 가장 규모가 큰 사회시설이라는 것에는 의심의 여지가 없었다. 단지 그때까지 누구도 그 사실을 깨닫지 못하고 있을 뿐이었다.

우리는 즉시 방향을 틀었다. 우리의 프로젝트를 '팔기' 위해서는 동물복지보다 동물원 복구에 초점을 맞추어야 했다. 절대적으로 필요한 현금을 수혈받을 수 있는 유일한 방법은 대중을 대상으로 홍보가 가능한 최적의 장소에 동물원이 자리 잡고 있다는 사실을 연합군 본부에 알리는 것이었다. 사실 내가 생각한 프로젝트는 동식물 왕국을 만들려는 것이었지만, 그 필요성을 부각하고 자금을 확보하려면 다른 방법을 써야만 했다. 알 자와라 공원과 동물원을 복구함으로써 얻을 수 있는 직접적인 혜택을 동물이 아닌 사람을 위한 관점에서 제안해야 했던 것이다. 동물들을 도와주려면 그 동물원이 주민들에게 얼마나 중요한 것이고 어떤 가치가 있는지를 부각시켜야만 했다.

우리는 패트 케네디와 상의하기 위해 즉각 연합군 본부가 자리잡고 있는 알 살람 궁으로 나섰다. 하지만 케네디는 자리에 없었고 우리는 기다리는 동안 수로개발국의 유진 스타히프 임시장관과 마주하게 되었다. 나는 이라크인을 위해 알 자와라 공원을 복구하자는 제안을 대략적으로 설명한 다음, 매년 알 자와라를 찾는 이라크인이 얼마나 많았는지를 강조했다. 그는 우리의 말에 큰 관심을 보였다.

"그 제안을 문서로 제출해주시기 바랍니다. 저한테 주시면 제가 브레머 최고행정관에게 전달하겠습니다."

나는 대기실에서 기다리는 동안 즉석에서 제안서를 작성했다. 쓸 말이 술술 흘러나왔다. 특히 바그다드 동물원과 알 자와라 공원이 바그다드 시민들의 여가에 없어서는 안 될 중요한 부분이었음을 강조했다. 바그다드 동물원은 단순한 동물원 이상의 의미를 가진 곳이었다. 공원은 도시의 그린벨트였고, 비좁은 콘크리트 건물에서 생활하는 이라크인이 야자수와 유칼립투스 아래에서 신선한 공기를 마실 수 있는 야외 공간은 그 공원뿐이었다는 사실을 부각시켰다. 전쟁이 일어나기 전 매년 150만 명이 공원을 찾아 휴식을 취했다는 사실은 특히 중요했다. 나는 이것이 바그다드가 정상으로 회복되었음을 보여줄 수 있는 최고의 계획이며 바그다드 시민과의 관계를 돈독히 할 수 있는 절호의 기회라고 주장했다. 나에게 가장 중요했던 동물 얘기는 한마디도 쓰지 않았다. 사실 프로젝트대로 일이 진행된다면 가장 큰 혜택을 보는 것은 동물들이었으므로 굳이 동물 얘기를 집어넣을 필요는 없었다.

그리 큰 기대를 하진 않았다. 기껏해야 가너 장군이 동물원을 방문했던 때와 같은 상황이 재연될지도 모른다고 생각했다. 2만 달러짜리 수표 한 장 건네주고, 연합군은 파괴된 기반시설 복구에 전념하고 있기 때문에 동물원에 신경 쓸 시간이 없다는 말이 따라올 것이 뻔했다. 동물원은 행정부가 처리해야 할 산더미 같은 현안 중에서 중요한 자리를 차지할 여지가 없을 것이다.

하지만 내 생각은 틀렸다. 제안서를 본 사람들은 내 주장에 충분히 공감했다. 알 자와라 공원과 동물원의 정상화는 미국이 바그다드의 복구를 위해 진지하게 노력하고 있음을 바그다드 시민에게 보여줄 수 있는 좋은 기회라고 여긴 것이다. 폐허가 된 공원이 재건된다면 바그다드의 일상이 점차 정상으로 되돌아가고 있다는 것, 바그다드가 다시 제 기능을 하기 시작했다는 것을 가시적이고 상징적으로 보여줄 수 있을 터였다.

머칠 후 섬녀가 험비를 타고 쏜살같이 동물원으로 달려와 연합군 본부에서 내 계획안대로 실행하기로 했다는 소식을 알려주었다. 25만 달러에 달하는 복구 자금이 예산으로 할당되었고, 군대에서 이미 일류 공병대인 제2여단 소속 포티스 공병대를 파견하기로 했다는 것이었다.

그 소식을 들었을 때 우리는 모두 어안이 벙벙했다. 설마 하며 믿지 못했다. '혹시 어떤 함정이 있는 것은 아닐까?' 하는 생각도 했지만 결국 환호하며 기뻐했다.

우리는 그날 밤 '찐'하게 자축했다. 파티라고 해야 그저 마리엣의 숙소에 밤늦게까지 진을 치고 앉아 뜨끈한 맥주를 나누며 동물들을 위해, 그리고 동물원을 위해 우리가 앞으로 해야 할 일을 이야기하는 것뿐이었다. 그날 밤의 절정은 브랜던이 가져온, 목을 사포처럼 긁어대고 냄새도 고약한 물담배를 피운 일이었다. 모두 한 모금씩 물담배 맛을 보았다.

일주일 뒤부터 일이 시작되었다. 공원에 들어설 때마다 용접공들이 파란 불꽃을 내며 일하는 모습이 보였고 콘크리트 잔해 사이로 연삭기가 돌아가는 소리, 발전기가 오랫동안 죽어 있던 전기시설을 되살리는 소리가 들려왔다.

복구작업은 생각처럼 만만한 일이 아니었다. 알 자와라 공원은 아주 치열한 전투가 벌어진 곳이었고 면적도 상당히 넓었다. 그 넓은 땅 위의 모든 것이 폐허였다. 건물은 파괴되고 다리는 끊어져 그 잔해가 여기저기 흩어져 있었다. 호수에서는 썩은 냄새가 진동했고 불발탄들도 널려 있었다. 그것을 치우는 것만 해도 엄청난 일이었다.

하지만 미국인들의 추진력은 놀라웠다. 오래지 않아 티그리스 강에서 펌프로 끌어올린 물이 공원 호수에 채워졌고 바그다드의 시원찮은 전기시설에도 전기가 공급되기 시작했다. 엉망이 된 건물들도 재건되었다. 타버린 트럭 같은 전쟁의 흔적들은 말끔히 치워졌고 약탈꾼들이 구리선을 빼내기 위해 구부려놓은 수백 개의 전신주가 다시 바로 세워졌다. 다행히 불발탄도 모두 수거되었다. 이제는 공원의 어디든 마음 놓고 걸어 다닐 수 있게 된 것이다.

무엇보다 멋진 것은 찜통 같은 사막 안에 자리 잡은 그 초록색 안식처가 살아 숨 쉴 수 있도록 물을 공급하는 스프링클러 시스템이 작동되기 시작했다는 사실이었다. 다 쪼개진 송수관이 교체되고 스프링클러를 통해 수많은 물방울이 뿜어져 나오면서 지역 전체가 무지갯빛으로 바뀌기 시작했다. 그렇게 알 자와라 공원은 오아시스로 다시 태어나고 있었다.

나는 그 모든 변화 과정을 지켜보았다. 아직 확실한 날짜는 잡히지 않았지만 동물원은 대중에게 다시 문을 열 것이었다. 절망적인 나날을 보내며 언감생심 생각지도 못했던 일이 지금 눈앞에서 펼쳐지고 있었다. 하지만 이제 겨우 동물원이 정상 궤도로 들어서려는 마당에 또 다른 위기가 서서히 다가오고 있었다. 이번에는 전혀 생각지도 못한 곳에서 시작된 위기가 동물원의 존망 자체를 위협하고 있었다.

13
사자 이송을 둘러싼 갈등

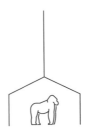

"사담 후세인의 아들 우다이의 사자가 드디어 아프리카의 야생으로 해방되다."

신문 1면에서는 이렇게 큰 소리로 떠들어대고 있었다. 헛것을 보고 있는 게 아닌가 싶어 신문을 보고 또 보았다. 사진은 흑백으로 실려 있었다. 우다이 후세인의 사자들이 이라크를 떠나게 되었다는 얘기였는데, 정작 동물원에서 일하는 우리는 아무도 그런 소식을 들은 적이 없었다.

기사는 제목과 똑같이 흥분된 어조로 "전쟁으로 고통을 받을 대로 받은" 우다이 후세인의 사자들이 현재 총구멍이 숭숭 뚫린 우리에 갇혀 있으며, 이제 그 어른 사자 세 마리와 새끼 사자 여섯 마리가 모두 남아공의 풍요로운 보호구역에서 생활하게 될 것이라고 보도하고 있었다. 또한 눈먼 불곰 새디아도 그리스의 산간지역에 위치한 보호구역으로 옮겨 간다고 쓰여 있었다.

새디아의 이야기는 사실이 아닌 게 틀림없었다. 아델 박사가 새디아가 떠나도록 내버려둘 리 없었다. 더욱이 새디아는 다른 곳으로 이주하기엔 너무 노쇠한 곰이었다. 말도 안 되는 소리였다. 나는 재빨리 기사의 출처를 뒤졌다. 샌와일드야생동물보호구역(SWS, Sanwild Wildlife Sanctuary)으로, 그곳은 남아공 림포포 Limpopo주에 자리 잡고 있는 동물재활센터였다. 그들은 우다이의 사자가 그쪽으로 이주하게 될 것을 확신하고 있는 듯했다.

기사를 죽 읽다 보니 샌와일드가 주장하고 있는 내용을 우리의 동료이자 바그다드 동물원위원회의 특별위원이기도 했던 국제야생동물보호기구의 바버라 마스가 뒷받침해주고 있었다.

이후 며칠간 전 세계 언론매체에서 그 소식을 앞다퉈 다루느라 야단법석이었다. 기사 내용은 좋았다. 잔혹한 독재자의 정신병자 아들이 소유했던 사자들이 드디어 자유를 찾게 되었다는 내용이었으니 말이다. 또한 전쟁으로 외상을 입은 눈먼 곰이 이제 산악지역에서 느긋한 말년을 보내게 되었다고 했다. '드디어 자유를 찾다' '야생으로의 귀환' '전쟁터의 새끼 사자' 등 심금을 울리는 제목이 신문 여기저기를 장식했다.

아랍계 언론에서는 그 소식을 다루지 않고 있어 직원들은 전혀 모르고 있었다. 그러다 기사를 다룬 외국 신문이 손에 들어오자 그들은 경악했다. 동물원위원회에서 사자들 일부를 이주시키는 사안에 대해 논의한 적이 있었고 이에 대해 암묵적으로 지지하기도 했지만, 그것은 단순히 논의 차원에서 이루어진 것이었다.

당시 나는 기금을 조성하기 위해 잠깐 남아공에 들렀기 때문에 브랜던에게 전화를 걸어 현지 상황을 물어보았다. 브랜던은 아델이 무척 화가 나 있다고 전했다. 동물원 식구인 곰까지 그 이주 목록에 포함돼 있으니 더욱 화가 날 것이었다. 물론 사자들이 떠나는 것도 기분 좋은 소식은 아니었지만, 엄밀히 말해 사자는 우다이의 궁전에 속해 있었으니 그가 왈가왈부할 수 없는 노릇이었다. 하지만 곰은 달랐다.

아델은 우다이가 국고를 탕진했기 때문에 사자를 포함한 우다이의 재산은 모두 나라에 귀속시켜야 한다고 주장했다. 상당히 설득력 있는 말이었다. 그러나 바버라 마스의 주장도 일리가 있었다. 사자들의 입장에서 보았을 때 야생에서 자유롭게 사는 편이 훨씬 낫지 않은가?

당시 우리는 동물의 이주에 대한 첨예한 논쟁이 벌어지는 것을 원치 않았다. 무엇보다 재건된 동물원을 재개장할 날이 코앞에 다가와 있었다. 동물원 재개장을 홍보하는 데 중대한 실패 요인이 될 수도 있을 그 사안에 대해 특히 국제동물복지기금에서 움찔했다. 동물들을 계속 우리에 가둬놓을 것이냐 풀어놓을 것이냐를 두고도 의견이 분분했다. 그들은 나에게 한시라도 빨리 이라크로 돌아오라고 재촉했다.

나는 모든 미팅을 취소하고 가장 빠른 비행기편으로 이라크로 돌아왔다. 숨을 돌리고 인사할 새도 없었다. 이미 상황은 돌이킬 수 없이 악화돼 있었다. 이라크인들은 단호하게 우다이의 사자와 곰이 떠나서는 안 된다는 입장이었다. 반대로 국제야생동물보호기구는 그 동물들을 이주시켜야 한다는 뜻을 확고히 했다.

모든 일이 허사가 될 판국이었다. 내가 끔찍한 상황 속에서 해온 노력들, 위험 속에서 달성해온 일들, 바그다드의 생활을 견디며 동물들을 위해 행했던 그 모든 게 전부 물거품이 될 위험에 처해 있었다. 구조작업 자체가 늘 위태로운 상황에서 진행되었기 때문에 옆에서 조금만 건드려도 금방 무너질 수 있는 그런 상태였다. 눈앞에 넘어야 할 산이 하나 더 생긴 것 같았다. 이번에 등장한 문제는 사람들과의 관계, 아델과 직원들의 믿음에 대한 문제까지 얽혀 더욱 복잡했다.

우다이의 사자 세 마리와 새끼 여섯 마리를 옮기자는 제안은 제나가 새끼를 뱄다는 것을 알게 된 이후 내가 한 것이었다. 특수부대가 우리를 사자에게 데려가고 며칠이 지난 뒤였다.

나는 동물원에 사자가 너무 많다고 생각하고 있었다. 광대한 샌디에이고 동물원보다 많았다. 곧 그 사자들을 수용할 공간 자체가 부족할 게 뻔했다. 다 자란 사자 한 마리는 하루에 10킬로그램 정도의 고기를 먹는다. 사자 수가 늘어나면 가뜩이나 어려운 동물원 살림에도 부담이 될 것이었다. 또한 사자들은 고양이처럼 번식도 잘한다. 왜냐고? 사자도 고양이과에 속하지 않는가.

나는 남아공의 적절한 보호구역을 찾아 이라크와 남아공 간의 합작 사업처럼 일을 진행할 생각이었다. 아델 박사와 바그다드 동물원의 직원들 모두 이 과정에 긴밀하게 참여하게 될 것이었다. 인도주의적이면서도 직원들의 교육을 목적으로 하는 프로젝트를 구상했었다.

아델은 바그다드 동물원만 건드리지 않는다면 사자들을 보내도 괜찮다는 입장이었다. 그는 이 건이 극도로 민감한 사안이기 때문에 절대로 서두르면 안 된다고 했다. 동물원에 살던 동물이 이미 상당수 사라진 마당에 제국주의적인 다른 나라가 나서서 동물을 가져가겠다고 하는 것처럼 비춰지지 않길 바랐던 것이다.

그 모든 것이 바버라가 처음으로 바그다드를 방문했을 당시 동물원위원회에서 함께 논의한 것이었다. 당시 아델과 브랜던, 섬너 대위, 스테판, 파라, 바버라 그리고 나로 구성된 그 임시위원회에서 아델은 동물을 이주시키는 계획이 언론을 통해 알려지면 절대 안 된다고 강조했다. 만약 그렇게 되면 사자들은 결코 자유를 맛볼 수 없을 것이라고 했다.

그 언론 보도는 이 사안과 연관된 민감한 정치적 상황을 오판한 결과였다. 그 일에 연루되면서 불행히도 바버라는 아델, 이라크 당국과 소원해졌다. 또한 나중에 밝혀진 대로 부지중에 아델의 목숨을 심각한 위험에 처하도록 만들고 말았다.

바버라는 내가 다시 중동으로 돌아온 날 나와 함께 도착했다. 우리는 쿠웨이트의 미공군 기지에서 마주쳤다. 그곳에서 바버라는 해병대 헬리콥터 조종사에게 바그다드로 데려가달라고 사정하고 있었다. 바버라는 이번 일을 위해 런던에서 왔으며 동물들의 이주 건을 감독하게 되었다고 들떠 있었다. 나는 아무 말도 하지 않았다. 마음속에서는 이라크인과 일촉즉발의 대결 상황이 벌어질 것에 대한 우려가 뭉게뭉게 피어올랐다.

마른 체격에 머리 색이 진한 독일 태생의 바버라는 동물들을 야생으로 되돌려 보내는 일에 헌신적으로 매달렸다. 보통의 경우 그런 자세를 존경해 마지않던 나였지만 이번만큼은 달랐다. 바버라는 바그다드에 도착하자마자 모든 사람에게 우다이의 사자들을 아프리카로 보내는 계획을 떠들어댈 것이며 그 열정으로 생전 처음 보는 사람도 완전히 압도해버리고 말 것이었다. 그녀는 그 이송 프로젝트에 대한 특집 기사를 싣기로 런던 소재 신문사와 이미 계약까지 마친 것 같았다. 바버라는 특집 기사를 싣게 해주는 대가로 그 신문사에서 이송 비용을 지원받기로 했다고 말했다. 일단 신문에 기사가 실리고 나면 곧 텔레비전 방송국에서도 후속 취재를 하기로 일정이 짜여 있다고 했다.

"전쟁 기사 중에서 아마 최고가 될 거예요."

바버라는 눈까지 반짝이며 나에게 말했다. 하지만 아델의 생각은 달랐다. 내가 허둥지둥 돌아오자마자 나를 사무실 밖으로 데리고 나갔다. 내가 기억하는 한 평온하기 그지없던 그의 얼굴이 분노로 가득 차 있었다.

"동물들은 이라크 국민 겁니다."

그는 서정적으로 들리는 특유의 영어 발음으로 내게 이렇게 말했다.

"대체 이게 어찌 된 일입니까?"

우선 나는 슬쩍 떠보기 위해 나름대로 반대 논리를 부드럽게 펴 보았다. 우다이의 사자까지 모두 데려오면 동물원에는 사자가 열아홉 마리나 된다. 그 사자들 중 일부를 이라크 내 다른 곳이나 외국으로 옮겨야 한다는 것은 자명하다. 남는 사자들을 아프리카로 보내는 것은 사자들에게도 좋고, 동물원 입장에서도 좋은 일이 아니냐. 또한 우리 직원 몇 명을 동물과 함께 보내 적응할 때까지 돌봐주도록 할 수 있다. 어떻게 생각하는가?

그는 한동안 말이 없더니 알았다고 했다. 우다이의 사자들을 떠나보내는 것에 대해서는 별로 반대 의사가 없는 것처럼 보였다. 다만 바그다드시 당국을 설득하기가 만만치 않을 것이라고 덧붙였다. 하지만 곰 얘기를 하자 아델은 고개를 가로저었다.

"곰은 나이가 너무 많아 옮기는 도중에 죽고 말 겁니다."

사실 맞는 말이었다. 더욱이 동물원의 터줏대감 역할을 해온 곰이 사라진다면 직원들이 뭐라고 생각할 것인가?

아델은 만약 곰을 데려간다면 더 이상 우리와 상종하지 않을 것이라고 했다. 그에게 곰을 데려간다는 것은 최악의 배신을 의미했다. 외국인들은 왔다가 떠나지만 아델과 직원들은 계속 바그다드에 머물며 살 사람들이었다. 바그다드는 그들의 고향이었고 동물원은 밥줄이었다.

무슨 수를 써서라도 악의에 차서 서로에게 상처를 주는 말이 오가는 것만은 피해야 했다. 나는 아델에게 내가 아델 편임을 다시 한번 강조했다. 중요한 것은 동물원은 이라크인의 것이며 국제단체는 단지 도와주기 위해 왔을 뿐이라는 사실이었다. 이번이든 나중에든 결국 사자들이 이송되리라는 사실에는 변함이 없었다. 하지만 지금처럼 적대적인 분위기에서 사자들을 옮긴다면 돌이킬 수 없는 분노만 남을 것이고, 그동안의 일들이 허사로 돌아갈 것이었다.

동물원은 그동안 90퍼센트의 동물을 잃었다. 겨우 살아남은 동물을 보낼 수 없다는 입장이 확고했다. 따라서 우리는 그 문제를 아주 조심스럽게 다뤄야 했다.

다음 날 비상회의를 열어 바버라에게 동물원위원회 앞에서 발언할 기회를 주기로 했다. 우리는 문제가 좋게 해결되기를 간절히 희망했다. 브랜던과 섬너, 파라 그리고 나는 알 라시드 호텔에 모여 대책을 논의했다. 모두 자기들이 확보한 소식을 내게 전하며 이라크인의 분노를 과소평가해서는 안 된다고 경고했다. 그럼 이 문제에 대한 나의 생각은 어땠을까?

심정적으로 나는 사자들을 자유롭게 풀어주어야 한다고 생각했다. 하지만 이성적으로는 이라크인이 좋다고 할 때까지 이라크에 두어야 한다고 판단했다. 신중하게 처리한다면 아넬을 설득할 수 있을 것이라 믿었다. 가장 두려운 점은 바버라가 일을 무작정 밀고 나가려 한다는 사실이었다. 다른 그 무엇보다 곰 문제가 제일 마음에 걸렸다. 곰은 동물원 소유였고 그 점은 마땅히 존중해주어야 했다.

브랜던이 끼어들었다.

"지금 우다이의 사자들을 옮기는 얘기를 하고 있는 거예요? 그 특수부대 사자 브루투스, 헤더, 제나?"

"맞아."

"미쳤네요. 헤더와 제나는 발톱이 뽑혔어요. 어떻게 사냥을 하라는 거예요? 야생에서 살다니 말도 안 되는 소리예요."

"뭐라고? 확실해?"

"그럼요. 제나와 헤더는 발의 오목한 부분을 이용해서 먹이를

297

먹어야 해요."

파라도 머리를 끄덕였다. 우다이 후세인은 어린 사자에게 목줄을 매 데리고 다니길 좋아했던 모양이다. 그래서 사자에게 긁히는 사고를 방지하기 위해 발톱을 제거해버렸던 것이다. 모두들 한동안 아무 말이 없었다. 이제 얘기가 완전히 달라졌다. 우다이의 사자들을 야생으로 돌려보내는 문제는 원점으로 돌아왔다.

"그리고 그 사자들이 사람을 먹는다는 소문이 쫙 퍼졌다는 것도 잊지 말아야죠." 브랜던이 계속했다. "그건 어떻게 설명하고 넘어가려고요?"

물론 방법은 없었다. 불행히도 우리는 회의를 거기서 끝내야 했다. 섬너와 브랜던, 파라 모두 경계가 삼엄한 회의장에서 열리는 교향곡 공연을 보러 가기로 했기 때문이다. 이라크 침공 후 처음 열리는 공연이었다. 브랜던은 클래식 마니아는 아니었지만 문화나 여가 같은 것을 즐겨본 지가 너무 오래되어 어떤 공연이든 공연의 '공'자만 붙어도 좋다고 했다. 그는 자신의 패션 감각을 그대로 살려 카키색 바지와 부츠, 주머니에 툴라툴라 코끼리 로고가 수놓인 초록색 티셔츠를 입고 교양인들을 위한 공연장에 갔다.

하지만 이들은 정전 때문에 한 시간 만에 돌아왔다. 브랜던은 음악이 아주 좋았다고 떠들어댔다. 이라크 텔레비전에서 그 공연을 녹화해 방송해준 덕분에 아델도 볼 수 있었다. 그에 따르면 브랜던이 머리를 뒤로 확 젖힌 채 코를 고는 장면도 있었다고 했다. 정작 브랜던 본인만 그 사실을 몰랐다.

어쨌든 사자들 일부를 다른 곳으로 보내야 한다는 것은 분명했고, 당장은 아니더라도 언젠가는 반드시 직면하게 될 문제였다. 다만 아델을 비롯한 동물원 직원들과의 관계를 해치지 않으려면 이라크 측의 승인 없이는 어떤 동물도 이송시키지 않을 것이라는 점을 분명히 해야 했다.

나는 회의 석상에서 이 점을 명확히 밝힐 수 있게 되기를 바랐다. 하지만 미팅은 시작도 하기 전부터 삐걱거렸다. 아델이 나를 한쪽 구석으로 데리고 가, 현지 텔레비전 방송에서 톱뉴스로 외국인이 이라크의 사자들을 남아공으로 데려가려 한다고 비난하는 방송을 내보냈다고 전해주었다.

그 말을 듣는 순간 간담이 서늘해졌다. 남아공을 계속 들먹이는 것은 걱정이 아닐 수 없었다. 브랜던과 내가 남아공인이라는 것은 이라크인들이 다 아는 사실이었다. 이제 사람들은 우리 둘이 이번 일과 관련이 있다고 생각할 게 뻔했다.

모두들 껄끄러운 상태에서 미팅이 시작되었다. 나는 모두에게 사자를 남아공으로 보내는 문제에 대한 입장을 물으면서 먼저 내 입장부터 밝혔다. 나는 아델과 이라크 당국이 동의한다면 사자들의 이송을 찬성한다고 말했다. 그러자 모두들 동의한다는 뜻으로 고개를 끄덕였다. 아델만 빼고 말이다. 아델은 입술을 꼭 다물고 아무 말 없이 앉아 있었다. 그런 다음 바버라의 의견을 묻자 그녀는 곧장 일어서더니 본인의 생각에 대해 열변을 토했다. 신문에 난 것은 모두 사실이며 우다이의 사자인 브루투스, 제나, 헤더 그리고 새끼 사자 여섯 마리 모두 샌와일드로 간다고 말했다. 이미 쿠웨이트에 나무 상자도 준비돼 있고 에미리트 항공사에서 수의

사까지 제공했다고 했다. 아프리카에 도착하면 일단 그곳에서 한동안 사람과의 접촉 없이 자동으로 공급되는 먹이를 먹으며 지내다가, 나중에는 스스로 사냥해 먹이를 구해야 하는 보호구역에서 살게 될 것이라고 했다.

그러자 브랜던이 끼어들어 제나와 헤더의 발톱이 제거됐다는 사실을 알고 있는지 물었다. 사냥을 할 수 없는데 어떻게 야생에서 살아갈 수 있다는 말인가? 사자 무리에서는 암사자가 주로 사냥을 하는데 사냥을 하려면 먹이를 짓누를 발톱이 필수였다. 사냥을 못 하면 어미와 새끼 사자는 모두 굶어 죽을 수밖에 없었다. 바버라는 새끼 사자들이 자라 어미를 위해 사냥을 해줄 것이라고 답했다.

곧 찬물을 끼얹은 듯한 침묵이 이어졌다. 야생에 대해 조금이라도 아는 사람이라면 공짜 밥이란 없다는 것쯤은 알고 있다. 스스로 먹이를 구하지 못하면, 사냥감을 쫓아가 잡을 수 없다면, 죽는 수밖에 없다. 발톱이 없는 사자를 야생으로 내몬다는 것은 녀석에게 사형 선고를 내리는 것이나 다름없었다.

남아공 당국이 발톱이 없는 사자를 보호구역에 두라고 허가할 가능성도 없었다. 특히 당시는 사냥꾼들이 서커스에서 퇴역한 동물들을 사냥하는 야비한 일이 일어나 온 나라 안이 한바탕 시끄럽던 터였다.

우다이의 사자들이 인육 맛을 알지도 모른다는 점도 문제로 부각되었다. 사담의 아들이 정적들을 사자의 먹이로 주었다는 소문은 그냥 무시하기에는 너무 광범위하게 퍼져 있었다. 실질적인 증거가 없다고는 해도 남아공이 구태여 위험을 감수하면서까지 사자들을 받아들일 이유는 없었다. 누군가가 잡아먹히는 일이 발생한다면, 사람을 잡아먹는 동물을 이주시키기로 한 위원회는 그 결정에 대해 뭐라고 변명할 것인가?

바버라는 사자들이 인간과 접촉하는 일은 없을 것이라고 했다. 하지만 아프리카 시골에서는 주민들이 울타리를 무시하고 보호구역 안으로 들어가는 일도 종종 있다. 발톱이 없는 사자는 사람처럼 쉬운 먹잇감을 택할 수밖에 없을지도 모른다.

우다이의 사자들에게 자유를 주자는 생각 자체는 숭고했지만 현실은 우리가 생각하는 것과 많이 달랐다. 발톱도 없는 사자를 야생에 풀어주는 것은 비윤리적인 처사일 뿐 아니라 성공할 수도 없는 일이었다. 그렇다면 먹이를 주며 키우는 수밖에 없는데, 그건 지금 하고 있는 방법과 같지 않은가.

그러자 바버라는 모든 것을 되돌리기엔 너무 늦었다고 반박했다. 동물들을 옮기기 위한 모든 절차를 밟았으며 샌와일드는 동물들을 데려갈 준비가 완료되었다고 했다. 바버라는 동물들에게 이라크에서보다 더 좋은 집을 찾아주기 위해 자기가 많은 고생을 했다고 덧붙였다. 마지막으로 그녀는 이미 우리가 알고 있는 사실을 지적했다. 동물원에는 지금 사자가 포화 상태이며 일부를 내보내지 않을 경우 사자들이 전부 살아남지 못할 수도 있다는 것이었다.

이어 우리는 곰 문제를 논의했다. 바버라는 눈먼 곰 새디아는 그리스에 있는 곰 보호구역으로 이사를 가게 될 것이라고 말했다. 거기에서 백내장 수술을 받아 시력도 회복할 수 있을 것이라고 했다. 그런 뒤 여생을 자유롭게 살 것이라고 덧붙였다.

동물원에 대해 비판적인 국제동물복지기금의 제이슨 스럽조차 새디아를 야생에 풀어놓는 것에 반대하는 입장이었다. 우선 녀석은 서른 살이나 되는 고령인 데다 야생에서 살아본 적도 거의 없었다. 불곰의 평균 수명이 서른다섯 살 정도임을 감안하면 새디아는 지금 말년을 보내고 있는 셈이었다. 동물원에는 아픈 궁둥이 같은 세 살짜리 어린 곰도 있었다. 엄청난 금액을 들여 이송시킬 거라면 좀 더 장기적으로 혜택을 볼 만한 동물에 써야 하지 않을까?

동물의 세계를 잘 모르는 사람들은 곰도 인간처럼 은퇴할 것이라고 생각한다. 열심히 일하다가 여생은 편안하고 느긋하게 보내리라고 말이다. 하지만 나이도 많았고 전쟁으로 받은 스트레스로 인해 마취나 장거리 여행을 견디기 힘들 터였다. 또한 그 나이에 야생에 풀어놓았다가는 공포와 두려움에 질려버릴 것이다. 그 곰에게 최고의 보호막은 지금 있는 동물원과 그곳 사람들이었다. 바버라가 말하는 자유라고 하는 것은 새디아에게 의미 없는 단어에 불과했다. 나는 벌떡 일어나 거침없이 쏟아냈다.

"지금 중요한 점을 잊고 있습니다. 아델 박사는 이주를 반대합니다. 그리고 만약 이라크 당국이 승인하지 않으면 이주 건을 진행시키기 어렵습니다. 무엇보다 그 동물들은 이라크 소유이기도 합니다."

나는 아델을 보면서 "동물원의 입장을 말해주시기 바랍니다"라고 말했다. 아델은 파라를 통역으로 해서 어느 동물이든 이송은 반대라고 밝혔다. 그 동물들은 이라크 국민의 것이며 이라크의 승인 없이는 어디에도 갈 수 없다고 했다. 그 대목에서 바버라가 끼어들었다. 아델이 처음에 그 안에 동의했기 때문에 자기가 개인 비용과 시간은 물론 다른 사람들의 시간까지 빼앗아가며 그 프로젝트를 진행한 것이라고 쏘아붙였다. 그런데 결정적인 순간에 아델이 마음을 바꾸었다고 맹비난했다.

아델은 바버라의 말대로 그 문제에 대한 논의가 있었던 것은 사실이지만 그것은 단지 회의 석상에서 의논한 것에 불과했고, 최종적으로 결론이 난 것은 아무것도 없었다고 했다. 자기는 그런 상태에서 어느 날 동물들이 이라크를 떠난다는 기사를 접하게 되었다고 했다.

바버라는 고개를 가로저었다. 그녀의 목소리에 분노가 잔뜩 서려 있었다. 바버라는 위원회가 그 아이디어에 찬성했던 것으로 기억하며, 그래서 일을 진행한 것이라고 응수했다. 아델은 의자를 돌려 바버라와 마주 보았다. 그런 뒤 아랍어로 아주 빠르고 격한 어조로 말했다. 아델이 말하는 속도에 맞추어 파라의 통역 또한 빨라졌다.

"지난번 당신이 여기에 왔을 때 내가 했던 말 기억합니까? 이라크인에게는 지금이 아주 좋지 않은 시기라고 얘기했던 거 말입니다. 이송 문제를 꺼내기엔 시기상조라고 분명히 말했습니다. 그래서 이 일은 아주 신중하게 처리해야 한다고요. 서두르다 보면 사람들이 제가 대답하기 곤란한 여러 문제에 대해 질문할 거라고 했지요. 그래서 이라크 사람들을 보호하기 위해 모든 일은 은밀하게 진행돼야 한다고 회의 내내 강조했고 이에 대해 모두 동의했습니다. 하지만 당신은 독단적으로 일을 저질렀고 그 사실을 신문사에까지 알렸습니다. 이제 동물원에서 일하는 우리 이라크 사람들 모두가 위험에 처하게 되었습니다. 총잡이들이 우리가 외국인과 일한다는 것을 모두 알게 되었습니다. 우리 목숨은 언제 어떻게 될지 모릅니다. 우리 가족도 위험합니다."

나는 긴장했다. 이제 문제의 핵심에 다가가고 있었다.

"언론에 알린 건 내가 아닙니다. 샌와일드에서 한 거예요. 나는 아무것도 몰랐습니다."

바버라의 대답이었다.

"어쨌든 이미 엎질러진 물입니다. 아무리 애를 써도 주워 담을 수 없게 되었단 말입니다."

아델이 답했다. 바버라가 내 쪽을 바라보았다. 그런 뒤 미 당국은 동물원위원회의 입장과 상관없이 동물을 옮기는 것에 전혀 반대하지 않는다고 말했다. 나는 섬녀를 쳐다보았다.

"테드 모스와 당장 통화해서 연합군의 뜻을 들어봐야겠습니다."

몇 분 만에 임시 바그다드 시장 모스와 전화 연결이 되었다.

"난 벌써 동물들을 옮긴 줄 알았는데요. 무엇 때문에 이렇게 늦어지고 있는 겁니까?"

모스의 대답이었다. 아델의 얼굴이 먹구름처럼 흐려졌다. 그는 더듬거리며 "이건 미국이 결정할 일이 아닙니다"라고 말했다. 문을 박차고 나가면서 그는 나에게 따라오라는 신호를 보냈다. 내가 밖으로 나가자 아델은 걱정으로 눈썹을 잔뜩 찌푸린 채 말했다.

"이라크 사람들 중에는 내가 사자를 팔아 딴 주머니를 찼다고 말하는 사람도 있습니다. 당신과 브랜던의 고향인 남아공으로 사자들을 보내는 대가로 내가 돈을 받았다는 거예요. 저한테 좋은 일이 아닙니다."

이제 모든 것이 분명해졌다. 논쟁의 핵심에는 동물만 있는 것이 아니었다. 현 상황을 이해하려면 이라크인들의 마음을 들여다보는 것이 급선무였다. 이라크인들은 전쟁으로 갈기갈기 찢기고 허황한 소문이 난무하는 바그다드 한복판에서 숨 쉬며 살고 있었다. 서구인이 이해하기 힘든 편집증과 공포로 만신창이가 된 도시에서 말이다.

지난 30년간 바그다드는 사담의 게슈타포식 비밀경찰, 즉 무카바라트 아래에서 짓밟혀왔다. 그 비밀경찰의 영향력은 곳곳에서 느낄 수 있었다. 정보원이 거리 이곳저곳에서 눈을 번뜩이고 있었으며 이들의 한마디가 곧 사형 선고를 의미하기도 했다.

어느 누구도 이러한 공포정치의 손아귀에서 자유롭지 못했다. 이라크인은 자신이 직접, 또는 가족이나 친구들이 그들에게 당하는 것을 보며 살아왔다. 아무도 비밀경찰의 그늘에서 벗어날 수 없었다. 공포정치는 그만큼 악랄했고 그들 생활 저변에 심대한 영향력을 행사하고 있었다. 사담 후세인을 축출한 것이 큰 위안이 되긴 했지만 그의 잔악한 통치가 사람들의 마음에 끼친 악영향이 너무 깊어 단번에 사라질 수 없었다.

이라크인이 자주 들먹이는 것처럼 1991년 '사막의 폭풍' 작전(걸프전의 작전명 – 옮긴이) 당시 사담은 크게 패했지만 어찌어찌해서 권력을 놓치지 않고 다시 움켜쥘 수 있었다. 바그다드 사람들은 이번에도 그런 사태가 발생하게 될까봐 무척 조심하고 있었다. 그들은 미군이 정말로 사담을 영원히 축출한 것인지 확신할 수 없었다. 또한 그 잔인한 비밀경찰이 지하에서 여전히 엿보고 있는 것은 아닌지 의심하며 엄청난 두려움을 느끼고 있었다.

그런 상황에서 생존의 법칙은 간단했다. 존재를 드러내지 말 것, 입을 닫고 지낼 것, 공개적으로 미군에 협력하지 말 것, 무엇보다 남의 눈에 띄지 말 것. 특히 언론의 이목을 끄는 행동은 금물이었다. 자칫 잘못하면 어둠 속에서 어떤 치명적인 위협이 닥쳐올지도 몰랐다.

아델은 공개적으로 외국인과 일하고 있었기 때문에 아주 위험한 입장이었다. 함께 일하는 외국인이 중립적인 남아공 사람이라 알려져 있다 해도 위태롭기는 매한가지였다. 특히 아델은 시아파 무슬림이고 지하의 바트당 잔당들은 대부분 수니파였다. 시아파와 수니파는 종종 반목을 해온 터였다.

이라크 언론과 텔레비전 기자들이 동물원에 몰려와 우다이의 사자들이 정말 떠나느냐는 질문을 던졌을 때 아델은 당연히 두려움에 떨 수밖에 없었다. 만약 떠난다고 대답하면 어느 당국의 관리 아래 진행되는 것이냐는 질문이 날아올 것이 뻔했다. 미국? 이라크?

이 질문은 섣불리 대답할 수 있는 성질의 것이 아니었다. 이 대답에 따라 아델뿐 아니라 동물원 직원 전체와 그 가족의 목숨까지 위태로워질 수 있었다. 우다이의 사자들을 이송시킬 계획이라는 대답은 곧 아델이 연합군과 함께 일하고 있다는 것을 의미했다. 당시 연합군과 같이 일한다고 말하는 행동은 죽음을 자초하는 것과 다름없었다. 만약 아니라고 한다면 기자들은 그럼 도대체 왜 바버라는 그런 말을 한 것이냐고 물어올 터였다.

그래서 아델은 자기에게 남은 단 하나의 생명줄을 붙잡았다. 그는 단호하게 아무것도 아는 바가 없다고 대답했다. 그리고 자기가 아는 한 사자들은 어디에도 가지 않는다고 했다. 그 사자들이 후세인 일가의 소유였다는 사실에는 엄청난 의미가 내포되어 있었다. 단순히 동물 몇 마리를 움직이는 문제가 아니라 사람의 목숨이 달린 중대 사안이었다.

그날 밤 우리는 마리엣의 호텔 방에 모여 앉아 얼음처럼 차가운 맥주(우리는 이라크에서 차가운 맥주를 구할 수 있을 거라는 희망을 끝까지 버리지 않았다)와 닭, 프렌치프라이를 기다렸다. 마리엣의 방은 우리를 끌어당기는 자석과도 같은 곳이었다. 방은 항상 깨끗했고, 밝고 명랑한 방 주인은 언제나 손님 접대를 잘해주었기 때문이다. 하지만 이번만은 마리엣마저 의기소침한 모습이었다. 바버라 마스와 아델 박사의 언쟁으로 죽음의 장막이 드리워진 듯했다.

우리는 아주 어려운 상황 속에서도 함께 잘 지내며 동물원을 복구한다는 공통된 목표를 달성하기 위해 온갖 노력을 다해왔다. 부차적인 것에 눈을 돌릴 여유조차 없었다.

마리엣은 동물원을 구하는 일이 국제동물복지기금의 업무 범위를 넘어서는 일이기에 부정적인 효과가 날까봐 걱정하고 있었다. 보통 국제동물복지기금에서 하는 일은 동물을 자연 상태의 서식지에 풀어주거나 야생에서 돌봐주는 것이었다. 이렇게 동물원 복구에 참여했던 적은 거의 없었다. 마리엣은 동물을 풀어주는 일에 대한 내용이 잘못 알려질 경우 국제동물복지기금의 입장이 위태로워질지도 모른다고 우려했다.

섬녀는 지금 처한 딜레마를 간결하게 정리했다. 만약 우리가 이라크인과 소원해지면 전체 프로젝트가 와해될지도 몰랐다. 동물원은 곧 바그다드시 위원회에서 담당할 예정이었다. 만약 그 전에 뒷거래가 이루어진 것처럼 비친다면 신뢰는 회복 불가능할 것이었다. 무엇보다 그러한 일련의 사태에서 진짜 피해자는 동물들이 될 수밖에 없었다.

나는 아델이 처한 상황에 대해 설명해주었다. 지금까지 아델과 그 직원들은 함께 일하는 사람들이 중립적인 남아공 사람이라고 열심히 알려온 터였다. 그런데 사자들을 어디로 데려간다고? 남아공으로?

이로 인해 참혹한 결과가 초래될지도 몰랐다. 이 문제를 신중하게 다루지 않으면 우리가 개입했다는 의심이 더욱 팽배해질 것이었다. 그러면 이라크 직원들과의 신뢰에도 금이 갈 테고 최악의 경우 동물원 직원들이 지역사회에서 신용을 잃을 수도 있었다.

아델이 매우 위험한 상황에 처해 있다는 것은 분명했다. 미팅에서 그가 지적한 대로 아델은 언론에서 외국인과 함께 일하는 사람으로 비쳤을 뿐 아니라 후세인 일가의 사자들을 이주시키는 일의 배후 세력으로, 심지어 그 거래로 돈까지 챙기는 인사로 오해받고 있었다.

사담의 지하 세력이 대중에게 잘 알려진, 상징적인 처형 상대를 고른다면 아델이 적격이었다. 우리는 하루빨리 아델이 받고 있는 의심을 풀어주어야 했다. 아델은 그 계획을 결단코 반대하고 있으며 외국인의 들러리도 아니라는 사실을 어떻게 해서든 이라크 사람들에게 알려야 했다. 시간이 없었다. 섬너와 나는 "우리는 이라크인의 동의 없이 동물들을 보내는 것에 반대한다"는 내용의 동물원위원회 성명서를 작성했다. 그런 뒤 그 성명서를 각 언론사에 보냈다. 또한 앞으로 언론사에서 질의사항이 있을 경우 모두 아델 박사를 통해야 한다고 했다. 이런 조치로 외국인이 아닌 이라크인이 모든 문제를 관할하고 있다는 것을 증명하고자 한 것이다. 최소한 그렇게 보이기를 희망했다.

이렇게 상호 파괴적인 반목이 계속되고 있을 때 스테판 보그너가 돌아왔다. 내가 샌프란시스코에 갔을 당시 사자 문제로 통화하면서 동물원에 돌아와주면 도움이 될 것 같다고 했던 것이다. 내 제안에 그는 이렇게 대답했다.

"저한테 돌아오라는 공식 서한을 보내주십시오. 동물원의 책임자로서 서명을 해서요. 그러면 최선을 다해 빨리 가도록 하겠습니다."

브랜던과 나는 1분 1초도 허비하지 않았다. 나는 사자 문제를 논의하기 위해 아델과 내가 곧 바그다드의 부시장으로 임명될 패리스 압둘 라자크 알 아삼 박사를 찾아갔던 일도 전부 이야기했다. 패리스의 입장은 확고부동했다. 그는 사자들은 이라크에 남아야 한다고 주장했다.

"적절한 부지를 확보해두었습니다. 일단 바그다드가 안정을 되찾으면 다른 나라처럼 차를 몰고 들어가서 볼 수 있는 사자 사파리를 만들고자 합니다. 정말 인기가 좋을 겁니다."

나는 그의 마음을 바꾸기 위해 마지막 시도를 해보았다.

"알 아삼 박사님, 사자들은 이라크 토종 동물이 아닙니다. 이라크는 사자들이 살기엔 너무 더워요. 동물원은 이라크 토종 동물로 채우고 적어도 발톱 있는 사자들만이라도 보냅시다. 공동으로 그 프로젝트를 진행할 수 있을 겁니다."

"바로 그 점이 틀렸습니다." 그는 확신에 차서 대답했다.

"제 할아버지의 이름은 할아버지가 태어나시던 날 바그다드에 나타난 훌륭한 사자의 이름을 따서 지은 것입니다. 이라크에는 수천 년간 사자가 살고 있었습니다."

나는 말문이 막혔다. 더는 대화가 진전될 수 없었다. 스테판은 자기가 가서 이야기하면 좀 나을 거라고 생각했다. 그러나 다음날 스테판은 기가 죽어 돌아왔다.

"사자들을 풀어주지 않겠답니다. 이송 계획에 관심 없던데요. 가서 바버라한테 알려야겠어요."

바그다드 당국에게 이 사안은 협상의 여지가 있는 문제가 아니었다.

14
떠난 사람, 남은 동물들

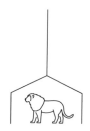

사자들을 보내는 일은 없을 거라고 발표한다고 해서 문제가 끝날 것이라 생각했다면 큰 오산이다. 그 발표가 언론을 통해 나가기도 전에 레바논 텔레비전 방송국의 기자들이 동물원에 몰려와 직원들에게 질문을 퍼붓기 시작했다. 먼저 인터뷰를 한 사람은 사자들을 돌보던 전직 공화국 수비대원 자파 데혜브였다.

"사자들을 이송시키는 것에 대해 어떻게 생각하십니까?"

"사자들은 아무 데도 안 갑니다."

그가 대답했다.

"저희들이 입수한 정보는 그렇지 않은데요."

텔레비전 기자가 말했다.

"동물원의 독일 여성분과 인터뷰를 했는데 그분 말씀으로는 우다이의 사자와 새디아뿐 아니라 뒤이어 치타, 늑대, 스라소니도 보낼 거라고 하던데요."

"뭐라고요?"

자파는 동물 먹이를 담당하고 있는 동료 아메드를 불렀다.

"사실입니다." 텔레비전 인터뷰 기자가 말했다.

두 직원은 다른 직원들까지 불러 모아 아델의 사무소로 쳐들어 갔다.

"왜 레바논 텔레비전에서 우리 동물들이 다른 데로 갈 거라고 하는 겁니까?"

아델은 그런 일은 없을 거라고 말했다. 하지만 직원들은 아델의 말을 믿지 못하는 눈치였다.

"텔레비전에 나왔대요." 그들이 말했다.

아델은 서둘러 나와 섬너를 불렀고 우리는 섬뜩한 기분으로 아 델이 하는 이야기를 들었다. 섬너는 당장, 그것도 일거에 그 모든 일을 깨끗이 정리해야 한다고 말했다. 그는 회의를 소집해 바버라 에게 상황 설명을 하도록 하고, 왜 동물들을 보내야 하는지 그녀 의 생각을 들어본 뒤 직원들이 직접 바버라에게 질문할 수 있는 기회를 주어야 한다고 생각했다.

그런 뒤 아델이 직원들에게 어떤 동물도 이라크인의 동의 없이 는 동물원을 떠나지 않을 것이라고 조목조목 말할 것이었다. 동 물원의 동물들은 이라크인의 것이지 외국인의 소유가 아니지 않 은가.

우리는 호텔에 있는 바버라에게 전갈을 보냈고 바버라는 미팅 에 참석하겠다고 했다.

그날 아침, 바버라는 알리의 택시에서 옆에 앉은 자파가 '목을 굿는 시늉'을 해 신변의 위협을 느꼈다고 말했다. 택시에 같이 탔던 브랜던의 생각은 달랐다. 브랜던은 자파가 바버라가 준 국제야생동물보호기구의 새 티셔츠까지 입고 있었고 웃으면서 농담 따먹기를 하고 있었다고 말했다.

하지만 바버라는 자기 생각이 옳다고 했다. 그녀는 호텔에서 군인들에게 동물원의 이라크 직원이 자기 목을 자르겠다는 위협을 가했다고 말했다. 미군들이 이를 가볍게 여길 리 없었다. 순식간에 바버라를 동물원까지 엄호하기 위한 일단의 무장 경호대가 조직되었다.

브랜던과 내가 바버라를 데리러 호텔에 도착했을 때 그녀는 우리가 아닌 군인들과 같이 가겠다고 했다. 군인들은 아예 바버라의 경호원 역할을 했다. 바버라의 목숨이 위험하기 때문에 병사들이 동물원에 가서 문제를 해결하고 올 참이었다.

경악한 우리는 할 말을 잃고 바버라를 노려보았다. 하지만 그녀 뒤에는 완전무장을 한 군인들이 출발 준비를 끝낸 채 버티고 서 있었다. 끔찍한 상황이 전개되리라는 경고등이 여기저기서 깜박였다.

"바버라, 이럴 필요 없습니다. 당신의 목숨을 노리는 사람은 한 명도 없어요. 더욱이 윌리엄 섬너는 미군 대위입니다. 안전은 섬너가 책임지고 있어요."

이렇게 위태로운 상황에서 바버라가 미군들과 함께 동물원에 등장했다가는 극도로 위험천만한 장면이 연출될 수도 있다는 것을 모두 알고 있었다. 더욱이 병사들은 지금 한 여자가 생명의 위협을 받고 있다며 잔뜩 흥분한 상태였고 자파를 잡으면 따끔한 맛을 보여줄 태세였다. 한편 외국인들이 자기들을 상대로 뭔가 음모를 꾸미고 있다고 생각하는 동물원 직원들이 군인들을 본다면 이제 군대까지 끌어들인 것으로 오해할 것이 분명했다. 양쪽이 부딪치면 모든 일이 물거품이 될 게 불을 보듯 뻔했다.

브랜던과 나는 우리가 먼저 동물원에 도착해 미팅을 취소하는 것이 최선이라고 판단했다. 알리가 밖에서 대기하고 있었으므로 우리는 그의 택시로 가 전속력으로 동물원에 돌아가자고 했다.

동물원에서는 전 직원이 미팅을 위해 사무실에 모여 있었다. 그들은 분명한 답을 듣고 싶어 했다. 우리는 서둘러 택시에서 내려 무장한 병사들이 바버라를 호위하고 이쪽으로 오고 있다고 외치며 섬녀에게 달려갔다.

"그게 사실이에요? 언제?"

말하고 있는 사이 SUV 차량 두 대가 정문 쪽으로 들어오고 있었다.

"제기랄! 미팅을 취소합시다. 빨리! 직원들은 어서 나가세요!"

섬녀가 외쳤다. 브랜던과 나는 직원들 쪽으로 몸을 돌렸다.

"자리로 돌아가세요! 자기 자리로!"

이렇게 외치면서 우리는 직원들을 해산시켰다. 직원들은 상황이 어떻게 돌아가는지도 모르고 우리가 하는 말도 이해하지 못한 상태에서 어리둥절한 표정으로 우리를 쳐다보았다.

"제자리로 돌아가세요! 다음에 다시 부르겠습니다!" 나는 목청껏 소리쳤다.

이때 SUV 차량이 끼익하고 멈춰 서더니 군인들이 소총을 겨누며 차에서 뛰어내리기 시작했다. 바버라는 그들 뒤를 이어 차에서 내리고는 뒤쪽에 서 있었다. 직원들은 어찌할 바를 모르고 당황해서 술렁거리다가 미군들이 들어오자 모두 달아나버렸다. 아델이 뛰어와 "아니, 왜 총을 들고 있는 겁니까? 우리 직원들을 죽이러 왔나요?"라고 소리쳤다. 섬녀는 이미 병사들에게 다가가 말을 건네고 있었다.

"무슨 일인가?"

장교를 발견한 병사들은 전부 부동자세를 취했다. 섬녀는 이곳은 자신이 책임지고 있으니 들어올 필요가 없다고 말했다. 그런 뒤 즉각 해산하라고 명령했다. 아무 일도 없다는 것을 확인한 군인들은 기꺼이 퇴각했다. 바버라도 호텔로 돌아갔다.

이제 바버라와 아델 간에는 대화 자체가 불가능했다. 분개한 아델은 다음 날 바그다드의 차기 부시장 패리스 알 아삼을 만났고, 아삼은 바버라의 동물원 접근 금지를 명하는 서신을 작성해주었다. 이 편지는 알 라시드 호텔에 머물고 있는 바버라에게도 전달되었다.

다음 날, 뜻밖에도 임시 바그다드 시장 테드 모스가 동물원에 모습을 드러냈다. 동물들이 풀려나게 해달라고 바버라가 테드 모스를 찾아가 하소연하기도 했고, 비록 처음에는 이 안을 승인했지만 상황이 어떻게 돌아가고 있는지 좀 더 알아보기 위해 동물원을 직접 방문한 것이었다. 그는 우선 개인적으로 아델과 미팅을 했고 그런 다음 섬녀와 나를 불렀다. 관계자들의 이야기를 모두 듣고 난 모스는 최종 결정을 내렸다.

우다이의 사자와 곰은 이라크 국민의 것이므로 바그다드시의 공식적인 승인 없이는 그 어느 곳으로도 보내지 않는다. 앞으로도 동물원의 동물들은 시의 공식적 승인 없이는 그 어디에도 가지 못한다. 문제 종결!

모스의 기분이 괜찮은 듯 보여 나는 다시 한번 후샴을 복권해 달라고 청해보았다. 내 말이 떨어지기가 무섭게 그의 미소는 단두대의 칼이 떨어지듯 날아가버렸다. 그는 갑자기 머리를 흔들며 이미 끝난 문제라고 못 박았다.

하지만 나는 동물을 위해 일해온 영웅의 문제를 쉽게 포기할 수 없었다. 팀 카니에게 전화를 걸어 용감한 이라크 수의사에 대해 열변을 토했다. 오랜 통화 끝에 카니는 내게 바그다드의 부시장으로 대기 중인 패리스 알 아삼에게 이 문제를 제기해볼 것을 제안했다. 카니는 이라크인들 또한 후샴이 사담의 추종자가 아니었다는 것을 알고 있을 것이라고 했다. 후샴은 수십만에 달하는 다른 이라크인과 마찬가지로 등을 떠밀려서 바트당원이 되었던 것이다.

최종안은 타협안이었다. 며칠 후 후샴은 수의사로서의 자격을 회복했다. 하지만 동물원 부원장으로 돌아오지는 못했다. 이 절충안에 대해 미국 측과 우리 동물원 모두 환영했다. 다음 날 그는 동물원에 출근했고 우리는 그를 따뜻하게 포옹하며 맞아주었다. 후샴이 돌아와서 얼마나 좋았는지 모른다.

하지만 불행히도 일은 그쯤에서 마무리되지 않았다. 6개월 후,

즉 2004년 1월에 다시 진행된 바트당원 축출로 후샴은 다시 해고되고 말았다. 이후 그를 보거나 소식을 들은 사람은 없다. 하지만 그가 굶주리고 목마른 바그다드 동물원의 동물들을 위해 목숨을 걸고 애썼다는 사실에는 변함이 없다. 동물원은 언제까지나 그를 기억할 것이다.

후샴은 안타까운 희생양이었다. 바트당원 축출로 썩은 계란을 제거했을 수도 있겠지만 그로 인해 능력 있는 많은 사람이 이라크 재건에 참여하지 못하게 되었다. 살아남기 위해 많은 사람이 바트당원이 되었으니 앞으로도 얼마나 더 무고한 사람들이 이에 대한 대가를 치러야 될지 모를 일이었다.

동물 이송에 대한 갈등이 있고 얼마 되지 않아서였다. 나는 터져 나오는 웃음을 참을 수가 없었다. 동물원 정문에서 직원들이 원을 그리며 걷고 있었는데, 그들은 엄숙한 얼굴로 '이라크 동물은 이라크 국민에게로'라고 쓴 현수막을 들고 있었다.

일부는 영어로, 또 일부는 아랍어로 쓰여 있었다. 모두 서른 명 정도가 시위를 하고 있었는데, 차를 몰고 들어가자 시위대는 우리에게 손을 흔들었다. 문 바깥쪽에서는 병사들이 별로 관심 없는 표정으로, 만약의 사태에 대비하기 위해 가끔 시위대 쪽을 돌아보고 있었다. 민주주의 사회에서 자란 군인들에게는 이러한 시위가 전혀 새롭지 않았겠지만 이라크에서는 사정이 달랐다. 정부에서 국제적인 뉴스거리를 만들기 위해 뒤에서 조종해 벌인 게 아닌 진정한 의미의 자발적인 시위는 전에 없던 특별한 일이었다.

그 시위는 아마도 새로 태어난 이라크에서 시민들이 자발적으로 주도한 첫 번째 시위로 기록될 것이었다. 우다이의 사자들이 자기들도 모르는 사이 새로운 시대를 알리는 전령사 역할을 하게 된 셈이었다. 거기까지 생각이 미치자 갑자기 가슴이 뭉클하고 뻐근해졌다.

이제 무용담은 끝났다. 동물들은 이라크에 그대로 남았고 바버라는 이라크를 떠났다. 바버라와 이라크인들이 서로 좋지 않게 헤어진 것은 유감이었다. 바버라는 아주 위험한 상황에서도 이라크까지 와준 용기 있는 사람이었다. 당시 우리에게 절실히 필요했던 다트총을 구해다 주기도 했다. 그 점만으로도 나는 그녀에게 계속 감사하며 살 것이다.

바버라가 용기 있고 성실한 동물보호 운동가라는 것은 엄연한 사실이다. 바버라와 이라크인들이 마지막에 가서 등을 지게 된 것은 참으로 가슴 아픈 일이었다. 서로 대립했던 문제의 핵심은 바로 이송 시기였지, 그 자체가 아니었다. 바버라는 진정으로 동물들에게 더 나은 삶을 가져다주고 싶어 했고 그래서 사자들을 다른 곳으로 보내길 원했던 것이다. 그녀의 관심은 오로지 그것뿐이었다. 그녀에게 정치나 그 밖의 미묘한 상황은 전부 부차적인 것에 불과했다.

15
다시금 내디딘 첫발을 위하여

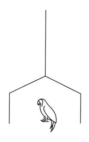

7월 4일, 미국 독립기념일이 코앞으로 다가왔다. 거리에는 사담의 충성파들이 미국인을 대상으로 엄청난 보복 공격을 감행할 것이라는 소문이 파다했다. 미국인이 가장 큰 기념일로 축하하는 독립기념일에 대비해, 연합군과 관련 있는 민간인은 중무장 경계를 서고 있는 그린존을 절대 벗어나지 말라는 경고가 내려졌다. 이라크 전국적으로 군 순찰이 대폭 강화되었다.

우리는 이미 그런 소문에 질릴 대로 질린 상태였다. 그런 소문은 언제나 무성했고 또 소문으로 끝나곤 했다. 그러나 만약 반격을 계획하고 있다면 독립기념일이 제격이라는 생각이 들기는 했다. 마리엣 호플리와 잭슨을 고기 파는 시장에 데려가던 알리조차, 그날만은 그냥 집에 있는 것이 좋겠다고 할 정도였다.

하지만 미국인들은 1년 중 가장 큰 축제의 날인 만큼 그 어느 것에도 굴할 생각이 없어 보였다. 비록 전쟁 지역에서 전투를 하고 있긴 했지만 그날만큼은 신나는 파티를 벌일 계획을 하고 있었다.

그날 근무 당번이 아닌 사람은 모두 사담의 '네 머리 궁전'으로 초대받았다. 수영장 근처에서 맥주가 무료로 제공되고 있었다. 뜨거운 사막의 밤에 축출된 독재자의 수영장 옆에서 시원한 맥주를 들이켜는 그 맛이란! 수영장은 거의 올림픽 규격으로, 6미터 높이의 다이빙대가 있었고 가운데에는 분수까지 갖추고 있었다. 술에 취한 축하객들은 높은 다이빙대에서 뛰어내릴 용기가 용솟음치는지 다양한 폼으로 다이빙을 즐겼다. 다음 날 숙취로 고생한 이들과 잘못된 조언을 듣고 뛰어내려 뱃가죽이나 등이 벌겋게 돼버린 이들이 부지기수였을 것이다.

네 머리 궁전은 사담이 가진 과대망상과 자기애의 전형적인 산물이었다. 공식적인 명칭은 알 살람 궁전이지만 궁전의 네 귀퉁이마다 거대한 사담의 흉상이 버티고 있어 네 머리 궁전이라는 이름이 더 애용되고 있었다.

미군은 그곳을 행정부로 사용할 계획이었기 때문에 대부분의 폭격은 그곳을 피해 실시되었다. 오른쪽 구역 일부 시설만 무너졌을 뿐이다. 그 궁전의 미니어처를 발견한 미군은 그것을 궁전 입구 홀에 세워두고 폭파된 곳에 해당하는 부분을 똑같이 부숴놓아 새로 온 사람들이 그 미로 같은 곳에서 쉽게 길을 찾을 수 있도록 했다.

사담의 궁전은 유럽의 성보다 웅장했다. 또한 천박한 장식물과 퇴폐적인 것들이 넘쳐나 사람의 오감을 압도하고도 남았다. 수백만 명의 이라크인이 살고 있는 누추한 집들과 대비되어 더더욱 그랬다.

그 궁전에서 무엇보다 눈에 띄는 것은 거대한 회교 사원이었다. 기도하는 장소인 그곳에 그려진 성화 중에는 하늘을 향한 스커드 미사일이 그려져 있고 그 옆에 "알라시여, 우리에게 무기를 주소서"라는 글귀가 쓰인 6미터 높이의 벽화도 있었다.

2003년 7월 4일, 그 아랍의 지도자에게 적군 병사들이 수영장에서 맥주를 들이켜고 자기 정원에서 불경스럽게 뛰어다닌 것보다 더 치욕적인 상황이 있을까?

흉흉한 소문은 난무했지만 미국 독립기념일은 심각한 사건 없이 지나갔다. 사담의 60번째 생일인 4월 29일도 마찬가지였다. 연합군에 대한 맹렬한 공격이 그의 생일을 '축하'할 것이며, 미국을 지원한 바그다드인에 대한 '감사'의 표시로 독가스가 살포될 것이라는 소문이 거리에 난무했다. 전쟁 전에는 대부분의 이라크인이 의무적으로 거리에 나와 독재자를 찬양하고 축하했지만 이번에는 으스스한 정적만 감돌았다. 나중에 사람들은 그 '고요함'은 사담이 이라크 국민에게 줄 수 있는 최고의 선물이었다고 해석했다. 구구한 해석을 떠나 무엇보다 확실한 것은, 사담 후세인이 겁에 질려 꼼짝도 못하고 어딘가 처박혀 있을 거란 사실이었다.

동물원을 이라크에 넘기기로 한 날을 며칠 앞둔 시점에서 우리는 공병들이 마지막 정돈을 하는 모습을 숨죽여 지켜보고 있었다. 새로 개장한 건물 안에서 밖을 내다보던 나는 그곳이 내가 몇 달 전에 걸어 들어왔던 그곳과 같은 장소라는 사실을 믿을 수가 없었다. 잔디는 깨끗하게 정돈돼 있었고 산뜻한 산책로가 있었으며 맑은 호수가 동물원을 가로질렀다. 그 안에서 헤엄치고 있는 물고기가 보일 정도로 물은 깨끗했다. 동물 우리는 전부 수리를 마치고 페인트칠까지 되어 있었다. 동물원 인근에 장사꾼들이 몰려들어 초콜릿이나 음료를 팔았다. 내가 용병들과 함께 바비큐를 먹던, 호수 가운데 있는 레스토랑도 다시 문을 열었다. 그들과 이야기를 나누는 동안에도 여기저기에서 총소리가 나고 포탄의 섬광이 번쩍이던 기억이 새록새록 솟아났다.

나는 호랑이들에게 다가갔다. 두 마리 모두 건강을 되찾아 튼튼해 보였다. 그놈들을 먹여 살리기 위해 우리가 얼마나 많은 고생을 했던가. 사자들에게는 이제 큰 야외 구역이 생겼고, 그들은 낮 시간의 대부분을 태양 아래서 게으름 피우거나 우리가 설치해준 시원한 그물 밑에 누워서 보냈다. 옴이 올라 털이 다 빠졌던 낙타도 다시 자란 털이 카페트같이 촘촘했다. '자살특공대' 타조에게도 이제 마음껏 뛰어다닐 수 있는 공간이 생겼다. 곰들도 잘 먹어 털에서 윤기가 났다. 얼룩무늬 때문에 눈에 잘 띄지 않는 치타는 그늘에서 늘어지게 낮잠을 자고 있었다.

나는 늘어난 동물원 가족을 바라보며 경탄해 마지않았다. 내가 처음으로 동물원에 도착했을 무렵, 남아 있던 동물은 30여 마리에 불과했다. 스스로 방어할 수 있는 날카로운 발톱과 이빨이 있는 놈들만 살아남아 있었다. 하지만 이제는 사자와 호랑이 외에도 사막여우, 자칼, 오소리, 낙타, 늑대, 스라소니, 붉은털원숭이, 멧돼지, 영양, 펠리컨, 고니, 오리, 이집트독수리, 호저, 하이에나,

타조, 독수리, 치타, 원래부터 동물원의 터줏대감이던 새디아 그리고 루나 공원의 개들까지 있었다. 나는 아직도 동물원에 개가 있다는 게 좀 이상하게 느껴진다. 또한 빼놓을 수 없는 동물이 있으니 우다이의 사자들과 라스트맨 스탠딩 그리고 아픈 궁둥이였다.

이제는 이라크동물복지협회(ISAW, Iraqi Society for Animal Welfare)로 개명한 동물잔혹행위금지협회의 회장 파라는 개들을 외국으로 보내는 일에 착수했다. 결국 100마리에 달하는 거리의 개들이 미국의 가정으로 보내졌다. 그녀의 열악한 업무환경을 감안한다면 실로 엄청난 일을 해낸 셈이라고 할 수 있다. 파라는 동물을 사랑하는 마음 하나로 그 구조 활동에서 핵심적인 역할을 했다.

동물 우리는 모두 깨끗하게 청소되었다. 동물들에게는 천으로 된 지붕과 그늘을 갖춘 넓은 야외 공간까지 생겼다. 동물들은 새로운 환경에 잘 적응했고 모두 잘 먹어 건강한 상태를 유지했으며 위생 수준도 높았다.

직원들의 사기 또한 높았다. 이제 직원들은 시에서 월급을 받게 되었는데 미군이 시행한 최저임금제 덕분에 월급도 예전에 비해 훨씬 높아졌다. 아델 박사에게는 현대적인 동물원 관리와 동물 사육법에 대한 책 그리고 새 컴퓨터가 생겼다. 미국동물원수족관협회에서는 아델과 그 직원들이 런던 동물원을 방문해 여러 가지를 배울 수 있도록 추진 중이었다. 그들은 우선 다른 나라가 어떻게 동물원을 짓고 운영하는지 알아보기 위해 요르단에 있는 현대적인 동물원으로 견학을 떠날 예정이었다. 비록 새로 단장하긴 했지만 바그다드 동물원은 아직 완벽하지 않았기 때문이다. 많이 좋아지긴 했어도 그것은 우리가 도착했을 때보다 한결 나아진 것에 불과했다. 국제적인 수준을 따라가려면 아직도 가야 할 길이 멀었다.

바그다드 동물원은 카이로 동물원을 모델로 삼아 지어졌다. 그 카이로 동물원은 19세기의 런던 동물원을 모델로 했다고 한다. 제1차 세계대전 이후 본래 서식지와 유사한 환경의 넓은 야외 공터까지 마련해주는 식으로 전 세계의 동물원이 발전하는 동안 바그다드 동물원만 제자리에 머물러 있었던 것이다. 동물원을 좀 더 현대적으로 개조하는 일은 바그다드시가 맡아서 장기적인 계획 아래 진행해야 할 터였다. 나는 그들에게 그 주제에 대해 포괄적으로 브리핑을 해주었다. 내가 말한 것들이 얼마나 실천될지 나도 잘 모르겠다. 특히 전쟁이 지속되는 상황에서는 아무것도 장담할 수 없다. 하지만 우리는 계속 서로 연락하며 지내기로 했다.

브랜딘이 생각에 잠겨 있는 내게 다가와 말을 걸었다.

"이상하게 들릴지도 모르지만 전쟁이 이 동물원에 정말 큰일을 한 것 같아요. 동물원은 전쟁에 고마워해야 할지도 모르겠어요."

나는 무슨 소리냐는 표정으로 그를 쳐다보았다.

"한번 생각해보세요. 전쟁 전보다 좋아졌잖아요. 아델과 직원들이 다른 동물원과 교류하며 배울 수 있게 되었고, 월급도 올랐고, 난생처음 현대적인 동물 사육법과 수의 기술을 접하게 되었으니 말이에요. 지금부터는 더 나아질 일만 남았고."

맞는 말이었다.

티그리스강 건너편 쇼카 구역에 자리 잡고 있던 시장은 다시 활기를 띠었다. 농민들은 고기나 야채 같은 먹을거리를 가지고 좌판을 벌였다. 그 이국적인 시장에는 수천 명이 모여들어 가격과 품질을 놓고 서로 흥정하느라 시끄러웠다.

우리도 가끔 돈을 잔뜩 들고 그 시장에 가서 동물원에 필요한 물건을 사 오곤 했다. 안전 측면에서 볼 때 서구인에게 그 시장은 중간지대였다. 따라서 우리는 항상 우리의 경호원이자 가이드 역할을 하는 알리와 함께 시장에 가곤 했다. 알리는 우리에게 관심을 보이는 사람이 있으면 우리가 그곳에 간 이유를 열심히 설명하며 쫓아내기에 바빴다. 어떤 날은 "오늘은 시장이 나빠요. 당신들한테 좋지 않습니다" 하면서 시장에 나가는 것을 만류했는데, 우린 그런 그에게 항상 고마워하며 충고를 따랐다.

어느 날 아침 국제동물복지기금의 마리엣 호플리와 잭슨 지가 알리와 함께 장을 보고 있었다. 그들이 사람들이 몰려든 고기 판매대 앞에 서 있을 때, 갑자기 우박이 양철 지붕을 때리는 듯한 소리가 들려왔다. 뒤를 돌아본 마리엣은 바로 앞에 있는 냉동 트럭 옆쪽에 구멍이 여러 개 나는 것을 보았다. 몸은 얼어붙었지만 군대에서의 경험 덕분에 즉각 상황을 간파한 그녀는 잭슨을 잡고 바로 앞에 있던 고기 냉동고 안으로 다이빙하듯 뛰어들었다.

총격전이 계속되는 동안 그들은 두려움에 떨며 그 안에 숨어 있었다. 총소리 사이사이로, 놀란 사람들이 길바닥에 바짝 엎드리며 비명을 지르는 소리가 들려왔다. 그런데 마리엣과 잭슨이 숨어 있던 고깃집의 주인이 돌연 AK-47을 들고 나와 총격이 시작된 곳을 향해 탄창의 총알이 다 떨어질 때까지 쏘기 시작했다. 다른 가게 주인들도 마찬가지로 AK-47을 들고 나와 쏴댔다. 곧 모든 것이 끝나고 정적이 찾아왔다.

고깃집 주인은 마리엣 쪽으로 몸을 돌리며 "알리바바 놈들"이라고 내뱉고는 바닥에 침을 뱉었다. 바로 옆 좌판에 몸을 숨기고 있던 알리는 총격전이 끝나자마자 달려왔고 모두가 무사한 것을 알고는 가슴을 쓸어내렸다. 알리가 걱정스럽게 말했다.

"알리바바 놈들이 돈을 훔쳐요. 우린 돌아가는 게 낫겠어요."

그 자리를 뜨면서 마리엣은 기념으로 AK-47 탄피를 한 줌 집어왔다. 동물원으로 돌아온 마리엣과 잭슨은 옆에서 알리가 고개를 끄덕이며 듣고 있는 가운데 시장에서 있었던 일을 신이 나서 이야기했다. 그러더니 마리엣은 흥분한 듯 "본부에 있는 사라 스카스한테 전화해서 얘기해야겠어요. 물론 믿지 않을 테지만"이라고 말했다. 나는 그녀의 모습이 신기해서 이렇게 물었다.

"마리엣, 그런 일을 겪고도 계속 바그다드에 남고 싶어요?"

"물론이죠. 전 아무 데도 안 가요."

그러면 그날 있었던 일을 사라에게 이야기할지에 대해 한 번 더 생각해보라고 했다. 마리엣은 군부대에도 있었으니 보는 시각이 일반인과 다르겠지만, 저쪽 세상에 있는 민간인에게는 그날 일이 훨씬 심각하게 들릴 수도 있었다. 사라가 만약 그 일을 알게 된다면 팀원들을 당장 본국으로 소환할 것이 뻔했다.

불행히도 내가 생각했던 대로 일이 벌어지고 말았다. 마리엣이 조심해서 이야기했음에도, 바그다드에서 들려오는 좋지 않은 소식 때문에 안 그래도 걱정이 태산이었던 사라는 더 이상 그들을 사지에 놓아둘 수 없다고 생각했다. 마리엣을 대신해 내가 그토록 부탁했음에도 국제동물복지기금팀은 바그다드에서 완전히 철수하고 말았다. 풀이 죽은 마리엣은 파라가 남은 기금을 잘 관리할 수 있도록 모든 준비를 해놓고는 우울한 표정으로 짐을 싸서 떠났다. 나는 늘 그들의 도움을 잊지 않을 것이다.

드디어 그날이 왔다. 2003년 7월 19일, 수리를 마치고 개조작업까지 완료한 알 자와라 공원과 바그다드 동물원은 병사들과 경호원들에 둘러싸인 미 육군 장군 그리고 알 아삼 박사와 동행한 테드 모스가 참가한 가운데 공식적으로 문을 열었다. 현장에는 미국과 이라크 측 고위 관리들도 참석했다.

바그다드 주민들도 참석했지만 주민들의 참여가 그리 많지 않으리라는 것은 우리도 예상했었다. 아직도 무법천지인 바그다드에서 공원 산책이 호사스런 사치 정도로 여겨지는 것은 당연했다. 하지만 중요한 것은 공원이 지니고 있는 의미였다. 바그다드 사람들은 언제든 공원에 와서 산책할 수 있게 된 것이다. 공원에 온 사람들은 한결같이 공원이 매우 좋고 마음에 든다고 입을 모았다.

연합군이나 이라크 측에서도 중요한 것은 방문객의 수가 아니라 그날의 개관이 상징하는 것이었다. 이제 정상으로 돌아가는 첫발을 내디딘 것이었다. 공식 연설에서 테드 모스가 "이 공원의 재개장은 이라크에 찾아온 새로운 자유를 상징합니다. 이 동물원은 이 지역 사람들이 찾아와 인생의 의미를 생각해볼 수 있는 그런 장소입니다"라고 말했던 것처럼 말이다.

전쟁이 할퀴고 간 바그다드에서 이건 절대 사소한 일이 아니었다. 그것을 지키기 위해 우리가 동물원에서 그토록 애를 썼던 것이다.

아델 박사는 동물원을 대표해서 연설했다. 그는 동물들을 지키기 위해 싸웠던 모든 사람에게 감사의 말을 전했다. 가장 큰 기적은 아비규환 같은 전쟁을 치렀음에도 아직 후대에 남겨줄 것이 남아 있는 것이라고 했다.

그날을 가장 예리하게 직시한 사람은 바로 이마드 아바스와 그의 아들 알리였다. 이들은 우리 동물원을 찾은 첫 번째 방문객이었다. 전직 이라크 군인이었던 아바스는 아들이 동물을 보고 싶어 해서 데려왔다고 했다. 그는 로이터통신 기자에게 "몇 달간 공원에 올 수가 없었습니다. 하지만 이제는 참 좋아 보이네요. 사담이 우리에게서 많은 것을 빼앗아 갔었죠"라고 말했다. 기자는 어린 알리에게 사자가 더 무서운지 사담 후세인이 더 무서운지 물어보았다. 아이는 영특하게 대답했다.

"사자가 더 무섭죠. 이제 사담은 사라졌잖아요."

16
아직 끝나지 않은 투쟁

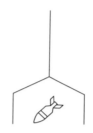

그로부터 약 6주가 흘렀다. 이제 내가 이라크를 떠날 차례였다. 동물원은 이라크 당국에서 관리하게 되었고 모든 것이 제자리를 찾아가고 있었다. 브랜던은 좀 더 남아 동물원 운영을 돕고 실무적인 노하우를 전수해주기로 했다. 또한 아델과 직원들이 다른 동물원을 탐방하는 길에도 따라가 현대적인 동물원이 어떻게 운영되고 있는지 보여주기로 했다.

환송회는 감동적이면서도 엄숙했다. 동물원 직원 한 명 한 명이 내게 악수를 청했다. 우리는 어려운 시기를 함께 보낸 사람들만이 느끼는 특별한 감정을 공유하며 악수를 나누었다. 섬너도 그 자리에 와주었다. 우리는 서로의 손을 꼭 쥐고는 계속 연락하며 지내자고 약속했다.

나는 후샴이 마술처럼 나타나주길 바라며 혹시나 하는 마음으로 주위를 둘러보았다. 내가 이라크에 처음 왔을 때부터 함께한 그 용감한 이라크인에게 작별 인사를 하고 싶었지만 아무도 그의 소식을 알지 못했다.

브랜던이 나를 네 머리 궁전까지 태워다주었다. 그 궁전에서 호위대가 둘러싼 버스를 타고 바그다드 공항까지 가도록 돼 있었다.

"재미있었죠? 힘들기도 했겠지만요."

브랜던이 내 어깨를 가볍게 치며 말했다. 나는 웃으며 대답했다.

"당연하지!"

내가 툴라툴라에 도착한 것은 늦은 오후였다. 지난 6개월간 내 집과 다름없던 그 사막의 풍경을 뒤로하고 돌아오니 아프리카의 푸릇푸릇한 땅이 마치 방향제처럼 느껴졌다.

내가 돌아온 날 밤, 여행에서 돌아오면 늘 그랬듯 코끼리들이 찾아왔다. 나는 코끼리들과 만나기 위해 밖으로 나왔다. 모두 건강하게 잘 지낸 듯 회색 가죽에 윤기가 흘렀다. 아기 코끼리들은 벌써 많이 자라 있었다. 나나와 프랭키는 자기 새끼들을 내 쪽으로 밀었다.

"보고 싶었단다."

그때 안에서 프랑수아즈가 불렀다. 브랜던이 바그다드에서 전화를 한 것이다. 나는 서둘러 안으로 들어갔다.

"호랑이가 죽었어요. 말루가요."

브랜던이 말했다. 그의 목소리가 수화기를 통해 메아리처럼 들려왔다.

"뭐라고?"

"미군 자식들 몇 명이 술에 취해 호랑이 우리 근처를 돌아다닌 모양이에요. 그중에 떡이 되게 취한 놈 하나가 호랑이 우리에 팔을 집어넣었답니다. 그러니까 말루가 그놈 손가락이랑 팔을 물어 뜯었겠죠. 그 옆에 있던 녀석이 총으로 말루를 쐈대요. 밤새 피를 흘렸나봐요. 우리도 아침에야 현장을 보고 알았어요."

좀처럼 목소리를 높이지 않는 브랜던이 수화기 저쪽에서 소리를 지르기 시작했다.

"호랑이는 우리 안에 갇혀 있었는데! 어디 도망도 못 간다고요! 도망칠 데가 있어야지. 그런데 그 망할 놈들이 말루를 죽여버렸어요."

덩치 좋은 벵골호랑이의 모습이 내 머릿속을 스쳐 지나갔다. 내가 가장 사랑했던 동물이었다. 모든 것이 허망하다는 생각에 빠져 있을 때마다 그 벵골호랑이가 나를 쳐다보고 있었고, 나는 함께 있는 그 호랑이에게 큰 위안을 받곤 했다. 말루는 내가 바그다드에 도착했을 때 가죽과 갈비뼈밖에 없을 정도로 무수히 고초를 겪은 놈이었다. 우리는 그 목숨을 구하기 위해 동분서주했다. 바그다드 거리를 뒤져 당나귀 고기를 먹이고 수로에서 물을 길어와 마른 목을 적셔주었다. 말루의 고통을 덜어주기 위해 할 수 있는 일은 다했는데, 그런 의미에서 우리는 성공했었는데, 바로 그 호랑이가 죽었다는 소식이 날아든 것이다. 그것도 우리 안에 팔을 집어넣는 정신 나간 놈들의 손에 말이다. 나는 수화기를 내려놓았다.

지구를 위한 투쟁은 끝나지 않았다.

그날 밤, 나는 좀처럼 잠을 이룰 수 없었다. 잠깐 잠이 들었다가도 금방 깼다. 내 의식 속에서 그 의젓한 호랑이의 자태가 떠나질 않았다. 나를 바그다드 동물원까지 달려가게 만든 카불 동물원의 사자 마르잔처럼, 그 벵골호랑이 말루는 내게 상징적인 존재였다.

모든 게 허사였나? 동물 우리에 팔을 집어넣는 그 술 취한 바보가 우리가 이뤄놓은 모든 일을 허사로 만들다니! 호랑이의 죽음이 상징하는 것은 너무 잔인했다. 내가 얼마나 노력하든 누군가가 나타나 그걸 몽땅 수포로 만들 수 있다는 의미가 아닌가. 인간의 어리석음에 대한 대가는 왜 항상 다른 생명체가 치러야 하는 것일까?

다음 날 아침, 나는 긴 시간 산책을 하며 지난 반 년간 내가 했던 모험을 되돌아보았다. 그러고는 말루만 빼고는 모두 무사하다는 사실을 깨달았다. 내가 바그다드에 도착한 이래, 그러니까 물 한 모금 제대로 마시지 못해 비쩍 곯아 있던 불쌍한 동물들을 발견한 이래 그 어떤 동물도 죽은 적이 없었다. 모든 어려움을 극복하고 그들을 살려냈다. 호랑이가 최초로 죽은 동물이 되었지만, 그건 우리의 잘못이 아니었다.

생각이 거기까지 미치자 모든 것을 새로운 시각으로 보게 되었다. 최소한 우리는 바그다드 동물원을 구함으로써 아무도 우리에게서 앗아 갈 수 없는 선례를 남긴 것이다.

여전히 마음이 쓰렸지만 조금씩 나아지기 시작했다. 그리고 아무런 희망도 없어 보였던 시기에 도움을 주었던 사람들이 떠올랐다. 군인, 민간인, 생명의 위협까지 받았던 동물원 직원, 학대와 소

외 속에 비참하게 죽어가던 동물을 위해 무언가를 해주고 싶어
자원했던 사람들이 새삼 고마웠다. 전쟁 속에서도 우다이의 사자
들을 먹여 살리기 위해 목숨을 걸었던 특수부대원들과 전선의 병
사들도 떠올랐다. 총알이 날아다니는 전쟁터에서 먹이를 구하는
일은 분명 쉽지 않았을 것이다.

배급품을 우리 속으로 던져주던 시들릭 중위와 병사들, 내게
잘 곳과 먹을 음식, 마실 물, 알 자와라 공원을 오가는 교통편을
제공해준 제3보병사단 래리 버리스 대위와 그 부하들이 떠올랐
다. 또한 직접 동물원에 찾아와 잘 지내는지, 필요한 것은 없는지
물어봐주었던 군인들의 얼굴이 주마등처럼 스쳐 지나갔다. 난데
없이 발전기를 내려놓고 간 이름 모를 병사, 펌프를 작동시킬 때
필요한 배터리를 빌려주었던 군인, 우리가 안전한지 확인하러 때
때로 들러준 용병들까지 그 모두가 그리웠다.

그 외에도 도움을 준 사람은 수없이 많았다. 연합군임시행정처
에서 엄청난 책임을 지고 있는 패트 케네디 비서실장은 바쁜 일
정 속에서도 내가 의논할 일이 있다고 하면 어떻게든 시간을 내
내 말을 들어주곤 했다.

무엇보다 내 이라크 친구들 아델과 후샴 그리고 동물원 직원들
이 없었다면 그런 성과는 거둘 수 없었을 것이다. 서양인과 함께
일하는 것이 곧 사형 선고나 다름없던 위험한 환경 속에서 매일
목숨을 걸고 일자리로 나와준 그들이야말로 이 이야기의 진정한
영웅이다. 그들의 용감함을 어떻게 글로 다 표현할 수 있겠는가.

그러고 보니 처음으로 바그다드 동물원을 돌아보던 때가 떠오

른다. 처음에는 모든 것이 너무나 끔찍해 동물들을 사살해버리는 것이 가장 인도적일지도 모른다는 생각까지 했었다.

지금도 믿기지 않는다. 나는 그토록 끔찍한 상황에 처한 동물들을 본 적이 없었다. 하지만 그 정도는 루나 공원이나 기타 사설 동물원의 동물들이 처한 환경에 비하면 아무것도 아니었다. 그렇게 무자비한 곳이 존재할 수 있다는 것은 인류에 대한 끔찍한 경고와도 같았다. 나는 바그다드 동물원에서 겪은 일련의 일들로 인간이라는 종에 대해 다른 시각을 갖게 되었다. 그뿐 아니라 인류가 지구에 행하고 있는 자살 행위와도 같은 짓에 관해 깊이 성찰하게 되었다.

내가 바그다드에서 가장 절실히 깨닫게 된 점은 이것이다. '문명화'된 인간이 야생동물을 그렇게까지 끔찍하게 학대하는 것을 정당화하고 있는데, 대체 이 지구에는 얼마나 많은 보이지 않는 악행이 가해지고 있을까?

우리는 이미 전 세계적으로 다양한 종이 멸종해가고 있음을 알고 있다. 그들의 멸종은 곧 먹이사슬의 중요한 고리가 사라져가고 있음을 의미한다. 대구, 청새치, 황새치, 참치 같은 대부분의 대형 어류가 심각한 멸종 위기에 처해 있고 해양에는 거대한 데드존, 즉 생명이 살지 않는 침묵의 바다가 나타나고 있다. 동식물 서식지가 엄청나게 거대한 규모로 사라지고 있으며 더불어 수없이 많은 동물과 새, 곤충도 사라지고 있다. 또한 지구상의 강과 하천 대부분이 제 기능을 못 하고 있고 수중생물의 소중한 번식지인 산호초와 맹그로브 늪지도 사라지고 있다. 공장형 축사에서는 수

많은 동물이 스트레스를 받으며 좁디좁은 사육장에서 밀집된 상태로 사육되고 있는데, 이것이 새로운 축산 방식으로 퍼지고 있다. 공간에 대한 끊임없는 욕구로 인간은 우리의 생명을 지원해주는 자연계를 하나씩 파괴해가고 있다.

지구의 생태계를 유지하는 근본적인 시스템 자체도 위협을 받고 있다. 우리가 마시는 공기는 연간 수십억 톤의 유해 가스로 인해 변질되고 있다. 과학자들은 태양열을 가둬버리는 이 가스 때문에 지구온난화가 유발돼 날씨와 기후가 변하고 심지어 극지방의 얼음까지도 녹고 있다고 말한다.

이 모든 것이 우리가 직면한 재앙의 목록이다. 그것도 우리가 상식적으로 알고 있는 것만 나열한 것이다. 인간의 인지 범위를 넘어서는 영역에서 우리가 알지 못하는 사이에 진행되고 있는 것에까지 생각이 미치면 온몸이 떨리지 않을 수 없다.

자연이 지구, 그리고 그에 의존해 살고 있는 수많은 생명체와 이렇게 역동적인 관계를 맺게 되기까지는 수십억 년의 세월이 걸렸다. 그런데 단 100년 만에 그 균형이 깨질 위험에 봉착한 것이다. 지구의 생태계를 무자비하게 파괴한 범인을 지목하는 손가락은 모두 같은 곳, 즉 인간을 가리키고 있다.

자연은 대적하기 어려운 상대를 만난 것이다. 환경을 바꾸고 뒤집어놓는 인간의 능력은 둘째가라면 서러울 정도이다. 우리는 우리가 확보한 기술적 우위를 무자비하게 휘둘러 자연계를 정복하고 마음대로 짓밟고 있다. 물불을 가리지 않고 기술 발전과 물질적인 부, 과학 발전을 추구해온 탓에 인간 자체가 소외당하는 상황이 벌어지고 만 것이다.

문제는 대부분의 사람이 우리와 공존하고 있는 다른 동식물의 특징이나 생태를 잘 알지 못한다는 점이다. 나아가 자연을 남용하고 생태계를 훼손하는 행위가 어떤 결과를 가져올지 깨닫지 못하고 있다. 한마디로 우리의 행위가 인간의 존재 자체에 어떤 영향을 줄지 확실히 파악하지 못하고 있는 것이다.

우리의 유일한 고향인 지구에 왜 이런 해를 끼치고 있는 것일까? 사람들은 대부분 본능적으로 자연에 감정을 이입한다. 모든 사람이 동물에 대한 잔학 행위를 반대하고 신선한 공기와 넓은 공간, 오염되지 않은 강, 건강하고 살기 좋은 지구를 원한다. 그런데 왜 우리는 하나밖에 없는 지구를 이렇게 학대하는 것일까?

우리의 생존을 위해서라도 이에 대한 답을 찾아야 한다. 모든 생명체의 공통분모는 생존하고자 하는 욕구이다. 지구에서의 생존은 다른 생명체와 목표를 공유할 때 가능하다. 어느 누구도 혼자만의 힘으로는 살아갈 수 없다. 우리는 모두 '생명'이라는 배에 함께 타고 있다. 여기에는 우리와 그들을 구분하는 경계도 없고, 인간과 자연의 경계도 없다.

종으로서, 개인으로서, 호모 사피엔스는 다른 모든 종과 마찬가지로 생존하고자 하는 욕구를 기반으로 이루어진 존재이다. 우리는 모두 더 큰 존재의 일부분이며 '생존'이라는 똑같은 목표를 지니고 있는 것이다. 생존하기 위해 우리는 개인적인 차원에서, 집단적인 차원에서, 종적인 차원에서 이 지구 및 동물들과 협력하며 살아가야 한다. 우리의 삶을 지속시킬 환경을 위해서 말이다.

이보다 더 중요한 목표는 있을 수 없다. 이러한 목표를 추구하는 과정에서 우리가 실패하고 만다면 인간의 지적인 능력과 정신적인 유산은 아무런 의미가 없다. 우리가 스스로 만든 도구에 굴복한다면 인간보다 더 성공적으로 진화한 생명체가 인간을 대체하게 될 것이다.

인간은 매우 약하다. 영국의 《가디언 Guardian》은 2005년 3월 과학자 1350명이 작성에 참여한 보고서를 언급하며 이런 기사를 실었다.

"지구의 자원 3분의 2는 이미 소모되었다. 최근의 연구 결과에 따르면 인간의 활동이 자연에 너무 많은 압력과 부담을 가해, 생태계를 지탱하기 위해 필요한 지구의 자연 기능이 앞으로 얼마나 유지될지 아무도 보증할 수 없는 상황이 돼버렸다."

또한 이 기사는 존경받는 환경운동가이자 가톨릭 신부인 토마스 베리의 날카로운 지적을 인용하고 있다.

"인간은 살인과 대량학살에 대해서는 잘 이해하고 있지만, 생명이나 지구를 죽이는 게 무엇을 의미하는지는 전혀 모르는 존재이다."

환경 전문가들도 이와 비슷한 말을 많이 하고 있다. 이들의 견해를 보면 인간은 지구의 자생력을 너무 과대평가했던 것 같다. 지구와 동물 그리고 환경파괴를 지켜보노라면 머리가 아찔해진다. 설마 하는 마음이 들거든 아프리카 열대우림으로 날아가 직접 확인해보기 바란다. 얼마나 심하게 벌목작업이 벌어지고 있는지, 열대우림을 베어내고 태워버린 자국이 얼마나 많은지. 소중한 그 땅으로 인간이 얼마나 무자비하게 밀고 들어가고 있는지 그 현장을 보아야 한다. 아니면 공해로 아이들이 쉴 새 없이 기침을 해대는 동유럽으로 가보거나 동물의 권리라는 것이 아예 존재하지 않는 중동 지역으로 가보아야 한다. 여행을 떠나기 어렵다면 인터넷으로 대신해도 좋다. 하지만 인터넷을 뒤져보기 전에 먼저 마음의 준비를 단단히 해야 할 것이다.

전 지구에 걸쳐 발생하고 있는 이러한 비극에도 불구하고 세계 여러 나라 정부에서는 우리의 일부인 야생의 땅에 대해 '자원 활용' 같은 말만 들먹이고 있다.

우리는 자연에 끊임없이 쓰레기를 쏟아붓고 있다. 안타깝게도 각국의 정부는 이를 바로잡고자 하는 생각도, 계획도 없는 것처럼 보인다. 이 때문에 나는 정부에서 하는 일에 한 번도 경의를 표해본 적이 없다.

인간의 영혼에 널리 퍼진 고질병은 인간을 넘어서서는 생각하지 못한다는 것, 다른 생명체와 공존할 생각을 못한다는 것이다. 이 같은 기본적인 존재의 원칙조차 이해하지 못하는 한 우리는 지구상에서 사라질 운명에 처할 수밖에 없을 것이다. 한 가지 사실은 확실하다. 우리를 구하러 올 지원군은 없다는 점이다. 우리 스스로를 구원하기 위해 노력하지 않는 한 인간은 모두 지구상에서 사라지고 말 것이다.

지금 당장 해결책을 마련해야 한다. 물개와 호랑이를 구하자는 주장에 맞서 야생지역을 관통하는 송유관을 건설하자고 주장하는 것은 침몰하는 타이타닉호에서 갑판 의자를 정리하자고 하는 것이나 마찬가지다. 우리는 지구의 조화를 깨뜨리지 않도록 노력하면서 동식물의 생태계가 되살아날 수 있도록 그것들을 이해하는 데 힘써야 한다. 그러면 여기에서 정말로 현실적인 질문이 나올 것이다.

"대체 어떻게?"

최후의 심판을 예견하는 예언자들은 이미 늦었다고 말한다. 인간이 지구의 시스템에 미친 영향이 너무 커서 이제 되돌릴 시간이 없다는 얘기다.

나는 이 말에 동의하지 않는다. 하지만 우리에게 시간이 많지 않다는 사실은 맞다. 인간의 태도와 행동이 신속하게 변하지 않는 한 인간도 곧 멸종 위기에 처하고 말 것이다.

처음으로 이런 생각을 했을 때 나는 엄청난 무력감에 시달려야 했다. 그러다가 냉소와 무관심으로 일관했다. 어쩌면 이게 우리네 삶의 법칙인지도 모른다. 사실 수많은 종이 지구상에 나타났다가 사라지기를 반복하고 있지 않나. 그게 바로 원대한 생명의 법칙인지도 모른다. 호모 사피엔스도 영원히 존재할 수 없다는 것 말이다. 이미 몇 차례 대규모의 멸종이 진행된 적이 있다. 빙하기도 엄청나게 많이 찾아왔다. 역동적이고 때로는 파괴적이기까지 한 변화는 자연의 씨실과 날실 같은 것인지도 모른다. 죽음은 삶을 지탱하고 살아 있는 것들은 새로운 종으로 진화하며 이를 통해 삶을 유지해간다. 하지만 이제부터는 그 원인이 자연적인 현상에 있지는 않을 것이다. 자연계에 대한 인간의 무지와 무관심 때문에 우리는 파멸의 길로 가게 될 것이다.

이는 사실 유쾌한 주제가 아니기 때문에 나는 외면하고 싶었
다. 이런 문제 앞에서 눈을 감아버리고 그냥 툴라툴라와 코끼리
들에게만 관심을 두고 살고 싶었다. 이것이 내겐 정말 매력적인
대안으로 느껴졌다.

하지만 항상 무언가가 나를 괴롭혔다. 인구 과잉이 우리가 안고
있는 환경 문제의 원인이라는 말에는 뭔가 석연치 않은 구석이 있
다. 내게 그런 주장은 지극히 단순하고 원초적인 것으로밖에, 큰
진실을 가리는 핑계로밖에 들리지 않았다.

나는 그 주제에 대해 광범위하게 연구하기 시작했다. 인구 과잉
이란 멸망을 예견하는 예언자들이 무력함을 감추기 위해 쉽게 가
져다 쓰는 핑계에 불과했다. 우리는 급속한 과학 기술의 발달로
의식주 문제를 해결했고 선진국의 경우 출생률이 이미 급격하게
떨어진 지 오래이다. 심지어 일부 국가는 인구 증가율이 마이너스
를 기록하고 있다.

나는 두려움을 전파하는 사람들의 주장이 잘못되었다고 생각
한다. 또한 지구가 가고 있는 방향을 되돌릴 수 있다고 믿는다. 사
람들에게 인간이 책임져야 할 부분과 지금 벌어지고 있는 현실을
알려준다면 많은 사람이 행동에 나설 것이다. 언젠가 내 친구가
했던 말이 뇌리에서 떠나지 않는다.

"지구에 살고 있는 모든 생명체의 삶의 질에 인간의 생존이 달
려 있다는 것을 알게 되면, 사람들은 오늘날 지구가 처한 상황에
대한 책임을 져야 한다는 것을 깨닫게 될 거야."

그렇다. 바로 개개인 각자가 중요하다. 대기업이나 정부는 우리

가 건드려볼 수 없는 거인처럼 느껴지지만, 그 안에서 조직을 움직이는 것은 개인이다. 규칙을 만들고 작업 속도를 정하는 것도 개인이고, 마음을 바꾸고 새로운 결심을 하는 것도 개인이다.

새로운 운동가들이 등장해 흐린 초록빛을 다시 생기 있게 만들고 우리 앞에 놓인 현실을 사람들이 인식할 수 있도록 일깨워야 한다. 산업계가 환경과 연계될 수 있도록 다리를 놓아야 한다. 많은 사람들이 이러한 운동에 동참하리라는 것을 의심치 않는다.

바그다드와 남아공에서의 경험을 살려 나는 무언가를 해보기로 결심했다. 전쟁으로 상처 입고 굶주린 동물들을 구한 행위가 지니는 상징성은, 동물원의 실질적인 중요성을 뛰어넘는 것이었다. 나는 거기에서 한 걸음 더 나아가야 한다고 생각한다. 머나먼 이라크 땅에서 죽임을 당한 호랑이를 생각하며 산책하고 돌아온 날, 나는 새로운 환경단체를 구상한 뒤 그 이름을 '어스 오거나이제이션(The Earth Organization)'이라고 부르기로 했다. 뜻을 같이 하고 실천할 능력을 갖춘 사람들을 모아 지구를 위한 윤리적 행위를 확산시키는 데 그 목표를 둘 생각이다.

핵심은 윤리에 있다. 윤리는 환경을 위한 시금석으로, 화강암같이 탄탄한 도덕적 규율을 마련하는 데 꼭 필요한 가치다. 바그다드 동물원의 동물들을 그처럼 굶주리고 목말라할 때까지 방치했다는 것은 지극히 비윤리적인 행위이다. 이제 내가 한 걸음 더 나아가 강조하고자 하는 것은 우리가 지구 전체를 윤리적으로 대하지 않는 한 그 결과는 계시록에 나오는 것처럼 암울하다는 사실이다.

전쟁터에서 배운 교훈을 토대로 설립한 이 기구는 우리 시대의 가장 중요하고도 불가사의한 의문에 중점을 두게 될 것이다.

'왜 우리는 우리의 고향인 지구를 아무 생각 없이 학대하는 것일까?'

이 질문에 대한 답은 우리 안에서 찾을 수 있다. 한 사람 한 사람에게 책임이 있다는 사실을 인식해야 한다. 나아가 생명에는 그무엇보다 중요한 무언가가 있다는 것을 인식해야 한다.

사람들은 머나먼 열대우림에서 일어나고 있는 벌목을 두 손 놓고 지켜볼 수밖에 없는 현실에 무력감을 느끼며 분개한다. 하지만바로 눈앞에서 우리가 소매를 걷어붙이고 할 수 있는 일도 많다. 우리가 바그다드에서 그랬던 것처럼, 소수의 사람들이 아주 거대한 변화를 만들 수도 있다. 우리가 지구를 지키는 방법은 단 한가지, 최대한 많은 사람이 지금 우리가 처한 이 위험한 상황을 깨닫도록 만드는 것이다.

어스 오거나이제이션은 우리가 꼭 해야 하는 일, 즉 우리에게 생명을 주는 환경을 보호하고 돕는 일에 매진할 것이다. 엄선해서 프로젝트를 실행할 것이며 프로젝트들이 반드시 성공하도록 만전을 기할 것이다. 생명체들이 살아가려면 어떻게 서로를 의지해야 하는지, 왜 서로가 필요한지에 대한 인식을 증진시키려는 목표도 있다. 지구와 인간을 별개로 생각하는 것이 현재 우리 지구가 안고 있는 문제의 출발점이기 때문에 이것을 하루라도 빨리 바로잡아야 한다. 또한 인간과 자연 그리고 환경 간의 관계를 제도교육에서 가르쳐야 한다. 이것은 하지 않아도 상관없지만 하면 좋은 그런 일이 아니다. 반드시 해야 하는 절박한 일이다.

지구상의 수십억 명의 사람들에게 영향력을 행사하는 종교 지도자들도 이에 동참해야 할 도덕적 의무가 있다. 나는 수많은 종교의 글과 가르침을 연구했는데, 거의 모든 종교에서 예외 없이 자연의 중요성을 언급하고 있었다. 우리가 영적인 해방을 얻고자 한다면 우선 영혼을 해방시켜줄 수 있는 장소, 건강하게 생명을 지속시켜줄 장소가 필요하다. 그런 의미에서 어스 오거나이제이션은 종교 지도자들과 계속 접촉해나갈 것이다.

또한 어스 오거나이제이션은 어떻게 해야 개개인이 일상 속에서 지구를 구할 수 있는지에 대한 안내 책자를 발간할 계획이다. 불행히도 우리에게는 마술 지팡이도, 손쉬운 탈출구도 없다. 우리는 현실에 맞서 스스로 각자의 역할을 다해야 한다. 다른 사람의 모범이 되어야 하며 지도자들에게도 그렇게 할 것을 요구해야 한다. 미래를 위해서 우리가 치러야 할 대가가 있고 그 대가는 바로 지금 치러야 한다. 그것도 이미 한참 늦었기 때문에 열심히 쫓아가야 한다.

안타깝게도 많은 사람이 경제적인 가치를 생명보다 우위에 두고 환경은 무시해도 되는 것으로 인식하고 있다. 돈이 되는 것, 어디엔가 쓰일 곳이 있는 것은 살아남는다. 반대로 돈이 되지 않거나 사용할 곳이 없는 것에 대해서는 아무도 신경 쓰지 않는 그런 세상이 되어버렸다. 이 얼마나 잘못된 생각인가. 다행히 많은 진전이 이루어진 부분도 있다. 우리가 처한 상황에 대해 무언가 조치를 취하고자 하는 사람들이 늘고 있는 것이다. 하지만 세상을 바꾸려면 지금보다 훨씬 더 많은 사람이 동참해야 한다. 우선 각자가 해야 할 일을 중점적으로 실천하고, 동시에 지구를 위해 공동체 차원에서 함께해야 할 일에 힘써야 한다.

우리는 진정 지구촌에 살고 있다. 지금 우리가 들이마시고 있는 이 산소, 하늘을 희뿌옇게 만드는 오염물질은 수천 킬로미터 떨어진 다른 나라에서 밤새 바람에 실려 와 우리에게 도착한 것이다. 지구의 거대한 대지 위에서 자행되고 있는 파괴 행위는 모든 사람, 모든 나라에 영향을 끼치고 있으며 이제는 이에 대해 적절한 국제법을 마련해 관리해야 한다. 이보다 더 절실한 과제는 없다.

슬프게도 인류는 전쟁을 종식시킬 수 없을 것이다. 따라서 병원이나 학교와 마찬가지로 동물원, 야생동물 보호구역, 동물을 위한 피난처, 동물병원이 전쟁의 희생양이 되는 것 또한 불법으로 규정하기 위한 노력이 필요하다. 바그다드 동물원에서 벌어졌던 일이 재현되어서는 안 된다.

물론 지금 우리 앞에 어떤 일이 벌어지고 있는지 잘 파악하지 못하고 있는 사람도 많다. 아직도 인간에게 환경을 남용하고 다른 생명들을 억압할 권리가 있다고 생각하는 사람들이 있다. 그런 사람들을 보고도 못 본 척하는 것은 위험을 자초하는 일이다.

어디서부터든 손을 대야 한다. 우리는 여태까지 지구로부터 너무 많은 것을 빼앗았다. 이제는 멈추어야 한다. 더 이상은 안 된다. 우리 주변에 이런 현실을 깨닫는 이가 늘어난다면, 그리고 이에 대해 무언가 조치를 취한다면 급속도로 다가오는 위기를 피할 수 있을지도 모른다. 모든 생명체가 번성하는, 인류도 더 높은 곳을 향해 뻗어 오를 수 있는 그런 건강하고 아름답고 살 만한 지구를 만들 수 있다.

나는 바그다드 동물원에서 우리가 치렀던 전투가 사막 위에 하나의 선으로 남아 있을 것이라고 믿는다. 그 선이 비록 작고 희미해 잘 보이지 않더라도 결코 없어지지는 않을 것이다.

감사의 글

이 탐험을 가능케 해준 로드 매클라우드에게 감사를 드립니다. 마틴 슬래버가 아니었다면 쿠웨이트로 들어갈 수 없었을 겁니다. 노련한 외교관인 팀 카니, 당신에게 배운 것들이 그 무엇보다 소중했습니다. 공식적인 지원을 해준 쿠웨이트의 파하드 살렘 알 알리 알 사바 장관과 무함마드 알 무하나 박사의 도움에도 고마운 마음을 전합니다. 제가 끈질기게 조르며 괴롭혔던 짐 파이크스 대령과 에이드리언 올드필드 소령, 저를 이라크로 들어갈 수 있게 해주신 것에 감사합니다. 래리 버리스 대위와 에릭 나이 중위, 에드 패네타 중위, 제3보병사단의 용감한 장교들, 바그다드 카페의 딜, 바그다드의 부시장이었으나 외국인과 일한 대가로 목숨을 잃은 내 친구 알 아삼 패리스 박사, 아라비아 말들을 찾을 수 있도록 도와준 아부 바커 박사, 난공불락의 군 행정을 뚫을 수 있도록 도와준 리즈의 도움과 우정에 감사드립니다. 고마운 지원군

346

을 보내준 사라 스카스와 우리를 보호해준 용병 여러분들도 마찬가지입니다. 데이브와 샌디 호지킨슨, 노스캐롤라이나 동물원의 데이비드 존스의 조언과 경제적인 도움도 모두 잊지 못할 겁니다. 저의 진정한 친구 오비에 므세솨도 빼놓을 수 없겠지요. 쿠르디스탄의 이삼 장관, 많은 관심을 보여준 테리 재스트로와 앤 아처, 인용문을 사용하도록 해준 켈리 프레스턴에게도 고마운 마음을 전합니다. 수전 왓슨과 직원들의 배려에도 감사합니다. 나를 믿어준 브루스, 바버라, 데니스, 버니 그리고 내 편이 되어준 바버라 와이즈맨에게도 지면을 빌어 감사의 인사를 드립니다.

편집자 피터 조셉도 고생 많았습니다. 가빈, 맨디, 붐 붐, 테리, 폴, 카메론, 그리고 그레이엄 스펜스의 능력은 많은 도움이 됐습니다. 신뢰를 보내준 리사 헤이건과 저를 믿고 지지해준 두 아들 제이슨, 딜런이 아니었다면 정말 힘들었을 겁니다.

마지막으로 우리가 살고 있는 지구의 문제에 대해 실용적인 해결의 실마리를 제공해준 L. 론 허버드에게 감사드리며 글을 맺고자 합니다.

‘어스 오거나이제이션(The Earth Organization)’이

유엔 사무총장에게 보내는 공식 서한

존경하는 사무총장님께.

전쟁터에 있는 야생동물들에 대해 어스 오거나이제이션을 대표해 이 서신을 드립니다.

역사적으로 볼 때, 무력 충돌이 벌어질 때마다 커다란 영향을 받고 있음에도 늘 간과되어온 것이 바로 환경파괴 문제입니다. 지금 이 순간에도 자원을 차지하기 위해, 혹은 이와 연관된 이유로 수많은 무력 충돌이 발생하고 있습니다.

물론 그 영향을 최소화하기 위해 만들어진 여러 보고서와 국제법이 있습니다만, 계속되는 무력 충돌로 인해 환경보존은커녕 인간의 고통이나 수난도 줄어들지 않고 있습니다.

일단 무력 충돌이 일어나면 자연환경과 그 환경에 의존하며 살아가는 생명체를 적절히 보호해야 할 윤리적 의무를 다하기는 어렵다는 것을 잘 알고 있습니다. 그렇지만 그런 상황에서도 동물원

과 그곳에서 일하는 사람들, 그곳에 있는 동물들, 그와 연관된 의료시설 및 연구시설을 보호하는 최소한의 조치를 취할 수는 있을 것이라고 믿습니다.

이러한 시설은 세상의 생물다양성을 인식·보존·연구하는 곳으로, 우리가 이것들을 더욱 명확히 이해할 수 있도록 해주는 현대판 '노아의 방주'가 되었거나 되어가고 있습니다. 영구적이며 지속 가능한 해결책이 나오기까지는 이러한 시설이 노아의 방주 역할을 충실히 담당할 것입니다.

우리는 국제사회가 다음과 같은 여덟 가지 전략적 조치를 취할 것을 제안하는 바입니다. 이를 통해 최소한 노아의 방주가 가라앉지 않도록 만들 수 있으며, 더 나아가 그것을 유지해나가는 계기가 되리라고 믿습니다.

1. 무력 충돌이 일어나는 동안 동물원이나 야생동물 보호구역, 해양 보호구역, 또는 이와 연관된 연구시설 및 동물병원 군사적 목적으로 사용 금지

2. 무력 충돌이 일어나는 동안 상기 시설을 목표로 공격하는 행위 금지

3. 무력 충돌이 일어난 국가에 상기 시설을 보호할 의무 부여

4. 자격 인증 및 국제법을 통하여 야생동물 관련 인력 보호

5. 무력 충돌이 일어나는 동안 교전 당사국이 국경 지역의 야생동물 서식지 및 해양공원을 보호할 의무를 수행하지 못할 경우 그 의무를 제3자에게 이전

6. 휴전 협상 및 실행 절차에 야생동물 전문가 및 환경 전문가 포함

7. 방치할 경우 종의 멸종이나 서식 구역의 파괴가 기정사실화 되는 경우, 안보리의 개입과 무력 배치

8. 의도적인 환경파괴나 동물 살상을 전범 행위로 인정

이러한 결의안은 현실적으로 꼭 필요하며 실행 가능한 내용을 담은 것으로 이미 오래전에 나왔어야 한다고 생각합니다.

지금까지 어스 오거나이제이션은 교전 지역에서 야생동물을 보호하기 위한 활동에 꾸준히 참여해왔습니다. 우리는 연합군이 이라크를 침공해 교전하는 동안 바그다드에서 야생동물을 구출하기 위한 활동을 했고, 반군이 야생동물 서식지와 야생동물 보호 구역에 작전 기지를 두고 있는 우간다 내전에도 개입했습니다.

어스 오거나이제이션의 우간다 내전 개입으로, 반군과 어스 오거나이제이션 간에 체결된 협정이 남수단의 주바Juba에서 열린 유엔 평화회담에 상정되었습니다. 이를 통해 우간다 반군은 북부 우간다, 남수단, 콩고공화국에 이르는 작전지역 내에서 멸종 위기

에 처한 동물들을 보호하는 조치를 취했습니다. 나아가 우간다 정부와의 휴전 협상에 환경보호 전문가도 참여하게 되었습니다.

이러한 합의안이 유엔 평화회담에 포함된 것은 처음 있는 일로 좋은 선례라 할 수 있을 것입니다. 이에 대해 동물보호 운동가들과 국제법 학자들도 큰 관심을 보였습니다.

이 중요한 사안에 대해 유엔이 최대한 적극적인 지원을 해주시기 바랍니다. 감사합니다.